suhrkamp t

Josef Winkler, geb. 1953, lebt in Kamering (Kärnten). 1979 erschien *Menschenkind*, 1980 *Der Ackermann aus Kärnten*, 1981 *Muttersprache:* Die autobiographisch fundierte, poetisch ausgreifende Romantrilogie trägt den Titel *Das wilde Kärnten*.

Die Verschleppung (1984) erzählt die russische Kindheit der Njetotschka Iljaschenko. Ferner schrieb Josef Winkler ein Nachwort zur Neuausgabe von Hans Henny Jahnns *Die Nacht aus Blei* (BS 682).

»Während ich die Reinschrift dieses Manuskriptes (*Muttersprache*) anfertige, lebe ich auf einem Bergbauernhof, der über meinem Heimattal liegt. Oftmals, und das muß ich zu meiner eigenen Beschämung sagen, fühle ich mich bei der Stallarbeit wohler als bei der Romanarbeit, aber ich kann natürlich die Stallarbeit ohne die Romanarbeit und die Romanarbeit ohne die Stallarbeit nicht mehr machen. Mit einer Scheibtruhe radle ich den Mist auf den Misthaufen, der wie eine Schanze hinter dem Heustadel und dem Stall angebracht ist, kippe sie um und sehe, wie der Tierkot die Schanze hinunterrutscht. Manchmal bleibe ich auf dem Misthaufen stehen und blicke auf mein Heimatdorf hinunter. Während ich als Kind die Stallarbeit so gut ich konnte verweigert und mich davor gedrückt habe, habe ich jetzt durch die Literatur in den Stall zurückgefunden und hole auf einem anderen Bauernhof die Stallarbeit nach, die ich als Kind verweigert habe. Wenn ich irgendwo als Knecht enden sollte, so weiß ich, daß ich meine Literatur radikal fortsetze, selbst dann, wenn ich nichts mehr schreiben oder überhaupt verstummen sollte. Nicht befreit, neuerlich geknechtet hat mich die Beschreibung meiner Kindheit und Jugend. Die Bilder, die ich mit dem Material meiner bäuerlichen Kindheit und Jugend entworfen habe, fordern mich wieder zurück. Wenn ich in ein ausländisches Kloster gehe, so in eines, in dem die Mönche von der Landwirtschaft leben. Komme ich in ein Gefängnis, so wünsche ich nach Rottenstein in Kärnten zu kommen, wo die Sträflinge im Stall und ringsum auf den Feldern arbeiten. Gescheiterte Bauernsöhne sind die Wärter und Sträflinge in diesem Gefängnis.«

Josef Winkler
Muttersprache

Roman

Suhrkamp

Umschlagbild: Chaim Soutine, Chorknabe
© SPADEM, Paris/BILD-KUNST, Bonn 1984

suhrkamp taschenbuch 1044
Erste Auflage 1984
© Suhrkamp Verlag Frankfurt am Main 1982
Suhrkamp Taschenbuch Verlag
Alle Rechte vorbehalten, insbesondere das
des öffentlichen Vortrags, der Übertragung
durch Rundfunk und Fernsehen
sowie der Übersetzung, auch einzelner Teile.
Druck: Nomos Verlagsgesellschaft, Baden-Baden
Printed in Germany
Umschlag nach Entwürfen von
Willy Fleckhaus und Rolf Staudt

1 2 3 4 5 6 – 89 88 87 86 85 84

Für den Bergbauernsohn Hans Steiner

Christus scheint kraft eines göttlichen Instinkts immer den Sünder geliebt zu haben, weil er der menschlichen Vollendung am nächsten kommt. Sein höchster Wunsch war nicht, die Menschen zu bessern, so wenig, wie es sein höchster Wunsch war, Leiden zu lindern. Er trachtet nicht, aus einem interessanten Dieb einen langweiligen Ehrenmann zu machen. Von der »Gesellschaft für entlassene Strafgefangene« und ähnlich modernen Einrichtungen hätte er wenig gehalten. Die Bekehrung eines Zöllners zum Pharisäer wäre ihm keineswegs als löbliches Werk erschienen. Nein, auf eine Weise, die von der Welt noch nicht begriffen worden ist, betrachtet er Sünde und Leiden als etwas an sich Schönes, Heiliges und als Varianten der Vollendung. Dieser Gedanke *klingt* sehr gefährlich. Und er ist es auch. *Alle* großen Ideen sind gefährlich. Daß Christus an sie geglaubt hat, steht über jedem Zeifel. Daß dieser Glaube der wahre ist, daran zweifle ich nicht.

Oscar Wilde, *De Profundis*

Ich war blau und schrie, bis ich rot wurde, Gebt mir meine Strohpuppe. Noch voller Blut und Schleim, spürte ich schon die Haut der Strohpuppe und atmete ihren Geruch ein. Sofort erzählte sie mir, wie sie auf die Welt kam, erzählte von ihrer Mutter, ihrem Vater, erzählte, daß ihre Geburt unblutig und trocken war. Wie eine Indianerin, die im Hocken ihr Kind auf die Welt bringt, stand ihre Mutter in der Mitte der Steppe und zog unzählige Kindertotenmasken aus ihrem Unterkörper hervor, bevor sie die Puppe gebar. Kaum geboren, sagte sie, ging sie von Kinderhand zu Kinderhand. Wenn ich sterbe, wird ein Totenvogel seinen Kopf durchs Ei stoßen. In einem menschengroßen Ei möchte ich begraben werden. Aufpassen werden die Totengräber müssen, erstens, daß der Sargstrick nicht von der glatten Eischale rutscht, zweitens darf die Eischale nicht zerbrechen. Einmal, da stand ich mitten im Heustadel, meine Hände zu Fäusten geschlossen, den Kopf erhoben, und spürte, wie zwischen meinen Fingern Dotter und Eiweiß rannen, wie die zerbrechenden Schalen in meinen Händen knisterten. Ich gehe ins Haus und suche nach einer Puppe. Sie hat blaue, offene Augen. Ich fasse sie an und lege sie in meiner Handschale auf den Bauch. Ich könnte ihr Liebhaber sein, denke ich, während ich auf ihre halbnackten Füße starre. Ich öffne die beiden Knöpfe auf ihrem Rücken und lasse die Spitze meines rechten Zeigefingers ihre glatte Haut fühlen. Während ich sehe, daß ihr Rücken gespalten ist, trocknen meine Augen. Ich nehme ihre altmodische Haube vom Kopf und lasse meine Finger durch ihre Haare streichen. Den Hinterkopf ansehend erschrecke ich, da er mich an die Schwester denken läßt, der ich, hinter ihr gehend, auf den Kopf starrte. Während ich sie in den Händen halte, pendeln ihre Füße über meinem Handrücken wie meine Füße über das Fensterbord im zweiten Stock. Längst bevor ich Federico Fellinis *Casanova* mit einer Puppe tanzen sah, hatte ich mir eine lebensgroße Puppe gekauft. Während die Kinobesucher gerade bei der Szene, in der Giacomo Casanova mit einer Puppe im Bett liegt, am meisten gelacht haben, sind mir die Tränen aus den Augen gekommen. Als Giacomo sich in ihr erfüllte, als sein Oberkörper sich wie ein Sandsieb schüttelte, dachte ich an meine Vergangenheit. Der Körper meiner Puppe roch nicht nach Schweiß, sondern nach Plastik, der, je heftiger meine Bewegungen wurden, stärker und stärker wurde, bis auch mein Körper nach Plastik roch und ich verzweifelt, weinend den Hals der Puppe würgte, um aus ihr eine lebendige Frau zu machen. Ich weinte, bis ich einschlief, strampelte mit meinen nackten Füßen die Puppe zum Bettende, bis sie aus dem Leinen fiel und verkehrt, mit dem Gesicht zu Boden, auf dem Teppich lag. Mit einer Puppe unter dem Arm gehe ich wie Giacomo Casanova in den Fluß. Ich stehe in der Mitte und sehe, wie sich um meinen Bauch wie Nabelschnüre die grünen Wellen des Flusses winden. Ich tanze mit ihr über das Eis des Weihers, blicke zu Boden und sehe wie ein Raumschiff die Leiche meiner Mutter unter dem Eis schwimmen. Ich schnalle der Puppe Schlittschuhe an die Füße und fahre mit ihr den Weiher auf, den Weiher ab. Manchmal gleite ich aus, und sie fällt mit mir, und ich liege auf ihr. Schnell erhebe ich mich. Hier am Weiher soll ich sie lieben und ermorden, mit der Hacke ein Loch ins Eis schlagen, sie hineinstampfen und die Eisplatte wie einen Sargdeckel über ihren Kopf schieben. Wenn die Milchstraße meines Samens durch ihren Körper läuft, vergrößern sich ihre Augen, ihr Oberkörper hebt sich und auf ihrer Stirn stehen Schweißperlen. Ich kann aus keiner *Plastik*schüssel essen. Ich beginne sofort zu schnaufen, und meine Augen tränen. Als ich mir diese Puppe kaufte, einundzwanzig Jahre alt war ich, sagte der Verkäufer, er hätte noch eine bessere, eine mit Originalschamhaaren, ihr Plastik ist besser, fast fleischlich, sie fühlt sich besser an. Nehmen Sie diese, sagte er, während seine Finger durch die Schamhaare glitten. Fühlen Sie ihr Fleisch, tasten Sie sie ab. Nein, ich nehme diese, die billigere, wieviel kostet sie? Fünfhundert Schilling. Und wieviel würde die andere mit den Originalschamhaaren kosten? Fünftausend. Nein, ich nehme die billige. Er verpackte sie in einen Karton braunen Papiers. Schnell, als ob ich sie gestohlen hätte, legte ich das Geld aufs Pult und ging, draußen stand mein altes, schwarzes Damenfahrrad. Soll ich die Puppe auf den Gepäckträger spannen oder soll ich sie unter den Arm nehmen und nach Hause fahren? Nein, ich nehme sie unter den Arm, es wäre unmenschlich, wenn ich ihr ein Eisengerüst über den Körper spannen würde. Es regnete. Das Wasser rann mir über das Gesicht und tropfte auf meine Brust. Ich stellte das Rad in einem Geräteschuppen ab, es fiel um, und ich ließ es liegen. Über die Stiege des Hauses hinaufgehend blickte ich scheu rechts und links. Wird mir jemand das Paket aus der Hand reißen? Ich müßte mich sofort umbringen, man würde ein ganzes Leben lang über mich lachen, aber nein, es ist niemand da, ich gehe ins Zimmer und verriegle die Tür. Ich packe sie aus, ähnlich wie meine Mutter bonbonierte Geschenkpackungen öffnet und ihre Hände über die Schokoladekugeln, Schokoladerechtecke, Schokoladequadrate, Schokoladezylinder und Schokoladerhomben gleiten läßt. Schnell kehrt sie ihr Lächeln nach innen, so daß man ihrem Gesicht nicht die geringste Rührung ansehen kann. Ich öffne die Schnüre des Pakets, hebe den Deckel der Schachtel ab und sehe vor mir meine Lebensgefährtin, zerknittert, schmal und niedlich, aber sie atmet, sie will meine Hüften sehen, sie will spüren, wie es ist, wenn sich ein Oberkörper mit schlagendem Herzen über einen Oberkörper beugt, der kein Herz im Brustkorb hat. Ich spitze meinen Mund und pumpe Luft in die Öffnung, sie wird groß und größer, ich fasse ihr Fleisch an und entdecke, daß es genauso weich ist wie meines, ich lächle und pumpe weiter, noch ein paar Lungenstöße und die Puppe ist rund und mollig. Es ist Spätherbst und die Blätter der Bäume kleben auf dem Asphalt. Ich beginne mich zu entkleiden, ziehe Strümpfe, Leibchen und schließlich die Unterhose aus, lege mich zu ihr, zuerst die Decke zurückschlagend, fühle an meinem Körper ihren Leib, fasse mit meinen Handflächen ihre Schulterblätter, schaue vor mich hin und stoße weinend mein Glied in ihren Unterkörper. Stand ich einem Mädchen oder einer Frau gegenüber, begann ich am ganzen Leib zu zittern. Ich habe euch mit einer Puppe betrogen. Ich wohnte bei einer alten Frau, die mich, wie man so sagt, wie ihren eigenen Sohn umsorgte, ging tagsüber in den Bürodienst der Hochschule für Bildungswissenschaften und besuchte die Abendhandelsakademie. Sie verkaufte Karten in den Klagenfurter Kammerlichtspielen, blonde, lockige Haare trug sie, Lippenstift, man mußte bereits die zweite Klasse der Volksschule hinter sich haben, um die Falten in ihrem Gesicht zählen zu können. Sie richtete das Bett, staubte das Zimmer ab, brachte meine Schriften und Bücher in Ordnung, so daß ich jedesmal ängstlich mein Zimmer betrat. Ich litt unter ihrer Fürsorge. Oft saßen wir im Garten und betrachteten ihre Rosenzucht. Jedesmal wenn man ins Haus oder aus dem Haus ging, stieß man mit dem Kopf einer Rose zusammen. Ihr Lippenstift war rosenrot. Auf ihren Kleidern blühten rote und gelbe Rosen. Öffnete sie morgens ihre Augen, gingen unter ihrer Stirn zwei blaßrote Rosen auf, ihr Mund öffnete sich und rief nach mir, Frühstücken! der Kaffee ist fertig, während sie nach einem zweiten, kurzen Morgenschlaf aus dem Bett steigend genüßlich den Geruch ihres Körpers und die Wärme des Bettes einatmete. Im Sarg ihres Lebensgefährten lagen ringsherum Rosen, rote, gelbe und weiße. Im Kinoschalter hing ein Bild von Sophia Loren, die eine rote Rose in der Hand hielt. Ich hörte die Spülung des Klosetts, eine Tür, die auf- und zuging, streckte meinen Fuß aus dem Leinen und berührte etwas, das mir bekannt vorkam, zuckte zurück und erschrak, denn es war das Plastik der Puppe, ihre Hand sah unter dem Bett hervor. Ich stieß sie weiter unter das Bett, wie man eine Katze von sich stößt, und öffnete die Tür. Daß die Frau früher oder später mit einem Besen unter das Bett fahren, auf etwas stoßen wird, das sie herauszieht, um den Staub zu entfernen, kam mir nicht in den Sinn. Vom Bürodienst nach Hause kommend, betrat ich zuerst die Küche und sah ihr spitzbübisches Lächeln. Mir kam vor, als wollte sie mir sagen, ich solle in mein Zimmer gehen, aber ich blieb in der Küche, öffnete den Kühlschrank, ließ das Messer über den Brotlaib reiten, aß, blätterte mit der linken Hand in der Zeitung und sah, wie sie mich immer wieder anlächelte. Dieses Lächeln verwirrte mich nicht, weil ich wußte, daß es nicht bösartig, höchstens in

Zuneigung geschah. Schließlich öffnete ich die Tür meines Zimmers, wollte eintreten und blieb an der Türschwelle erschrocken stehen, aufgeblasen lag die Puppe, bekleidet mit einer meiner Unterhosen, auf dem Bett. Ich hörte ihr Lachen, sie hörte mein Lachen, hörte das Schließen der Tür, während ich wieder zurück in die Küche ging, wo wir uns, einander gegenüberstehend, beinahe umarmt hätten. Einen Menschen töten ist mir noch nie in den Sinn gekommen, der Gedanke, eine Puppe zu töten, hat mich schon oft beschäftigt, nur war es manchmal so, daß ich zwischen Menschen und Puppen nicht unterscheiden konnte. Die Dämmerung brach ins Zimmer, die Fensterscheiben zitterten, erschrocken hob ich meinen Kopf und drehte mich zum Fenster, den Kopf der Puppe hob ich ebenfalls, sie soll sehen, was ich sehe, dann muß ich ihr nicht mehr erzählen, was ich gesehen habe. Ich stand vom Bett auf und stellte mich mit ihr nackt ans Fenster. Während ich aufs Kukuruzfeld blickte und an meinen Vater dachte, umschlang ich ihre Taille. Auf die Weide gehend rief er von weitem die Namen der Kühe, Kälber und Pferde. Die Tiere traten an die Umzäunung und leckten rötliches Viehsalz aus seinen Händen. Lächelnd kraulte er ihren Kopf und betätschelte ihre Wangen. Am Bein eines heranlaufenden Kalbes hielt sich ein Sumpffrosch fest. Wie die Funken der Sternspritzer preschten die Heuschrecken auseinander, wenn er sich niederbückte und die Hand auf einen Hügel trocknen Heus legte. Durch das Kukuruzfeld gehend schleicht sich eine Puppe aus Glas an den Vater heran, lauthals schreiend ahmt sie das Geräusch eines ratternden Maschinengewehrs nach. Die Menschen haben die Puppen jahrhundertelang nach ihren Köpfen geformt und hergestellt, jetzt werden es die Puppen sein, die die Menschen nach ihren Köpfen formen und herstellen werden. Es ist so leicht, mit der Puppe zu reden, sie hört mir wohlwollend zu, als wollte sie alles, was ich über sie sage, über mich sagen. Die Puppe sitzt an der Schreibmaschine, und ich liege auf dem Tisch. Ich bin etwas kleiner als sonst, nicht so gesprächig, nicht so beweglich, aber wenn man mich aufhebt, lasse ich sofort einen Arm, den zweiten und die Beine nach unten hängen, um zu zeigen, daß ich mich bewegen kann. Im Gegensatz zur Puppe gehen mir die Haare aus, dafür reiße ich die Puppe an den Haaren. Siehst du, sage ich zur Puppe, wie schnell sich der Kugelkopf dreht, bei jedem Anschlag vorzuckt, wie der Kopf eines Buntspechts in Holz schlägt, aus dem eines Tages Papier wird, das der Kugelkopf meiner elektrischen Schreibmaschine vorzuckend beschreibt, ähnlich wie der Buntspecht seinen Schnabel ins Holz schlägt, aus dem eines Tages Papier gemacht wird. Der Brustkorb meiner Puppe ist gläsern, und man kann erkennen, wie der Kugelkopf meiner elektrischen Schreibmaschine sich als Satellit um ihr Herz dreht.

Uns Puppen verdrehen die Kinder die Köpfe, und keiner der Erwachsenen sagt etwas, ganz im Gegenteil, die Erwachsenen verdrehen oft die Köpfe der Puppen, mit denen die Kinder spielen, wenn sie die Köpfe der Kinder verdrehen wollen. Manchmal schauen sie dabei uns Puppen, manchmal den Kindern ins Gesicht, und das Kind denkt sich sofort, daß es besser gewesen wäre, den Kopf des Kindes ein wenig zu verdrehen als den Kopf der Puppe umzudrehen und dabei dem Kind in die Augen zu schauen. Man wird zum scharfen Beobachter von Bewegungen, wenn einem zu jeder Tages- und Nachtzeit der Kopf, die Beine und die Hände verdreht werden. Wenn Kinder den Erwachsenen Puppen schenkten, würden wir anders aussehen, hätten wir andere Gesichtszüge, wir wären nach der Fantasie der Kinder und nicht nach der Fantasie der Erwachsenen geformt, deshalb wundert es uns nicht, wenn manche Kinder den Puppen den Hals umdrehen. Stirbt ein Kind, legen uns die Erwachsenen neben dem toten Kind in den Sarg, weil wir im Leben das Lieblingsspielzeug der Kinder waren, aber das soll wohl nicht heißen, daß wir im Tod auch ihr Lieblingsspielzeug sind. Es wäre für uns Puppen besser, in andere Kinderhände zu kommen, als mit einem toten Kind begraben zu werden. Die Schmerzen, bis wir neben dem toten Kind bei lebendigem Leib in der Erde vermodern, sind größer als die Schmerzen, die uns das nächste Kind im Handumdrehen zufügt. Als Menschenpuppen stehen wir mit den Tierpuppen im Kampf, wie die Menschen mit den Tieren. Nachts, wenn die Kinder schlafen, schlachten wir mit Stoffmessern die Plüschleoparden, die Plüschlöwen und Plüschelefanten, die Plüschhunde und die Plüschkatzen essen wir beim Morgengrauen auf. Wenn ein Kind lacht, weinen wir, wenn ein Kind weint, lachen wir, aber unsere Gesichtszüge verändern sich nur innerlich, kein Kind kann es sehen. Nachts gehen wir zum Dorffriedhof und suchen nach Kindergräbern. Es gibt weniger Kindergräber als Gräber von Erwachsenen. Das tut uns leid. Findet eine Puppe ihr Kind, schreit sie auf. Sie fällt am Grab des Kindes zu Boden und ruft das Kind bei seinem Kosenamen. Fünf Puppen, mit Kindertotenmasken auf ihren Gesichtern, begeben sich zur gefallenen Puppe und helfen ihr auf die Beine. Wir halten ihr Friedhofserde unter die Nase, dann erwacht sie aus ihrer Ohnmacht. Wir suchen die Friedhöfe nach Fleischblumen ab, riechen daran, lachen und füllen damit unsere Knopflöcher. Eine von einem Kind ermordete Puppe vergruben wir in einem Kindergrab und beobachteten hinter einem Grabstein hockend ein auf dem Friedhof umherirrendes Kind, das seine Puppe suchte. Der ermordeten Puppe setzten wir eine Kinderlebendmaske auf und begruben sie mit gefalteten Händen. Ein Heiligenbild, das einen Schutzengel zeigt, der eine Puppe über eine Brücke begleitet, steckten wir zwischen ihre Finger. Die Nabelschnüre, die von uns Puppen in städtischen Kreißsälen gesammelt wurden, verlängerten wir und verwendeten sie als Sargstricke. Liegt irgendwo in der Nähe eines Kindergrabes ein Plüschlöwe auf der Friedhofserde, begraben wir ihn bei lebendigem Leib. Findet eine Puppe einen Kinderknochen, so schlägt sie sofort damit in die Trommel. Puppen suchen ihren Freitod bei den Kindergräbern. Sie erschießen sich mit Stoppelrevolvern, die Kinder am Kirchtag kaufen. Eine Puppe warf sich am Friedhof vor einen rollenden Kinderwagen und starb noch am Unfallort. Eine andere kroch unter die Kränze eines frischen Kindergrabes und erstickte. Eine dritte legte sich ans Grab ihres verstorbenen Spielkameraden und verendete dort wie ein Hund. Steht ein Mann oder eine Frau von den Toten auf, so schlägt die wachehaltende Puppe sofort mit dem Kinderknochen in die Trommel. Der Auferstandene verdreht schwerfällig seinen Kopf, als suche er das Geräusch, während er seine Brustwarzen streichelt. In einem solchen Augenblick verbarrikadieren wir uns hinter einem Grabstein und warten, bis er den Gulter der schwarzen Friedhofserde über seinen Leib zieht, mit unzähligen Fleischblumen ist seine Bettdecke verziert. Sehen wir eine Hostie im Stechschritt die Gräberreihen abmarschieren, knien wir augenblicklich nieder und beten mit geschlossenen Händen. Unser tägliches Brot gib uns heute. Das Gerippe einer verhungerten Puppe stopften wir mit Fleischblumen aus, die auf den Gräbern der Kinder wachsen, und gaben ihr das letzte Geleit. Wie die Menschen, die sich umgebracht haben, wurden auch die Puppen, die Hand an sich legten, zuerst außerhalb, später innerhalb der Friedhofsmauer begraben. Während im Jahre 1737 der Scharfrichter von Montigny den Verurteilten exekutierte, führten die Fischhändlerinnen der Markthalle eine Puppe mit, der sie den Kopf abschlugen. Nachts hörten wir einmal eine scheintote Puppe aus dem Mund eines delirierenden Kindes schreien. Wir erkannten ihre Stimme, wir wußten genau, daß es ihre Stimme ist, liefen auf den Friedhof und exhumierten sie. Fünf Jahre später äußerte sie auf dem Totenbett den Wunsch, einem sterbenden Kind auf die nackte Brust gelegt und nicht mehr ausgegraben zu werden. Mit Fotoapparaten auf unseren Puppenbrüsten gehen wir ins Kindertotenmaskenmuseum und bestaunen und fotografieren die neugierigen Mütter genauso wie die Kindertotenmasken. Die Mütter und Väter müssen Eintritt bezahlen, während wir Puppen Freikarten bekommen. Eintritt für Kinder strengstens untersagt, steht auf einem Schild an der Tür des Kindertotenmaskenmuseums. Vor dem Museum stehen die Kindertotenmaskenbildner und rufen das Alter der verstorbenen Kinder aus, von denen sie die Totenmasken abgenommen haben. Die Preise der Kindertotenmasken schwanken zwischen tausend und fünftausend Schilling. Den einen Teil einer in der Mitte auseinander gebrochenen Kindertotenmaske trug eine Puppe nach Westen, den anderen Teil trug eine andere Puppe nach Osten. Um dieses Bild zu ergänzen, schlug eine Puppe eine Kindertotenmaske in der Mitte auseinander und ging mit der einen Hälfte nach Norden, während die andere nach Süden ging. Vor den Kinderschaufensterpuppen stehen die Kinder und lecken an kleinen Zuk-kertotenköpfen. Steht ein Kind mit der Lebendmaske einer Puppe von den Toten auf, so umringen wir es und beginnen im Kreis zu tanzen. Kinder, die mit Puppen begraben worden sind, exhumieren wir, um unsere Brüder und Schwestern heimzuholen. Ist die Puppe aber vermodert, so nehmen wir das Brustbild des Kindes vom Grabstein und kleben das Brustbild der vermoderten Puppe drauf. Finden wir einen Kindertotenkopf, so überziehen wir ihn mit Plastikfolie und bringen ihn den ballspielenden Kindern. Stirbt ein Kind am Heiligen Abend, so räumen wir das Jesukind aus der Krippe und stopfen es in den Bauch einer Puppenmutter. Am Fa-schingdienstag setzen alle Puppen die Lebend- oder Totenmasken ihrer Kinder auf. Am Karfreitag tragen wir Puppen die Totenmaske Jesu Christi, unsere Kinder binden uns die fingerringgroßen, dornenkronenartigen Erntedankkronen auf den Kopf. Die am schönsten lei-dende Puppe wird am Ostersonntag nach der Auferste-hung Jesu Christi prämiert. Das größte Gift ist der menschliche Samen, denn wir wissen, daß daraus Kinder entstehen, die uns vergewaltigen, wie sie von ihren Eltern vergewaltigt worden sind. Wir Puppen sind die besseren Pädagogen. Kommt eine Frau nachts auf den Friedhof und sucht nach ihrem Geliebten, so blicken wir, hinter einem Grabstein hockend, auf ihren Bauch, um zu sehen, ob sie schwanger ist, ob wir wieder Arbeit bekommen oder nicht. Ist sie schwanger, verkleidet sich eine Puppe als Hebamme und hockt sich in Gebärstellung hinter einen Grabstein. Hebammen beten in der Gebärstellung vor dem händefaltenden Priester. Schwangere Frauen träumen davon, daß nachts die Puppen ihren Bauch abtasten und mit einer Taschenlampe in ihren Bauch leuchten. Mit Vorliebe machen wir in Wien Exkursionen ins Anatomische Museum und betrachten stundenlang die Embryos in den Glasbehältern. Erregt stehen wir vor den Froschkopfembryos und vor den siamesischen Zwillingen. Kopfnickend bedanken wir uns beim Embryowärter und verlassen das Anatomische Museum im Gänsemarsch.

Soll ich mein Spiegelbild ermorden? Vor dem Spiegel mein Spiegelbild im Spiegel des Spiegelbildes im Spiegelkabinett sehen, bis ich wie ein Stein in den Wasserspiegel eintauche und in mir selber verschwinde? Vor Jahren, so erzählte mir der Kunstmaler Georg Rudesch, hat Kokoschka vor seinem Haus im Garten ein Grab ausgestochen und eine Puppe hineingelegt, zugegraben und den schwarzbraunen Erdhügel mit Blumen geschmückt. Die Polizei ist drauf aufmerksam geworden, hat das Grab in der Hoffnung geöffnet, eine menschliche Leiche zu finden. Der Polizist schlägt mit seiner Stirn das morgendliche, noch warme Frühstücksei auf. Die Frau des Polizisten schüttet Kaffee in die leere Eischale. Sie haben die Puppe Kokoschkas ausgegraben und sind erbost, eine Arbeit für nichts und wieder nichts geleistet zu haben. Entschuldigen Sie, Herr Polizeipräsident, wenn noch kleine Erdbröckchen von meinem Haar auf Ihren Teppichboden fallen, entschuldigen Sie, wenn ich schmutzig bin, aber noch bin ich nicht verfault, noch können Sie meine weichen Stoffhände küssen, vor mir auf die Knie fallen oder mich in eine Polizeimontur stecken. Die rhetorische Kunst des Polizeipräsidenten verhaspelt sich in ein elegantes Stottern, denn er hat nicht erwartet, daß eine Puppe exhumiert worden ist, er sagt, Wir lassen uns nicht foppen, wir sind ja keine Lausbuben, und besteigt im selben Atemzug wieder das hohe Roß seiner Amtssprache. Das ist Irreführung der Polizei. Ich stellte mir das Aufbäumen der Leiche des *Revierinspektors in Ruhe* in seiner Polizeiuniform im Krematorium und das plötzliche Zerfallen seines uniformierten Leichnams und seiner Polizeiauszeichnungen vor, als ihn das Feuer erfaßte. Er war Angehöriger der Leichenverbrennungsgesellschaft *Die Fackel*. Seine Lebensgefährtin, die meine lebensgroße Puppe unter dem Bett gefunden hatte, hat die sterblichen Überreste seiner Asche zu sich genommen. Einen Teil, so erzählte sie mir, habe ich in eine Urne gefüllt und auf seinen Grabstein gestellt, den anderen Teil habe ich mit nach Hause genommen und in die Kredenz gegeben. Meine Hand um die Schulter der mädchengroßen Puppe gelegt, hockten wir am Ufer der Satnitz und sahen, wie sich bei Einbruch der Dämmerung der Nebel über dem Wasserspiegel verdichtete. Als ein Junge vorbeiging, schlug ich einen Jutesack über meiner und über meiner Puppe Schulter, verdrehte den Kopf und blickte auf seine Hinterbacken, auf seine leicht behaarten Oberschenkel. Einen Grashalm zwischen den Zähnen ging er weiter das Flußufer entlang. Gerne wäre ich vor ihm niedergekniet, gerne hätte ich seine Oberschenkel abgetastet, aber während ich auf seine Hinterbacken blickte, legte ich meine flache Hand auf den Unterkörper der Puppe, als wollte ich ihr Geschlecht vor mir selber verstecken. Einmal ging ein Mann mit einem Hund auf der Böschung vorbei. Ich legte schützend meinen Arm um ihre Schulter. Der Hund lief heran und schnüffelte an den Plastikbeinen der Puppe. Verschwinde, flüsterte ich ihm zu, verschwinde. Vielleicht hätte ich aufspringen und dem Mann die Puppe zeigen sollen, Da schauen Sie, da! Schämen Sie sich und gehen Sie zu Ihrer Frau nach Hause, ich will hier am Ufer des Flusses alleine mit der

Puppe sitzen, verschwinden Sie. Damals teilte ich mein Zimmer in der Waldhorngasse mit einem Bäckergesellen. Einmal lag er nackt auf dem Bauch und schlief. Meine Puppe lag zusammengefaltet unter dem Bett. Zur Tür hereingekommen, legte ich die Schulsachen der Handelsakademie auf den Tisch, zog meine Kleider aus, kniete vor seinem Leib und betrachtete den Flaum seiner blonden Haare auf seinen Oberschenkeln und Hinterbacken. Er darf nicht wissen, daß ich so eine Sau bin, er erzählt es womöglich den Vermietern, dann wird mir das Zimmer gekündigt, dann muß ich wieder ins Gesellenheim zurückgehen. Nachdem meine weißen zittrigen Hände auf dem Schoß eines Mädchens gelegen hatten, habe ich eines Nachts die Puppe in die Holzhütte runtergetragen, aufgeblasen, über den Holzbock gelegt und mit der Hacke zerstückelt. Wild schnaufend bin ich raus, über den knirschenden Sand das Flußufer entlanggegangen und habe die Puppenteile in einem Getreidefeld vergraben.

Wenn ich abends durch die Stadt gehe, weiß niemand, daß an meiner nackten Brust mit vier roten Gazestreifen das lächelnde Gesicht der Totenmaske der Else Lasker-Schüler klebt. Die Tarviserstraße gehe ich entlang, verborgen halte ich sie unter meinem Mantel, gestern knisterte das Laub unter meinen Füßen, heute ist es feucht geworden und faul. Ich gehe ins Germanistikinstitut, setze mich in einen leerstehenden Hörsaal wie früher in leerstehenden Kirchen. Ich öffne meinen Mantel, ziehe den Pullover hoch, knöpfe das Hemd auf, ziehe das Unterleibchen hoch und taste das lächelnde Gesicht dieser Totenmaske ab. Die Totenmaske zittert, da mein Herz schneller schlägt. Wenn man mich doch ins Krankenhaus brächte! Der Arzt oder die Krankenschwester würde mein Hemd aufknöpfen, das Leibchen hochziehen und drei, vier Schritte zurückgehen, ehe sie den roten Klebestreifen von meiner Haut lösen und das lächelnde Gesicht der Totenmaske entfernen würden, Platz da für das Werkzeug der Chirurgie. Durch den aufkommenden Nebel der kilometerlangen Tarviserstraße wate ich, begegne wieder dem hinkenden Hund, dem wahrscheinlich ein Auto die rechte Vorderpfote abgefahren hat, sehe auf seinen defekten Fuß und blicke dem Mann, der seit drei Jahren hinter diesem hinkenden Hund hergeht, in die Augen. Schön hinkt Ihr Hund, will ich ihm sagen, aber er würde mich mißverstehen. Seit drei oder vier Monaten trage ich Totenmasken unter meiner Gesichtshaut. Die Totenmaske des Vaters eines Kunstmalers und ehemaligen Lehrers an der Handelsschule von mir probiere ich auf. Sie ist mir etwas zu groß, aber wenn ich eine Schnur durch das linke und rechte Ohrläppchen ziehe, wo Frauen Ringe tragen, und einen Knoten am Hinterkopf mache, paßt sie mir wie angegossen. Nachts, wenn alles schläft, gehe ich durch die Stadt, die Totenmaske auf meinem Gesicht, weite Bögen schlage ich um wachehaltende Polizisten, gehe durch beleuchtete Straßen, stelle mich vor Schaufenster mit nackten Puppen. Auslage in Arbeit, lese ich. Wenn ich morgen wiederkomme, werden die Puppen Kleider tragen. Die Blätter hängender Äste streifen meinen Kopf und den oberen Rand der Totenmaske. Georg Rudesch ist Landschaftsmaler. Er liebt die Menschen, aber malt sie selten. Also gehe ich mit der Totenmaske seines Vaters durch die Landschaften, die er auf Ölbildern fixiert hat. Die Totenmaske schälte er, als ich ihn besuchte, aus einem knisternden Seidenpapier. Es war die erste wirkliche Totenmaske, die ich sah. Bringen Sie mir die Totenmaske Ihres Vaters, ich will sie sehen.

Mein Herz schlug schneller, automatisch griff ich zu Messer und Gabel und aß hastiger Schinken, Käse, Wurst und Essiggurken, mehr schwarzes Brot bitte, und noch ehe eine neue Schnitte Schwarzbrot auf dem Tisch lag, hob er den Deckel einer Schuhschachtel, zog das Seidenpapier wie den Vorhang einer Kinderwiege auseinander und hob die Totenmaske heraus. Krumm die Nase, fast geschwollene Lippen, Stirnfalten, die von meinen Fingerspitzen ängstlich berührt wurden. Ich drehte sie um und blickte in die ausgebuchtete Rückseite. Mehrere Haare der Augenbrauen klebten im Gips fest. Mit einem Male verzogen sich die Gesichter aller Faschingslarven, die ich auf den Straßen und in den Schaufenstern gesehen hatte, in mir. Er hat seinen Vater geliebt, in unzähligen Briefen, die er mir zeigte, vor allem aus seiner Studienzeit, las ich es. Vaterliebe! Welch ein Wort. Wahrscheinlich sind es zwei- oder dreitausend Landschaftsbilder, die in seinem Keller und im Hinterzimmer aufgestapelt liegen. Was soll das blutige Kind im Kessel von Macbeth? las ich in seinem Tagebuch. Befleckte er sich, schrieb er seinem Vater einen Reuebrief und sprach von der Versuchung des Teufels. Als ich in kindlicher Spielerei die Totenmaske seines Vaters wie eine Faschingslarve an mein Gesicht maß und hinter der Maske ein leises Kichern hören ließ, begann er zu weinen. Ich gab ihm die Totenmaske zurück, das Seidenpapier knisterte, er rückte den Stuhl nach hinten, stand auf und verbarg sie im Nebenzimmer. Ich blickte in sein bleich gewordenes Gesicht und sah seine Totenmaske. Als er den Kopf verdrehte und die Lippen öffnete, um ein Stück Fleisch in den Mund zu nehmen, wollte ich sagen, Bleiben Sie ruhig, verharren Sie in diesem Gesichtsausdruck. Das Vertrauen, das er zu mir hat, entwürdigt ihn. Ich bin seiner Menschlichkeit nicht gewachsen. Falls er vor mir sterben sollte, werde ich seine Totenmaske abnehmen. Falls ich vor ihm sterben sollte, wird er mein Gesicht einsalben und Gips drüberlöffeln. Ich sehe, wie er hinter mir steht, mein Kopf liegt in einer Schale, er hebt das Kinn an, um bequemer mit den Gesten einer Kosmetikerin seine Handinnenflächen über mein Gesicht zu streichen. Während ich aufgebahrt bin, wird er sich nicht rasieren, wird seine Toilette vernachlässigen, mit auseinandergebreiteten Beinen, die Hände liegen auf den Kniescheiben, wird er auf seinem Bett hocken. Kein Körper mehr, der sich nach der Selbstbefleckung in seine embryonale Lage zurückkrümmt. Aus dem Spiegelbild meiner Eitelkeit trete ich und helfe dem Maler bei der Verschönerung meines Leichnams. Meine Fingernägel sind auch gewachsen. Schneiden wir sie ihm ab? Hol die Schere. Wenn du den Mittelfinger meiner rechten Hand hochhebst, wirst du hinter dem Mittelknochen eine verbrannte Stelle sehen. Eine Kindheitserinnerung, werde ich dir, der ich vor meinem Leichnam stehe und dir in die Augen sehe, sagen. Wenn du nicht mehr willst, daß ich dir helfe, meinen Leichnam zu schmücken, dann stich mir das Messer ohne Klinge, dem der Griff fehlt, in das Spiegelbild meiner Eitelkeit, dein Mund wird sich ruckartig öffnen, die Augen werden brechen, Glasscheiben auf einem Stück Asphalt, aus dem Grünzeug wächst, werden zersplittern, ein Klappsessel wird sich auf deinen Schoß setzen wollen, und du wirst am Boden liegen mit Blutflossen zwischen deinen sich jetzt im Todeskampf auseinanderspreizenden Fingern. Indem du das Spiegelbild meiner Eitelkeit tötest, stirbst du selber, und am Boden liegend nimmt dein Gesicht meine Gesichtszüge an. Der Nebel und das Regenwasser, später wird es der Schnee sein, der wie Watte unter meinen Zehen leise knirschen wird, bis er im Schweiß meines schnellen, aber nie zielsicheren Ganges zu Wasser schmilzt, und zehn Eiszapfen werden an meinen Zehen klirren. Ich werde die Spitzen der Eiszapfen mit einer Nagelschere vom Fleisch trennen. Blau sind die Totenschuhe, erfroren, man wird sie amputieren müssen. Die Totenschuhe laufen in den Schnee hinaus, ich hinterdrein, mit nackten Füßen laufe ich durch den immer heißer werdenden Schnee, um meine Totenschuhe einzuholen. Nach dreihundert Metern sind sie erschöpft. Sie keuchen. Vielleicht haben sich die Totenschuhe eine Lungenentzündung geholt, dann in den Sarg damit, der Enznopa ist an Lungenentzündung gestorben, nein, kein Wort der Widerrede, da hilft nur Sterben. Liefen wir doch damals, mein Bruder Michl und ich, lachend vor dem Schmerz der Kälte, am Heiligen Abend vor der Geburt Christi und der Geburt meines Vaters mit bloßen Füßen über den weißen Flaum der Dorfstraße bis zum Friedhof hinunter, der Abschluß und Ende dieses Dorfes bildet. Schreiend, mit nackten Füßen liefen wir stampfend hinunter, konnten nicht mehr unterscheiden, ob der Schnee brennendheiß oder eiskalt war, Lichter gingen hinter den dunklen Fenstergittern an, Köpfe erschienen, verschwanden wieder mit den Lichtern und hie und da sah man im ersten Stock oder im Parterre pompös geschmückte Tannen- und Fichtenbäume, weggezogen sind an diesem Abend die Vorhänge, sonst nie, aber an diesem Abend soll jeder Passant die Schönheit und glitzernde Pracht der Zimmer, den Turm der Weihnachtspakete sehen. Wir waren am Friedhof angekommen, der Michl und ich, niemand war in der Kirche, aber der Corpus war zu Ehren der Geburt Christi erleuchtet, Glühlampen im Bauch meiner Mutter, in dem bereits unser jüngster Bruder wächst, wir wollen sehen wie er aussieht. Heiß ist der Schnee unter den Füßen, zwischen den Grabsteinen ein paar flackernde Kerzen, dort, wo die jüngsten Toten liegen, schreien wir vor Schmerz. Hochgekrempelt sind die Hosenbeine bis zu den Knien, manchmal rutscht ein Bein wieder hinunter, und dieses Hinaufkrempeln, dieses Stehen im Schnee bringt mich zum Tänzeln. Vor dem Grab des Enznopas stehen und auf eine Lungenentzündung hoffen. Die beiden Lungenflügel des Bruders klatschen zusammen wie Hände, die den Schnee von den Fäustlingen klopfen, sie applaudieren, es ist vollbracht. Schön waren die Schmerzen, schön und grausam. Wenn ich heute nicht verletzt werde, muß ich mich selber verletzen, um weiterleben zu können. Nicht dort, wo ich gezeugt worden bin, soll mein Totenbett stehen, nein, dort wo ich liebe, möchte ich sterben. Niemand denkt hartnäckiger an den Tod als die jungen Leute, auch wenn sie aus Scham nur selten darüber reden, sagt Paul Nizan.

Einige Monate ist es her, seit ich in Venedig in der Aufbahrungshalle eines Krankenhauses vor der violetten Bahre eines Toten stand und sah, wie sich die Angehörigen küssend von ihm verabschiedeten. Seine Wangen waren hohl, wie in eine Schale mußten sie ihm den Kuß auf die Wangen geben. Die Totenmaske deines lächelnden Mundes küssend verabschiede ich mich von meinem Zorn, Else Lasker-Schüler. Groß habe ich den Kopf deiner Totenmaske vor mir liegen, größer als meiner ist er, manchmal stütze ich versehentlich meinen Ellenbogen drauf, erschrecke und zucke zurück, frage mich, warum ich erschrak, und lege die ganze Hand über dein Gesicht, als wollte ich es streicheln, als wollte ich es schlagen, weil ich es streicheln muß. Keinen Toten besuche ich auf dem Friedhof, ich suche ihn in mir und grabe ihn aus. Der

Kameramann schwenkt seinen Kopf. Dort ist die venezianische Friedhofsinsel, Igor Strawinsky liegt irgendwo unter diesen Toten, sage ich zum Regisseur. Der violette Sarg wird wie auf einem Gepäckwagen ans Ufer eines Kanals chauffiert. Drei große Blumenbuketts haben die Bestatter auf das Dach des Schiffes geworfen, die Nelken und Rosen zittern unter der Wucht des Aufschlages. Ich lasse keinen Blick mehr von den Leichenbestattern. Schwarz sind sie gekleidet, goldene Streifen an den Armen und an den Hosennähten wie Schiffsoffiziere. Admiral Leichenheini. Leichenheini, sagten wir Kinder zum Dorftotengräber. Noch ehe der Priester seine Rede beendet hatte, wurde der Schiffsmotor eingeschaltet. Totengräber haben es eilig. Der Kameramann fixiert den Sarg und meine Gestalt. Ich spiele den Beobachter, vergesse aber aufs Spiel und erschrecke im Augenblick meines Ernstes, daß es kein Spiel mehr ist. Die Trauergäste, die vorhin in der Leichenhalle den Toten küßten, mit ihren Lippen sein Gesicht und seine Hände berührten, küssen nun einander und übertragen den Totengeschmack von der einen Lippe auf die andere. Ob ich den Toten hasse, weil ich selber nicht sterben will? Ob ich ihn liebe, weil ich schon einmal gestorben bin? Das lächelnde Gesicht der Totenmaske liegt nun auf meinem Kopfpolster, ein paar Haare, während ich nachts im Traum meinen Kopf links und rechts warf, sind zurückgeblieben. Ich setze mich vor das Bett, als wäre sie krank, und gebe der Totenmaske die Vitamintabletten, die ich vor einer halben Stunde geschluckt habe. Bis zum Kinnansatz ist sie mit einem blaukarierten Bettuch zugedeckt. Als wollte ich ihr in Kürzeln erzählen, warum ich über den Tod schreiben muß, blicke ich ihr ins Gesicht. Sie nickt mir zu. Drei Jahre war ich alt, als mich meine kinderlose

Tante, die Tresl, unter den Achseln faßte, hochhob und mir auf der immergrüngeschmückten Bahre die tote Mutter meiner Mutter, die Aichholzeroma, zeigte. Das hätte sie nicht tun sollen, sagte meine Mutter, als ich davon kürzlich erzählte, einem Kleinkind zeigt man keinen toten Menschen. Genau bis zu diesem Augenblick, bis zu diesem unter den Achseln gefaßt werden, kann ich mich zurückerinnern. Mein erster Mensch ist eine tote Frau, nicht Adam oder Eva oder ein Menschenaffe. Der Novembernebel lag über den abgeernteten Feldern, als das österreichische Fernsehen über den Tod Robert F. Kennedys berichtete. Der Fernsehapparat stand im Zimmer des Aichholzeropas. Seine Füße an meinem Rücken, lag er im Sterben. Die Füße des Sterbenden strampelten gegen das Bettbrett, abwechselnd blickte ich auf den Bildschirm und in die Gesichtszüge des sterbenden Vaters meiner Mutter. In einem venezianischen Hotel hörte ich, zum Schlaf vorbereitet, das Schnaufen eines Mannes durch die Wand. Er atmete tief und schwer. Ich versuchte, mit seinem Atem in meinem Atemrhythmus mitzukommen, um schlafen zu können, aber immer wieder entgleisten meine Atemzüge. Die Nacht lag ich wach und horchte auf Tausende und Abertausende von Atemzügen. Ich hockte in der Ecke des Bettes, die Beine auseinandergebreitet, die Hände auf den Kniescheiben, manchmal rutschte die Hand über die glatten Oberschenkel und lag müde und schwer auf dem Geschlecht. Meine Hand legte ich auf die Brust und spürte den Herzschlag, während mein linkes Ohr, neugierig geworden, die Atemzüge des Schlafenden nebenan abhorchte. Ich stand auf und ging zum Fenster. Kein Boot auf dem Canale Grande, die Rialtobrücke menschenleer. Ruhig und gespannt liegt das Wasser. Möwenschreie, immer wieder Möwenschreie, wenn nicht draußen, so in mir, in meinem Kehlkopf. Könnte ich jetzt schreien, hier in diesem Hotelzimmer, wie eine Möwe schreien, würde der Mann nebenan aufwachen, und ich könnte einschlafen und auf meine kurzen, manchmal langgezogenen Atemzüge horchen. Und er würde wie eine Möwe schreien und ich würde aufwachen, er könnte einschlafen und ich müßte meinen Kopf an die kalte Wand legen und seine Atemzüge abhorchen, wie der Landarzt seinen Kopf auf meine Kinderbrust legte, noch immer rieche ich seine Kopfhaut. Und er würde wieder, sobald ich meine regelmäßigen Atemzüge vernähme und die Gewißheit hätte, daß ich schliefe, wie eine Möwe aufschreien, und ich hebe meinen Kopf und schlafe mit Vogelblut in meinen Fäusten für kurze Zeit ein. Wieder stehe ich auf und gehe zum Fenster. Jemand bindet einen Vaporetto los, wie der Vater das Pferd von einem Baumast. Er steigt ins Boot, und für mehrere Minuten unterhalten mich seine Ruderschläge. Am Fenster stehend höre ich den Mann nebenan schnaufen, etwas leiser als wenn ich auf dem Bett hocke, das an der Wand steht. Ich gehe wieder ganz nahe heran, um es in vollen Zügen zu genießen. Von meinem Herzschlag, den ich synchron mit seinem Atem höre, gleitet meine Hand auf den Bauch, blind findet der Zeigefinger den Nabel. Sein Herzschlag, sein Atem, mein Atem, mein Herzschlag, alles pocht in meinen Schläfen, links und rechts. Ich weite den Gummi der Unterhose, hebe mein Becken, streife sie über meine Oberschenkel, strampelnd treten sie die Füße über den Bettrand. Ich sehe die rotbraunverbrannte Haut der Oberschenkel und des Bauches, das weiße Becken, das während meiner Strandläufe von einer roten Badehose eingehüllt war. Lange blicke ich hin, vergleiche die

Farben rotbraun und weiß und lausche dem Schnaufen des Mannes, so leise wie möglich versuche ich zu atmen, um sein Schnaufen noch deutlicher und klarer zu hören. Ich lege mein Ohr an die Nase des lächelnden Gesichts der Totenmaske, drehe den Kopf und sehe ihr wieder ins Gesicht, lauter als vorher atme ich, als wollte ich ihr den Odem des schlafenden Mannes in Venedig einflößen. Diese dünne Wand, könnte ich sie mit meiner Faust durchstoßen wie ein Spinnennetz. Soll ich mit Vogelblut das Wort Schlaftabletten auf die Spiegeloberfläche schreiben? Soll ich den Spiegel zerschlagen und die Scherben in das Kopfpolster füllen, damit mein nächster Traum den todesähnlichen Schlaf ins Zimmer des Schnaufenden reflektiert? Während meine Hand auf meinem Glied liegt, sehe ich mich ins Meer hinauslaufen, Wellen stoßen an meine Stirn, schlagen mich zurück, auf dem Rücken liegend kralle ich meine Finger in den Meeressand und lachend im flüssigen Glas des Meerwassers richte ich mich wieder auf, um nach Luft zu schnappen. Eine Kopfbewegung nach rechts, um das Wasser von meinen Haaren zu werfen. Beine und Arme ausgestreckt, auf meinem Rücken liegend wie auf einem trabenden Pferd, versuche ich lachend die Sonne ins Auge zu fassen, und noch ehe sich meine Gesichtsfalten wieder glätten, ist die Haut trocken. Von weitem sehe ich die Messerschneide einer Welle herankommen. Ich blicke ihr wie einem Feind in die Augen. Näher und näher kommt sie, aus der Messerschneide wird eine Schaumwalze, die meinen Kopf überrollen wird. Wieder öffne ich unter Wasser die Augen und versuche zu lachen. Hoch tasten sich die Hände über die Schamhaare, den Nabel, Brustwarzen links und rechts, alles ist noch da, und wieder versuche ich in den Rhythmus der Atemzüge, die durch die Wand dringen, zu kommen, nach zehn oder zwanzig Zügen verliere ich die Synchronie. Mein Gesicht verzerrt sich zur Mimik eines weinenden Kindes. Wieder gehe ich ans Fenster und blicke aufs ruhige Wasser des Canale Grande.

Heute, während ich schreibe, ist Allerheiligen. Meine Mutter steht am Grab ihrer Eltern. Der Vater zehn Schritte davor, am Grab seiner Eltern. Rechts, nahe der Kirchenmauer ist ein Grab, auf dem vielleicht fünf, sechs oder zehn Kerzen brennen. Das Grab eines Siebzehnjährigen. Gestern abend schlug ich die Mappe wieder auf, in der die Kärntner Tageszeitungen vom ersten Oktober Neunzehnhundertsechsundsiebzig liegen, aber plötzlich wurde aus der Langeweile Interesse, und immer wieder die Schlagzeilen lesend, als verstünde ich sie heute noch nicht, blickte ich auf den blauumrandeten Partezettel und auf eine abgerissene Kranzschleife weißer Farbe. Ich schnalle das lächelnde Gesicht der Totenmaske auf meinen Kopf und träume von diesem siebzehnjährigen Toten. Das Turiner Schweißtuch umhüllt seine Hüften. Jesus steigt wieder vom Kreuz und segnet ein österliches Schokoladekruzifix. Ich sehe in den Spiegel, und er blickt zurück. Seit drei Jahren bist du tot. Ich schäme mich, daß ich noch am Leben bin. Deine Hand, die mich umbringen könnte, ist verfault. Ich wünschte, daß dich meine Hand töten könnte. Dann wärst du am Leben. Dein gläserner Sarg, und niemand stolpert, kein roter Apfel fällt aus deinem Mund, kein Apfel, in den ich krachend beiße und den ich wegwerfe, weil ich einen Wurm sehe und dabei an die Würmer denke, die seit drei Jahren deinen Körper erobern. Wenn jeweils der letzte Tote eines Dorfes Gott wäre, hätte man dich lange anbeten müssen. Auf meinem Schreibtisch liegen zwei Kugelköpfe neben einer Ledermappe, der eine mit seiner Zackenkrone nach unten, der andere nach oben. Seitenverkehrt liegt neben der Totenmaske eine Werbezeitung, in deren Mitte, von Buchstaben wie eingerahmt, der Kopf Hubert Fichtes. Lange blicke ich ihm in die Augen und sehe in seinen Pupillen die aufzuckenden Scheinwerfer des Blitzlichtes. Geh in den Wald, Jakob, bring deiner Mutter eine Waschschüssel voll blutiger Erdbeeren, die Waschschüssel, in der frühmorgens ein paar Haare von ihrer Gesichtswäsche zurückbleiben, laß das Wasser zu Eis frieren, und du wirst die Gesichtszüge deiner Mutter auf der Oberfläche des Eises sehen, wie man auf dem Schweißtuch Jesu Gesichtszüge identifizieren kann, geh zu deinem Freund Robert, und ihr beide sollt dieses Eis, das in einem Leichenhaus konserviert wurde, im Spätsommer vor eurem Totenfest im Pfarrhofstadel auflecken, rauh ist die Oberfläche, aber glatt ist die untere Seite des Eises und am Boden sieht man einen Kreishöcker, denn in der Waschschüssel, in der noch heute deine Mutter ihr Gesicht in klarem, eisenreichem Wasser säubert, in dieser Waschschüssel war in der Schlinge eines Kreises eine kleine Vertiefung, deshalb der Ring an der Unterseite dieses Schweißtuches aus Eis. Mit Eiszapfen an den Fingern hebe ich meine Hand über den Altar der Dorfkirche, donnernd fällt sie auf das Altartuch, knapp neben eine Hostie. Eine Erntedankkrone auf das Haupt eines Selbstmörders, links und rechts, festgebunden an der Krone hängen die Nabelschnüre zweier Geschwister, zwei Hände greifen nach den pendelnden Schnüren und verknoten sie unter dem Kinn. Nun sitzt die Erntedankkrone fest. Hätte man dich eingeäschert, würde ich die Phiole deiner Asche stehlen, alles Tierfleisch, das ich in Zukunft esse, mit deiner Asche salzen, deine Asche bis aufs Blut lieben, denn du bist tot. Vor deinem Grabhügel werfe ich mich nieder, winters lieber als im Sommer, maulwurfartig bewege ich mich, bauchtief im Schnee steckend, auf dem Dorffriedhof vorwärts. Fingergroße Erntedankkronen liegen in der Schublade meines Nachttisches. Ich nehme sie heraus und verziere meine zehn Finger damit, während ich schreibe. Der Priester des Dorfes erzählte mir, daß er den gemeinsamen Freitod von Jakob und Robert wie alle anderen Geschehnisse in die Dorfchronik eingetragen hat. Wie und was haben Sie geschrieben? Erzählen Sie mir davon. Wie sahen die beiden Jungen aus, als man sie auf dem Diwan des bäuerlichen Elternhauses ausbreitete. Sie haben Jakob den letzten Segen gegeben. Wenn sie ihre Brust abhorchten, was hörten Sie? Der Scheitel seines Haares, links oder rechts? Die Zunge, links oder rechts im Mundwinkel, weißer eingetrockneter Schaum an den Lippen? Gesichtsfarbe? Seine Hüften, urinfeucht? Kotstellen? Eine große hervorstehende Ader in seiner rechten Kniekehle, dort, wo seine Schußkraft liegt? Ich erinnere mich, wie sein Lederball an meine Stirn stieß und mich zwei, drei Zentimeter vom Boden hochhob, so hing er am Strick, und ich auf den Rücken fiel, einen Fuß angezogen hockte ich schmerzhaft lächelnd zwischen den Haselnußstangen des Tores, seine Hand glitt über mein Gesicht und streichelte die gerötete, schmerzhafte Stelle. Ich habe nur das Todesdatum und das Ereignis als solches, wie es in der Zeitung steht, in die Dorfchronik eingetragen, sagte der Priester, über die anderen Dinge redet man nicht. Also rede ich nur mehr über die anderen Dinge und lasse die Dinge, über die man redet, aus oder notiere sie kurz und bündig, wie ich sie gehört habe. Leere und volle Coladosen liegen in Jakobs Totenzimmer herum.

Eine eingebeulte nehme ich in die Hand und zerdrücke sie vor dem Angesicht des Todes, eine andere öffne ich, Schaum tritt aus der Öffnung, ein Schuß Schaum, und während ich die Dose an die Lippen führe und trinke, schiele ich nach unten auf seine spitze, von der Totenfäulnis angeschlagene, bläuliche Nase. Später werde ich in die Küche gehen und vorgeben, daß ich Hunger habe, Gebt mir Brot und Fleisch und ein Messer, Schnaps, wie es sich bei der Totenwache gehört, gebt mir dazu, ein wenig Alkohol brauche ich, der mir Mut machen soll. Das Messer werde ich in meiner Jackentasche verschwinden lassen und ins Totenzimmer gehen. Als Kind glaubte ich, wenn man einen Toten abermals tötet, wird er lebendig. Noch irre ich zwischen den flirrenden Kerzen des Totenzimmers umher, rieche an Nelken, an Rosen, an Immergrün, rieche an Tannen- und Fichtenreisig, rieche an den Körnern der Erntedankkrone, sie riecht eher nach Blut als nach dem Duft der Felder unter der Mittagssonne, rieche an seinen Totenschuhen, an seinem schwarzen Anzug, an der Haut seiner gefalteten Hände und entdekke, daß ich angesichts seiner Totenfäulnis den Geruch der Duftblumen verachte. Das schwarze Tuch der Trauerdekoration ziehe ich vom Fenster, der helle Schein der Sonne erschreckt mich, schön ist es, erschreckt zu werden, schön ist es, jemanden zu erschrecken, wenn ich auch nur, indem ich das Tuch wieder über das Fenster stülpe, die Fliegen, die sich im Totenzimmer Jakobs auf ihren herbstlichen Todeskampf vorbereiten, erschrecke. Nach seinem Tod ging ich, den Zeitungsausschnitt seiner Gestalt mit roten Gazestreifen auf die Brust geheftet, durch Klagenfurt. Niemand ahnte, daß ich einen Toten unter meinem Hemd verborgen hielt. Einem Polizisten blickte ich frech in die Augen, und er blickte schuldbewußt zurück. Nach hundert Metern, da mir sein Blick unwahrscheinlich vorkam, ging ich zurück, blickte im Vorbeigehen dem Polizisten nun schuldbewußt in die Augen, während er frech zurückblickte. Heute ist es das lächelnde Gesicht der Totenmaske der Else Lasker-Schüler, das auf meiner Brust klebt. Wenn ich weine und mit meinen Händen das Gesicht verberge, denke ich an ihr Lächeln auf meiner Brust, schnell trocknet sie, die Mutter meines kommenden Todes, meine Tränen. An seinem Fußende sehe ich, knapp unter den Totenschuhen, einen blauumrandeten Partezettel. Wieder und wieder lese ich ihn. Blindenschrift des Todes. Kraftfahrzeugmechaniker, lese ich, durch ein tragisches Geschick im blühenden Alter von siebzehn Jahren von uns gegangen, lese ich, anschließend findet die feierliche Beisetzung statt, lese ich, und ich lese alles wieder und wieder, als könnte oder wollte ich es nicht verstehen. Ich will den Partezettel wegnehmen und zerreißen, aber man würde mich aus dem Totenhaus jagen. Oder man würde mich umarmen und sagen, Wer will seinen Partezettel nicht zerreißen, wer nicht? Nie vorher wurde sein Name gedruckt, nie, kein Setzer nahm sich die Buchstaben seines Namens zur Hand und schrieb in Kurrentschrift, wie Vater und Mutter schreiben, seinen Namen. Wer verbietet es mir, eine Coladose auf dein Haupt zu stellen, dich zu krönen mit dem Getränk der Jugend, Seht, in aller Welt trinken sie an den Bahren junger Toter, in Amerika, in Frankreich wie in Österreich trinken sie Cocacola.

Stehe ich mit dem einen Bein auf dem linken, mit dem anderen Bein auf dem rechten Gleis und erwarte mit ausgestreckten Händen einen Zug, drehe ich den Kopf rechts, links, schließe die Augen, lächle, schneide Gri-

massen, reiße die Augen auf, springe, ehe der heran-
schwirrende blaue Blitz des Zuges mit seiner Schnauze
meine Stirn trifft, zur Seite und laufe in den Wald hinein.
Ich höre die Räder des Zuges, hundert Meter oder
zweihundert Meter weiter bleibt er stehen, der Lokführer
geht mit der Gewißheit, einen Toten vorzufinden, das
Gleis entlang. Immer wieder bückt er sich, manchmal
läuft er, weil er hofft, daß ich noch am Leben bin, blickt
vor und wieder zurück, aus Angst, meine Leiche überse-
hen zu haben, läuft weiter, während ich auf einem
Baumstumpf stehe und das Geschehen beobachte. Gierig
sehe ich zu, wie man meine Leiche sucht. Ich muß
gefunden werden. Wehe er ist noch am Leben. Ohne zu
wissen, was ich im Mund habe, kaue ich an einem
Tannenzapfen, Harz zwischen den Zähnen, braune Blätter kleben an meinen Lippen. Ich beuge mich etwas vor,
um besser sehen zu können. Ein Fichtenast verdeckt mir
die Sicht. Ein hackender Blick genügt und der Ast kracht
zu Boden. Lachend laufe ich über das Moor. Mein Tod
schwitzt Blut. Die Hände wie zum Gebet hochgeworfen,
ein Hackbeil dazwischen, das lächelnde Gesicht der
Totenmaske der Else Lasker-Schüler als Larve um meinen
Kopf gebunden, stehe ich auf Zehenspitzen. Der Herz-
muskel pumpt. Cocacolaschaum steigt aus meiner Nase
und rinnt über das Kinn. I can get no satisfaction von den
Rolling Stones im Ohr, Jakobs Lieblingsplatte, die zur
Hostie verkleinert der Priester den Trauergästen, die sich
über den schwarzen Leib Christi wundern, auf die Zunge
legt. Noch schwebt die Schneide des Hackbeils zehn
Zentimeter über dem weißen Trauerschleier des Sarges,
der seine Gestalt zudeckt. Jakobs verlorengegangener
Bruder reißt im Einsiedeglas des Anatomischen Museums
die Augen auf. Der Blick auf ein eingesticktes, goldfarbe-

nes Kruzifix auf der schwarzen Leinwand über seinem toten Haupt läßt mein Herz schneller schlagen. Weil du dich umgebracht hast, töte ich dich, damit du wieder am Leben bist. Solltest du nicht wieder auferstehen, hole ich aus dem Zimmer deiner Schwester eine hundert Meter lange rotweißrote Mullbinde und fasche deine Wunde ein, niemand soll sehen, daß ich dich liebe, niemand soll es wissen. Dein Tod und dein Leben werden in meinem Überleben verborgen bleiben, bis ich tot und an deiner Stelle in der Bahre liege. Ich kaufe alle im Kiosk erhältlichen Tageszeitungen, meine Totenmaske ist gierig und braucht jeden Tag frisches Futter neuer Katastrophenmeldungen, neue Tote, neue Sterbenskranke, neue Unglücke, sie ist hungrig danach, und je mehr sie liest, desto weniger wird sie satt. Eine rotweißrote Mullbinde um den Kopf geschlungen taste ich mich am österreichischen Nationalfeiertag, dem sechsundzwanzigsten Oktober, blind am Lendkanal entlang. Meine Stirn stößt an einen Baumstamm. Mit auseinandergespreizten Beinen, den Oberkörper vorgebeugt, erbreche ich kleine gelbrotweiße Fahnen aus Fleisch und Blut. Die Hunde der Kärntner Heimatdienstangehörigen schwänzeln hinterher und lecken sie auf. Die Stirn prallt zurück. Noch während der Soldat mit der Lanze den Brustkorb Jesu aufbricht, reißt er im Traum meine Augen auf. Erschrocken blicke ich auf die Lanze in meiner Brust, ein Freund will sie herausziehen, aber bösartig blicke ich ihn an, sage, daß ich ihn liebe, umklammere mit der rechten Hand die Schneide der Lanze, spüre keine Schmerzen mehr, wie einen Fisch, der mit einer venezianischen Fischerhand aufgeschlitzt wird, öffnet die Schneide die Innenfläche meiner Hand, auf der mir weise Frauen mein Leben voraussagten, und mit meiner letzten Kraft stoße ich die Schneide tiefer in die Brust. Wenn du mir das Leben rettest, um dich in mir zu lieben, laß mich bitte sterben, falte deine Hände und blick mir ins bleierne Gesicht. Das Haupt senkt sich auf meine Brust. Die Erntedankkrone fällt zu Boden und rollt vor die Füße meiner Mutter. Langsam, mit tränenden Augen und mit einem roten Fleck in der Hüftgegend, geht sie, Weizenkorn für Weizenkorn kauend, den Berg hoch. Sie wird den Gekreuzigten mit dem Brot Gottes füttern. Sie wird Jesus den Leib Christi, als Hostie verkleidet, zwischen die Lippen schieben. Lege ich ein Ohr auf die Schienen, höre ich den Zug von weitem, schlafe ich dabei ein, höre ich im Traum das immer lauter werdende Schnaufen der greisen Kinder Gottes, schrecke hoch, und hinter meinem Nacken spüre ich den Luftzug eines vorbeidonnernden Zuges, zum zweitenmal schrecke ich hoch und blicke in der Dunkelheit um mich, meine Hände tasten nach dem Polster, der Bettwäsche, den Leinenüberzügen. Es war nur ein Traum, gottseidank nur ein Traum. Einschlafend beginne ich wieder wie eine Lokomotive zu schnaufen, einschlafend eilt die Mutter den Berg hinunter, ohne Jesus mit dem Leib Christi gesättigt zu haben, er ruft, hört ihn, der Jesus von Bangla Desh hat Hunger, paßt auf, euer Schnitzel brennt an, legt diese Prosa zur Seite und sättigt euch, wieviel Körbe Brotrinden werden in den Mülltonnen übrigbleiben? Beim Einschlafen zittert wieder das lächelnde Gesicht der Totenmaske zehn Zentimeter über meinem Gesicht, löst sich auf und erstarrt, löst sich auf, einschlafend überholt mein Schnaufen, das den Brustkorb hebt und senkt, den schwerfälligen Schritt einer Strohpuppe, die ihren Kopf aus Angst vor dem heranfahrenden Zug nach hinten verdreht, einschlafend ist es Jesus, der seine drei Kreuzigungsnägel erbricht, einschlafend gehe ich den Schlangenweg des Pfarrhofes hinauf und klopfe an der Tür des Pfarrhofstadels um Einlaß, bin Hexe, Hänsel und Gretel in einer Person, hocke mir selber als schwarzer Rabe meiner über das Weizenfeld schwirrenden Todesanzeige auf meiner rechten Schulter. Der Strahl der Taschenlampe beleuchtet zuerst ein Paar Schuhe, dann zwei Paar, sie schweben wie die violetten Engel meiner Kindheit mit Totensocken an den Beinen über der Stirn eines Kinderhauptes. Erschrekken? Nein, das fällt mir schwer, nicht erschreckt werden ist schlimmer. Heb den Daumen und den kleinen Finger hoch, die drei anderen Finger laß wie Greise mit müden Köpfen nach unten hängen, die Spanne, die dazwischen liegt, ist zehn Zentimeter lang, aber es genügt, der Weg in den Tod ist kilometerlang und millimeterbreit, und in der Mitte zittert das Herz dessen, über dem das Hackbeil zwischen meinen Händen schwebt, der schließlich auf seinen Leib niedersacken wird, um ihm zum Leben zu erwecken.

Daß ich der Zwillingsbruder Jesu bin, wissen wir bereits, daß mein Vater am vierundzwanzigsten Dezember Geburtstag hat, wissen wir auch. Ich wünschte, Jakob und Robert hätten sich manchmal gehaßt, dann wären sie vielleicht nicht gemeinsam in den Tod gegangen. Ich erinnere mich nicht, einmal die Vorstellung, mit meinem Bruder in den Tod zu gehen, gehabt zu haben. Nun aber stelle ich es mir vor. Wir wählen einen anderen Ort als den Pfarrhofstadel, mein Bruder Michl und ich, aus einer höhlenartigen Hütte in einem Keller schleppen wir gemeinsam überwinterte Erdäpfel in Plastik- und Eiseneimern nach Hause. Kein Licht, kein elektrisches, eine Kerzenflamme zittert auf einem morschen Balken, der in einer Ecke lehnt. War es eine Ratte oder eine Maus, die über meine nackten Füße schwänzelte? Die Vorstellung, daß es eine kleine, zierliche Maus war, macht mich zärtlich, die Vorstellung, daß ich eine langschwänzige Ratte in dieser kleinen zärtlichen Maus meiner Gefühlswelt hätte töten können, macht mich aggressiv. Bald wird der Augenblick kommen, wo mein Lächeln das lächelnde Gesicht der Totenmaske der Else Lasker-Schüler überblenden wird. Komm, öffne die Tür der Hütte, Spinnweben, unzählige Spinnweben. Uns bückend, denn die Tür ist niedrig, bereits als Kinder bückten wir uns, gehen wir hinein. Immer noch derselbe Geruch. Keimt mein Nabel? Michl! Du erinnerst dich sicherlich noch, als wir beide, damals, die heustadelwandgroßen Zirkusplakate vom Bretterverschlag lösten und manche schon vor der Vorstellung in diesen Keller zerrten? Mit einer Kerze in der Hand bestaunten wir zwischen den keimenden Erdäpfeln die farbigen Seiltänzer, die grauen Elefanten mit goldenen Kronen auf den Köpfen, die aufgerissenen Rachen der Tiger. Sie waren geschmeidig gezeichnet, katzenähnlich, in einer schwarzen Hauskatze sah ich einen tötungswürdigen Panther, aber es ist die Lieblingskatze des kleinsten Bruders, des Adam, der liebt sie mehr als mich. Ich müßte die Katze töten, er soll mich lieben und nicht die Katze. Die Sehnsucht ist größer als die Erfüllung. Lassen wir sie leben, das Weinen meines kleinen Bruders hat mich nicht glücklich gemacht, manchmal sah ich mich, zehn Jahre jünger, weinen, dann weinten wir gemeinsam und hielten uns umschlungen wie Affenmutter und Affensohn, aber lange wagte ich es nicht, ihm in Anwesenheit anderer einen Kuß zu geben. Als er in der Wiege lag, schlich ich oft in das Schlafzimmer der Mutter, um den kleinen Bruder zu küssen. Einmal sah ich aber auch dich, Michl, als ich zum Fenster hinausblickte und den Unbeteiligten spielte, wie du im Fenster unserem neugeborenen Bruder einen Kuß auf die Stirn gabst. Schnell drehte ich meinen Kopf, den Seidenvorhang noch in der Faust, in Richtung Wiege. Ich blickte dir in die Augen. Scheu, als hättest du ein Verbrechen begangen, blicktest du mir in die Augen, forschend, als hätte ich dich bei frischer Tat ertappt, blickte ich zurück. Manchmal rauften wir um den kleinen Adam, Nein, er gehört mir, heute, morgen und übermorgen. Die Schmerzen, die ich in meinem Körper spürte, als mir auffiel, daß dieser jüngste Bruder deinem Fleisch und Blut näher sein mußte als meinem, du bist zwei Jahre jünger als ich und acht Jahre nach dir ist unser Bruder Adam auf die Welt gekommen, zehn Jahre nach mir. Aber es waren acht Jahre dazwischen, das beruhigte mich, unser jüngster Bruder hat mit deinem Fleisch und Blut nichts zu tun, gut so. Gratiskarten haben wir von den Zirkusplakatierern erhalten, Gratiskarten, da unsere Heustadelwände vollplakatiert worden sind, Gratiskarten für fünf Bauernkinder. Zum erstenmal in meinem Leben sah ich Liliputaner, durch Feuerringe springende Löwen, geschmückte Reitpferde, eine Riesenschlange um den Hals einer über und über geschmückten Frau, die Seiltänzer kamen, und ich hoffte, daß eine der Seiltänzerinnen tödlich abstürzen würde. Ich schlug der Schwester die Faust auf die Knie, Ruhe, sonst reiß ich an deinen Zöpfen, und in mich hineinmurmelnd vollendete ich den Satz, sie braucht Ruhe vor dem Sprung in den Tod. Mein Herz flatterte wie die regennassen Flügel einer Schwalbe, Sekunden bevor sie sich auf den Heustadelbalkon setzt. Trommelwirbel. Die Schwalbe sitzt und starrt. Die Regentropfen werden vom Grünzeug des Kirschbaumes aufgefangen. Die Schwalbe verdreht ihren Kopf, mitgleiten der Halsfalten. Ein Schrei aus dem Mund des Lautsprechers, um den Sprung in die Herzgruben der atemanhaltenden Zuschauer zu dramatisieren. Die Frau hechtet, zieht die Beine an den Bauch heran, eine Rolle, sich plötzlich ausstreckende Hände und Beine, verfängt sich in den Händen eines Trapezkünstlers und läßt ihren Körper unter der Zirkuskuppel ausschwingen. Die Schwalbe hebt ihren Kopf, der blutigrote Zylinder ihres Rachens wird sichtbar. Aufrauschender Applaus, Bravorufe aus dem Mund des Lautsprechers, glänzende Schwesteraugen. Ich hätte sie gerne sterben sehen. Enttäuscht verlasse ich das Zirkusgelände, Schwesterhand an meiner Hand, kratze ihre Haut ein wenig wund. Scheiß Liliputaner, scheiß Trapezkünstler, scheiß schwarzer Panther, jetzt wird es Zeit, daß Kleinbruders Lieblingskatze stirbt. Wieder öffnet sich der rote Zylinder des Schwalbenmaules, sie hebt sich vom Heustadelbalkon und verschwindet im Dickicht der Regenfäden. Ich stellte mir vor, wie die tote Seiltänzerin von einem Clown geschmückt wird. Er windet ihr einen Kranz Fleischblumen um die Stirn und steckt ihr blutstillendes Grünzeug in den Mundwinkel. Vier Liliputaner tragen ihren Leichnam. Der Clown schreitet mit einem Kurzifix voran. Der Zirkusdirektor hält eine Dose Cocacola in seinen Händen und umschließt sie mit den Fingern zum Gebet. Während er das Gegrüßtseistdumaria murmelt, liest er den Werbetext auf der Coladose, verliert die Gebetsätze und betet nun im Werbetext der Limonadenfabrik weiter. Ein schwarzer Panther mit einer Dornenkrone auf dem Haupt windet sich am Kreuz.

Eine Schneeflocke schreitet mit einem Regenschirm über die weißbedeckte Asphaltstraße. Scharf wie Rasierklingen ist die Luft, wenn ich das Fenster kippe und aus dem

Spalt in den Himmel auf das weiße Flimmern des Schnees schaue. Totentrommeln hörte ich in meinen Kinderträumen. Medizinmänner kamen und schlossen Schläuche an meine Halsschlagader, Mame, Mame, rief ich, töt mich du. Du hast das Recht mich zu töten, ich habe die Pflicht zu sterben. Karl May wird irgendwo im Hintergrund stehen, während mein toter Leib aus dem Elternhaus gesegnet wird, mit geschlossenen Händen und niedergeschlagenen Augen. An meiner offenen Bahre wird er stehen, seine warmen auf meine kalten Hände legen. Bleistiftspitzen statt der Fingerspitzen. Ist dein Bleistift stumpf, so öffne meinen Mund, blaß sind meine Lippen, aber meine Zähne sind noch scharf, dreh dreimal den Bleistift zwischen den Schneidezähnen, dann wird er wieder spitz sein. Zieh ihn heraus, mach es heimlich, niemand darf es sehen, ich habe auch so vieles heimlich gemacht, Geld gestohlen, damit ich deine Bücher lesen konnte, heimlich habe ich auf dem Plumpsklo onaniert, zugedeckt habe ich das Glas der Fensterscheibe mit Partezetteln und zerrissenen Zeitungen. Während mein Schnaufen allmählich stärker wurde, blickte ich auf die Schlagzeilen der Verkehrsunfälle, der Mörder und Selbstmörder, niemand hat mich gesehen, aber ich konnte mir schon denken, daß jemand am Fenster vorbeigehend die Schlagzeilen an der anderen Seite der Fensterscheibe las und an der Mauer dem Geraschel des Zeitungspapiers lauschte. Den roten Reifen vom Rand des Klos tastete ich an meinen Hinterbacken ab. Mein Cousin, der Ewald, größer gewachsen als ich und stärker, er zwölf, ich elf Jahre alt, hat mir gestern unter den schwankenden Fichtenästen im Wald sein Glied gezeigt. Mein Schoß ist noch unbehaart, seiner behaart, viel größer ist sein Glied auch. Er stieß seinen Samen in die Handschale und zeigte

ihn mir, Tropfen für Tropfen fiel auf den fichtennadel-
übersäten Waldboden. Er lachte schallend in den Wald
hinein, als er meinen unbehaarten Unterkörper und mein
kleines Glied sah. Du wirst zum Arzt gehen müssen, dein
Schwanz ist ja krumm, sagte er. Ausgepolstert mit den
Tageszeitungen und Partezetteln ist das Klofenster. Niemand soll sehen, wie ich mit einer Rasierklinge und der
Rasierseife des Vaters meine wenigen Schamhaare entfer-
ne. Sie sollen schneller wachsen. Als ich einmal neben
meiner Mutter Haare von meinem Unterarm mit der
Schere schneide, warnt sie mich davor, daß sie schneller
wachsen, daß sie länger werden als ich sie haben will. Der
Mutter wie ein Dieb in die Augen blickend verlasse ich
das Zimmer und suche nach Rasierklinge und Seife, einen
kleinen Spiegel nehme ich mit, einen Becher lauwarmes
Wasser, niemand sieht, wie ich die Klotüre öffne, niemand sieht, was ich in den Händen halte. Blutspuren
blieben zurück, feine Schnitte von einer unachtsam
geführten Rasierklinge. Mullbinde um den Unterleib,
niemand darf es wissen, wenn es auch schmerzt, aber die
Gewißheit, daß die Schamhaare schneller wachsen werden, läßt die Schmerzen ertragen. Mit übereinandergeschlagenen Beinen, die Hände an den Unterleib gepreßt,
hocke ich vor der Mutter. Ich sage ihr, daß ich Schmerzen
habe. Was tut dir denn weh? Der Kopf, sage ich, während
sie mir musternd in die Augen blickt. Sie legt den
Handrücken an meine Stirn und prüft, ob ich Fieber
habe. Tränen rinnen über die Wangen. Ich blute am
Unterleib, will ich ihr sagen, mit deiner Mullbinde habe
ich ihn eingefascht, will ich ihr sagen, aber ich sage nichts.
Willst du jetzt mit mir in den Tod gehen oder nicht? will
ich sie fragen, aber ich sage, daß meine Schläfen pochen.
Gehen wir zum Friedhof hinunter, die Blumen gießen,

die aus dem toten Leib deiner Mutter wachsen, will ich ihr sagen, aber ich sage, daß die eingefrischten Blumen im Herrgottswinkel schön sind. Mit einer Rasierklinge habe ich es getan, will ich ihr sagen, aber ich sage ihr, daß sie mir ein Stück Brot abschneiden soll. Den Hosenschlitz will ich öffnen, aber ich öffne den Hemdknopf des rechten Arms und blicke mit ihr gemeinsam auf eine geschorene Stelle. Der Ewald hat mir sein großes Glied gezeigt, will ich ihr sagen, aber ich sage, daß wir Fußballspielen waren. Was wir auch immer spielten, nie fragte meine Mutter nach einem Sieger, nie nach einem Verlierer. Fieber hast du keines, sagte sie, aber ich heftete wie ein Blutegel meine Lippen an ihre Hände, erschrak, als ich den kalten Ring ihrer rechten Hand mit dem Mund berührte, erschrak, als die Zähne auf das Metall stießen. Angeschwollen und blau ist mein Glied vom ersten Wichsversuch, will ich ihr sagen, aber ich sage, daß ihr Daumen doppelt so dick ist wie ihr kleiner Finger. Ich gehe auf den Friedhof Blumen gießen, sage ich ihr, ich gieße immer nur das Grab der Aichholzeroma, selten das Grab des Enznopa, und wenn ich es gieße, dann widerwillig, zornig, aus Mitleid zu den verwelkten Fleischblumen vielleicht. Schwerfällig ist mein Gang, die Mullbinde behindert mich, manchmal laufe ich hüpfend die Dorfstraße hinunter, damit niemand meinen krüppelhaften Schritt erkennt. Ich hüpfe zum offenen Friedhofstor hinein und begieße die tote Mutter meiner Mutter, bis sie in mir wächst. Dort, in der äußersten Ecke des Friedhofs, wo man vom Sakristeifenster auf die Friedhofsmauer blickt, ist ein verwahrlostes Grab, niemand weiß mehr, wer dort liegt, aber ich hole Feldblumen und schmücke es, ich schreite zu einem anderen Grab, das mit Blumen überhäuft ist, nehme zwei Rosen, zwei Tulpen, zwei

Nelken, dazu Immergrün und trage sie zum verwahrlosten Grab. Ich muß es schmücken, jeden Tag werde ich zu dir kommen, dein Grab muß das schönste werden, den Leib Christi werde ich dir zum Essen bringen, in der Sakristei sind in den Schachteln noch Reste von handtellergroßen Hostien, ich bring sie dir, verlaß dich drauf. Das Blut an der Mullbinde wird schon nach außen gedrungen sein, Flecken zeichnen sich an der Hose ab, ich werde sie wechseln müssen, ich werde mich in eine dreckige Regenlache legen und der Mutter sagen, daß ich ausgerutscht und hingefallen bin, während ich auf dem Grab der Aichholzeroma die Blumen gegossen habe, die Kanne war so schwer und ich bin zu Füßen der toten Aichholzeroma gefallen und habe mir die Knie wundgestoßen, aber gib mir bitte kein Jod mehr auf die Kniescheiben wie damals, als ich zur Hintertür hinauslief und auf die Steine fiel, das schmerzt mehr als die Wunde selber. Wenn du mir das Jod über die Wunde gießt, dann sage ich dir nie mehr, wenn ich mich irgendwo verletze, nie mehr. Es kann dann sein, daß ich verblute und noch auf dem Totenbett sage ich, Das Jod hat die Schuld, das Jod hat die Schuld, Jod für die Ferkel, wenn sie krank sind, Jod in den Abfalleimer, zwischen die Essensreste, die Erdäpfel- und Birnenschalen, in den Kaspeleimer mit dem Jod, wo alte Milch und abgestandener Kaffee hineingeleert werden, dorthinein, wo das Fressen für die Ferkel gesammelt wird, aber nicht auf mein verwundetes Knie. Ich ziehe einen Stacheldraht um die kleine Jodflasche. Sie steht in der Sauküche auf dem Fensterbrett. Wenn vom Dampf der heißen Erdäpfel die Sauküche in Nebel gehüllt war, habe ich blindlings nach der Jodflasche gegriffen, die Augen geschlossen gehalten und mich über den Rieseneimer dampfender Erdäpfel gebeugt. Soll ich es trinken oder auf die Hand gießen? Wenn ich es trinke, ersticke ich. Man würde an mir in der Sauküche vorbeigehen, ohne zu merken, daß ich tot oder mit Krämpfen am Boden liege. Der Dampf ist dicht, selbst die Finger meiner ausgestreckten Hand kann ich nicht entziffern. Hand in Hand stand ich mit der Mutter am Fenster der Sauküche. Sie hob ihren Kopf und blickte auf die zitternden Flügel einer Schwalbe am Heustadelbalkon. Mein Blick sank aufs Fensterbrett, auf den Verschluß der Jodflasche, auf das Gewinde des Flaschenkopfes, auf das Etikett, zwei übereinandergelegte Knochen unter dem Abbild eines Totenkopfes, sieht aus wie eine Fliegenkrawatte, Mame, so würde ich auch dort liegen, mit dem schönsten Anzug und einer Fliegenkrawatte im Sarg. Schwarz hat man meine Haare gefärbt, die Haut einer Klapperschlange um meine Stirn gewunden, mein Kopf liegt auf einer Decke, die Ntschotschi ein paar Stunden vor meinem Tod geflochten. Mokassins als Totenschuhe, Größe: 36. Soll ein Adler oder ein Flugzeug mit Adlerkrallen das Dach des Totenhauses abheben, damit Schnee auf meinen Sarg fällt. Schnee auf den weißen Totenschleier, Schnee auf mein bronzefarbenes Gesicht, Schnee auf den Rosenkranz, den mir die Mutter mit der Singernähmaschine gesteppt, und auf den Gekreuzigten, den sie an meinen roten Brustwarzen festgebunden hat. Sollen die Süßwarenfabriken zur Weihnachtszeit das Jesukind in Lutscherform gießen und zu Ostern den Gekreuzigten, damit die Kinder an der Dornenkrone und an den Nagelwunden lutschen können. Meine Kindertotenmaske sollen sie aus Marzipan formen und auf die Torte legen, wie eine rote Rose, und Marzipanblätter rundherum. Was wohl in den Zeitungen stehen würde? Tod eines Kindes durch Jodgenuß! Mame, ich esse lieber deine Schlaftabletten, deine Kopfwehtabletten, deine Herztabletten, deine Kreislauftabletten als das Bauernbrot. Oft habe ich mitgenascht. Öfter habe ich zu dir gesagt, daß ich Kopfweh habe, dann hast du mir eine Kopfwehtablette gegeben. Ich liebte den pharmazeutischen Geschmack der Tabletten, hingegen hat mein ältester Bruder, der den Hof übernehmen sollte, bereits eine einzige Kopfwehtablette wieder erbrochen, er vertrug keine Tabletten, während meine Mutter und ich aßen und aßen, bis wir krank wurden. Ich habe mir erzählen lassen, daß ein junger englischer Dichter sein kurzes Leben lang ein Fläschchen Gift bei sich in der Hosentasche trug. Ständig klammerten sich seine Finger ans tödliche Gift. Dadurch überlebte er. Keine Strohpuppe, keine klerikalen Heiligenbilder in meinen Sarg, nur Bilder derer, die meine Fantasie heiliggesprochen hat, Bilder von Winnetou, Old Shatterhand, Dr. Sternau, Kara Ben Nemsi. Ntschotschi soll Totenwache halten. Ich kann über meinem Gesicht kein Rattenmaul brauchen, meine Totenmaske als Rattenfalle, rundherum Roggenkörner, wenn man geschickt ist, schnappt die Falle zu und die Ratte erstickt unter meiner Totenmaske. Gemeinsam mit dem Heer der Apachenkrieger und Old Shatterhand ging ich auf die Suche nach Ntschotschis Mörder, manchmal habe ich ihn des Nachts in mir selber gefunden. Ich habe Ntschotschi geliebt, deshalb mußte ich sie hin und wieder umbringen, nun aber bin ich auf der Suche nach Winnetous Mörder. In meinen Kinderträumen war ich einmal Winnetous Mörder, war gleichzeitig der sterbende Winnetou und Old Shatterhand, der ihn stützt und mit seiner Hand das Blut, das aus der Lunge des Sterbenden dringt, stillen will, ich weine um ihn, aber nicht mehr lange wird er zusehen können, wie ich um ihn weine, sein Kopf wird auf meine Brust sinken, meine rechte Hand werde ich auf sein Haar legen, meinen Kopf der untergehenden Sonne zuwenden und grausame Klageschreie von mir geben, aber da ich gleichzeitig Winnetou bin, werde ich nicht mehr lange zusehen können, wie ich beweint werde, mein Kopf wird auf seine Brust sinken, langsam fahre ich mit der Hand über das Gesicht, um Winnetous Augen zu schließen. Der Bronzehauch verschwindet aus meinem Gesicht. Noch einen Tag bleibe ich im Elternhaus aufgebahrt, drei Tage lang ehrt man die Toten im Sterbehaus eines Dorfes. Kirchenblätter hat der Bub ausgetragen, jeden Samstag, jahrelang hat er dafür die Samstagkrapfen bekommen, die einen schmeckten besser als die anderen, die einen waren fettig, die anderen staubtrocken. Mit einem Stoß Kirchenblätter in der Hand gehe ich von Haus zu Haus, den Krapfen vor der Tür fertigessen, den Staubzucker vom Mund wischen, niemand darf es sehen, Grüß Gott, ich bringe die Kirchenblätter, zuerst fünfzig Groschen, ein paar Jahre später muß ich einen Schilling verlangen, wieder ein paar Jahre später kosten sie bereits einen Schilling und fünfzig Groschen und man sieht mir vorwurfsvoll in die Augen. Das Kirchenblatt, rufe ich in der Mitte des Dorfes stehend aus, das Kirchenblatt. Später höre ich in Venedig auf einem belebten Platz einen Zeitungsverkäufer *Il Gazzettino* rufen. Il Gazzettino! rufe ich ihn nachahmend neben einem Freund im Gasthaus sitzend in den Raum, Il Gazzettino! Mich selber nachahmend stelle ich mich wieder in die Dorfmitte und rufe das Kirchenblatt aus, bis niemand kommt, denn alle Kirchenblätter waren namentlich gekennzeichnet, keines wurde zum freien Verkauf angeboten. Der Totengräber steht im Dorf mit einem Stoß Zeitungen in den Händen. Il Gazzettino! Ein junger Toter wirft den Hügel seiner Friedhofserde zurück, wie ich die Bettdecke zurückwerfe, und geht kurz entschlossen auf den Totengräber zu und nimmt ihm die Zeitungen weg, Geh graben. Heute nacht sind in mir wieder ein paar Tote auferstanden. Ohne daß ich es merkte, hatte ich einen Samenerguß. Die jungen Toten nehmen in meiner Gehirnschale Platz und betteln um Almosen. Nachts gehe ich zum Bahnhof und suche einen jungen Bettler, dem ich etwas schenken kann. Zwanzig Schilling. Zwei Bier, sagt er und grinst dabei zahnlos wie der Enznopa, der sich im Traum über mich beugt, bis ich mit den Füßen zuckend, die Hände hochstreckend die Decke von meinem Körper werfe. Man könnte ein Totenkleid aus Buchseiten von *Winnetou III* schneidern, die Stelle, drei oder vier Seiten sind es, wo Winnetou stirbt, auf die Brust bitte. Er soll mein Herz schlagen hören. Steckt schwarze Rosen in meinen Mund, meine Ohren und in meine Augen. Hatte einmal Samen im Mund, durch die Zähne rann er, auf dem Gaumen klebte er, auf der Zunge lag er, als wären es Blütenblätter einer Rose, an denen ich kaute, und da mein Mund voller Samen war, rang ich nach Luft, bis er in die Speiseröhre rann. Schweißnaß ist die Stirn des Jungen. Schneller sein Herzschlag, schneller als meiner. Glühendrot die Wangen, und die Fingerspitzen zittern noch. Hatte einmal Blütenblätter von Rosen im Mund, von roten, weißen und schwarzen Rosen, sie klebten am Gaumen und an der Zunge, ich spuckte sie aus, ein paar Blätter blieben im Mund kleben, mein Zeigefinger fuhr hinein und holte sie raus. Hoffentlich habe ich keine Biene miterwischt. Als vor etlichen Jahren im Dorf jemand starb, erzählte der Vater, fand man am nächsten Morgen, als der Tote in seinem Zimmer im Haus aufgebahrt lag, einen Kothaufen vor der Haustür. Einer seiner Feinde hat ihm nach Bekanntwerden seines Todes regelrecht vor die Haustür geschissen. Es erfüllt mich nicht gerade mit Stolz, daß mehrere Menschen im Dorf mit meinem Tod spekulieren. In verzweifelter Zuneigung zu Jakob schreibe ich meine Bücher. Man hat mich mißverstanden und man wird mich nach wie vor mißverstehen, wie auch Jakob mißverstanden worden ist. Er ist aber tot, und ich bin am Leben. Seit drei Jahren wird sein Grab geschmückt. Seit drei Jahren wächst der Roggen auf dem Feld seines Vaters, wie er vorher gewachsen ist. Seit drei Jahren schält seine Mutter Ferkel aus dem Tierleib wie damals vor seinem Tod. Gott hat ihn bestraft, würden die Dorfleute sagen, Gottes Mühlen mahlen langsam, aber *un*sicher, der Zufall wollte, daß ich sterbe. Mein Grab drei oder vier Meter neben Jakobs Grab. Hier und dort stehen die Angehörigen mit verschlossenen Händen. Gebete für die Toten. Almosen für die Reichen. Schielend treffen sich die Blicke meiner Eltern und die Blicke der Eltern Jakobs. Zwei Tote heben ihre Köpfe. Auf der Bettdecke ihrer Erde stehen die Lebenden. Die beiden Gräber murmeln. Donner in der Erde. Blitz in den Wolken. Regen auf die Häupter. Ein Maulwurf spaziert mit einem Schirm vorbei, Morgen wird wieder gewühlt, morgen gibt es wieder Maulwurfhügel auf dem Friedhof, klitschnaß ist mein glänzendes Fell, feucht die Augen vom Regen, gestern bin ich einem Kinderfuß entkommen, morgen wird wieder gewühlt. Kotig sind ihre Schuhe von der feuchten Friedhofserde, so kann man Friedhofserde nach Hause tragen. Friedhofserde essen hilft gegen ein gefährliches Fieber, sagt der Volksmund. Die sechzehn Stufen unserer Stiege lief ich hinauf. Irgendetwas muß ich der Gote sagen, etwas Wichtiges, die Mame hat es mir aufgetragen.

Zehn, dreizehn, vierzehn, ein Sprung und sechzehn. Die tote Enznoma liegt in dem Zimmer, dessen Tür ich öffnen werde. Ich drückte die Klinke und trat einen Schritt vor, blickte ins Zimmer, wollte den Mund öffnen und der Gote sagen, was mir die Mutter aufgetragen hatte, aber erschrocken trat ich wieder zurück, schloß die Tür und lief die Stiege hinunter. Ich werde noch zehn- oder zwanzigmal beschreiben, wie ich die Stiege hinauf- und hinunterlief, wie ich die Tür öffnete und wieder schloß, aber was ich sah, werde ich verschweigen. Ich werde dieses Geheimnis so lange verschweigen, bis es in mir zu sprechen beginnt.

Die Magd sitzt auf dem Bett, hält den Rosenkranz in den Händen, das Haupt gehoben in Richtung Herrgottswinkel, und betet den Gekreuzigten an, während der lange Rosenkranz auf ihrem Schoß liegt wie eine Nabelschnur aus gefärbtem Elfenbein. Ein Kind hat sie nie bekommen, sie wird kinderlos sterben. Sie hat einen Bruder, der Priester geworden ist, und es ist ihr Bruder ihr Gott, ihr Geliebter, ihr Alles, und die Ratten sind ihr Nichts. Ratten mit Rosenkränzen um die Hälse schleifen ihre Nabelschnur über den Tennboden. Es kratzt, hackt, quietscht und die Bretter zittern. Die Nägel, mit denen sie zusammengehalten werden, befreien sich und werfen ihre Speere nach den Ratten, hie und da klebt eine an der Mauer mit aufgespreiztem Maul, mit auseinandergebreiteten Beinen, als wollte sie ihren Tod den Rattenbrüdern und Rattenschwestern verkünden. Unsere Magd, die Pine, kniet in der Ecke ihres Zimmers, und Gott betet. Sie öffnet und schließt die Augen. So viele Wunden hat sie in der Seele, daß Jesus am Kreuz neidig wird, niemand darf mehr leiden als er. Die Pine war ja meine erste lebende nackte Frau, die ich gesehen habe. Mein ganzes

Leben wird mich ihr nackter Leib verfolgen. Damals trugen der Michl und ich Holz in die Sauküche, um den Wasserkessel einzuheizen. Mame bring das Feuer, komm mit Holzspänen und Zündhölzern, öffne die Gatter des Ofens, über dem wie eine große Handschale der Kessel angebracht ist, dort drinnen, stellte ich mir vor, vom heißen Boden des Kessels immer wieder hochhüpfend zu baden, zu schreien, das heiße Wasser verbrennt meine Körperhaare, nackt ist mein Schoß, wie kahlgeschoren sieht er aus. Ich will die Hände heben, aber es sind dicke Dampfsäulen, die sich hilferufend wie zwei Hände hochstrecken. Vater, Mutter und meine Brüder tanzen um den Kessel, die Ratten und Mäuse, selbst die Schwalben und Fledermäuse sind zum offenen Fenster hereingekommen, überall hocken sie, auf meiner Schulter genauso wie auf meinem Kopf. Am Wasserhahn ist ein totes Küken festgebunden, Köpfchen nach unten, Füßchen nach oben, und das Gebirgswasser rinnt aus seinem Schnabel, wenn man ihm den Kragen wie einen Wasserhahn umdreht. Mein Körper schrumpft im Kesselwasser wie das Schwalbenkind in meinen Fäusten, das ich zusammendrücke, bis Blut über meine Finger läuft, Schau, Mame, ich blute, und während ich die Hand öffne und die Mutter nach Verbandszeug sucht, versuche ich zu fliehen, aber meine Schwester, die Martha, wird mich zurückhalten, sie wird dafür sorgen, daß ich in der Küche bleibe und meine Wunde verbunden wird. Ich will mich ihr entreißen, nein, ich darf euch nicht zeigen, daß ich schwindle, es ist nur Schwalbenblut, laß mich los, sonst beschmiere ich dich mit dem Blut des Schwalbenjungen, laß mich los, sonst färb ich deine Zöpfe rot und winde die Beine der Schwalbe in deine Zöpfe, verknote sie und jag dich über die Dorfstraße. Laß mich los, oder ich sag der Mame, daß ich gestern in deinem Bett Blutflecken sah, laß mich los. Während die Mutter mit Verbandszeug und Zwirn, einer Mullbinde und Leukoplast erhobenen Kopfes langsam mit dem Stolz einer Chirurgin, die weiß, daß sie fähig ist, Menschenleben zu retten, auf mich zukommt, schwillt mir der Kopf vor Zorn und Verachtung, Laß mich los, aber schon ist es die Mutter, die mich am anderen Arm festhält, Nein, ich will nicht verbunden werden, laß mich bluten. Laßt mich allein, ich will mit der Schwalbe allein sein. Gestern noch habe ich Steine geworfen, heute ist der Tag, wo ich Wunden verbinde, morgen werde ich wieder morden, um wieder heilen zu können. Du und die Mullbinde. Ich und das Kruzifix. Am Weihnachtstag wirst du ihn auf die Welt bringen, Mame, ich werde dich mit roten Fleischblumen begrüßen und dir einen Kuß auf die Stirn und auf den Mund geben, aus Dank, daß du mein Jesukind auf die Welt gebracht hast.

Es ist jetzt, während ich schreibe, Vorweihnachten, und in jeder Jahreszeit versetze ich mich in die Jahreszeit meiner Kindheit und Jugend und schreibe der Vergangenheit entgegen. Ich sehe die Kinder in den Sandkästen spielen. Ich stelle mir vor, wie ich zu ihnen gehe. Das eine Kind will mich verjagen, und das andere will, daß ich mitspiele. Dem Kind, das mich verjagen will, möchte ich von der Aichholzeroma erzählen. Ich will ihm sagen, daß ich damals drei Jahre alt war, so wie du jetzt drei Jahre alt bist. Stell dir jemanden vor, der dich jetzt in die Höhe hebt und dir in einem immergrüngeschmückten Sarg deine Großmutter zeigt. Stell dir vor, daß dich jetzt deine Mutter in die Höhe hebt, und du erblickst mich in diesem immergrüngeschmückten Sarg liegend. Du willst mich aufwecken und sagen, Gehen wir Sandspielen, bauen wir Burgen und Schlösser und lassen dann und wann, wenn uns niemand zusieht, eine Handvoll Sand in den Mund verschwinden, kauen den Sand und hören das Knirschen, das uns ein wenig Angst macht, und deshalb spucken wir einen Teil aus, den anderen Teil aber wollen wir hinunteressen, und die langen dünnen Finger der Speiseröhre werden in unseren Mägen Burgen und Schlösser bauen. Ich erzähl dir die grausigen Märchen, die mir erzählt worden sind. Ich erzähl dir die Sage vom Rübezahl, den ich verachtete, weil er groß war. Alle die groß waren, verachtete ich, nur die Kleinen, den Däumling und die Zwerge und die Liliputaner, liebte ich, auf sie hörte ich, sie nagten an den Wurzeln und wußten mehr als einer, der die Häuser des Dorfes mit einem Ausscheren des Fußes überschreiten konnte. Ich erzähl dir von Hänsel und Gretel, die sich in den Wald verliefen. Ich vertraue dir meinen Wunsch an, daß die Hexe den Hänsel essen möge, damit ich die Hexe ermorden kann. Ich schleiche ins Kreißsaalzimmer meiner Mutter und sage ihr, daß sie die Beine öffnen soll, sie hat einen Bauch wie der Wolf, der die Großmutter fraß. Schwer atmend, wie der Wolf, liegt meine Mutter im Bett. Die Gote sagte mir, daß in ein paar Tagen der Storch kommen wird, daß er ein Kind in den Rauchfang fallen lassen wird. Rußgeschwärzt wird sein Gesicht sein, heiß seine Haut wie die Ziegel im Inneren des Schornsteins. Ich werde den kleinen, lieben Neger vom Staub des schwarzen Rußes befreien, sein Sklave will ich werden, ihm die Füße, Hände und den kotbeschmierten Arsch säubern. Aber ich glaubte der Gote nicht. Ich hatte im Stall eine schwangere Kuh gesehen. Ich hatte geholfen, den blutigen Strick zu ziehen, und plumpsend hatte das Kalb vor meinen Kinderfüßen gelegen, vor den Füßen meines Vaters, der aus Freude weinte, vor den Füßen der Pine, die nach hinten auswich, ein wenig erschrocken, aber auch ihr, die nur das Kruzifix und die Tiere liebte, rannen die Tränen über die Wangen. Ein Kalb ward uns geboren. Mein Bruder Michl ist Melchior. Ich bin Kaspar. Der Siege ist Balthasar. Wir werden der Kuh Weihrauch und Myrrhe bringen und Goldschätze aus der Brieftasche des Vaters. Das Kalb, das sich nun am Boden wälzt und dem allmählich Schleim und Blut auf dem scheckig braunen Fell trocknen, schlägt die Augen auf und erblickt mich als ersten Menschen. Ich möchte sagen können, wie mich das Kalb, als es seine Augen öffnete, sah, Ich erblickte ein neugeborenes Kind, das starb und in einem zündholz-schachtelgroßen Sarg in die Erde gelassen wurde, nein, nicht mit einem Kalbstrick, den der Totengräber in seinem Rucksack verborgen hält, mit den Nabelstricken, lang genug, um ein neugeborenes Kind in die Erde hinunterzulassen. Das Ewige Licht gib uns heute, steht auf der Zündholzschachtel seines Sarges, Fiammifero luce santa. Auf der linken und rechten Seite sind die Reibflä-chen, damit zu jeder Todesstunde das Ewige Licht angefacht werden kann. Die Zündholzschachtel brennt, und eine Phiole Asche kommt aus dem Ofen. Ein Kreuz am Aschermittwoch auf unsere Stirn aus der Asche eines toten Kindes. Die Phiole leert sich. Blasiussegen des Priesters. Ich hielt die übers Kreuz gelegten Kerzen in den Händen und gab mit Hilfe des Priesters den Gläubi-gen den Blasiussegen. Er sprach lateinische Worte, und ich nickte wohlwollend dazu. Die Flamme verbeugte sich vor dem Priester und seiner Sprache. Blasiussegen für die Lebendigen, Blasiussegen für die Toten, Blasiussegen für die Haustiere, Blasiussegen für alle. Den Leib Christi für alle, langsam auf der Zunge zergehen lassen, er geht sofort ins Blut über, Weihwasser für alle, für die Tiere und für die Menschen. Ich trank damals Weihwasser. Aufbewahrt wurde es dort, wo Essig und Öl, wo manchmal eine halbvolle Flasche Wein stand, wo die Büffelpaste für den neuen Boden aufbewahrt war und die vom eingetrockneten Fett erstarrten Putzfetzen. Eingefettet habe ich den Boden, fettig gemacht in der Hoffnung, daß jemand ausrutscht und ich in jener Sekunde zur Stelle bin und denjenigen auffange und er sich bedankt, Hättest du mich nicht aufgefangen, ich hätte mir vielleicht das Bein gebrochen oder die Hand oder den Hals. Weihwasser trank ich und glaubte an die Kraft Gottes, ich bat ihn, daß er meinen Leib und meine Seele mein ganzes Leben gesund erhalten möge, aber manchmal wünschte ich mir umgekehrt, bald zu sterben, um endlich geliebt zu werden. Immer nur soll ich mich in die Strohpuppe, ins Kruzifix, in die Maria, die ihren toten Sohn Jesus auf dem Schoß hält, verlieben, immer nur in die toten Gestalten, in die Hostien soll ich mich verlieben, in sie hineinbeißen. Ich soll mich wundern, warum kein Blut herausrinnt, obwohl ich in meinen Träumen die Vorstellung habe, daß aus diesem weißen Mehlblatt das Blut Christi herausrinnt, und ich spüre seinen Geschmack auf meinem Gaumen und an meiner Zunge, wache auf und schreie nach der Mutter. Auch meine Mutter trank Weihwasser und blickte lange vor sich hin. Sie ißt so viele Tabletten, jeden Tag, mehr als Brot, vielleicht bittet auch sie weihwassertrinkend den Herrgott, daß er ihr einen gesunden Leib und eine gesunde Seele schenken möge. Vielleicht denkt sie aber auch an ihren großen Bauch und wünscht sich wenigstens ein gesundes Kind, wenn auch ihr Körper von Tabletten verseucht und krank ist. Hat meine Mutter den Wolf aus dem Märchenbuch gefressen, weil sie einen so großen

Bauch hat? Der Priester hat von einem Paradies gesprochen, vom Leben nach dem fleischlichen Tod, es soll so schön dort sein, es ist für mich wohl besser, ich gehe hinüber zu den anderen, die mich lieben, wenn ich am Leben, und nicht erst, wenn ich tot bin, Mame, ich geh rüber auf die andere Seite, geh du ein Stückchen mit, gehn wir rüber auf die andere Seite der Drau, wo die Fischer am Ufer stehen und unter ihren grünen Stiefeln das seelendünne Eis klirren lassen. Darunter ist ein grüner Frosch, und der grüne Fischerstiefel tritt auf den grünen Frosch, und zwei Farben liegen platt übereinander. Der Frosch spreizt sein Maul und verschluckt die Erdkugel, auf der wir, meine Mutter und ich, leben. Fischer! Tritt fester, er darf die Erdkugel nicht verschlingen, ich will nicht im Bauch eines Frosches leben, bring ihn um, töte das Tier, wenn es den Menschen verschlingen will, töte den Menschen, wenn er das Tier verschlungen hat, nein, töte ihn nicht, die Seele des Menschen stirbt, wenn er ein Tier im Magen hat, nur wenn du Hunger hast, bist du fähig, wirklich grauenvoll zu denken und zu leben. Ja, sie wollen das schönste Kind des Dorfes zu Grabe tragen. Alle würden sie spenden, alle brächten meiner im Blau der Kindertrauer gekleideten Mutter Zucker, brächten ihr Salz, brächten ihr vor allem Lindekaffee, den Kaffee, auf dessen Probepackung ein Herzkaspar abgebildet ist, denn zuviel Kaffeetrinken tut nicht gut. Mein Bruder, der Michl steht in der Dorfmitte und ruft, Spenden für das Totenkleid meines schönen Bruders, Almosen! denn das Totenkleid, das aus reiner Seide und mit Goldnähten verziert ist, war teuer, der Kopf eines Stiers ist dafür gefallen, lange wurde er gefüttert, lange schlug man auf ihn ein, bis er tot war. Wer sah einen Stier sterben, wer ein Kalb, wer eine Kuh, wer ein Pferd, wer ein Kind, wer den Enznopa, wer die Enznoma, wer seinen Vater, der noch lebt, wer sah seine Mutter alles überleben, wer sah den Stier, wie er auf die Knie fiel mit seiner zentnerschweren Last, wer sah seine gelben Augen und wer seinen mit Speichel und Blut gefärbten Schaum, der aus seinem Mund drang, und wer die Augen, die immer weiter aus den Höhlen traten, er konnte nicht schreien, nein, er schrie nicht, sondern ging wieder und wieder zu Boden, das ist das Schmerzhafte bei diesem Anblick, das Tier sterben zu sehen, aber nicht schreien zu hören. Während die Keule hochgeht und niederfährt, der Stier immer noch kniet, steigt Jesus vom Kreuz, nimmt die Hacke und führt den tödlichen Schlag, und dann steigt er wieder auf sein Kreuz, setzt sich den Heiligenschein auf den Kopf und leidet weiter für alle im Dorf. Für den Stier leidet er auch, auch das Totenkleid bezahlt er mit seinem Leben, er steigt noch einmal herunter, aber die Seele des Stiers jagt ihn hinauf, Bleib oben, dort ist deine Heimat, am Verkehrsknotenpunkt der Toten sollst du noch einmal gekrönt werden mit einer Schlangenhaut, aus der Giftzähne von Klapperschlangen und Brillenschlangen und von Kreuzottern Gift sickern lassen. In den Kelch im Tabernakel greif ich, denn dort ist eine handtellergroße Hostie, die ich dir bringe, du sollst dich selber aufessen. Iß, sag ich dir, man hat mich am Elterntisch auch oft zum Essen gezwungen, bis ich nach außen aufs Klo gegangen bin und alles fette Schweine- oder Ochsenfleisch auf die Fäkalien der Hofmenschen gebrochen habe, da hast du es wieder, erzwungen kann in mir überhaupt nichts werden, weg damit. Damals bat ich meine Mutter, daß sie mir Brot geben sollte, Bauernbrot, noch ein Stückchen, Mame, noch eines und noch eines und dann ist es gut, ich zerbrösle alles auf meinem Schoß, unzählige Brotbrocken warf ich auf den Boden, der Boden unter meinen Füßen war mit Brotbrocken übersät. Der Vater verließ die Küche, die Brüder ebenfalls, die Martha wird nach dem Essen wie jeden Tag kehren, sie wird die Brotbrocken finden und wird es der Mutter sagen, aber die Mutter wird es dem Vater nicht sagen. Sie rief mich in die Küche, nahm mich an den Ohren, aber ich stritt es ab, Nein, Mame, das habe ich nicht getan, das kann nur der Michl gewesen sein, ich esse das Bauernbrot, ich habe es nicht getan, bitte glaub meiner Lüge. Die Martha füllte die Kehrichtschaufel mit den Brotbrocken und ließ sie im Klo verschwinden, der Vater hat nichts davon erfahren. Einmal warf ein Knecht des Enznopas einen Samstagkrapfen in den Herrgottswinkel und verwünschte den Gekreuzigten. Der Enznopa stand auf, hob die Hand, spreizte den Zeigefinger in Richtung Tür, der Knecht wußte, daß er aufstehen und das Haus für immer verlassen mußte. Und ich stelle mir nach dieser Erzählung des Vaters vor, wie ich einen Samstagkrapfen in den Herrgottswinkel werfe, der Vater steht auf, hebt die Hand, spreizt den Zeigefinger in Richtung Tür, der Sohn muß gehen, der Sohn weiß, daß er aufstehen und das Haus für immer verlassen muß. Meine Mutter hockt weinend in der Ecke und verflucht heimlich den Gekreuzigten, den sie genauso liebt wie mein Vater, sie zerreißt einen Samstagkrapfen und wirft beide Teile in den Herrgottswinkel. Der Vater steht auf, hebt die Hand, den Zeigefinger spreizt er in Richtung Tür, seine Frau muß gehn, und meine Schwester ist es, die dem Beispiel der Mutter folgt, sie aber zerreißt den Krapfen nicht, denn er ist angebissen, ohne dem Vater in die Augen zu sehen, der sich wieder niedergesetzt hat, wirft die Schwester den Krapfen in den Herrgottswinkel. Der Vater steht auf, hebt die Hand, den Zeigefinger spreizt er in Richtung Tür, seine Tochter muß gehen, seine Tochter weiß, daß sie aufstehen und das Haus für immer verlassen muß. Der Siege, der zwei Jahre älter ist als ich, nimmt aus der vollen, fettigen Krapfenschüssel einen Krapfen und wirft ihn in den Herrgottswinkel. Der Vater steht auf, hebt die Hand, den Zeigefinger spreizt er in Richtung Tür, sein zweiter Sohn muß gehen, der Siege weiß, daß er aufstehen und das Haus für immer verlassen muß. Der Michl reißt dem Vater einen angebissenen Krapfen aus den Händen und wirft ihn in den Herrgottswinkel hinauf. Der Vater steht auf, hebt die Hand, den Zeigefinger spreizt er in Richtung Tür, sein dritter Sohn muß gehen, der Michl weiß, daß er aufstehen und das Haus für immer verlassen muß. Nun ist es der älteste Sohn unseres Vaters, der Gustl, der zukünftige Hoferbe, der ihm gegenübersitzt, in die Krapfenschüssel greift und mit forschem Blick dem Vater einen Krapfen in die Hand drückt. Der Vater weiß, was er zu tun hat, der Vater wirft den Krapfen in den Herrgottswinkel, und der Gustl, der Hoferbe, steht auf, hebt die Hand, den Zeigefinger spreizt er in Richtung Tür, der Vater weiß, daß er aufstehen und das Haus für immer verlassen muß. Die Krapfen, die vom Herrgottswinkel auf die Bank gefallen sind, frißt allesamt der Gustl, eine halbe Stunde lang vor sich hinstarrend, auf. Satt geht er in den Stall, er weiß, daß die Tiere Hunger haben. Obwohl er satt ist, spürt er den Hunger der Tiere, er hat sein ganzes Leben von und mit diesen Tieren gelebt, er kennt ihren Rhythmus besser als ich, ich kann mit den Tieren nicht umgehen, auch mit den Menschen nicht. Es war sehr schön, mit dem Leben und Tod der Tiere zu spielen. Einen Käfer zu töten, ist genausoviel wert wie einen Stier zu töten, es ist nicht wichtig, wie groß oder wie klein das Tier ist, wichtig ist zu erkennen, daß in diesem Leben Leben war und daß jetzt in diesem Leben der Tod ist. Würden wir eine Kuh verschleppen, mein Bruder und ich, der Vater würde es merken und anzeigen. Um nicht sich selber oder einen anderen Menschen umzubringen, richtete ein Junge den Lauf des Gewehres auf das Herz einer Kuh. Ich weiß, daß dieser Junge einen sadistischen Vater hat, ich habe seine Angst in der Schule vor dem Lehrer als die Angst vor dem Vater wiedererkannt. Wir waren uns ähnlich, deshalb verabscheuten wir einander. Wenn sich unsere Blicke trafen, färbten sich zwei Schneemänner rot, mein Blick glitt von ihm ab, ich war der schwächere, und ehe es zu einem Kampf kam, gab ich auf. Das Dorf war in Aufruhr, und die Kunde, daß jemand eine Kuh ermordet hatte, ging über alle Lippen. Alle Ecken und Winkel, alle Schatten, die Fichten oder Häuser warfen, sahen kriminell aus, selbst das Brunnenrohr. Wir Kinder schlichen umher und wollten Töter finden. Wer hat einen blutigen Gewehrlauf versteckt, wer eine blutige Kinderhand, wer eine blutgefleckte Jeans, wer schreitet wie Elvis Presley über den asphaltierten Dorfbühnenstraßenboden und ist ein Kuhmörder. Wo ist die Gitarre, aus deren Lauf eine Kugel das Herz einer Kuh traf, wo sind die Weizenähren hinter den Ohren eines Jungen, der durch den Nebel schreitet wie durch eine spinnwebendünne Wand und dem Tod Paroli bietet, wer ist es, dessen schwarze Pupillen sich wie die Schallplatten der Kinks und der Rolling Stones drehen, und während sich die Kuh im Stroh zum Sterben hinlegt, singt er sentimentale Lieder von Leonard Cohen, Liebeslieder, die das Tier in den Tod wiegen, so schön spielt er, und die Kuh stirbt vor seinen Beinen, und das Heu knistert, und der Vater reckt seinen

Kopf im Bett, das Leinen knistert ähnlich dem Heu, man hat einen Schuß gehört und man hört die Gitarrenklänge, und ein Schuß und wieder ein Schuß und noch einer. Ich bin glücklich darüber, daß es einen Mörder im Dorf gibt. Lange denke ich nach und habe Mühe, nicht mich selber als Täter zu entlarven. Wir wollen den Mörder nicht suchen, es ist besser, die Kuh ist tot und die Menschen leben. Der Mörder stand ohnehin verlegen vor seinem Opfer, das er umgebracht hat. Der Mörder soll nicht gefunden werden. Jeder soll in sich den Mörder finden.

Vor ein paar Tagen ging ich im Schneetreiben mit einer Matratze durch die Stadt, es war Mitternacht, mit einem weißen Volkswagen schlichen die Polizisten hinter mir her, warteten, bis ich an ein Tor ging, das ich öffnete, und ehe ich den Schnee von der Matratze gewischt hatte, gingen zwei Polizisten auf mich zu und fragten mich, wo ich denn diese Matratze so schnell herhabe, Was heißt, so schnell, sagte ich, ich bin eine halbe Stunde damit unterwegs, ausgeborgt habe ich sie, ich will in diesem Haus hier schlafen. Ihre Mühe ist umsonst, es gibt ohnehin zu wenig Verbrecher, deshalb müssen Sie in Ihrem Übereifer Verbrecher suchen. Ein paar Tage später ging ich nach Mitternacht auf der Bahnhofstraße in Richtung Fischlsiedlung, und derjenige Polizist, der das Gebäude der Landesregierung in der Bahnhofstraße bewachen mußte und dem verständlicherweise langweilig geworden war, kam von der anderen Straßenseite entschlossen auf mich zu, Wohin gehen wir denn so spät? fragte er. Was geht Sie das an, antwortete ich, warum halten Sie mich überhaupt auf? Werden Sie nicht frech, sagte er, wir haben heute eine Personenbeschreibung erhalten, und die paßt genau auf Sie. Sie lügen, sagte ich, das nächstemal sagen Sie es in einem glaubwürdigeren

Ton und mit einem glaubwürdigeren Augenausdruck. Ein paar Tage später ging ich wieder um dieselbe Zeit die Bahnhofstraße lang. Von weitem sah ich denselben Polizisten vor der Landesregierung stehen. Ich blickte geradeaus und ging entschlossen weiter. Im Augenwinkel sah ich, daß er wieder die Straße überquerte, ohne mich zur Seite zu drehen ging ich weiter. Ich erinnere mich, einmal ging ein Mann aus dem Nachbardorf betrunken in den Wald und stürzte über eine hohe Böschung in die Tiefe. Wie eine Forelle, die an Land gezogen wird und sich im trockenen Sand zu Tode wälzt, krümmte sich der Mann auf dem Rücken, bis er am eigenen Blut erstickte. Die Polizei war mit Scheinwerfern und Taschenlampen ausgerüstet. Das halbe Dorf war nachts auf den Beinen. Er muß gefunden werden, besser tot als lebendig, viele haben Angst, daß sie einen Lebenden antreffen, ihr Weg wäre umsonst gewesen, nur ein Toter rechtfertigt den langen Weg vor Mitternacht. Hinauf gingen sie den Schlangenweg, der in das Gebäude des Pfarrhofstadels führt, verschlossen ist das Tor, niemand wagt es, durch die Ritzen des Heustadels zu blicken. An allen Ecken und Enden stehen die Heiligenfiguren. Geht der Priester vorbei, salutieren sie. Sie verwandeln sich in Fleisch und Blut, sobald sie von einem geweihten Menschen fixiert werden. Im Auge des Jungen ist es immer derselbe Blick, mit dem die Statuen aus ihrer Askese blicken, aber in den Augen des Priesters wechselt dieser Blick, einmal ist es sein eigener, einmal ist es der Blick der Pfarrermarie, einmal ist es der Blick des letzten Toten, einmal ist es der Blick eines soeben auf die Welt gekommenen Kindes, das schreit und seine Augen aufreißt. Im ersten Stock des Pfarrhauses, hinter einem vergitterten Fenster, wo die Ranken der Weintrauben sich um die rostigen Eisenstäbe schlingen, greift manchmal, ohne daß man Kopf oder Gestalt sehen kann, eine fünffingrige Hand nach außen, tastet nach reifen Weintrauben und zerrt einen gebrochenen Zopf nach innen. Ich sagte fünffingrige Hand, da mein Vater an der rechten Hand nur vier Finger hat. Als er zwei Jahre alt war, hat ihm den kleinen Finger eine Maschine im Heustadel abgerissen. Als er es zum erstenmal erzählte, stellte ich mir vor, auf seine linke Hand blickend, daß ich zärtlich an seiner nach Erde oder Mist, nach Heu oder Silo riechenden Hand herumlutschen und schließlich den kleinen Finger abbeißen würde. Meine Milchzähne bleiben in seinem Fingerknochen stecken. Er blutet am Finger und ich aus dem Mund. Weinend gehe ich zur Mutter und lege meinen Kopf auf ihren Schoß, um das Blut zurückspucken zu können in die Spalte, die sich vor Jahren weitete und mich, blau wie ich war, rot wie ich wurde, weiß wie ich bin, gelb und schwarz, wie ich eines Tages aussehen werde, aus ihrer Öffnung ließ. Ich war, wie meine Mutter zu sagen pflegte, in eine falsche Welt hineingeboren worden. Ich habe nicht begreifen können, daß ich ein Bauernkind bin. Ich habe mir immer wieder vorgestellt, daß ich einen Lehrer als Vater, die Frau eines Lehrers, die vielleicht selbst Lehrerin ist, zur Mutter habe. Ich wollte zwischen Tinte und Löschblatt, zwischen Heften und Buchdeckeln und den Bröseln des Tintenradiergummis aufwachsen. Ich habe diese andere Welt, in die ich wuchs, nie begreifen können. Ich habe gegen sie gekämpft, ich habe sie, so gut es ging, vernichtet. Ich machte mich zum Lieblingskind des Priesters. Acht Jahre lang war ich sein Ministrant, als Diener des Dieners Gottes Gott näher als den Menschen des Dorfes, näher als jeder andere Mensch im Dorf. Ich war Gott näher als ein Sterbender in seinem Todeskampf.

Seinen Kämpfen auf dem Totenbett schaute ich zu. Ich sah die Grimassen seines Gesichtes. Ich stand neben dem hängenden Spiegel und blickte zwischendurch mein Gesicht im Spiegel an, um die Gesichter, die ich geschnitten hatte, mit den Grimassen des Sterbenden zu vergleichen. Unter seinem Bett stand die Prunzkochel, Schieb die Kochel raus, gib sie her. Halb angefüllt mit tiefgelbem Urin, zog ich die Emailschüssel unter dem Bett hervor, den Kopf zur Seite gewandt, um nicht den ätzenden, fremden Urin einatmen zu müssen, und trug die Prunzkochel der Enznoma aufs Klo. Das Gekreische des Emails, während der Topf unter das Bett geschoben wird, ein Schüttelfrost durchläuft meinen Körper. Masken setzte ich auf, während jemand starb. Zur Faschingszeit entblößte ich mein wirkliches Gesicht und ging unbekleidet über die Dorfstraße. Einmal war es eine gelbe Bananenmaske, die ich herstellte, ein exotisches Gesicht sollte ich haben, weg von dieser Bauernwelt. Die Tropfen der Todesanstrengung standen mir auf der Stirn, während ich mit der Larve vorsichtig, jeden Schritt kontrollierend wie eine Zofe, die den frischgemachten Morgenkaffee an die Tür stellt, damit die Schwaden des Aromas durch die Türritzen und durch das Schlüsselloch dringen und die Köpfe der Herrschaften durch den Geruch des Kaffees sich halb aufrichten und Zofe! rufen, mit langgezogenem E-Laut Zofe!, über die Dorfstraße gehe, und Zofe! rufe ich, während ich an einem vergitterten Fenster das verweinte Gesicht einer jungen Magd sehe. Die Angst reißt mir die Larve vom Gesicht. Ich möchte mit meinem fiebrigen Gesicht über die Dorfstraße gehen und in alle offenstehenden Fenster rufen, daß unser Knecht, der Maier, im Sterben liegt. Seit zwei oder drei Jahren hat er die Gebärden des Enznopas angenommen, während er früher seine Hände hochheben und senken konnte, wann immer das Hackbeil hacken und das Holzscheit seine splittrigen Beine spreizen und knisternd wie Mädchenhaar im goldgelben Feuermeer des Ofens brennen wollte. Gebrochen ist der Stock des Knechts, es war ein Erbstück des Enznopas, gebrochen liegt sein schweißiger, dicker Körper auf dem Bett. Mit der gelben Fieberlarve auf dem Gesicht klopfe ich an die Tür, höre sein Murmeln, drücke die Klinke und blicke in sein erbleichtes, mit Haarstoppeln bewachsenes Gesicht. Müde wie ein Huhn, das aufrecht auf einer Stange stehend mit geschlossenen Augenlidern schläft, durch die man wie hinter einem Milchglas den kleinen Augapfel des Tieres sehen kann, blickt mich der Knecht an. Du wirst sterben, will die Maske sagen, aber sie fragt, ob er einen Pfefferminz- oder Kamillentee trinken will. Der Faschingsumzug hat begonnen. Es wird dein Leichenbegängnis sein. Stirb bitte lieber heute am Faschingsdienstag als morgen oder übermorgen, stell dir vor, wenn wir Kinder mit den Larven, der eine mit der Bananenlarve, der andere als Hexe verkleidet, der dritte als weinender Clown, der vierte eine Totenmaske um den Kopf gebunden, der fünfte mit einem Babygesicht und den Furchen eines alten Mannes auf der Stirn und die sechste, die junge Magd, als Prinzessin verkleidet mit den raschelnden Puppenkleidern und einer kleinen, winzigen Erntedankkrone auf dem Kopf die Bühne des asphaltierten Dorfspielplatzes verlassen haben, stehen wir vor dir und bereiten dir mit unseren Larven und Gewändern ein letztes Schauspiel, bevor du stirbst. Ich weiß nicht, ob Ntschotschi schon im Sterben liegt, ob sie im Atem des Knechts röchelt, ob ihrem Vater ein Klumpen Gold in der Faust zerrinnt und sein geschmeidiger Körper ebenfalls am Boden liegt und sich zu den nackten Füßen des sterbenden Knechts wälzt. Du kannst jetzt in aller Ruhe sterben. Maier, Larven haben wir auf dem Gesicht wie du. Deine Schweißperlen wird die Prinzessin nehmen und in den Schmuckkasten legen, es ist immerhin ihr Totengeruch darin, wenn schon sonst nichts. Ich hätte damals meine Mutter am liebsten geschlagen, als sie auf meine Bitte, mir ein Kasperlbuch zu kaufen, sagte, Das wäre noch schöner, dafür haben wir kein Geld. Weinend lief ich zur Tür hinaus. Wie Buchseiten legte ich meine dünnen Hände an die linke und rechte Wange, und zwischen meinen Fingern rannen die Tränen, werde also nie ein Buch bekommen, kann nichts lesen, was mir gefällt, der Lehrersohn gibt mir kein Buch, meine Hände riechen nach Stall und Stroh, er will nicht, daß sein Buch nach Bauernhof riecht, seine Bücher riechen nach Tinte oder Bleistift, nach dem Parfum seiner Mutter, die eine halbe Stunde in das Kinderbuch ihres Sohnes hineinliest, es riecht nach den Kreidehänden seines Vaters, des Lehrers, der an der Tafel steht und weiße oder farbige Kreide in den Händen hält und einen großen Buchstaben auf die Tafel zeichnet. Buchstabe so groß wie ich, ich soll mich mit ihm identifizieren und an der Tafel auf einem Höcker stehend den Buchstaben nachzeichnen, wie ich mit einer Kreide den Konturen meines Leibes nachfahren würde, Zehen, Schienbein hoch, Oberschenkel, Mitte des Gliedes, die Nabelgrube mit roter Kreide füllen, weiter hoch fahren, die Brustwarzen mit schwarzer Kreide einzeichnen, die hervorstehenden Rippen besser kennzeichnen, ebenfalls mit schwarzer Kreide, hoch zum Kinn die Kreide, hoch damit, Doppelkinn wie mein Vater, und die Lippen mit schwarzer Kreide bemalen, rote Ränder um die Augen, ein paar Stirnfalten schwarz und die Wange mit weißer Kreide schmücken, die Kreideschachtel auf den Boden fallen lassen und in dieser Bemalung mit einem Hackbeil in der Hand, das an seiner Schneide das eingetrocknete Blut von gestern kleben hat, schreite ich auf die Mutter zu und sage ihr, Was ist jetzt mit dem Kasperlbuch, bekomme ich es, oder bekomme ich es nicht, ich will lesen, ich möchte die Geschichten der Enznoma mit den Totenvögeln, sie sah nichts als Totenvögel, nicht mehr hören, die Geschichten von den verkleideten Teufeln, die am fünften Dezember durch das Dorf schleichen und die Kinder wundschlagen, laß dich nicht erwischen, paß auf, an diesem Tag hat die Dorfbrutalität Narrenfreiheit, maskiert ist sie mit der roten Larve des Teufels, mit langen Fingernägeln und Hörnern, mit Kettengerassel und an der Haut klebenden Weidenruten, mit einer schwarzen Hand und einer fast auf die Brust hängenden Zunge, so steht er vor dir und versperrt dir den Weg. Meine Großmutter war keine märchenerzählende Großmutter, meine Großmutter erzählte aus dem Leben, wenn sie schon einmal erzählte und nicht wie ein Roß im Totenbett schnarchte und ihre dicken Beine spreizte, ihr Haar, das die weiße Farbe von Kirchhofblumen hat und nach Veilchenöl riecht, nein, die Geschichten der Großmutter möchte ich nicht mehr hören, die Geschichten vom Kasperl und dem Krokodil, die Geschichten von den Sterntalern, von Hänsel und Gretel möchte ich lesen, vor allem die Geschichte von den sieben Geißlein, deren Mutter im Wald Früchte sammelt, und dem Wolf, der mit Fistelstimme, nachdem er die Kreide unseres Lehrers gefressen hat, die Geißkinder dazu verlockt, die Tür zu öffnen, und alle, bis auf mich, alle meine Brüder frißt. Mit dem Hackbeil in der Hand stehe ich hinter dem Rücken der Mutter und will ihr die Schürze öffnen, wie ich sie der

Schwester lachend im Vorbeigehen immer wieder geöffnet habe. Am Saum des Kittels will ich meine Zähne wundbeißen, mit ihren schwarzen, wenn sie das Haar nicht hochgebunden und zu einem Knödel geflochten hatte, nach unten hängenden dichten Zöpfen will ich meine Tränen aus den Augen wischen, ich will das Kasperlbuch haben, Mame, ich will es, es kostet nicht mehr als zehn Schilling, laß mich ein paar Tage nicht essen, laß mich lieber verhungernd noch auf meinem Totenbett das Kasperlbuch lesen, lieber ein Kasperlbuch als einen Totenkranz, bitte das Kasperlbuch, oder, da schau dir die Schneide der Hacke an, du weißt, daß ich die Hühnerschenkel lieber habe als die Hühnerbrust und, ohne mich ein zweites Mal zu fragen, gibst du mir gleich die Hühnerschenkel, aber ich will jetzt keine Hühner, und wenn du das Hackbeil nicht willst, mit dem der Kopf des Huhns vom Bock fällt, dann gib mir das Geld, mit dem ich mir das Kasperlbuch kaufen kann, ich gebe das Geld dem Lehrer, und der wird dem Buchklub einen Brief schreiben, und der Buchklub wird mir dieses Buch schicken, ich muß es haben, Mame! Ich brauch dich, also kauf mir das Buch. Mit den Masken stehen wir vor dem Totenbett des Knechts. Der Struwwelpeter unserer Kindheit streicht leicht mit den langen Fingernägeln über die Brustwarzen des Knechts, die behaart sind, die Augenlider des Knechts zucken, die langen Fingernägel des Struwwelpeter federn. An den Händen beiden ließ er sich nicht schneiden seine Nägel fast ein Jahr, und jetzt kämmt der Struwwelpeter mit diesen Fingernägeln die Brusthaare des Knechts. Das Clowngesicht hebt seine Larve im Sterbezimmer an und läßt den Gummi zurückschnalzen, er geht zwei, drei Schritte zur Seite und krümmt sich in einer Ecke vor Schmerzen.

Von Klagenfurt nach Hause gerufen, ging ich, während die Martha hochaufgerichtet im Bett saß, ununterbrochen im Großelternzimmer auf und ab. Ich nahm nicht mehr an, daß sie überleben würde. Ununterbrochen schrie sie. Wer bist du denn? sagte sie zu mir. Wer bin ich denn, fragte ich mich. Dein Bruder bin ich, der Seppl, sagte ich zu ihr. Die Tantehertha kam, weinend lief sie zur Tür mit einem Strauß Blumen herein und wollte die Martha, sich über das Bett beugend, küssen. Die Martha stieß sie von sich. Verschwinde! sagte sie, verschwinde! Starr vor Schreck, aber nur deshalb, weil ich als Kind und Jugendlicher ebenso meine Verwandten, wenn nicht direkt, so in meiner Verachtung, die ich für sie übrig hatte, von mir stieß, stand ich vor dem Bett. Als Kind schon, sagte ich mir, in den Spiegel der Fensterscheibe blickend, habe ich sie von mir weggejagt, du, meine Schwester jagst sie erst jetzt weg, wo du verrückt bist. Zu spät, Martha, zu spät. Tränen traten mir in die Augen, während ich wie damals beim Tod des Enznopas, als ich acht Jahre alt war, am Fenster stand, glücklich einen toten Großvater im Haus zu haben, dieselben Tränen traten mir in die Augen, als ich mir den Tod der Schwester vorstellte. In *Abschied von den Eltern* beschreibt Peter Weiss den Tod seiner Schwester. Sie starb durch einen Verkehrsunfall. Dasselbe Buch nahezu zehn Jahre, nachdem ich es das erstemal gelesen hatte, aus dem Regal nehmend fällt mir auf, daß ich gerade die Stellen, wo Weiss den Tod seiner Schwester beschreibt, angestrichen habe. Ich sah in ihrem Tod den Tod der Martha. Ich stellte mir vor, wie sie auf der Bundesstraße von einem Lastwagen getötet wird. Der Vater trägt sie über die Straße. Ihre Hände pendeln über seine Arme. Ihr langes Haar schlägt leise an seine Kniescheiben und flimmert in der Sonne, brünett ist es,

und langsam wird es kalt. Ich werde es angreifen und
davor erschrecken. Den Umschlag dieses Buches habe ich
mit einer selbstklebenden Plastikhülle in Schutz genommen. Ich beschützte dieses Buch wie mein Leben. Überall
schleppte ich es hin. Mit diesem Buch vollzog sich der
Abschied von meinen eigenen Eltern. Wie ich besuchte
Peter Weiss die Handelsschule, wie er hätte ich zu einem
Kapitalhüter ausgebildet werden sollen, aber ich schloß
diese Schule nicht ab. Die ersten Sätze dieses Buchs
kannte ich auswendig. »Ich habe oft versucht, mich mit
der Gestalt meiner Mutter und der Gestalt meines Vaters
auseinanderzusetzen, peilend zwischen Aufruhr und Un-
terwerfung. Nie habe ich das Wesen dieser beiden
Portalfiguren meines Lebens fassen oder deuten können.
Bei ihrem fast gleichzeitigen Tod sah ich, wie tief
entfremdet ich ihnen war. Die Trauer, die mich überkam,
galt nicht ihnen, denn sie kannte ich kaum, die Trauer galt
dem Versäumten, das meine Kindheit und Jugend mit
gähnender Leere umgeben hatte.« Wenn mir ein Schul-
kollege eine Frage beliebiger Art stellte, gab ich die ersten
Sätze dieses Buches zur Antwort. Ein Verrückter, sagten
sie, ein Verrückter. Einen Satz von Solschenizyn auf
einem Werbeplakat des Verlages hefteten damals der
Deweishermann und ich auf die Südwand des Heustadels
meines Vaters, wo auch die Werbetafeln der Bunten
Illustrierten festgenagelt waren. Die vorbeigehenden
Bauern blieben stehen und lasen: »Eine Literatur, die
nicht den Schmerz und die Unrast der Gesellschaft
wiedergeben kann, die nicht rechtzeitig vor den morali-
schen und sozialen Gefahren warnen kann, verdient den
Namen Literatur nicht.« Auch der Vater stand damals
unzählige Male vor diesem Satz und ließ ihn sich durch
den Kopf gehen, aber jetzt geht er in meiner damaligen

Vorstellung mit der getöteten Schwester am Heustadel vorbei. Plötzlich füllen sich die Fenster der Häuser mit Köpfen. Alle wollen sie sehen, wie der Vater seine tote Tochter über den Hügel ins Haus trägt, noch einmal fällt er unter der Last der toten Martha zu Boden und erhebt sich, meine Mutter Maria eilt zur Tür hinaus und will dem Vater helfen, besinnungslos vor Trauer sagt er, Laß mich mit ihr allein. Der Fuß der Martha schleift auf dem Boden, aufgerissen sind ihre Strümpfe, aufgerissen ist ihr Unterleib. Grauenhafte Bilder stellte ich mir vor. In ihnen fühlte ich mich wohl. Sie hielten mich am Leben und meine Seele in Atem. Die asphaltierte Dorfstraße, die schwarze Zunge, über die jeder Traktor fuhr, jedes Kind lief und über die schwer schnaufende Rinder trotteten, bewegte sich und lallte, Die Martha ist tot, die Martha ist tot. Wir müssen jetzt das Totenbett herrichten. Mein Bruder Michl und ich. Komm! Was? Du willst nicht. Mame! Er will schon wieder nicht, gestern wollte er das Holz nicht ins Haus tragen, und heute will er das Totenbett der Martha nicht herrichten. Mame, gib ihm die Rute, er soll mir helfen, ich will nicht immer allein Holz in die Küche tragen, alle wärmen sich am warmen Ofen, jeder soll sich das Holzscheit, das ihn wärmt, selber ins Haus tragen. Diese tausend oder abertausend Holzkörbe, die ich schon getragen habe. Immer mit dem leeren, geflochtenen Bastkorb in den Holzschuppen gehen und mit dem gefüllten, schweren Korb ins Haus zurückkommen und dabei immer auf die Scheite des Holzes blicken. Manchmal schlug die Mutter die Kante eines Scheites auf den Kopf des Huhns, das sofort zusammensackte, und stieß ihm das Messer in den Kragen, wühlte in ihm, wie der Vater in ihrem Schoß. Den *Abschied von den Eltern* kaufte ich mir mit Geld aus

Vaters Brieftasche. Manche Karlmaybücher kaufte ich mit Geld, das ich aus der Brieftasche der Oma nahm. Als sich ihr Tod ereignete, wurde jedem der Enkelkinder ein Geldbetrag von fünfhundert Schilling überwiesen. Sie schrieb in ihr Testament, daß ihr Bargeld zum Erbe der Enkelkinder werden sollte. Jeder der Geschwister hatte ein Sparbuch. Ich sah, wie nach einem Jahr vielleicht der Vater die Sparbücher der Brüder aufblätterte, ich sah, daß mein Sparbuch unter dem Sparbuch der Schwester lag, er wird es als letztes sehen. Angst stieg in mir auf. Ich verließ die Küche. Ich verkroch mich im geschwisterlichen Schlafzimmer. Der Vater wird erbost sein. Ich habe mein eigenes Geld gestohlen. Unter dem Bett meines Bruders lag ich und zitterte. Ich hörte Michls Schritte über die Stiege kommen, nein, es war nicht das Getrippel einer Ratte, es waren die geschmeidigen Schritte des Bruders, beflügelt von der Lust, mich vor den erbosten Vater zu zitieren. Sepp, rief er, du sollst zum Tate in die Küche kommen. Ich kroch heraus. Die Tür stand offen. Wäre sie geschlossen gewesen, hätte ich wenigstens die Klinke nach unten drücken können, und wieder wäre Zeit vergangen. Soll ich jetzt sterben? Über den Balkon könnte ich hinunterspringen, wenn ich nur den Fuß breche, wird er mich dafür sicherlich nicht schlagen, er müßte dafür Sorge tragen, daß ich ins Krankenhaus käme. Spatzen würden erschrocken zur Seite springen, dann wie Knallkörper hochfahren. Es ist mein Geld, ich kann mit meinem Geld machen, was ich will, er wird von diesem Diebstahl aus meiner eigenen Tasche nicht auf einen Diebstahl aus Vater- und Muttertasche schließen, im Gegenteil, weil ich mein Geld von meinem eigenen Konto abgehoben habe, wird er nicht annehmen, daß ich auch aus seiner Brieftasche Geld gestohlen habe. Ich hatte ein Argument gegen meinen Sturz über den Balkon gefunden. Also ging ich, wie betrunken betrat ich die Stiege, hielt mich fest am glatten Geländer, die Zwischentür, die vor dem Stiegenaufgang hängt, wird groß und größer, durch die Fensterscheibe sehe ich bereits die Haustür des Hinterausgangs, die Zwischentür quietscht, und ich stelle mir vor, wie die Kücheninsassen auf meine Schritte lauschen. Jetzt bekommt er Schläge, geht es der Martha durch den Kopf und sie blickt dem Vater auf die runzelnde Stirn, Schläge bekommt er, denkt sich der erste, Schläge bekommt er, denkt sich der zweite, Schläge bekommt er, denkt sich auch der dritte Bruder. Nicht schuldbewußt, denn ich habe mein eigenes Geld gestohlen, öffne ich entschlossen die Tür. Was ist denn? frage ich, als ob ich nicht wüßte, worum es geht. Wo ist dein Geld? Mein Geld? Ich habe mir damit Karlmaybücher gekauft, Durch die Wüste, Old Shurehand, Von Bagdad nach Stambul und so weiter. Ich hatte mich in meinem Vater getäuscht. Statt daß er mich schlägt, sagt er, Jetzt hast du also kein Geld mehr, und entrüstet wendet er sich der Mutter zu und sagt wieder, Sein ganzes Geld hat er heimlich abgehoben! Noch stehe ich zitternd vor ihm, aber allmählich legt sich meine Ängstlichkeit, hätte sich nicht ausgezahlt über den Balkon zu stürzen, sage ich vor mich hin, in einer Haltung, die dem Vater den Eindruck von Reue machte, aber gerade weil er mich jetzt nicht schlug, verachtete ich ihn. Umsonst stand ich vor der weißen Balkontür mit dem großen, glotzigen Fenster und fragte mich, ob ich einen Schritt vor oder einen Schritt zurück gehen solle. Schlag mich, da hast du die Rute, dort liegt der Kalbstrick, schlag mich, sonst bring ich mich um. Einmal kaufte ich mir außer einem Karlmaybuch eine Hautcreme, wie sie meine Schwester verwendete. Sie war grün, roch parfümiert, und als ich sie in meinem Gesicht verteilt hatte, war es eine farblose, angenehme, hauchdünne Fettschicht, die über meiner empfindlichen Haut lag. Ich will keinen Stallgeruch auf der Haut. Ich will keinen Pferdeschweiß unter den Achseln. Ich stehle Geld, um mich parfümieren zu können, einen Deospray kaufte ich mir ebenfalls bei der Apothekerin in der Marktgemeinde, eine Sonnencreme kaufte ich mir, alle sagen, daß ich katzenbleich bin, der Blutarme, das war mein Beiname, nicht Adlerauge, Kirchenblätter bringt er uns samstags, Kirchenblätter, aber irgendwann wird er mit diesem Stoß Blätter auf dem Boden liegen bleiben, der Wind wird die Blätter vor die Kirche hintreiben und anklopfen, Macht auf, ein Kindersarg wird folgen, macht auf, eingekleidet ist dieses Kind in weiße Blätter, voller Buchstaben sind sie, überallhin hat sich dieses Kind Wörter gemalt, auf die Unterarme, in die Handinnenflächen, auf die Fußsohlen wie in die Genitalgegend, überallhin malte ich mit Tinte oder Tusche Wörter, zusammenhängende oder unzusammenhängende, unzusammenhängende waren mir lieber, was ich nicht verstand, hielt mich in Atem, was ich verstand verachtete ich. Also Apothekerin, geben Sie mir die Pizbuinsonnencreme, die bessere bitte, ich will schnell braun werden. Schlecht siehst du aus, sagte die Apothekerin, hast schon wieder Ränder unter den Augen. Der Mesner soll achten, daß an die Totenglocke ein neuer Strick kommt, er wird reißen, wenn meine Leiche eingeläutet wird, er ist sehr dünn, und wenn nach wenigen Schlägen plötzlich die Totenglocke verstummt, was ist dann? Ein neuer Strick muß her, Almosen für den Glockenstrick, ich halte den Hut des Vaters und gehe von Haus zu Haus, ich bin bleicher als die Hostie, denn in ihr ist das Blut Jesu.

Augenschatten hat er, seht euch das einmal an, er onaniert zu viel, im Stroh unter dem Leib eines Pferdes, unter den Zitzen einer Milchkuh oder am Grab eines toten Kindes, im Beichtstuhl genausogut wie in der Sakristei oder oben hinter den Pfeifen der Kirchenorgel, und seinen Samen möchte er am liebsten in den Tabernakel stellen, und der Priester soll ihn herausnehmen und erschrecken. Apothekerin, gib mir auch etwas gegen meine Augenschatten, ich will nicht, daß man jeden Tag zu mir sagt, daß ich zuviel onaniere. Ihre Töchter haben so schöne Hautfarben, ich bin in der achten Stufe der Dorfvolksschule, und Ihre Töchter gehen in die wievielte Klasse des Gymnasiums? Später erfuhr ich, daß sich die Apothekerin mit dem tiefbraunen Gesicht an einem Kalbstrick erhängt hat. Mein bester Freund, der früher Winnetou war, geht auch ins Gymnasium, aber seit er ins Gymnasium geht, ist die Zeit vorbei, wo er Winnetou und ich Old Shatterhand waren. Ich bin zwar Old Shatterhand geblieben und ich habe eine Schmetterfaust und wenn Sie mir die Creme für meine schöne Gesichtshaut und für die Augenschatten nicht geben, so lasse ich Sie im Karlmaybuch nachlesen, wozu diese Schmetterfaust fähig ist, immer nur auf die Schläfe, und der Mann fällt wie ein Stück Holz, geben Sie mir bitte das Mittel gegen meine bleiche Haut, im Fernsehn des Nachbarhauses, dort, wo die hungrigen und zerlumpten Kinder fernsehen, habe ich es gesehen, es kostet nicht viel, und wenn es mehr kosten würde, ich habs, es ist zwar gestohlenes Geld, ich habs der Oma vom Totenbett weggenommen, ich bin in ihr Zimmer geschlichen, als ich hörte, daß sie im Sterben liegt, ich sah hinein, bevor ich einen Schritt über die Schwelle trat, wollte ich ihr zuwinken, Grüß dich, Oma, dein Dieb kommt, nicht um deine Seele zu stehlen, ich bin nicht Gott, der an sich reißt, was er liebt, ich brauche Geld für ein Karlmaybuch, ich möchte jetzt *Winnetous Erben* lesen, wenn du jetzt stirbst, so ist Winnetou längst schon begraben, ich habe um ihn geweint, wie ich wahrscheinlich um dich nicht mehr weinen werde können, im Gegenteil, ich wäre froh, wenn du sterben würdest, verzeih mir, aber ich möchte weiterleben, und Winnetous Erben wird gelesen, ob du es willst oder nicht, auch ich bin ein Erbe Winnetous, wenn auch nur sein geistiger, ich weiß nicht, ob ich einen Menschen mehr geliebt habe als den leiblichen Winnetou in dem Buch, das aus Fleisch und Blut ist, er kämpft für den Frieden, er ist gegen die Ungerechtigkeit, hier auf dem Bauernhof und im Dorf erfahre ich mehr und mehr Ungerechtigkeit, daß ich den, der Gerechtigkeit liebt, lieben muß, ist klar, daß ich den, der das Feuer des Unrechtes schürt, töten will, ist genauso klar, ich will hundert Schilling von dir, dann gehe ich wieder, ich fahre mit dem nächsten Omnibus nach Spittal und werde Winnetous Erben kaufen und vielleicht noch ein anderes Buch dazu. Ich sehe die Falten im Gesicht der Großmutter. Ich sage ihr die Uhrzeit, obwohl sie nicht danach fragt. Ich erzähle ihr vom Regen und vom Wind, obwohl sie nun im Sterben liegend nicht mehr weiß, daß es die Meteorologie der Froschphilosophie ist, die ich aus den täglichen Radionachrichten übernommen habe, der kleine grüne Tierzwerg mit den großen Augen und dem kopfbreiten Mund steigt über die kleine Leiter im Einsiedeglas und prognostiziert aus dem Mund des Radiosprechers das letzte Wetterleuchten meiner Kindheit, der Frosch rutscht auf der Leiter aus, fällt und bricht sich im Einsiedeglas das Kreuz, ausgerutscht und zu Boden gefallen ist er, meine Liebe, wenn du auf einem glatten Heiligenbild ausrutschen wirst, werden die gefiederten Engel meiner Kindheit mit dem Gekreuzigten über die An- und Abwesenheit Gottes philosophieren. Wenn ich ohne Schutz und Schirm im Regen über die geländerlose Holzbrücke gehe und der Fluß mit einer Eisschicht bedeckt ist und ich von oben traumverloren auf zwei eingeglaste Forellen blicke, wird mich, bevor ich auf dem Schneebrett ausgleite, mein Invalidenschutzengel unter dem Arm fassen und mich ans andere Ufer begleiten. Ich werde vor deinem Totenkleid, das dort hängt und raschelt, nicht erschrecken, nicht in deinem Totenkleid ist Geld, sondern in dem Kleid, das du sonntags immer trugst, wenn du in die Kirche gegangen bist, um Opfergeld in den Opferbeutel zu werfen, rot ist der Beutel mit einer langen Stange dran, und ich war der Erzministrant, der den Mesner, wenn er krank war, beim Geldeinsammeln vertrat, ich ging von Reihe zu Reihe, bei den Kindern sagte ich natürlich kein Wort des Dankes, sondern blickte ihnen nur ins Gesicht, wenn sie ein paar Groschen fallen ließen, sie hatten das Geld wie ich ohnehin nur von den Eltern bekommen, um es in den Klingelbeutel zu werfen, Reihe für Reihe ging ich ab, wie der Vater die Rinderreihen im Stall kontrollierend auf und ab gegangen sein mag in Gedanken an das Geld, das ihm die Tiere einbringen würden, weiter ging ich mit dem Klingelbeutel zu den Erwachsenen und schenkte auch denjenigen, die ich verachtete, kein Wort des Dankes, nur diejenigen, die ich achtete, brachen mir das Wort *Vergeltsgott* von den Lippen. Als mir der Pfarrer Franz Rheinthaler sagte, daß ein Gasthaus, ein Raum ohne Gott, *renoviert* werden kann, die Kirche aber *restauriert* werden muß, glaubte ich den Unterschied zwischen den beiden Wörtern verstanden zu haben, aber ich weiß nicht, manchmal bin ich skeptischer als Gott, wenn er vor einer Kinderleiche steht und seinen Bart krault und sieht, was er angerichtet hat, Opfer für das Jesukind will ich rufen, jede Geburt und jeder Tod kosten Geld, Opfer für das Kreuz zu Ostern, wenn jemand als Jesus verkleidet bei den Passionsspielen des Dorfes über die schwarz asphaltierte, pestartige Dorfzunge gehen wird, mit einer Dornenkrone auf dem Kopf. Jeder, der Jesus spielen durfte, war stolz drauf, er träumte in der Nacht davon, der Gekreuzigte zu sein, er träumte von großen Reden und Revolutionen der Menschlichkeit, wenn auch nur ich es war, der davon träumte, als Jesus verkleidet über die Dorfstraße zu gehen. Wer wird denn heuer die Mutter Maria spielen, meine Schwester am besten, denn ich will nicht, daß meine Mutter zu Boden fällt und sich für ein Passionsspiel blutig schindet, die Schwester wird es leichter ertragen, die Mutter hat schon genug Blut verloren, sechs Kinder hat sie, und was ist mit den anderen, den weißen Schmerzen der Seele, die unblutig sind? Und wenn heuer ich den Jesus spiele, dann bleibt das Passionsspiel in unserer Familie, der Gustl soll der Pilatus sein, er wird mich auspeitschen, er haßt und verachtet mich ohnehin, und jetzt zur Osterzeit im Passionsspiel hat er gute Gelegenheit, mich öffentlich an den Pranger zu stellen, Ans Kreuz mit ihm, ruft das Volk des Dorfes, Ans Kreuz mit ihm, er hat der Oma vom Totenbett weg Geld gestohlen, um Winnetous Erben lesen zu können, Ans Kreuz mit ihm, er hat beim Onkelraimund Geld für ein Buch gestohlen, er hat gelesen und gelesen, während er auf den Heuaufzug wartete, er hat gelesen, während er die Rinder, Kühe und Pferde auf den uneingezäunten Feldern hüten mußte, während wir Heu mit der Gabel auf die Fuhre hoben und den Schweiß von den Stirnen wischten, während wir auf einem Feld hockend den ranzigen Speck aßen, hat dieser Arbeitsscheue Geld gestohlen, Bücher gekauft und sich in eine andere Welt versetzt, wo eine Kugel in den Stamm drang und Old Shatterhand im letzten Augenblick den Kopf zur Seite schob, als Winnetou von weitem einen Fremden in ihm vermutet hatte, der ihn töten wollte, haarscharf ist die Kugel am Stamm vorbeigegangen, es wäre ein Schuß mitten in die Stirn gewesen, entsetzlich, Winnetou hätte seinen besten Freund getötet. Als Winnetou seinen Freund erkannte, gingen sie aufeinander zu und umarmten einander, und ich roch das schwarze zu einem Schopf auf dem Hinterhaupt zusammengebundene Haar, und ich sah die Lederhaut der Klapperschlange auf seiner Bronzestirn und seine Augen, die Liebe ausstrahlten, ja ich verwandelte mich über Jahre in immer andere Gestalten, meistens war ich Old Shatterhand, der Winnetou liebte, der in ihm Gerechtigkeit und Schönheit, indianische Würde und die bedingungslose Wahrheit der Sonne verehrte. Nicht die väterlichen Zugpferde im Stall, nein, die Indianerpferde verehrte ich als Tiere, nicht die Fähre, nein, die Kanus sollten meine Mutter und mich über die Drau zum Arzt bringen, und Indianer sollten uns aus dem Boot heben, als wären wir Häuptlingssohn und Häuptlingsfrau, die immer, wohin sie auch reiten, von mehreren Kriegern begleitet und beschützt werden, vor dem Arzt sollen sie mich beschützen, er will mir einen Milchzahn reißen, das wird weh tun, aber ich habe ja ein Karlmaybuch bei mir, ich werde meine beiden Zeigefinger fest zwischen die Seiten klemmen, bis die Finger in die Buchstaben bluten, dann werde ich nichts mehr spüren, ich werde lachen, wenn mir der Arzt den Zahn gezogen haben wird. Der Gustl wird mir die Nägel in meine Hand schlagen, andeutend, aber Andeutung ist schlimmer als die Wirklichkeit, meine Finger werde ich spreizen, als ob er wirklich in die Hand geschlagen hätte, vor Schmerzen werde ich brüllen und alle werden sagen, daß ich auf eine Schauspielschule gehen sollte, ich sollte mein ganzes Leben nichts als Figuren der Bibel nachspielen, nie eine andere Rolle annehmen, dann wird mich der Papst heiligsprechen, wer wollte nicht angebetet werden? Selbst Gott will angebetet werden, man verehrt ihn mehr als die Menschen, und man verachtet ihn nicht einmal, wenn er einen Menschen sterben läßt. Der Mann aus dem Volk weiß, daß Gott den Verstorbenen zu sich genommen hat, er sagt, daß es Gottes Wille war, und er glaubt an Gott bis zu seinem Tod, und seinen letzten Atem haucht er Gott ein, von diesen Millionen und Milliarden letzter Atemzüge lebt Gott. Willst du Tee, fragte ich die Oma, willst du Kaffee oder willst du deinen Enziankäse, von dem ich immer ein bißchen essen durfte? Sie sagt kein Wort. Getrost kann ich die Kastentür öffnen. Sie wird quietschen, und gleich wird der Geruch von Mottenpulver ins Zimmer strömen. Wie reagiert eine Sterbende auf Pulver gegen Ungeziefer? Sie rührt ein wenig ihre Stirnfalten, es ist die Schlacht mit Gott, beide haben sie jetzt soviel miteinander zu tun, daß sie nicht aufpassen kann und er schon gar nicht. Ich kann das Geld getrost aus dem Kasten nehmen. Ich werde Weihwasser trinken und meine Ungeheuerlichkeiten beichten. Gott wird mir verzeihen. Bring ihr jetzt Pfauenfedern und leg ihr die schönen, blauen Augen auf die Lider, sie schläft. Wenn der Vater zur Tür hereinkommt, wird er vor ihren Pfaufederaugen erschrecken und die Tür schnell wieder schließen, ehe er die Tür neuerlich öffnet und entschlossen, aber vorsichtig auf sie zugehen wird. Während der

Rechenaufgaben, die mir schwer fielen wie kaum etwas anderes in der Schule, saß ich in ihrer Nähe und ließ mir die Lösungen diktieren, aber sie rechnete falsch, jede Und- und Wenigerrechnung war falsch, jede Multiplikation oder Division war falsch. Es hilft dir nicht, daß die Oma einsagt, höhnte die Martha, das meiste ist falsch. Und wenn es falsch ist, so kann ich in der Schule zum Lehrer sagen, daß es die Enznoma errechnet hat, nicht ich.

Abgöttisch wurde der Michl vom Enznopa geliebt. Immer noch sehe ich, wie er auf seinem Schoß sitzt, immer noch sehe ich die Bilder, die damals der Onkelfranz schoß, immer war es mein jüngerer Bruder, der Michl, der auf dem Schoß des Großvaters saß. Auf den Bildern stehe ich meistens in der Nähe des mütterlichen Schoßes. Auf einem Bild bin ich ein Jahr alt, und sie hält mich im Mutterstolz auf ihrem Schoß, während ich mit meinen Fingern spiele. Alle Verwandten liebten den Michl mehr als mich, er wurde vom Opa bis auf das Totenbett hin gehätschelt und verehrt. Der alte Mann war der Speichellecker eines Kleinkindes. Man brachte mir bei, wie ich den jüngeren Bruder zu verachten hatte. Alle Verwandten sagten, Du bist also Opas Liebling. Ich war Opas Bösling. Er spürte meine Fantasien. Er verachtete mich, er ging grob mit mir um. Als er schon halb gelähmt war, stand ich ein paar Meter vor ihm und wollte mich fangen lassen, aber bevor mich seine erstarrten Hände erreichen konnten, glitt ich zurück und lachte. Mein Vater war sein drittältester Sohn. Der Hoferbe benimmt sich wie einer, der zum Chef aufrücken, der das Geschick der Familie lenken wird. Er wird seinen Vater nicht enttäuschen. Vielleicht sagte er ihm noch am Totenbett, Vota, du kannst es nicht mehr erleben, aber ein sechstes Kind wird noch kommen, ich werde gleichviel Kinder haben wie du. Nein, er enttäuschte ihn selbst am Grab nicht. Lachend sagte der Vater, als das sechste Kind, der Adam, noch gar nicht auf der Welt war, Es muß ja nicht das letzte sein. Siegesgewiß sagte aber die Mutter, Jetzt will ich kein Kind mehr, nein. Eine Vogelscheuche kann der siebente Bruder sein, draußen auf dem Feld, und die Raben vom Stehlen abhalten. Du stiehlst wie ein Rabe, sagten sie zu mir. Eine Stroh- oder eine Plastikpuppe kann er sein, die irgendwo im Gestrüpp des Dorfbaches hängengeblieben ist. Wie freute sich doch der Vater, als auch ihr sechstes Kind ein Sohn und keine Tochter war. Wieder ein billiger Knecht. In privaten Hofkleidern überbrachte ich der Enznoma die Nachricht vom Tod Papst Johannes XXIII. Ich hätte in die Kirche gehen, die roten Ministrantenkleider anziehen und die Nachricht in Vertretung des Priesters feierlich überbringen sollen. Ich stelle mir vor, selbst auf dem Feld bei der Heu- und Getreideernte in Ministrantenkleidern neben meinen drei schwarzen Turnhosen und weiße Leibchen tragenden Brüdern zu arbeiten. Einmal, ich hatte Hunger nach Süßigkeiten, nach Schokolade oder Bonbons, die ich mit meinem jüngeren Bruder teilen wollte, öffnete ich wieder in der Speisekammer eine Schublade, wo das Geld meiner Mutter verborgen war. Es war der Tisch, auf dem sie die Jause, den Speck und das Brot, den Käse auseinanderschnitt und in die Küche trug. Ich nahm zehn Schilling. Michl traf ich beim größten Dorfbrunnen und sagte zu ihm, Paß auf, vielleicht finden wir jetzt irgendwo beim Brunnen zehn Schilling, dann gehen wir zum Deutsch und kaufen uns Schokolade. Er sagte kein Wort und folgte mir. Ich sah um mich und beobachtete seine Blicke. Da! rief ich, und schnell, ohne daß er es merkte, zog ich das Zehnschillingstück aus der Hosentasche und legte es auf den Rand des Brunnens, Schau, zehn Schilling, damit können wir uns ein paar Tafeln Schokolade kaufen, komm, laufen wir. Ich habe hier beim Brunnen schon öfter etwas gefunden, sagte ich zu ihm, während wir zum Kaufmann gingen. Er wußte, daß es gestohlenes Geld war. Er verschwieg es eine Zeitlang, aber wenige Wochen später bei einem Streit erzählte er es der Mutter, die gerade Vorbereitungen für unser gemeinsames Bad traf. Er lügt, sagte ich zur Mutter. Die Mutter glaubte meinem Bruder, aber sie widersprach mir nicht. Sie sah mir in die Augen, sah, wie ich errötete und mit gesenktem Kopf zum dünnen Faden des Wasserstrahls ging, der in einen Eimer plätscherte. Dieses gemeinsame Baden, samstags, wenn wir stritten und einander verachteten! Michl urinierte ins Wasser, und mich ekelte vor dem Badewasser. Ich urinierte ins Wasser, und ihn ekelte vor dem Badewasser. Gemeinsam, einander gegenübersitzend urinierten wir ins Badewasser, der Urin vermischte sich und war neben der Terpentinseife unser Badezusatz. Ich blickte ihm in die Augen, während er wie in sich selbst versunken im Wasser saß und etwas schwerer schnaufte, Jetzt schifft dieses Schwein, sagte ich zur Mutter. Ich will nicht mehr gemeinsam mit Michl baden, Mame, ich will nicht mehr, laß mich raus. Mein jüngerer Bruder und ich. Wir haßten und liebten uns. Wir teilten alles, wir teilten das Badewasser, wir teilten jahrelang das Bett, Butterbrot und Schokolade. Aber wann lag schon Schokolade in unseren warmen Händen und zerfloß zwischen den Fingern? Weihnachten, wenn der Christbaum behangen war. Einmal, am Weihnachtsabend, rief jemand über die Stiege nach einer Schere. Wie vom Blitz getroffen drängte ich mich in die Küche an die Schublade, stieß den Michl zur Seite, holte die Schere heraus und ging andächtig und leise zur Küchentür hinaus, die eiskalte Schere in meinen warmen Kinderhänden, die Stiege hinauf. Ich werde an die Tür klopfen. Jemand wird sie mir öffnen, aber nur einen Spalt, denn es ist gerade der Engel im Zimmer, er schmückt den Weihnachtsbaum, er braucht die Schere für die Pakete, er braucht die Schere für die kleinen Schokoladeschnapsflaschen, für die Schokoladelämmer, für die Schokoladesonne und für den Schokolademond, für die Schokoladeschweinchen und für die vielen Schokoladeengel, er braucht die Schere für die Schokoladehufeisen und für den Schokoladerauchfangkehrer, für das Schokoladevierklee, das uns im neuen Jahr Glück bringen soll, der Engel braucht die Schere für die goldenen Schnüre, damit auch die grünen Schokoladenfrösche an den Ästen der Fichtenzweige festgebunden werden können, damit die blonden Watteengel, die Sternspritzer und die Kerzen befestigt werden können. Unter dem Christbaum muß eine kleine Krippe stehen mit Ochs und Esel, mit dem Jesukind, das noch voll Schleim und Blut ist, ein Embryo aus dem Mutterleib mit auseinandergebreiteten Armen, der kleinste Bruder, der im Juli auf die Welt kommen wird, ist in ihrem Mutterleib gerade angewachsen und groß genug, um herausoperiert und in die Weihnachtskrippe gelegt werden zu können, aber es wurde ein Jesukind in die Wiege gelegt, das ich aus Stroh geflochten hatte. Ich klopfte also an die Tür des Großelternzimmers, und jemand öffnete sie, ich streckte meine Hand mit der Schere aus, den Blick zu Boden gesenkt, um dem Engel, der mir öffnete, nicht in die Augen zu blicken, wie auch Zofen mit niedergeschlagenen Augen vor ihren Herrschaften stehen. Ich berührte seine Hand, während er die Schere übernahm, aber es war keine seidenweiche, blutlo se Hand wie sie ein Engel haben mußte, es war eine Hand, die der Schwesterhand ähnlich war, es war die Schwester, die an die Tür kam, der Engel hatte mit den Geschenken zu tun, der Engel schmückte den Christbaum. Wäre ich in Staub zerfallen, wenn mir der Erzengel erschienen wäre? Die Schwester ist die älteste und größte, die Schwester darf dem Engel helfen und ich nicht. Sie trug Geheimnisse mit sich herum. Sie redet öfter mit der Mutter über Dinge, die, wie sie sagt, uns nichts angehen. Aber ich will alles wissen und alles sehen, mir darf nichts verborgen bleiben. Ich öffne alle Türen selber, und wenn ich sie nachts durch Geheimgänge schleichend aufbrechen muß. Verbarg jemand vor mir etwas, reizte er mich bis aufs Blut. Ich stellte mir den Engel groß und schlank vor, mit langen, weißen, geschminkten Flügeln, die seine Schultern verbreiterten, Flügeln, die Nähte an der Wirbelsäule hatten, dort wo der Flügel aus dem Fleisch gewachsen war. Manchmal streift der Flügel des Engels die Schulter der Schwester, die ihm hilft, den Christbaum zu schmücken, Entschuldige, sagt die Schwester höflich, und der Engel nickt ihr lächelnd zu, während er ein goldenes Band von einem zum anderen Fichtenast bindet. Wo ist der Vater? Im Stall, sagt die Mutter. Wann ist der Engel fertig, wann können wir ins Zimmer gehen? Bald, sagt die Mutter. Wird der Engel im Zimmer bleiben? Nein, er wird irgendwoanders gebraucht, vielleicht geht er dann zum Aichholzer runter. Mit den bloßen Hausschuhen an den Beinen gehe ich zur Hintertür, heute ist Weihnachtstag, heute liebt mich der Tate, heute liebe ich meinen Tate auch. Ich gehe über den Hof, der in der Mitte von einem Brett, das ein wenig vom Eis geglättet worden, getrennt ist. Zur linken und rechten Hand liegen wie hochgehende

Wasserflügel an der Schnauze eines Schiffes die Schnee-wächten, dazwischen, gerade um einen halben Kopf größer als die beiden riesigen Schneehaufen, laufe ich über das Brett und gelange zum Eingang des Stalls. Ich sehe noch Licht. Heute riecht es im Stall nach Weihrauch und Myrrhe, heute ist ein großer Tag, heute wird das Jesukind auf die Welt kommen, Meine Mame, meine Mame, rufe ich den Tieren im Stall in die Augen blickend entgegen, meine Mame wird das Jesukind auf die Welt bringen. Feierlich riecht es im Stall nach dem Kot der Tiere. Obwohl es nach Kot und Urin riecht, heute ist Weihnachtstag, heute ist es ein feierlicher Geruch. Myr-rhe und Weihrauch müssen es sein, den Tieren tropft das Weihwasser, dicke Fäden spinnend, von den Lippen, es fallen die Tropfen ins Stroh, aber auch das Jesukind wird im Stroh geboren. Ich möchte dem Jesukind mein Leintuch geben, sage ich zum Vater. Schneller kämmt er die hängende Mähne seines Lieblingspferdes, lächelt, und ich stehe spitzbübisch hinter seinen großen Beinen und blicke auf seine Schulter hoch. Manchmal geht er ein wenig gebückt, er hat öfter Kreuzschmerzen, wie Jesus. Ich gehe in den hinteren Stall und sehe dem Ochsen ins Auge, Einer deiner kleineren Brüder steht in der Krippe unter dem Christbaum, er paßt aufs Jesukind auf. Tate! Ist der Ochse böse? Geh nur nicht zu nahe ran! Wird er das Jesukind aufessen? Ängstlich blicken die Kinderau-gen auf die tröpfelnde Schnauze des Ochsen und auf seine Nase. Hat der Ochse einen Nasenring, weil die Mame und die Martha Ohrringe haben? Er hat den Ring, damit er angebunden werden kann. Er tänzelt hin und her, will sich losreißen, aber es gelingt ihm nicht, es schmerzt in seinen Nasenlöchern, er wird ruhig bleiben, von den Schmerzen wird er lernen. Niemand im Dorf hat einen

Esel. Dann also keinen Esel an der Krippe des Jesukindes, unser Zugpferd, die Onga, soll verkleinert unter dem Christbaum stehen, ja, die Krippe ist das Wichtigste, lehrte uns der Pfarrer, ein Christbaum ohne Krippe ist kein Christbaum, ist ein bloßer, wohl aufgezuckerter Tannen- oder Fichtenbaum, aber noch lange kein Christbaum. Der fallende Schnee verstärkte die Idylle des Weihnachtsabends. Friede war im Haus. Friede. Aber ich wollte in diesem Augenblick Unruhe im Haus haben, ich begann zu weinen, zu schreien, ich forderte Schläge, ich konnte diesen scheinheiligen Frieden nicht ertragen. In ein paar Tagen, wenn die heiligen Tage vorbei sein werden, beginnt wieder der alltägliche Trott hinter den Tieren her, dann ist der Ochse nicht mehr der Ochse unter dem Christbaum, dann ist er wieder der verachtungswürdige Büffel, der draußen im Stall steht und mit der Kette rasselt. Wie verachtete ich später die scheinheiligen Meldungen vom Waffenstillstand im Nahen Osten am Tag der Geburt Christi. Gerade an solchen Tagen sollen sie sich gegenseitig erschlagen, wenn das neugeborene Jesukind noch blau ist und irgendeine Nabelzündschnur vom Explosionsfaß getrennt wird. Diese Verschnaufpausen der Mörder unter dem Christbaum! Heute mit Sternenaugen auf den leuchtenden Christbaum blicken, die Hände falten, beten und morgen im Namen Gottes und im Namen der Diktatur weiter morden. Den Friedensnobelpreis für die indianische Friedenspfeife, für das Kalumet des Friedens! Immer wieder erzählte der Vater von seinen eigenen Kriegserlebnissen, wenn er vom Vietnamkrieg Meldungen hörte. Die Vietnamesen, sagte er, und die Amerikaner, ergänzte er. Als ob zwei Mächte am Heiligen Abend bei Waffenstillstand im Blut sich paaren und den Kriegsgott zeugen. Bei jedem Fest drehst du durch, sagte die Mutter, immer dasselbe, schrie sie mich an. Ich saß auf dem Klo, wo der Reif an den Rändern wuchs, die Unterseiten meiner Oberschenkel waren eiskalt, und entleerte meinen Darm, die Augen schwollen vor Anstrengung, die Kinderfüße pendelten über dem Betonboden. Bald wird es soweit sein, bald wird uns die Mame rufen, der Christbaum wird glitzern und glänzen, winzige Flammen werden hochzüngeln, und manche Äste, die verbrennen, werden den Geruch im Zimmer verstärken und alles noch schöner machen. Aber immer, wenn ich an pendelnde Füße über dem Holzboden denke, sehe ich die Füße von Jakob und Robert vor mir. Drei Monate nach Jakobs Tod sagte sein Vater zu mir, Heuer hatten wir grausame Weihnachten. Manchmal weiß ich nicht, was schön und was grausam ist. Manchmal bin ich wie ein Verlorener zwischen meinen Bildern und keuche. Alles hat sich verschoben, alles hat sich geändert oder nichts hat sich geändert, der Kehrwert dreht sich wieder um und der Reziprokwert ist wertlos geworden. Ich denke an den Geruch der verbrannten Zweige am Christbaum, an den Geruch der Sternspritzer, ich denke nicht nur daran, nein, ich rieche es jetzt. Ich sitze neben der Mutter, und der Vater betet, zum glitzernden Christbaum aufschauend wie zum Kruzifix, für den heuer verstorbenen Enznopa. Der Vater beginnt zu weinen, der Vater dankt dem Herrgott für den schönen Tag und bittet ihn um eine schöne Nacht. Der Vater dankt dem Herrgott mit den Worten, die er vom Enznopa gelernt hat, er hat ihm die wichtigsten Gebete beigebracht, die Tischgebete, die unser Vater meinem Bruder, dem Siege weitergab, die er mittags aufsagte, bis ich ein neuerlerntes Gebet nach Hause brachte und zum Vorbeter wurde, zumal ich Erzministrant war und den

Priester im Elternhaus vertrat. Der Vater betet für die armen Seelen im Fegefeuer, und ich weiß nicht, was das sind *Arme Seelen*, ich weiß nicht, was das ist *Fegefeuer*, aber wenn er ängstlich betet, muß es etwas Bedrohliches sein, also muß ich mitbeten, es kann ja sein, daß mein Leib eine arme Seele ist, die im Fegefeuer verbrennen wird. Er betet für eine gute Ernte, für die Tiere und für die Kinder, aber nicht gegen den Krieg, aber auch nicht für den Frieden. Schamvoll schaute ich ihm in die Augen und schmückte die Bilder, die er immer wieder aus dem Krieg erzählte, mit meiner Fantasie aus. Fällt eine Plastikfigur unter dem Christbaum, wenn der jüngere Bruder an das Tischbein stößt, wälzt sich ein Kamerad des Vaters im Blut. Die taube Pine sitzt zur rechten Seite des Vaters, die Mutter zur linken. Die Enznoma liegt im Bett, die Fingerspitzen ihrer gefalteten Hände sehe ich, sonst eigentlich nichts. Ob es der Engel an der Spitze des Baumes ist, der so schnauft und atmet? Ich blicke hoch und konzentriere mich auf seine Nasenflügel, aber sie bewegen sich nicht, scheu, fast vorwurfsvoll drehe ich meinen Kopf zur Seite und sehe die bebenden Nasenflügel der Oma. Ihre Fingernägel sind voller Schmutz. Sie betet. Sie erhöret Gott und Gott erhöret sie. Sie spricht mit ihrem heuer verstorbenen Mann, dem Enznopa, Das sind die ersten Weihnachten ohne dich. Die Kinder sind gewachsen, und ich werde bald an deiner Seite liegen. Über sechzig Jahre lagen wir nebeneinander, schmückten den Christbaum, und heuer auf einmal nicht mehr. Der Onga geht es nicht gut. Sie bäumt sich oft am Futterbarren auf, zerrt am Strick, Blutfäden spinnt sie aus dem Maul. Blutigen Hafer frißt sie. Es ist schön warm hier. Die Kinder stehen alle um den Christbaum und um mich herum, die Pine und der Oswald sind auch da, alle beten.

Wenn ich den Kopf ein wenig anhebe, sehe ich viele Weihnachtspakete, für dich ist keins mehr dabei. Ununterbrochen blicke ich tags im Bett liegend aus dem Fenster und sehe dem fallenden Schnee zu. Manchmal sehe ich den Pfau auf der Bachbrücke. Der Fichtenbaum ist nicht so groß wie im Vorjahr, aber er ist heuer üppiger, mehr Sternspritzer sind oben. Was mir wohl das Christkind gebracht hat. Der Jogl wird die Geschenke austeilen. Es riechen die Kerzen gut, wäre ich nicht halb gelähmt, ich käme natürlich heute zu deinem Grab und stünde nach der Christmette davor, aber ich kann nicht gehen. Man müßte mich mit einem Rollstuhl über die Dorfstraße fahren. Stell dir vor, der Jogl schiebt mich mit dem Rollstuhl durch den Tiefschnee. Oft würden wir steckenbleiben, bis wir mit einer halben Stunde Verspätung in die Mitternachtsmette kämen. Den Gekreuzigten halte ich auf die Brust, und um Mitternacht wird er in der Kirche geboren, ich muß ihn dann von der Brust nehmen, eine Krippe in meinen Händen wiegen. Stürz ich aus dem Rollstuhl, rufe ich dem Jogl zu, daß er besser aufpassen soll, aber vielleicht verliere ich die Krippe, und die Strumpfbänder reißen, wenn ich im Tiefschnee herumirre und nach dem Jesukind suche. Die Enznoma entfaltet ihre Hände, läßt sie auf der Bettdecke liegen. Ein Ast beginnt zu brennen, und die Schwester ist schnell zur Stelle, spitzt ihren Mund und bläst, bis sie wieder fast wollüstig, unter Atemnot, Luft in die Nase zieht. Was sie gibt, nimmt sie sich wieder. Der Sauerstoff atmet. Die schweren, abgearbeiteten Hände des Knechts liegen zum Gebet nebeneinander. Schau, Mame, Oswald kann auch beten. Seinen Namen schreiben kann er nicht, aber die Gebete versteht er. Drei Kreuze in die punktierte Unterschriftenzeile, so unterzeichnet er die Schriftstücke mit seinem Namen, wenn der Briefträger ein Formular auf den Tisch legt. Drei Kreuze, drei Kruzifixe, das ist sein Name. Die Pine aber, die kann mit ihrem wirklichen Namen unterschreiben. Ihr ganzes Leben lang las sie die Bibel und die Kirchenblätter. Der Vater steht auf, geht zum Christbaum und nimmt das erste Paket in die Hand. Mühsam entziffert er einen Namen, er hat seine Augengläser nicht bei sich. Michl! ruft er. Michl steht auf, nimmt das Paket und bedankt sich. Dann ruft er den Gustl, den Siege, die Pine, die Martha, die Mame, den Seppl, die Oma, den Oswald, und auf einem Paket steht sein Name, verlegen sagt er, Tate, und legt das Paket auf seinen Sitzplatz. Schnell packen wir die Geschenke aus, heuer habe ich ein Flanellhemd, eine lange warme Unterhose und ein paar Strümpfe bekommen, der Michl hat auch ein Hemd und ein paar Strümpfe und eine lange warme Unterhose bekommen, der Gustl zwei Hemden und der Siege auch. Wir tragen die Geschenke in unser Zimmer und legen sie aufs Bett. Dann gehen wir in die Küche hinunter, die Mutter wird den Rosenkranz beten, danach bekommt jeder ein Paar Würstchen mit Krenn, drauf wird das Weihnachtsgebäck gegessen und Glühwein dazu getrunken. Nach dreiundzwanzig Uhr gehen wir in unsere Zimmer, ziehen das neue Hemd, die neue Unterhose und die neuen Strümpfe an und bereiten uns auf die Christmette vor.

Wer von meinen Brüdern stürzte nicht einmal über unsere Haussteige und schlug sich das Gesicht, Beine und Hände wund? War es nicht die Gote, die mit Waschschüssel und blutigen Tüchern diese sechzehnstufige Stiege auf und ab hetzte, als wir geboren wurden? Ich lief diese Stiege in Stunden der Langeweile hinauf und hinab, bis ich erschöpft war und langsamen Schrittes ins Schlafzimmer ging und mich schwer keuchend aufs Bett legte, zufrieden, wenigstens etwas getan zu haben, mich wenigstens bis zur Erschöpfung angestrengt zu haben. Diese Stiege hat Geschichte. Cäsar und Kleopatra liebten sich auf ihr. Mattheu und Anders. Kriemhild stolperte mit dem blutenden Haupt Hagens über diese Stiege. Der Wolf kam und die Großmutter ging. Ich sah und siegte. Lief jemand über sie, so sprach sie von Eile. Ging jemand langsam hinauf, so keuchte sie. Sie war immer in Bewegung, denn damals, als noch alle lebten, waren wir zu elft mit den Großeltern, der Magd und dem Knecht, und es kamen die Ratten dazu, die auf und ab hopsten, ja, diese Stiege hat Geschichte. Einmal flog mir auf dieser Stiege eine Ratte mit aufgerissenem Maul entgegen, ich schrie und schlug die Tür vor ihr zu. Dieses Erschrecken und diese Angst haben mich mehr erschöpft als die ganztägige Arbeit auf dem Feld. Ich muß mich wieder hinlegen, die Mutter wird mich rufen, wird mich suchen, wird mich schlafend im Zimmer ertappen und wird sagen, Jetzt schläft er schon wieder. Steh auf und trag Holz, geh auf den Acker und hol einen Eimer Erdäpfel. Als die alte, dicke Enznoma schwer keuchend mitten auf dieser Stiege stand und nicht mehr weiter konnte, rief sie nach ihrem Sohn, Jogl, Jogl hilf mir, ich kann nicht mehr weiter. Jogl, Jogl. Sie rief so lange, bis jemand kam und sie an der Achsel faßte und langsam mit ihr hochging. Aus Angst urinierte sie. Schwer keuchend setzte sie sich in ihrem Zimmer auf den Diwan, lauwarm rann der Urin über ihre Strümpfe. Wenn sie alleine im Zimmer saß und nicht mehr die Kraft hatte, auf den Leibstuhl zu gehen, rief sie wieder, Jogl, Jogl hilf mir. Hörte sie niemand, urinierte sie auf den Diwan. Wenn man nach frisch ertappter Tat ihr Zimmer betrat, verschlug es einem Atem und Stimme.

Mit mitleidheischendem Blick hockte sie auf dem Diwan, den Kopf zur Tür gedreht, während der Urin vom Diwanrand auf den Linoleumboden tropfte. Wie eine alte Königin, dick und breit, mit einer Erntedankkrone auf dem weißen Haupt, hockte sie auf dem Thron und ließ Kotpatzen für Kotpatzen in den rostigen Eimer fallen. Wieder rief sie um jemanden, der ihr helfen sollte, den Arsch zu putzen. Einmal ging die Schwester mit zerknülltem Zeitungspapier in ihr Zimmer und säuberte ihren Arsch, einmal die Mutter, einmal der Vater, einmal die Gote. Oft trug ich den rostigen Koteimer aufs Klo und spülte ihn danach in der Schwarzen Küche aus. Als ihr Todestag näherkam, weckte sie um vier Uhr morgens den Vater auf, Jogl, rief sie, Jogl. Der Vater warf die Bettdecke zurück und trat mit seinen nackten, schmutzigen Füßen über den Linoleumboden, ging über den Flur, in ihr Zimmer, Bleib bei mir Jogl, ich muß sterben, bleib bei mir. Vor zwei Jahren schon hatte der Tod das Bett des Enznopas entleert, dorthinein legte sich der Vater und schlief mehrere Nächte bei seiner Mutter. Währenddessen schlief ich wieder im Bett des Vaters neben meiner Mutter. Sie wußte, daß der Tod ihrer Schwiegermutter bald eintreten würde. Beide gingen sie, der Vater zuerst, dann die Mutter, die Stiege hinunter, in den Stall hinaus. War seine Stallarbeit beendet, ging er winters, wenn Eis über den Brunnen gewachsen war, mit einer Axt hin und schlug ein Loch ins Eis, legte die Axt zur Seite und griff mit beiden Händen ins Wasser wie in einen Sack Getreide, hob es hoch und wusch sein Gesicht. Wie eine kalte, flüssige Maske rann es von ihm ab, zwei-, dreimal dieselbe Geste, dann schüttelte der Vater das Wasser von den Händen und ging aufs Haus zu, Wasser tropfte von seiner Nase, Wasser tropfte von seinem Kinn, Wasser rann über seine glühend heißen oder kalten Wangen, Wasser rann auf seine vorwärtsschreitenden Beine. Selten wusch er seine Hände mit Seife, und die Spuren des Schmutzes konnte man jeden Morgen am Handtuch sehen. Wenn er am Vormittag hinter seinem Pflug herging, konnte man auf dem Tisch das Handtuch ausbreiten und mit dem Zeigefinger auf seine Finger- und Gesichtsabdrücke deuten, Hier, hier und hier, die Maske seiner Arbeit, das ist sein Kameringer Schweißtuch. Ich blicke auf die Tastatur meiner ersten mechanischen Schreibmaschine, die mir der Vater, als ich in die Handelsschule ging, gekauft hatte. Er wußte nicht, daß diese mechanische Schreibmaschine mein erstes Werkzeug sein sollte, das mir half, wie ein Mineur einen Stollen zu erarbeiten, einen Berg zu durchbrechen, um an der anderen Seite ein neues Licht zu erblicken, das mich anfangs blenden und meine Hände automatisch an die Stirn und vor die Augen werfen würde, die Schreibmaschine wies den Weg in die Freiheit, sie konstruierte den Abschied von den Eltern Anschlag für Anschlag, Zeile für Zeile, Seite für Seite, Buch für Buch. Ich wünschte, das Papier könnte sich aufbäumen, wenn ich etwas Falsches sage. Ich war sehr glücklich, wenn der Vater mit zahnlosem Mund auf dem Misthaufen stand und die gelben Hahnenfüße ordnete, seine Oberkieferprothese war bei einem Zahnarzt tagelang in Reparatur. Er konnte nicht schreien, er wagte kaum zu lachen, er wollte nichts reden, er kaute versteckt an seinen Lippen, er war in diesen Augenblicken fast zärtlich. Was schenkst du deinen Kindern zu Weihnachten, hörte ich einmal jemanden meinen Vater fragen. Der Vater zuckte die Schultern und sagte, Sie haben ohnehin alles, was sie brauchen, was sollen wir ihnen schenken. Wenn jemand am ersten Tag des neuen Jahres zur Mittagszeit unser Haus betrat, so glaubte der Vater, daß jemand im Laufe des Jahres im Haus sterben würde. Wütend schimpfte er vor sich hin, als tatsächlich jemand am Neujahrstag zu Mittag kam, Warum muß denn dieser Trottel gerade jetzt seine Milch holen, warum gerade jetzt. Ich sah Vaters Zugpferd, die Onga, mit Maschinenbeinen im Hof stehen, während dem Traktor statt der Räder vier Pferdebeine montiert waren. Ich sah, daß der Vater im engen Flur am Milchkannentisch sein Nachtmahl, Milch mit Polenta, einnahm, ich fragte ihn, warum er nicht in die Küche gehen und essen wolle, Es gefällt mir hier, sagte er. Soll ich es wagen, meinen Vater zu fragen, ob ich einmal seine Totenmaske abnehmen darf? Werde ich die Erlaubnis des ältesten Bruder, des Hoferben, des Verwalters des Vaterleichnams einholen müssen? Ich erinnere mich noch, wie ich, als die Mutter verschwitzt mit dem Pferd am Dorfbrunnen stand, unter dem Hals des Pferdes, das ebenfalls verschwitzt war, hindurchschlüpfte und zur Mutter, der ich vor ein paar Tagen angekündigt hatte, daß ich nicht mehr alles Einser haben werde, mit dem Zeugnis in der Hand triumphierend sagte, Mame, ich habe schon wieder alles Einser. Während die Mutter das Pferd am Zügel zum Bauernhof führte, nahm ich ihre Hand und tänzelte daneben her, Wieder alles Einser, sang ich vor mich hin, wieder alles Einser, ich bin doch brav, Mame, oder nicht? Ja, sagte sie und drückte meine Hand fester. Auf den klebrigen Butterbroten, die die Mutter in das Volkszeitungspapier einwickelte, las ich die Schlagzeilen, holte einen kleinen Spiegel, hielt ihn aufs Brot und las, was drauf stand. Ich fraß die Buchstaben, die am Brot kleben blieben. Erst später, als ich in die Handelsschule ging, wickelte sie die Jausenbrote in Fettpapier ein, nicht mehr in die blutrünstigen Tageszeitungen. Einmal sagte die Tantenane zu meiner Mutter, Der Seppl wird ein Gelehrter werden, er trägt immer einen Bleistift mit sich herum. Mit meinen Fingernägeln kratzte ich am Eisblumenfenster die neugelernten Buchstaben ein, ich schrieb sie auf die Bettwäsche, auf die Heiligenbilder malte ich die Buchstaben, auf die Augen der Pfauenfedern, ich schrieb sie auf meine Haut, auf meinen Fuß, der nackt war und reflexierte, wenn ich mit meiner Faust auf die Kniescheibe schlug und dabei lachte. Ich schrieb die Buchstaben auf die Flanken der schwarzen Onga. An drei Pferde kann ich mich erinnern, an ein braunes und an sein Fohlen, das der neuangekommene Traktor verkauft hatte, aber die Onga ließ der Vater im Stall sterben, denn es war ein Erbstück des Enznopas, und dessen Tier wollte der Vater nicht verkaufen, aber eines Tages lag es tot im Stroh. Alle weinten um die tote Onga, die Pine, der Vater, die Mutter, die Enznoma und die Kinder. Ob die Enznoma auch deshalb so gerne den Enzian-Schmelzkäse gegessen hat, weil der Name des Vaterhauses *Enz* ist. Oft sagte sie zu mir, Nimm zehn Schilling aus meiner Brieftasche, geh zum Deutsch und bring mir eine Schachtel Enziankäse und ein paar Semmeln. Der Hausname Enz war auf der Flanke der Onga eingebrannt. Einmal hob der Gustl den Fuß der Onga hoch, und der Schmied, der aus dem Nachbardorf kam, säuberte mit einem Eisenhaken die Fußsohle, schlug ein neues Hufeisen an, und ich stand wie immer, wenn am Hof zwischen den hochflatternden Hühnern etwas passierte, in der Sauküche und blickte aus dem Fenster. Ich sah, wie der Michl Schläge bekam, und freute mich darüber. Ich sah, wie die Schwester mit einer blutenden Hand über den Hof lief und nach der Mutter rief. Ich sah, wie der Vater und der

Gustl gemeinsam mit einem Kalbstrick ein Schwein aus dem Saustall zogen. Das Schwein roch sein eigenes Blut. Alles zur Seite, rief der Vater zeremoniell, den Buffer in den Händen. Er machte noch Witze dabei, Witze über das Sterben waren immer schön und sind noch heute die einzigen Witze, über die ich hellauf lachen kann. Das Schwein rutscht im eigenen Blut aus, und Schwalben fliegen wie Trauerfahnen über die kleine, blaue Wunde am Hals. Eine Mücke reißt erschrocken ihr Mäulchen auf. Steif steht der Vater mit dem Buffer da und lockert sich erst wieder auf, wenn das Schwein gefallen ist. Es ist eine längst zu Tode geschundene Anekdote, daß ein Schwein mit einem Messer im Hals über den Hof läuft, aber einmal sah ich tatsächlich ein Schwein mit einem Messer im Hals über den Hof laufen und den Bauer hinterherhetzen. Heute weiß ich, daß Tiere keine Seelen haben, oder besser, daß die Seele des Tieres mit seinem Körper stirbt, und noch besser, daß die Armen Seelen im Fegefeuer Schweinefleisch braten, denn für uns gab es immer nur Schweinefleisch, das ich noch heute am liebsten esse. Über achtzehn Jahre wurde mein Magen auf dieses Schweinefleisch dressiert, und mein Hunger springt durch den Feuerring, und das tote Schwein bekommt ein Stück Zucker und zerbeißt es krachend. Als in der Volksschule der Pfarrer beim Religionsunterricht aus der Bibel erzählte, daß Josef von seinem Vater zum Verkauf angeboten worden ist, stellte ich mir sofort vor, wie mich mein Vater, einen Strick um meine Taille haltend, am Paternioner Herbstmarkt zum Verkauf anbietet. Wer wird mein neuer Vater, meine neue Mutter sein? Ich werde meine Mutter, die ich liebe, oft besuchen, dem Vater Ackermann gebe ich dann, wenn ich reif bin, eine Handvoll meines Samens zurück. Ist mein Vater einmal ans Meer in den Urlaub gefahren? Nach Ibiza, Caorle, Dubrovnik oder Mallorca? Hat mein Vater vielleicht um sechzehn Uhr Dienstschluß? Um vier Uhr nachmittags beginnt sein Kampf mit den brüllenden Tieren im Stall. Beginnt vielleicht mein Vater um acht Uhr morgens mit seiner Arbeit wie ein Bürokrat? Nein, um acht Uhr morgens beginnt der Bürokrat mit der Arbeit nicht, er blättert die Tageszeitung auf, trinkt seinen zweiten Kaffee und holt sich im täglichen Katastrophenmitteilungsblatt den Gesprächsstoff für den Dialog mit den Kollegen. Um fünf Uhr morgens steht der Vater auf und geht in den Stall, abends um neun hört er zu arbeiten auf. Dann erst blättert er die Volkszeitung auf, die, seit ich auf der Welt bin, ins Haus geliefert wird. Neuerdings sitzt er vor dem Fernsehapparat, bis seine Augen müde werden und sein Kopf auf die Brust herabsinkt. Seine Bartspitzen berühren seine Brusthaare, wenn sein Hemd einen Spalt offen ist. Während er heute den Kampf mit der Erde beginnt, beginne ich meinen Kampf mit der Sprache. Ich war noch nicht schulpflichtig, als ich vom Landarzt eine Penicillinspritze in den Hintern bekam und *Schleich dich* sagte, als er die Nadel an die Backe setzte. Immer wieder erzählte der Vater diese Familienanekdote, immer wieder lachte er dabei hellauf und rief, Schleich dich, schleich dich. Meine Übungen auf der mechanischen Schreibmaschine respektierte er. Oft streckte er die Hände aus, trippelte mit den Fingern in der Luft und lachte. Von diesem Augenblick an sagte er nur noch selten, daß ich nichts kann, nichts wert bin. Ich konnte wenigstens maschinschreiben, was er nicht konnte, was er immer nur staunend bewunderte, oft legte er die Zeitungsflügel auf den Tisch und betrachtete mein Gesicht und meine Hände, während ich die

Typengabeln ins Papier hackte. Den einzigen Marillenbaum am Hof, den mir der Göte geschenkt und an der Pferdestallwand eingesetzt hatte, sägte der Vater, als der Baum schon hochgewachsen war und Früchte trug, ohne ein Wort zu mir zu sagen, ab. Der Marillenbaum mußte einem Sandhaufen Platz machen. Jeden Morgen goß ich diesen Baum, betrachtete die Blüten und heranreifenden Früchte. Eigenhändig erntete ich die Marillen, niemand durfte mir helfen. Als ich an der Hintertür stand und auf die leere Pferdestallwand blickte, erschrak ich, als hätte er mir ein Bein oder eine Hand amputiert. Ich habe gesehen, wie er mit seiner Hand auf die Hinterbacken der Pine klopfte. Sie lachte dabei, während die Mutter mit einem Messer wütend in die Speis ging, Speck abschnitt und dem Vater und der Pine ein Stück brachte. Er kannte die Geburtstage seiner Tiere im Stall genauer als die Geburtstage seiner Kinder. Nachdem sich Jakob und Robert erhängt hatten, sagte er, So etwas passiert in einem Dorf im Jahrhundert nur einmal. Ich erinnere mich jetzt, wie der Vater vor dem Misthaufen stehend im Kot der Tiere herumstocherte und zu mir sagte, Du kannst über mich schreiben, was du willst, aber laß die beiden toten Buben in Frieden, laß sie in Ruh, du richtest nur Unheil im Dorf an. Als der Onkelraimund sagte, Der Sepp hat wohl den Teufel in sich, antwortete der Vater, Den Teufel hast wohl du in dir, du fluchst ja dauernd. Ich stand vor seinen kotigen Schuhen, blickte auf seine blaue Arbeiterhose und wollte sagen, Vater, die Zeiten sind vorbei, wo du mir befohlen hast, ich kann mir jetzt von dir nicht auch noch einen Roman diktieren lassen, aber ich sagte kein Wort und blickte nur verlegen auf seine kotigen Schuhe. Niemals werde ich die beiden Buben in Ruhe lassen, weil ich sie nicht in Ruhe lassen kann, aber eigentlich sind es die Buben, die mich nicht in Ruhe lassen. Wir stöbern uns gegenseitig immer wieder auf. Jakob taucht in meinen Träumen auf und will, daß ich zu ihm komme. Solange ich lebe, wird ihr Tod durch mein Tagebuch geistern, als wäre es mein eigener. Ich habe Jakob im Traum angeschrien, Ich lasse mich von keinem Toten küssen, aber insgeheim war ich froh, daß er erschienen und mir einen Kuß geben wollte. Was mich abstößt, fasziniert mich. Aus dem Fenster in die schneebedeckten Fichtenbäume blickend sehe ich jetzt ein Kruzifix, auf dessen Kreuz sich nicht Jesus, sondern ein Menschenaffe windet. Selbst die Tiere im Stall hörten Liszt, Beethoven und Bruckner. Mein Elternhaus war das einzige Bauernhaus im Dorf, aus dem klassische Musik zu hören war. Die Mutter sagte immer wieder, daß ich das Radio leiser stellen oder überhaupt ausschalten sollte. Ich kämpfte um meine Rockmusik und um die klassische Musik, während die Eltern um ihre gräßliche Kärntner Volksmusik kämpfen mußten. Nach meinen Widerspenstigkeiten sagte der Vater einmal, Warte nur, bis du zum Bundesheer kommst, dort werden sie es dir schon zeigen. Allerdings brachte ich einen Offizier und ein paar Unteroffiziere zum Zittern und sah nach einer Kompromißhandlung von einer Anzeige beim Militärgericht ab. Der Vater erzählte, daß er sich im Lazarett in der Gefangenschaft nackt ausziehen mußte und daß seine Taschen nach Wertgegenständen und Geld untersucht wurden. Er klemmte die Geldscheine zwischen seine Arschbacken. Als der Arzt *bücken* rief, versuchte er noch krampfhaft, seine Arschbacken zusammenzuhalten, aber die Arschbacken gingen auseinander, und das Geld fiel zu Boden. Die Ärzte rauften sich um die Geldscheine. Das Lied von der Lili Marleen sangen wir im Krieg oft, sagte er, Vor der Kaserne, vor dem großen Tor. Du hast dem feindlichen Soldaten eine Salve Gewehrkugeln entgegengeschickt, seine Brust mit rotem Lack versiegelt und den Stempel des Vaterlandes draufgedrückt. Ein Engländer wollte dir in der Gefangenschaft mit einer Schafsschere die Haare schneiden, und du hast deine Hand zur Faust gemacht. Du hättest ihm eines reingeschlagen, sobald er deine Haare angefaßt hätte, aber ein Befehlshaber hat im letzten Augenblick den scherehaltenden Engländer und deine Faust gesehen, ihm befohlen, deine Haare nicht anzufassen. Allmonatlich hast du gegen meinen Willen mit einer schlechtgeschmierten Haarschneidemaschine dem Michl und mir die Haare geschnitten, während der Gustl und der Siege bereits zum Friseur Ripl nach Paternion fahren durften. Auch ich habe manchmal, als die beißende Maschine über meinen Hinterkopf ratterte, die Hand zur Faust gemacht, ich wollte dich dabei an den Engländer erinnern, aber ich machte wie immer keinen Muckser, ich blieb still wie ein Grab. Natürlich habe ich mich als *Schwarzes Schaf* in die Negerkinder verliebt. Viel las ich über das Gemetzel der Weißen, das sie unter den Schwarzen angerichtet haben. Ich freute mich jedesmal, wenn dann einmal ein Schwarzer einen Weißen umbrachte. Starb ein Boxer beim Schwergewichtskampf, freute ich mich, starb ein Autorennfahrer am Ring, freute ich mich ebenfalls, die beiden Sieger bekamen den Lorbeer- und die beiden Verlierer den Totenkranz mit Lorbeerblättern. Der Fischerhelmut schlug die Hacken zusammen, streckte die Hand aus und schrie, Heil Hitler! in den Klassenraum hinein, wenn der Lehrer im ersten Stock bei seiner Familie saß und das Mittagsbrot zu sich nahm. Ringsum standen wir, lachten und feuerten ihn an, Heil Hitler! Am zehnten Oktober, dem Tag der

Kärntner Volksabstimmung, steckten die Kärntner Fahnen zwischen Schulterblatt und Holzkreuz Christi. Hitler kommt zur Osterbeichte in mein Heimatdorf, geht im Stechschritt auf den Beichtstuhl zu, Heil Hitler! murmelt der Priester und nimmt ihm die Millionen toter Juden ab. Seine Seele reingewaschen, geht er zur Hintertür der Kirche hinaus, der Vater und der Christebaueradam öffnen ihm das Tor. Hitler blickt am Friedhof auf das Kriegerdenkmal. Er schämt sich, weil nicht mehr als dreißig Gefallene auf der Tafel stehen. Hitler nimmt auf dem Bauernhof das Abendmahl ein. Die Mutter gibt ihm kein besseres Essen als den Kindern, er bekommt warme Milch und Polenta. Die Fahne des Hakenkreuzes hängt am Stalltor unter Vaters Kreideaufschrift, Kaspar, Melchior und Balthasar. Der Vater zeigt ihm den Viehbestand, auch die Fledermäuse zeigt ihm der Vater. Hitler grinst verschmitzt, während er im Vorbeigehen uns Kindern in die Augen sieht. Hitler bekreuzigt sich vor dem gekreuzigten Hitler in der Dorfmitte und verläßt den Ort, ohne zu grüßen. Die toten Soldaten, die Brüder meiner Mutter, strecken unter der Erde ihre Hände und rufen, Heil Hitler! Hitler hält sich die Ohren zu, er kann diesen Gruß nicht mehr hören. Nachdem die Priester im Krieg dem Kanonenfutter, wie es der Vater nannte, den Absolutionssegen erteilten, sagte ein Soldat, Nein! Mir geben Sie keinen Segen, du sollst nicht töten, heißt das sechste Gebot. Wenn wieder ein Krieg kommen sollte, sagte der Vater, werden die Priester die Waffen genauso segnen, wie sie es im ersten und zweiten Weltkrieg getan haben. Als er in englischer Gefangenschaft war, wollten mehrere Offiziere, daß er die englische Staatsbürgerschaft annähme, Ich bin und bleibe ein Österreicher, antwortete der Vater. Wäre das Land den Befehlen meines Vaters unterworfen, hätte man mir als Embryo schon das Generalsabzeichen auf die Brust geheftet. Irgendein Militärchirurg hätte den Eingriff vorgenommen. Ich schlafe wie ein Bär, sagte er, während seine Frau die halbe Nacht wachliegend den schlafenden Mann betrachtet. Wacht er auf, macht sie ein Kreuzzeichen und schließt die Augen. Die Schlaftabletten sind die einzigen Drogen, die der Vater nicht mißachtet, denn auf dem Nachttisch seiner Frau liegen täglich neben einem Glas Wasser zwei Schlaftabletten. Er verachtet die Zigaretten und den Alkohol. Wenn er in einer Woche zwei Bier trinkt, ist es viel, wenn er in einem Monat drei Achtel Wein trinkt, ist es viel, wenn er in einer Woche drei Stamperl selbstgebrannten Schnaps trinkt, übertreibe ich. Ich sehe jetzt die Warntafel in der Volksschule vor mir, Alkohol und Nikotin führen dich zum Friedhof hin. An alles, was sich reimte, glaubte ich, aber ich bin auch ohne Alkohol und Nikotin fast täglich auf den Friedhof gegangen. Über den Großelternbetten hing das Heiligenbild der Muttergottes, die aus dem eingerahmten Glas auf die Leiche des Enznopas blickte, auf den Kopf der Gote, als sie die nackte, tote Enznoma wusch. Die Hinterglasmuttergottes blickte auf die wirren Haare der schreienden Schwester, sie blickte Zeile für Zeile auf den *Untergang des Hauses Usher*, als ich aufrecht sitzend im Bett, wo der Vater gezeugt und geboren worden ist, wo der Enznopa starb und die Martha wahnsinnig wurde, Edgar Allan Poe las. Alles sieht die Hinterglasmuttergottes, alles, sagte die Gote. Alles sieht der Herrgott, alles, sagten die Pfarrermarie und der Pfarrer, aber meine Mutter sagte niemals, daß die Muttergottes und der Herrgott alles sehen. Kann sein, daß sie sagen wollte, Die Hinterglasmuttergottes sieht nichts und der Herrgott noch viel weniger, aber meine Mutter hat niemals gesagt, daß die Muttergottes nichts und der Herrgott noch viel weniger sieht, genausowenig wie sie gesagt hat, daß die Hinterglasmuttergottes und der Herrgott alles sehen, was wir im ausgestorbenen Großelternzimmer tun oder nicht tun. Dieses Zimmer, das wahrscheinlich das entsetzlichste im ganzen Haus war, liebte ich trotz allem oder gerade deswegen. Eifersüchtig blickte der Vater zur Seite, als er mich zu Allerheiligen und Allerseelen am Grab meines Götes und nicht mehr am Grad des Enznopas sah. Der Tod führte uns zusammen, und der Tod trennte uns. Er war unser einziger Gesellschafter, sonst gab es keinen Dialog zwischen uns. Meine Mutter stand zu diesen Zeiten immer am Grab ihrer Mutter, fast nie am Grab der Eltern meines Vaters, aber sie pflegte beide Grabanlagen. Meine Brüder standen dort, wo mein Vater stand. Meine Schwester stand dort, wo meine Mutter stand. Ich konnte mir niemals vorstellen, daß mich mein Vater gezeugt hat. Jahrelang habe ich ihn beobachtet, sein Gesicht, seine Hände, seine Brustwarzen, seine Augen. Ich habe im Laufe der Prüfung entdeckt, daß ich ihm nicht ähnlich sehe, daß ich mit ihm überhaupt nichts zu tun habe, daß weder ich sein Sohn, noch er mein Vater sein kann. Ich wollte ihm die Polentaschüssel vom Tisch wegnehmen und sagen, Du bist nicht mein Vater und ich nicht dein Sohn. Wenn du willst, daß ich dich am Leben lasse, dann sag, daß du nicht mein Vater bist. Wenn ich im Heustock lag und den Vater über die Stadelstiege gehen hörte, habe ich mich unter den Spinnweben des Dachfirstes totgestellt. Einmal ist der Vater, während ich auf dem Nebensitz des Traktors saß, vor der Paternioner Kalbstrickseilerei stehengeblieben. Mit ein paar Stricken ist er wiedergekommen und hat sie in den Anhänger des Traktors geworfen. Ich blickte mich um und sah, wie sich die Hanfstricke noch bewegten und zuckten. Danach ist er in die neben der Kalbstrickseilerei stehende Bäckerei gegangen und hat mir ein paar Zuckerbrezeln gebracht. Alle Bauern aus der Umgebung kaufen ihre Stricke in der Kalbstrickseilerei. In der sommerlichen Hitze trugen wir oft eine schwarze Turnhose und ein weißes Turnleibchen. Wie Kindersträflinge in Turnkleidung standen wir neben dem Vater, der Magd und dem Knecht auf dem Feld, brachten die Erdäpfel, das Kraut, das Heu, die Gerste, den Weizen, den Roggen, den Türken nach Hause und hüteten die Kühe und Kälber auf dem uneingezäunten Anger. In schwarzer Turnhose und weißem Turnleibchen stand der Gustl am Morgen auf der Wiese und mähte mit der Sense das Saugras. Mit derselben schwarzen Turnhose und dem weißen Turnleibchen lagen wir, Michl und ich nebeneinander in einem Bett, der Siege im Nebenbett, der Gustl im Fensterbett und die Martha auf dem Diwan, der neben dem Ofen stand. Mit derselben schwarzen Turnhose und dem weißen Turnleibchen liefen der Michl und ich in der Schule, während der Turnstunde, um die Wette. Mit derselben schwarzen Turnhose badeten wir in den Tümpeln der Drau. Mehrere Male hat der Vater meinen ältesten Bruder, den Gustl, mit dem Kalbstrick außer Haus gejagt, bis er auf einen anderen Hof geheiratet hat, auf dem sich, ein paar Jahre vorher, der Sohn im Gefängnis und der Vater im Heustadel aufgehängt hatten. Fünf Söhne hat der Enz, sagen die Dorfleute, und niemand übernimmt den Hof, niemand außer der Mutter hat es bei ihm ausgehalten. Als Buße dafür hat sie mit der Stummheit bezahlen müssen. Den *Grauen Star* hat sie inzwischen auch bekommen. Sie kann keine Zeile mehr lesen. Mit Vaters altem, zerfetztem Rock und Hemd stand die Vogelscheuche auf dem Feld, als hätte er eine Karikatur seiner selbst aufgestellt. Sah ich am Kleiderkasten eines anderen Hauses im Dorf keine Rute, so fragte ich nach der Rute mit dem roten Band. Oder habt ihr keine Kinder? Niemals hat der Vater, wenn er auf dem Klo saß, die Tür abgesperrt. Er las in der Volkszeitung und blickte nicht auf, wenn jemand die Klotür öffnete und überrascht wieder schloß. Seelenruhig saß er auf dem Plumpsklo und las mit zusammengekniffenen Augenlidern einen Katastrophenartikel. Oft bin ich in den Garten gegangen, wenn ich auf dem Plumpsklo die Exkremente meiner Geschwister und Eltern nicht riechen wollte. Der Vater ging viel lieber in den Stall als aufs Plumpsklo. Er entleerte sich oft bei den Tieren. Die Mutter entleerte sich nie bei den Tieren. Als Kind wollte ich oft ein anderer Mensch sein. Ich wollte aber selten ein anderes Kind sein, sondern ein anderer Erwachsener, der ich noch nicht war. Im Kind, das ich war, ist das Kind, dessen Vater ich sein könnte, längst gestorben. Meistens entwickeln sich die verwahrlosten Kinder zu eigenständigeren, für diese Gesellschaft gefährlichen Menschen, während die anderen seriös in die Masse eingegliedert werden und bis zu ihrem Tod nicht mehr auffallen. Als ich während einer Himbeersuche auf einer Bergwiese die Zinnkanne an einen stromgeladenen Draht stieß, bekam ich einen elektrischen Schlag in den Oberarm und glaubte augenblicklich, daß es der Teufel wäre, der sich durch die Adern in meinen Oberarm einschleuste und ausschlug, Der Teufel, rief ich vor mich hin, der Teufel, schüttelte den Arm und lief von Angst getrieben in den Wald hinein. Als ich mit dem Gustl in den Auen eislief, kamen ein paar Keuschlermädchen aus dem Dorf und verspotteten den Bauernstand. Woher, sagte mein Bruder, kommt denn das Brot, als von den Bauern? Wenn es die Bauern nicht gibt, dann habt ihr kein Brot mehr, verspottet uns nur. Ging ich eisschuhlaufen, kommentierte ich mit der Mikrophonstimme eines Reporters meinen Tanz. Fuhr ich Schi, lief vor meinen Augen der Sekundenzeiger. Spielte ich Fußball, hörte ich die Jubelschreie tausender Menschen, wenn der Ball zwischen den beiden Haselnußstecken über die Linie rollte. Als ich damals, noch nicht siebzehnjährig, mit Nietzsches Zarathustra vom Wald kam und mich an den Brunnenrand setzte, sagte der Gustl, Paß auf, daß du nicht noch einmal verrückt wirst. Der Michl und ich ahmten die Schreie der Vögel im Heustadel nach, die Geräusche des Traktors und der Dreschmaschinen. Ich saß auf seinem Rücken. Seine Ohren waren das Lenkrad. Zog ich links, kroch er auf den Ferkelstall zu, zog ich rechts, gingen wir, während ich meine Fersen an seine Hinterbacken schlug, auf den Pferdestall zu. Aus der Speisekammer stahl ich Zukkerstücke und fütterte sie der Onga, streichelte ihren Kopf und verjagte die Bremsen und Fliegen, die wie zwei kleine, schwarze Totenkränze um ihre eitrigen Augen hockten. Ich sagte zum Michl, daß ich meinen toten Körper der Wissenschaft zur Verfügung stellen möchte. Als wir über den Tod sprachen, sagte ich im Beisein meiner Mutter einmal, Der erste werde wohl ich sein. Oft sangen wir, Oh, du lieber Augustin, alles ist in Kamering hin. Auf dem Nachttisch der Martha steht eine kleine Holzkiste, die wie ein Sarkophag mit kleinen schwarzen Ziernägeln aussieht, dorthinein legt sie ihren Schmuck. Oh, du liebes Jesukind, komm und laß dich grüßen, alle Engel, die hier sind, fallen dir zu Füßen . . ., sangen wir am Heiligen Abend im Chor. Jeden Sonntag sangen wir, Großer Gott, wir loben sich, Herr, wir preisen deine

Stärke. In der Schule sangen wir, Da Herrgott hat glocht, wias Landle hot gmocht, hat sich selber recht gwundert über gor soviel Procht. »Du hast zu fressen, was auf den Tisch kommt«, der Vater. »Du hast die Gescheitheit wohl mit dem Löffel gefressen«, der Vater, die Mutter, die Schwester. »Der Herrgott schimpft mit den Dorfmenschen, wenn es donnert und blitzt«, die Enznoma. »Beug dich nicht zu nahe über den Feuersalamander. Wenn er die Flüssigkeit aus seinen gelben Flecken spritzt, kannst du erblinden«, die Mutter. »Wenn ich meinen Kaffee und meine Zigaretten nicht hätte!« der Universitätsdirektor. »Die schwangere Katze darfst du nicht berühren, du mußt ihr ausweichen, sie ist unberechenbar«, die Mutter. »Die Leute reden manchmal über dich wie über einen Toten«, die Schwester. »Wenn du soviel Wasser trinkst, werden Frösche in deinem Bauch wachsen«, die Mutter. Wenn der Vater früher vom Krieg erzählte, richtete er sich nie an mich, sondern an meine Brüder oder an die Cousins oder an den Onkel. Jetzt aber richtet der Vater seine Erzählungen an mich. Er sagt, Hör mir zu. Oder er sagt, Hab ich dir diese Geschichte schon erzählt? Ich habe den Eindruck, daß er mir für und gegen sich Material liefern möchte, während sich die Mutter in ihren Erzählungen nach wie vor distanziert verhält, Du schreibst ja alles auf, sagt sie. Am Abend sah ich mit meinem jüngsten Bruder die Bilder aus unserer Kindheit und Jugend an. Der Vater war dabei. Er fand die Kriegsbilder und begann sofort davon zu erzählen. Er deutete auf einen uniformierten Mann und sagte, Das bin ich! Er sagte nicht, Das *war* ich. Er zeigte mir ein braunweißes Brustbild, auf dem er ungefähr dreißig Jahre alt ist, grinste mich verschmitzt an und sagte, Kennst du den? Wir stießen auf die Todesanzeige seines Vaters,

Schau der Opa, sagte ich. Heuer waren es zwanzig Jahre, seit er tot ist, sagte der Vater. Ich fragte ihn, ob er sich noch an die Totenrede des Pfarrers am offenen Grab Opas erinnern kann. Seit der Enznopa und der Aichholzeropa tot sind, trage ich die Totenreden des Pfarrers und des Ökonomierates Sodat in meiner Brieftasche, sagte er. Niemals ist der Enznvater beim Dorfkruzifix vorbeigegangen, ohne daß er den Hut hob und ein Kreuzzeichen machte, zitierte er aus der Rede des Pfarrers. Als wir auf die Todesanzeige des Dorfpfarrers stießen, sagte der Vater, Du weißt ja, daß er in Offenhausen in Oberösterreich, in seinem Heimatort begraben ist. Der Onkelerwin, der Simonbauerjogl, der Kreuzbauergottfried und ich, wir Bauern sind mit dem Frühzug nach Offenhausen gefahren und haben den Pfarrer zu Grabe getragen. Neunundzwanzig Jahre lang war er Pfarrer in Kamering. Ich war plötzlich glücklich, als ich hörte, daß auch mein Vater den Sarg des Pfarrers, bei dem ich jahrelang ministrierte, getragen hat. Vater! Ich habe Lust, dich nachträglich mit blutigen Lorbeeren zu bekränzen.

Mutter! Ich werde den Kampf mit der Sprache beginnen, wenn du den Kampf mit den Hausgeräten und mit den Tieren im Stall beginnst, wenn sich der Vater neben dir aus dem Schlaf streckt, dich wachrüttelt und du mit Kopfweh aufwachst. Auch ich beginne und vollende die Tage oft mit Kopfweh, aber ich ertrage diesen körperlichen Schmerz viel leichter als den seelischen Schmerz. Wenn ich körperlich leide, denke und schreibe ich sehr viel. Durch die Sprache arbeite ich gegen den Tod, und wahrscheinlich werde ich mein ganzes Leben über den Tod schreiben müssen, um leben zu können. Am intensivsten lebe ich, wenn ich schreibe, du wahrscheinlich auch, wenn du arbeitest. Schweigend hast du die Hähne getötet, schweigend hast du uns Kinder geliebt, schweigend hast du mir die mit einem roten Band umflochtene Rute auf den Arsch gehauen. Lügen und Stehlen waren wohl die Hauptsünden meiner Kindheit, sei es Schokolade, sei es Geld gewesen, das ich stahl, oder die Schinkenwurst in der Speis, die du für dich gekauft hattest. Ansonsten haben wir zwei Jahrzehnte lang die selbstgemachte Wurst, den selbstgemachten Speck gegessen, deshalb war ich sehr gierig auf ein paar Blätter Schinkenwurst, die in einem weißen, knisternden Fettpapier meistens in der Speis in einem Kasten lagen. Wenn du mich beauftragt hast, zum Deutsch zu gehen, Schinkenwurst, Zucker und Salz zu kaufen, habe ich auf dem Rückweg einige Schinkenwurstblätter herausgenommen, aber so sorgfältig wieder verpackt, daß du nichts bemerken konntest. Ich wollte von deinem Fleisch essen. Nur einmal habe ich soviel Schinkenwurstblätter gegessen, daß du es gemerkt und die Wurst abgewogen hast. Du hast mir dabei in die Augen geblickt, aber kein Wort gesagt. Du hast dich schuldig gefühlt, weil dein Sohn dir Wurst gestohlen hat, die du immer nur für dich gekauft hast. Einmal hörte ich auch von dir, Hosen hinunter! Dieses Hosen hinunter war einer der schrecklichsten Befehle, die ich in meiner Kindheit von dir erhalten habe, ich stand da, die Hände zu Fäusten gemacht, alle Muskeln meines Körpers angespannt und spürte die Haselnußrute, die du vom Kirchenfeld, nach einem Friedhofbesuch, mitgenommen hast, auf meinem nackten Kinderarsch. Schon als Kind sagte ich zu dir, daß ich niemals ein Haus besitzen, eine Familie gründen werde, daß ich einmal in einer Dachbodenkammer neben einem Haufen Bücher unter einer Leselampe hocken werde und daß man mich eines Tages mit meinen Büchern aus der

Dachbodenkammer hinaustragen und begraben wird. Während ich die Reinschrift dieses Manuskriptes anfertige, lebe ich auf einem Bergbauernhof, der über unserem Heimattal liegt. Morgens und abends gehe ich in den Stall und helfe den Bauern. Oftmals, und das muß ich zu meiner eigenen Beschämung sagen, fühle ich mich bei der Stallarbeit wohler als bei der Romanarbeit, aber ich kann natürlich die Stallarbeit ohne die Romanarbeit und die Romanarbeit ohne die Stallarbeit nicht mehr machen. Mit einer Scheibtruhe radle ich den Mist auf den Misthaufen, der wie eine Schanze hinter dem Heustadel und dem Stall angebracht ist, kippe sie um und sehe, wie der Tierkot die Schanze hinunterrutscht. Manchmal bleibe ich auf dem Misthaufen stehen und blicke auf mein Heimatdorf hinunter. Ich kann das Elternhaus zwar nicht deutlich von den anderen unterscheiden, aber ich kann mir vorstellen, wo es ist. Ich weiß, daß du zur selben Zeit mit zwei leeren Milchkannen über den Hof, in den Stall gehst. Ich weiß, daß der Vater die Melkmaschine an den Euterzitzen der Kühe anschließt, während ich auf dem Bergbauernhof von Trog zu Trog gehe und den Tieren den Silo vorwerfe, das Heu, den Stall auskehre, die Hühner, die auf dem Misthaufen noch immer die Fleischreste im Kot der Kühe und Kälber suchen, in den Stall treibe. Manchmal bleibe ich vor einem Huhn, das auf dem Fensterbrett hockt, stehen und sehe ihm lange in die Augen. Als Kind stand ich lange auf dem Misthaufen und betrachtete die abgehackten Hühnerköpfe. Die Tierhändler, die die Rinderreihen wie die Bischöfe in der Kirche die Bankreihen auf und ab gehen, grüßen mich nicht. Vielleicht aber haben die Tierhändler den Knechten und Mägden gegenüber, die die Tiere pflegen, Schuldgefühle und gehen schnell an ihnen vorbei, ohne sie zu beachten.

Ich nickte mit dem Kopf, während ich einen Eimer Silo zum Barren trug, und sagte Grüß Gott, aber der Tierhändler erwiderte meinen Gruß nicht. Manchmal wünsche ich mir, daß eine Kuh oder der Stier mit seinem Hinterbein nach mir schlägt, mich trifft, so daß ich auf die Schnauze in den Dreck fallen kann und eine Zeitlang liegen bleibe. Gestern, als ich auf dem Misthaufen stand, überlegte ich mir, ob ich hinunterspringen sollte, aber ich hatte Angst, daß ich mir den Kopf oder die Hände verletze, gerne hätte ich mir den Fuß gebrochen oder verknackst. Als hätte ich ihn noch nie gesehen, betrachtete ich den beschneiten Kalbstrick, der auf dem Hofboden lag. Einmal kein blutiger, einmal ein beschneiter Kalbstrick, dachte ich. Wie ich dir damals unzählige Holzkörbe in die Küche getragen habe, trage ich sie heute in mein Zimmer und heize den Ofen ein. Ich höre, während ich schreibe, *Die Unvollendete* von Franz Schubert. Der Bauernjunge hat mir aus Villach von Giacomo Rossini die Ouvertüre zum Wilhelm Tell gebracht, die ich unzählige Male anhöre. Manchmal stellen wir das Tonband auf den Balkon und hören uns die Schicksalssinfonie von Ludwig van an, so laut, daß diese Musik auch auf den Bauernhöfen ringsum hörbar ist. Hahnenschreie, das Bellen der Hunde und Blöken der Schafe mischen sich dazwischen, während der Bauernjunge und ich auf die beschneiten Fichten und auf das breite Nebelfeld im Tal blicken. Während ich als Kind die Stallarbeit so gut ich konnte verweigert und mich davor gedrückt habe, habe ich jetzt durch die Literatur in den Stall zurückgefunden und hole auf einem anderen Bauernhof die Stallarbeit nach, die ich als Kind verweigert habe. Wenn ich irgendwo als Knecht enden sollte, so weiß ich, daß ich nichts anderes tue, als meine Literatur radikal fortzusetzen, selbst dann, wenn ich nichts mehr schreiben oder überhaupt verstummen sollte. Nicht befreit, neuerlich geknechtet hat mich die Beschreibung meiner Kindheit und Jugend, denke ich, während ich im Stall Mistschaufel für Mistschaufel hochhebe und schnell zur Seite trete, wenn eine Kuh ihren Schwanz hebt und zu prunzen beginnt, daß es ringsum spritzt. Die Bilder, die ich mit dem Material meiner bäuerlichen Kindheit und Jugend entworfen habe, fordern mich jetzt wieder zurück. Wenn ich in ein ausländisches Kloster gehe, so in eines, in dem die Mönche von der Landwirtschaft leben. Komme ich in ein Gefängnis, so wünsche ich nach Rottenstein zu kommen, in dem die Sträflinge im Stall und ringsum auf den Feldern arbeiten. Gescheiterte Bauernsöhne sind die Wärter und Sträflinge in diesem Gefängnis. Auf der Enznhube, meinem Elternhaus, habe ich Genet gelesen und war restlos fasziniert davon. So etwas Grausliches, sagte meine Schwester, als sie einmal einen Blick in das *Totenfest* warf, das ich auf der Fensterbank liegengelassen hatte. Etwas Schöneres habe ich noch nie gelesen, sagte ich, nahm ihr das Buch aus der Hand und legte es wieder auf die Fensterbank zurück. Einmal besuchte mich im Elternhaus der Laberfredi und fand ebenfalls auf dem Fensterbrett ein Buch von Jean Genet. Zu meiner Überraschung sagte er, daß er *Notre-Dame-des-Fleurs* gelesen habe, So etwas habe ich noch nie gesehen. Bücher von Genet habe ich auch auf den Bergbauernhof mitgenommen. Wenn ich auch monatelang keine Zeile darin lese, so trage ich sie ständig mit mir herum, wie meine Eingeweide, die ich nicht sehe, aber ohne die ich nicht leben kann. Stundenlang bin ich als Kind in der Speis gesessen, um möglichst lange das geräucherte Fleisch zu riechen. So oder ähnlich stellte ich mir den Odem des Todes vor, deshalb fühlte ich mich unter dem hängenden Fleisch in der Dachbodenkammer wohl. Dort hockte ich bauchtief im Getreide und stocherte nach den Mäusen. Manchmal stellte ich mir vor, auf dem Dachboden ein Mansardenzimmer zu bekommen, um mich vor dir wie vor dem Vater und vor den Geschwistern für eine Zeitlang zurückziehen zu können. In einem Streit mit dir sagte einmal der Vater, Ich richte mir auf dem Dachboden ein Zimmer ein und schlafe nicht mehr bei dir. In der Dachbodenkammer kramten der Michl und ich nach den Überbleibseln des Krieges, fanden einen Säbel des Großvaters, mit dem er in den ersten Weltkrieg zog und zurückkam. Wir fanden Vaters Pistolen, die er um seine Hüften gürtete, als er in den zweiten Weltkrieg zog und zurückkam. Niemals habe ich die Bilder der Soldaten andächtig betrachtet, immer nur böse und spöttisch. An der Mauer der Dorfkirche ist eine ganze Liste von gefallenen Soldaten aus dem Dorf eingemeißelt. Immer stachen mir die Namen deiner drei gefallenen Brüder in die Augen. Jedes Jahr zum Kirchtag legten die Zechburschen einen Kranz voller Lorbeerblätter mit Sprüchen auf den goldenen Schleifen unter diesem Kriegerdenkmal nieder, Kameraden! Es grüßen euch die Zechburschen. Ich stand in meinen Erzministrantenkleidern neben dem Pfarrer beim Kriegerdenkmal, wie immer das Weihrauchfaß oder die Weihwasserkanne in den Händen, und wartete ungeduldig auf das Ende seiner Ansprache. Waren die Lorbeerblätter vertrocknet, so wartete ich darauf, daß sie auf den Friedhofsmisthaufen geworfen wurden, meistens von den beiden alten Kirchendienerinnen, die im Mesnerhaus lebten. Die Brüder des Vaters richteten ihre Gesichter nach der Visage Hitlers her, trugen dieselben Mäntel und dieselben Bärtchen und

Stiefel wie ihr Führer, nicht aber deine Brüder. Diejenigen aber, die Hitler nachahmten, überlebten, die anderen, die ihn nicht nachahmten, starben auf den Schlachtfeldern. Sehe ich Kriegsbilder oder höre ich den tagtäglichen Katastrophenmeldungen aus dem Radio zu, denke ich an den Vater und sehe, wie er damals, als der Vietnamkrieg ausgebrochen war, den Kot der Tiere noch an seinen Stiefeln, zum Fernsehapparat gehetzt kam, um die Berichte zu sehen. Das Fernsehen brachte diese Berichte malerisch und unterhaltend genug, so daß auch ich als Kind eine gewisse Faszination dem Krieg abgewinnen konnte. Ob ich jetzt durch die Sprache die eigene Familie und das Dorf unterdrücke, wie ich körperlich und seelisch unterdrückt worden bin? Jeden Samstagnachmittag hast du frische Blumen in den Herrgottswinkel gestellt. Im Frühjahr waren es Schneeglöckchen, die ich aus den Sümpfen der Auen holte. Ich erinnere mich daran, wie ich von Grasvase zu Grasvase sprang, auf einem Bein balancierte, mich bückte und die Schneeglöckchen aus dem Sumpf riß, den einen Buschen nach dem anderen nach Hause brachte und unter den Herrgottswinkel stellte oder in der Nähe des Sumpfes mit meinem Cousin Ewald auf die Straße ging und, die Schneeglöckchen in der Hand, den Autofahrern zuwinkte. Manche hielten an, gaben uns fünf Schilling und fuhren mit dem Buschen Schneeglöckchen weiter. Sahen wir ein Polizeiauto, liefen wir sofort in den Sumpf zurück. Wir gingen ein zweites Mal in den Sumpf hinunter, und vielleicht ein drittes Mal, um sie auf den Friedhof zu tragen, ans Grab deiner Mutter oder an das verwahrloste Grab in der äußersten Ecke des Friedhofes vor dem Sakristeifenster, das mein Lieblingsgrab war. Grauenhaftes Wort, Lieblingsgrab, oder nicht, Mutter?

War es das Grab des Unbekannten Kindes? Ich frischte an diesem Grab die Schneeglöckchen ein, wahrscheinlich ist es das Grab eines Selbstmörders, denn die Totengräber und Priester wiesen doch früher den Selbstmördern einen Sonderplatz auf dem Friedhof zu, manche wurden außerhalb der Friedhofsmauer beerdigt. Vielleicht roch ich als Kind vor diesem verwahrlosten Grab stehend das Blut eines Selbstmörders und brachte ihm meine Gaben. Die pharmazeutischen Produkte meiner Mutter hätte ich am liebsten wie Süßigkeiten gegessen. Oft öffnete ich die Ampullen und roch daran. Der Gustl erbrach fast jedesmal, wenn er ein paar Tabletten schlucken mußte. Der Vater nahm denkbar wenig Tabletten in seinem Leben zu sich. Die Mutter nahm so viele Tabletten ein, daß man überspitzt sagen könnte, sie ernährte sich geradezu von Tabletten. Manche Tabletten, die ich aufbrach, strömten Leichengeruch aus. Abends saßen wir einmal alle rings um den Tisch, als die Mutter zu weinen begann und sagte, daß wir von ihr bald Abschied nehmen müßten, Ich werde bald sterben. Ich faßte nach der Hand der Schwester und hielt sie fest. Die Hand Michls suchte unter dem Tisch nach der anderen Hand der Schwester. Der Vater begann zu schreien, Was fällt dir ein, wir haben Kinder, du darfst nicht sterben, wir brauchen dich. Der Vater nahm seine verschmierten Augengläser vom Gesicht, warf sie auf die Tischplatte und begann zu zittern. Er griff nach der Hand der Mutter und hielt sich an ihr fest. Mit feuchten Augen hockten wir, der Vater, die Schwester, meine Brüder und ich neben der weinenden Mutter unter dem Glühbirnenlicht, Polenta stand auf dem Tisch, die Löffel lagen wie nach allen Himmelsrichtungen ausgelegt in den leeren Milchschüsseln. Ich versteckte mich im elterlichen Schlafzimmer unter dem Bett des Vaters, als der Arzt zu meiner Mutter kam. Die Matratzen über mir knarrten, als sich meine Mutter hinlegte und der Arzt mit verschiedenen Geräten hantierte, ihren Puls und Kreislauf prüfte. Als der Arzt weg war, kroch ich wieder unter dem Bett hervor. Sie schimpfte mit mir, aber gleichzeitig rötete sich auch ihr Gesicht aus Scham. Ich wollte die Mutter vor dem Arzt schützen. In der Wäschekammer zog ich einmal die Kleider meiner Schwester an, ihren Busenhalter, ihre Unterhose, ihre Strümpfe und ihr Oberkleid, ich hatte einen steifen Schwanz und blickte aus dem Fenster. Ich glaubte, die Wäschekammer abgeschlossen zu haben, aber ich irrte mich. Die Tür ging auf, die Mutter stand an der Schwelle und grinste, schloß aber sofort wieder und ging über die Stiege hinunter. Ich schämte mich zu Tode. Ich wollte mit den Mädchenkleidern den Balkon hinunterspringen, habe aber die Kleider ausgezogen und bin am frühen Nachmittag ins Bett gegangen. Ihr Lachen hat mich an diesem Tag krank gemacht. Es war kein bösartiges, kein spöttisches Lachen, aber ich wollte augenblicklich in den Erdboden verschwinden. Am nächsten Tag sagte sie in Anwesenheit des Vaters und der Schwester, In dir ist wohl ein Mädchen schiefgegangen. Es wäre doch schön und grauenvoll gleichzeitig gewesen, wenn ich mit den Mädchenkleidern über den Balkon gestürzt wäre, eine Zeitlang liegengeblieben, danach wieder aufgestanden und mich noch einmal blutend über die sechzehnstufige Stiege geschleppt hätte, um noch einmal hinunterzustürzen wie der Transvestit in Roman Polanskis *Mieter*. Als ich in den Mädchenkleidern, die Hände auf dem Schoß, aus dem Fenster blickte, dachte ich an den Aichholzerfriedl, er soll mich vergewaltigen, sonst vergewaltige ich ihn, denn ohne Gewalt gab es im Dorf keine Liebe. Schön war es zu sehen, wenn meine Mutter ihren Kittel über ihre Oberschenkel zog, die weiße, geschmeidige Haut entblößte, um den Abschluß ihres Nylonstrumpfes am Mieder zu befestigen. Die Scham war es, die eine offene Zärtlichkeit verdrängte. Wenn ich sah, daß mein Vater der Mutter einen Kuß gab, so blickte er verlegen zur Seite, auf uns Kinder. Heimlich, als führe er ein Verbrechen aus, hat er sie geküßt. Prüfend las sie eine Seite im *Halbblut*, legte das Buch wieder weg und sah mich forschend an. Ängstlich wich ich ihrem Blick aus, ich dachte, sie würde mich fragen, woher ich das Geld für dieses Buch genommen habe. Aber auch später, als ich schon eine größere Anzahl literarischer Bücher auf einem selbstgebastelten Bücherregal im Schlafzimmer der Großeltern hatte, fragte sie mich nie danach. Sie hatte Angst zu erfahren, daß dieses Geld gestohlen war. Als ich einmal die Tür vor ihr zuschlug, holte sie mich zurück, zog mich an den Ohren, so daß ich auf Zehenspitzen vor ihr stand und sagte, Ich werde nie wieder die Tür vor dir zuschlagen. Oft hörte ich die Selbstgespräche meines jüngeren Bruders in seinen Träumen, selten aber verstand ich ein Wort. Es war, als überschlage sich seine Zunge im Rachen, ich hörte nur ein Geschwurbel, als fahre man mit dem Anzeiger eines Radios schnell links und wieder rechts. Wenn ich als erster zu Bett ging, betete ich oft überlaut zur Muttergottes und zu den Engeln, besonders dann, wenn ich durch die Zwischenwand die Mutter in ihrem Schlafzimmer herumkramen, einheizen hörte. Ich wußte, daß sie am nächsten Tag zum Michl sagen würde, Siehst du, der Seppl betet jeden Abend sogar laut, und du überhaupt nicht, nimm dir ein Beispiel an ihm. Einmal log ich sie an und sagte, Michl hat heute nacht aufschreiend, Vater du Schwein, gerufen. Weinend verneinte der Bruder. Jawohl, er hat es gesagt, Mame, du weißt ja, daß ich einen seichten Schlaf habe und alles höre, was die Brüder und die Schwester im Traum sagen. Sie legte schützend die Hand auf Michls Schulter und blickte mir ins Gesicht. Ich verbeugte mich vor ihr und ihrem Sohn und ging meines Weges. Ausgeburt der Hölle, nannte mich öfter der Michl, wenn wir uns stritten, Bist selber eine Ausgeburt der Hölle, antwortete ich. Das Kruzifix bekam auch Schläge, wenn ich unter dem Herrgottswinkel hockte und die Rute der Mutter auf mich eindrang. Sie war so lang, daß sie hin und wieder auch den Gekreuzigten traf. So bekamen wir beide Schläge, Jesus und ich. Schreiend zog der kreißende violette Engel kleine Schokoladeengel aus seinem weiblichen Geschlecht und umwickelte sie, während er den nächsten gebar, mit verziertem Silberpapier. Er sagte, daß ich die neugeborenen Engel in die Konditorei tragen solle. Aber wir haben im Dorf keine Konditorei, die nächste Konditorei ist in Paternion. Dann bring sie ins Kaufhaus. Morgen wird die Mutter Schokoladeengel kaufen und am Christbaum aufhängen. Später hingen neben den Schokoladeengeln auch zwei Schokoladezwerge mit den Gesichtszügen von Jakob und Robert am Christbaum. In die Mozartkugelschachtel legte sie ihr Nähzeug hinein, die Nadeln, den Fingerhut und die verschiedenfarbigen Garne. Sie blickt auf das Veilchenölfläschchen, stülpt es um, läßt ein paar Tropfen auf die Handschale fallen, stellt das Fläschchen wieder auf den Wäscheschrank, verreibt das Öl in ihren Händen und fettet das schüttere weiße Haar der Enznoma ein. Manchmal rieb auch ich mein Haar mit ihrem Veilchenöl ein. So hockten wir nebeneinander auf dem uringetränkten Diwan und blickten aus dem Fenster, während die Enznoma ihre Totenvogelgeschichten erzählte, Ein Wunder, seht ein Wunder, ruft der Totenvogel ins Dorf hinunter, als er zwei Junge gebar. Oft sagte die Enznoma, Unser Kotz hot Katzlen ghobt, siebene, ochte, neune, ans hot kane Tatzlen ghobt, steck mas wieder hinten eine. Zur Aichholzerlore sagte ich, Du hast dieselben krummen Fingernägel wie der Aichholzeropa. Das werde ich dem Opa erzählen, sagte sie, und ich bekam augenblicklich Angst und sagte, Ich gebe dir fünf Schilling, wenn du ihm nichts davon erzählst. Im Beisein meiner Geschwister sagte ich zu meiner Mutter, Ich gehöre nicht in dieses Haus, ich bin kein Enz, ich bin nicht der Enznseppl, ich bin der Aichholzerseppl. Und als ich den *Untergang des Hauses Usher* las, stellte ich mir dabei mein Elternhaus vor, ich war Roderick und meine Schwester die Madeleine Usher. Hat mich die Mutter mit der Rute gewichst, bin ich einmal auf den Friedhof gegangen und habe die Tulpen der Aichholzeroma, ihrer toten Mutter, geköpft. Sie wurde eifersüchtig, als ich nach Jakobs Tod mit einem Blumenstrauß auf dem Bauernhof aufkreuzte. Sie sah, wie ich diese Blumen zur Tür hinaus trug, auf den Friedhof ging und sie dem toten Jakob brachte. Während ich über die Dorfstraße ging, reckte ich ihr die Zunge. Meine Mutter liebten die Dorfleute mehr als meinen Vater, die Mutter war schwach und krank, der Vater stark und gesund. Er hatte im Gegensatz zur Mutter, die vollkommen weiß war, ein tiefbraunes, ausgemergeltes Gesicht. Mit vierzig sah er aus wie ein Sechzigjähriger. Jetzt mit fünfundsiebzig sieht er immer noch wie ein Sechzigjähriger aus, hat aber noch die Kraft eines Vierzigjährigen. Zehn Jahre war ich alt, als ich einmal über ein Inserat der Landwirtschaftszeitung *Der Kärntner Bauer* von den Eltern auf Erholung geschickt wurde. Die

Mutter begleitete mich bis zum Villacher Bahnhof, wo die Sammelstelle der Erholungsbedürftigen war. Zum Abschied drückte sie mich weinend an sich. In der letzten Woche meines Aufenthaltes im Erholungsort brannte ein Wirtschaftsgebäude bis auf die Grundmauern nieder. Schadenfroh blickte ich in die verweinten Augen des Bauern. Tote, halb verkohlte Ferkel lagen umher. Einen in meinem Zimmer einquartierten siebenjährigen Knaben küßte ich so oft, bis er mich mit seinen Fäusten schlug. Die Mutter des Försterrudl hat mir in der Volksschule eine Ohrfeige gegeben, nachdem ich im Auftrag des Lehrers die Rechenhefte ihres Sohnes korrigiert hatte. Am nächsten Morgen, als die Frau Förster ihren Sohn wieder über den lotrechten Balken des Dorfkruzifixes in die Schule begleitete, trat meine Mutter auf die Dorfbrücke hinaus und sagte, Rühr meinen Buben ja nicht mehr an. Eine Frau will mir nicht glauben, daß, wie man so sagt, meine Mutter ein durch und durch guter Mensch ist. Sie erwartet von mir, daß ich etwas Böses über meine Mutter sage, aber ich kann es beim besten Willen nicht. Ich vollende nichts, ich schließe nichts ab, was ich sage, ist immer nur fragmentarisch, Blitzlichter sollen es sein, die die Landschaft meiner Kindheit und Jugend erleuchten, aber sofort wieder ins Dunkle hüllen. Ob mein Schreiben nichts anderes ist, als das lebenslange, nun aber ausgeformte Schweigen meiner Mutter? Haben mich die Berichte in der Bunten Illustrierten von den Geköpften deshalb so erschreckt und fasziniert, weil ich immer wieder sah, wie die Mutter im Stall ein Huhn über den Holzbock legte? Nicht nur Hühnern wird der Schädel abgeschlagen, auch Menschen. Die Hühner essen wir, aber was machen sie mit den Menschen, dem ein Henker den Kopf abgeschlagen hat? Kommt er bei einem Fest der hohen Staatsdiener auf den Tisch? Mischen zynische Köche das Fleisch der Geköpften in die Fleischspeisen? Ich las in den Berichten der Illustrierten, daß ein zum Tode Verurteilter sich in der letzten Nacht ein beliebiges Essen wünschen kann. Sofort zählte ich der Mutter meine Lieblingsspeisen auf. Meine Mutter hat mir das Entsetzen vorgekaut und schließlich in den Mund geschoben. Ist es vermessen, wenn ich sage, daß ich dieses Entsetzen geschluckt habe? Zeitlebens hatte meine Mutter ein Tuch um den Kopf gebunden. Selten sah ich ihr schönes, kohlrabenschwarzes Haar auf der Schulter liegen. Manchmal waren es zwei, drei Tücher, die ihren Kopf schützen sollten, wenn sie besonders starke Kopfschmerzen hatte. Nach dem Mittagessen legte sie oft ihr Haupt auf den Tisch und schreckte jedesmal auf, wenn jemand zur Tür hereinging. Oft blieb ich deshalb vor der Tür stehen und überlegte mir, ob ich nun eintreten sollte oder nicht. Vor ein paar Monaten fuhr sie nach Baden zu einer Kur. *Wie ein geschlagener Hund,* erzählte die Schwester, saß sie auf der Bank unter dem Familienbild, ihre grüne Tasche in der Hand, den Koffer neben den Füßen. Sie hatte Angst vor der Reise, Angst vor der vollkommenen Umstellung, Angst, ihrem mehr als vier Jahrzehnte langen Arbeitstrott mit Mensch und Tier nicht mehr nachgehen zu können. Aber der Vater, sagte die Schwester, hat sich kurzentschlossen angekleidet, ist mit ihr in den Zug gestiegen und hat sie bis zum Kurort begleitet. Gehe ich in meine Kindheit zurück, stößt meine Stirn an die morschen Bretter eines Obstbottichs, der zu einem immergrüngeschmückten Sarg umfunktioniert worden ist. Gehe ich vor, soweit ich kann, stößt meine, vom lächelnden Gesicht der Totenmaske verdeckte Stirn an meinen nagelneuen Sarg. Was nicht verwest, was nicht den Geruch des Todes in sich verbirgt, interessiert mich nicht. Ist eine Blume aufgeblüht, riecht sie bereits nach Tod. Nicht umsonst blühen die roten und weißen, nach menschlichem Fleisch duftenden Fleischblumen auf den Gräbern meines Heimatortes. Als ich einen ägyptischen Sarkophag sah und in sein Inneres blickte, murmelte ich leise vor mich hin, Da will ich hinein, während mir ein Speicheltropfen über die Unterlippe gleiten wollte, den ich aber im letzten Moment in den Mund zurückzog, Da will ich hinein. Die Pine war die erste Frau, die mich im pubertierenden Alter nackt gesehen hat, und sie war die erste lebendige, nackte Frau, die ich gesehen habe. Die erste nackte Frau, die ich gesehen habe, war ja die Enznoma, als sie während der Totenwäsche auf dem Totenbett lag. Wir badeten immer Samstagabend oder vor einem Feiertag. Im Winter nur alle drei oder vier Wochen, da der Vater Angst hatte, daß wir uns verkühlen, eine Lungenentzündung bekommen könnten. Die Pine und ich haben immer zum Schluß gebadet, wenn meine Brüder, Vater und Mutter schon fertig waren. Manchmal ist sie in mein schmutziges Badewasser gestiegen, manchmal bin ich in ihr schmutziges Badewasser gestiegen, so haben wir uns vereint. Wenn ich in der Sauküche im warmwassergefüllten Holztrog saß, legte sie manchmal ihre Hand auf meine nackte Schulter. Ich verdrehte dabei meinen Kopf, daß die Wassertropfen von den Haaren auf ihren nackten Arm flogen. Verlegen blickte sie mich an, wenn ich aus der Badewanne stieg. Sie zog sich aus, während ich meinen dampfenden Körper mit einem alten, groben Bettleintuch trocken wischte. Ich habe ihren kleinen Körper gesehen, ihre kleinen herabhängenden Brüste, ihre runzeligen Arschbacken. Meinen steif gewordenen Schwanz versteckte ich unter dem großen Leintuch. Während sie ein Bein hob, um in die Badewanne zu steigen, blickte ich auf den schütteren, grauen Pelz zwischen ihren Beinen. Manchmal bin ich so lange in der Sauküche geblieben, bis sie aus dem Wasser stieg, so langsam wie möglich habe ich mich trockengewischt, das weiße Turnleibchen und die schwarze Turnhose angezogen. Ich sah, wie zuerst das Wasser von ihren Schamhaaren rann, ich hielt ihr das feuchte Leintuch zum Abtrocknen hin. Manchmal ging ich vors Klo, nicht aber ohne vorher die dunstig gewordene Sauküchenscheibe abzuwischen, und blickte von draußen auf ihren nackten Leib. Entdeckte sie an der Sauküchenfensterscheibe mein bleiches Gesicht, lachte sie, und ich verschwand in der Dunkelheit. Ich lief in den Obstgarten raus und ging langsam, mit schneller schlagendem Herzen wieder zurück. Die Mutter trug ein Huhn aus dem Stall. Das Huhn starrte vor sich hin, groß waren seine Augen. Manchmal öffnete es seinen Schnabel wie eine zahnlos gähnende alte Frau. Sie hielt das Huhn hinter den Flügeln wie sie einen violetten, brünstigen Engel halten und mir ans Bett bringen könnte und meinen Bruder darum bitten, daß er eine halbe Stunde das Zimmer verlassen möge. Die Muttergottes hat meinen Schutzengel geboren, blutig war er, als er auf die Welt kam. Während der Engel den Geburtsschrei ausstieß, bewegte er seine Flügel wie eine Schwalbe unter dem Dachfirst, die ihren Körper vom Regenwasser befreit. Mußt aufpassen, mein Kind, daß nicht ein Finger im Maul des Pferdes bleibt, grünen Schaum hats im Mund und große, gelbe Zähne, Fliegen umkränzen seine Augen. Sei brav in der Schule und lerne recht viel, wenn du was werden willst, dann mußt du was können. Gib acht auf die, die dir helfen wollen, denn meistens sind sie es, denen geholfen werden muß. Ich sehe, wie sich das Haar ihrer Weisheit grau färbt, wie ihre Bewegungen langsamer werden, der Blick schal, die Hände zittrig, die Mutter stirbt und ihr Gott beginnt in mir den Kampf. Öfter sagte meine Mutter *Kindele* zu mir, wenn ich eine Frage stellte. Sie stöhnte und sagte, Kindele, das weiß ich nicht. War nicht ich es, der die Mutter bat, in einer Nacht, wenn der Vater in Klagenfurt bei seinem Bruder schlief, neben ihr liegen zu dürfen? Ich schlief mehr in der Mitte, näher, meine Mutter, zu mir, näher zu mir. Wenn ich plötzlich vom Bett aufstehe und mich hochstreckend aus dem Fenster in den Blätterwald des uralten Baumes blicke, denke ich an einen schwarzen Panther, der sich zum Sprung auf dich streckt. Wir werden das Herz des Todes vereisen, denn meine Mutter ist herzkrank. Er wird ein Ziehen im Herzen spüren, als hätte man in seinem Innersten Fäden an Widerhaken verflochten, an denen nun vier Pferde ziehen, sie bäumen sich auf, das Herz des Todes ist wuchtiger als eine vierpferdestarke Kraft. Aber ich brauche keine Angst zu haben, meine Mutter wird nie sterben, an eine Frau wie sie reicht kein Tod heran. Schnell ging ich als Zwanzigjähriger am Kinderwagen vorbei. Es lag doch nahe, daß ich als Zwanzigjähriger ein neugeborenes Mädchen umbrachte. Mein Vater war zwanzig Jahre alt, als meine Mutter auf die Welt kam. Als ich mit dem Adam im Zimmer des Großvaters vor dem Fernsehapparat saß und ein Auto direkt auf die Kamera zufuhr, begann mein Bruder zu schreien und drängte zur Tür hinaus, Aber Adam, das Auto kann ja nicht aus dem Fernsehapparat fahren, du brauchst keine Angst zu haben. Der sterbende Aichholzeropa hatte mit seiner Urinflasche zu tun, die an seinen Genitalien befestigt wurde. Stand er vom Bett auf, stützten wir ihn, während die halbvolle Urinflasche zwischen seinen Beinen pendelte. Mein kleiner Bruder und ich sahen während seines mehrwöchigen Todeskampfes regelmäßig das Kasperltheater der Wiener Urania Puppenbühne. Danach sah ich alleine die Abenteuerfilme, Nur für Jugendliche ab vierzehn Jahren, sagte der Ansager, aber ich blieb dennoch sitzen und sah, wie ein Knochengerüst mit einem Schwert in der Hand aufmarschierte, sein Herr den Finger ausstreckte und auf den jungen Helden deutete, Töte, töte, töte ihn, sagte der Herrscher zum Knochengerüst mit einer Stimme, die mir noch heute geläufig ist. Ich fieberte, denn ich sah im Helden mich selber. Ich mußte überleben, ich verließ aus Angst das Fernsehzimmer, lief zum Dorfplatz, ging dort ein paarmal im Kreis, und kehrte zurück, als der Film aus war. Und jetzt, meine Damen und Herren, empfehlen wir Ihnen die Seife Lux, der amerikanische Filmstar Raquel Welch benützt diese Seife, ebenso die Gina Lollobrigida und Brigitte Bardot. Ich fragte meine Mutter, ob ich sie denn nicht auch die Seife Lux kaufen könnte und ob wir die Terpentinseife auf den Misthaufen werfen könnten, Nein, die Terpentinseife ist gut genug, sagte die Mutter, die andere ist viel zu teuer. Siehst du, will ich in einem Brief an meine Mutter schreiben und auf das beiliegende Bild aus der Illustrierten mit dem Antlitz der Virginia Woolf verweisen, siehst du, die Gesichter der Aichholzeroma und der Virginia Woolf sehen sich ähnlich, findest du nicht auch? Ich blättere in der Illustrierten und horche dem Knistern zuerst von nah, dann von fern, ich stelle mir vor, ich wäre weit weg und hörte in der Ferne ein Knistern, kann nicht sagen, ob es Zeitungsgeraschel ist oder das Flüchten eines Wildhasen im Gebüsch, denn ein Jäger steht davor und schießt sich für den nächsten Krieg ein. Wenn du was werden willst, dann mußt du was können, reiß das Gewehr herum, denn es raschelt jetzt hinter dir. Rechts, hörst du, nach links reiß das Gewehr, reiß es nach oben, nach unten. Dreh dich mit dem Gewehr und schieß, dreh dich so schnell wie eine Schiffsschraube und schieß, laß dich in den Himmel schrauben und wenn du oben bist, dann beruhige dich wieder und ziele sorgfältig zwischen die Schulterblätter, damit Kugel und Herz aus meiner Brust fliegen, leg an, blick ins Korn, schließ das eine Auge, während sich das andere von selbst öffnet. Ich falle auf das Katzensilber meiner Kindheit, dort unten am Ufer der Drau. Eine Mulde habe ich am Hinterkopf, ja eine Mulde. Ich glaube, daß ich eine Zangengeburt bin. Mein invalider Schutzengel begleitet mich mit Krücken über eine geländerlose Brücke. Eine Krücke zerbricht, und er stürzt zu Boden. Ich fasse ihn unter den warmen Flügeln, helfe ihm auf und begleite ihn über die Brücke. Ich bin das Schutzkind meines Invalidenengels. Auf der linken Wange hatte ich einen eitrigen Ausschlag, den ich so gut wie möglich zu verdecken versuchte, entweder mit einer hautfarbenähnlichen Creme oder mit einem hautfarbenähnlichen Pflaster, aber immer wieder wuchs dieser Ausschlag, immer nur aus der linken, nie aus der rechten Gesichtshälfte. Während der Pubertätszeit heilte dieser Hautausschlag lange nicht. Ich versuchte ihn abzukratzen, bis ich blutete. Durch die Blutung entstand eine neuerliche Wunde, die länger nicht heilte als der bloße Eiterausschlag, der mir lange den Beinamen *Das Krätzengesicht* einbrachte. Der Hautarzt sagte, daß es nur ein Fieberausschlag ist, heute weiß ich aber, daß die Hälfte meines Kopfes im Dorf und in der Familie zu faulen begann. Einmal war ich monatelang in einem fieberartigen Zustand, der Eiter rann über mein Kinn und fraß sich am Kragen des Hemdes fest. Der Ausschlag entstand jedesmal in der Nacht. Aufwachend spürte ich ein Prickeln auf der Haut, tastete im Dunkeln meine linke Gesichtshälfte ab und wußte, daß vor dem Aufstehen die ersten eitrigen Stellen aufbrechen werden. Während des Tages wuchs und wucherte der Ausschlag und entwickelte zu Lebzeiten die eine Hälfte meiner Totenmaske. Ich hatte Angst, daß diese Krätze, die wieder aufbrach, als ich schreibend in mir meine Kindheit wiederauferstehen ließ, die linke Gesichtshälfte so verunstalten würde, daß ich später eine runzelige alte und eine glatte junge Gesichtshälfte haben würde, wie die Pine. Oft zeigte sie mit ihrem abgearbeiteten Finger auf die eine Gesichtshälfte und sagte, Das ist meine alte Seite, deutete auf die andere Gesichtshälfte und sagte, Das ist meine junge Seite, und wir beide, die Pine und ich, lachten heftig. Als mir damals auch die Nägel meiner großen Zehen ins Fleisch wuchsen, hätte ich zu einem Chirurgen gehen und eine Korrektur anbringen lassen müssen, aber ich ging nicht. Jeden Tag ging ich den langen Weg vom Villacher Bahnhof zur Handelsschule, mit jedem Schritt sanken die ins Fleisch wachsenden Nägel weiter ein, jeder Schritt wurde zur Qual, aber ich liebte die Qual. Schritt für Schritt vollzog ich, wie in einem Passionsspiel, den Leidensweg nach. Ich konnte das Dorf nicht verlassen, ich schleppte es mit mir herum, die Nägel sanken ins Fleisch, die eine Gesichtshälfte angefault, Frauenkleider unter meinem Hemd und unter der Hose, gelbbraun war mein Gesicht, da ich eine Selbstbräunungscreme auf die Gesichtshaut schmierte, ein kleines silbernes Kruzifix auf der Brust, so machte ich meinen Weg. Jesus hockte in mir wie wir alle in seinem dorfgroßen Corpus. Diese ins Fleisch gewachsenen Nägel waren ein Erbstück meiner

Mutter. Auch sie ging, als sie jung war, mit diesen ins Fleisch sinkenden Nägeln Schritt für Schritt die Dorfstraße, den lotrechten Balken des Dorfkruzifix entlang und küßte zu Ostern in der Kirche die Füße des Gekreuzigten. Nach zwei Jahren ging ich schließlich doch in Villach zu einem Militärchirurgen.

Der barocke Rahmen eines Aufbahrungszimmers im Bauernhaus läßt nichts zu wünschen übrig. Kahl hingegen sind die Aufbahrungshallen in den Gemeinden ringsum, erschütternd kahl, hier ist der Tod zu Gast und sonst niemand, er allein ist der Herrscher, kein Kranz Margeriten um das kahle Haupt eines toten Kindes, keine roten Rosen in den Augen des toten Kindes, das zu Lebzeiten blind war, nichts. Mit dem Enznopa starb damals auch mein Name, denn er hatte denselben Ruf- und Familiennamen wie ich. Vor seinem Sarg stehend, blickte ich auf den Partezettel, der zwischen zwei brennenden Kerzen stand. Groß und deutlich stand mein Name auf dem schwarz eingerahmten Papier, das von Hand zu Hand ging. Alle lobten die Sauberkeit des Enznopas auf dem Totenbett, Tante und Onkel, nur der Vater sagte kein Wort dazu, er war es gewöhnt, den Kot der Tiere als Schmuck an seinen Händen, Füßen und an seiner Kleidung zu tragen. Er trug niemals die stolze Kleidung der Bauern, die Lodenhosen, die braunen oder grauen Leinenhosen, nein, er war der einzige Bauer im Dorf, der die blaue Montur der Fabrikarbeiter trug. Deutlich hörbar wird der Regen, wenn er auf die Friedhofserdoberfläche fällt und die Tropfen zerplatzen, hochzucken und langsam einsinken, die anderen Tropfen nachstoßen, bis einer auf der Oberfläche eines Sarges liegt, ins morsche Holz sickert und auf die Augenlider des toten Enznopas fällt. Der Tote wischt sich das

Regenwasser aus den Augen. Ich konzentriere mich, wenn ich schachspiele, auf die Bauern und stelle sie Dame und König gegenüber. Ein Glücksgefühl durchstreicht meinen Körper, wenn die Bauern ihren Siegeszug antreten und Dame und König bis zum bitteren Ende in Schach halten. Will haben, daß die Butler auf ihre Grafen herabblicken und lächelnd um die sauberen Schuhe bitten. Will haben, daß Gott käme und sich endlich dem Menschengericht stellte. Will haben, daß die Häuser in den Menschen wohnen. Will haben, daß die Wörter Zahlen werden, damit die Rechnungen endlich stimmen. Will haben, daß die Zahlen Wörter werden, damit sich kein Kind mehr verrechnen kann und dafür Schläge bekommt, Hände auf den Tisch! Der Stock saust nieder, und die Hand zuckt zurück, der Stock geht wieder hoch und die Hände vor, der Stock saust nieder, aber die Hände zucken im selben Augenblick zurück. Die Hände gehen hoch und der Stock zuckt zurück. *Nullkommajosef* weißt du, sagte der Lehrer, als ich auf seine Prüfungsfragen keine Antworten geben konnte. Es war für mich jedesmal wie ein Spießrutenlauf, wenn wir mit dem Lehrer zu Fuß durch den Wald an den Getreidefeldern vorbei nach Paternion ins Freibad gingen und mich der Lehrer fragte, wie diese oder jene Getreidesorte heißt, Er ist ein Bauernbub und kann nicht einmal zwischen Roggen, Weizen und Gerste unterscheiden. Während des ersten Schulausflugs in die Landeshauptstadt fuhren wir auch nach Gurk, um die Kirche anzusehen. Jeder meiner Schulkollegen setzte sich in der Krypta auf den Wunschsessel der Heiligen Hemma. Heilige Hemma von Gurk hilf mir, daß ich ein guter Schüler werde, flüsterte ich schnell vor mich hin. Mit zwei kreuzartig auf meinem Rücken gebundenen Weidenruten gehe ich die Dorfstraße lang. Neben mir geht meine Schwester Martha, die mir das Schweißtuch reicht. In der linken Hand halte ich eine Weidenrute und peitsche ein Schokoladeosterlamm vor mir her. Der Gekreuzigte zieht mit seinem Mund die Nägel aus der linken und rechten Handfläche, spuckt sie aus und faltet seine Hände zum Gebet. Wenn Jesus aus Fleisch und Blut wäre, würde ich ihn in Holz verwandeln. Ich kann es nicht ertragen, daß es Menschen gibt, die über mir stehen oder unter mir sind. Jakob geht, als Kardinal verkleidet, mit einer Wasserkanne auf sein Grab zu und gießt die Fleischblumen, spritzt Weihwasser drüber und faltet seine Hände. Danach geht er in den Stall, holt einen neuen Kalbstrick, den sein Vater in der Paternioner Kalbstrickseilerei gekauft hat, und peitscht die Friedhofserde seines Grabes. Ein Totenvogel spazierte am Kopf seines Leichenzuges. Bei jeder Kreuzwegabelung schrie er. Der Tote im Sarg reckte seinen Kopf hoch und stieß mit der Stirn an den mit violettem Plüsch gepolsterten Sargdeckel, dennoch rann weiße Flüssigkeit aus seiner Stirnhöhle. Der Herrgott wird dir Knittel schmeißen, sagte die Gote öfter zu mir. Ich hätte nicht den Mut gehabt, brennende Holzknittel in den Herrgottswinkel zurückzuwerfen, obwohl ich mir oft vorstellte, wie ich einen brennenden Holzknittel nach dem anderen aus dem Herd zog, zu einem Kreuz zusammennagelte und in den Herrgottswinkel schleuderte. Oft blickte ich ängstlich in den Himmel, hob schützend die Arme in die Höhe, weil ich glaubte, daß der Herrgott Knittel schmeißen wird. Heute habe ich zwar nicht die Vorstellung, daß mir der Herrgott meiner Kindheit Knittel schmeißen könnte, aber ich habe Angst, daß ein Stück Eisen oder der Ast einer Fichte auf meinen Kopf fallen könnte. Manchmal habe ich nicht den Mut unter einer Brücke durchzugehen, lange bleibe ich davor stehen und überlege mir, wie ich diese Brücke umgehen könnte, es kann doch sein, daß sie in dem Augenblick, wo ich durchgehe, zusammenbricht. Als ich in einem Gebetsbuch nachsah, wie man *Mea maxima culpa* schreibt, fand ich ein altes Vierklee zwischen den Buchseiten. Die Dorfschneiderin ist eine kleine, bucklige Frau, hantiert ständig mit Schere, Nadeln oder Bügeleisen, ich kann mich kaum erinnern, daß ich sie nicht mit einem dieser Gegenstände in den Händen sah, wenn ich ihre kachelofenwarme Stube betrat, Grüß Gott, nie Guten Tag sagte, denn ich trug die Kirchenblätter auf meinen Händen. Wenn Sommerfrischler aus Deutschland oder Holland in unser Dorf kamen und der eine oder andere meinen Gruß mit Guten Tag erwiderte, besserte ich ihn aus und sagte, daß man in diesem Dorf Grüß Gott und nicht Guten Tag sagt. Manchmal sah man eine Frau mit einem Kleid über dem Arm den ausgetretenen Schneeweg entlanggehen. Man wußte, daß sie zur Schneiderin ging, ihr Kleid umarbeiten ließ. Mit diesem Kleid würde sie am Sonntag in die Kirche kommen, würde am Rande einer Bank sitzen und ihr neues Kleid zeigen wollen. Wenn ich zu Ostern, am Auferstehungstag in die Kirche ging, trug ich den neuen Anzug, den mir die Gote geschenkt hatte, und blickte oft auf meine Ärmel, auf die Brust, die Beine oder die neuen Schuhe und stellte mir vor, wie man mich anblickte, wie ich allen, die ringsherum saßen und standen, gefallen mußte. Oft ging ich vom Chor zur Kommunion, nur um meine neuen Kleider vorzuführen. Mit einer Hostie im Mund machte ich die Kehrtwendung vom Kommuniongitter und ging, links und rechts blickend, mit hallenden Schritten den Kirchencorpus zurück, dorthin, wo der Aichholzerfriedl, der Wengereman, der

Albertkarli, der Posseggersepp und der Laberfredi standen. Wenn die Blöchingerlise, die Kirchendienerin, vor Ostern den Kirchenputz machte, seifte sie auch die Füße des Gekreuzigten ein. Während der Karwoche gingen die Bauern und Bäuerinnen, Knechte und Mägde in den Beichtstuhl. Wenn der Pfarrer manchmal vergebens auf einen Sünder wartete und den Beichtstuhl wieder verließ, kam er mir sehr traurig vor. Bei jeder Hochzeit ministrierte ich, nicht aber bei jedem Leichenbegängnis, denn bei jeder Hochzeit bekamen wir vom Brautpaar und von den Hochzeitsgästen Geld, das ich sofort zu einem Karlmaybuch umtauschte. Vom Pfarrer erhielten wir für jedes Totenfest, das wir, der Aichholzerfriedl und ich, in den schwarzen Ministrantenkitteln mitgestalteten, ein Zehnschillingstück. Mein *Mit*leid soll das heißen, nicht mein *Bei*leid, rief der Pfarrer von der Kanzel, wenn er von den Begräbniszeremonien sprach. Eine übermütige Braut hat einmal vor dem Kirchentor eine Tasche voll Kleingeld, lauter Zwei- und Fünfgroschenstücke, ausgestreut, die hätte sie behalten können, trotzdem bückten wir uns und lasen Stück für Stück auf, hoben nach jedem Groschen die Köpfe, als dankten wir dem Himmel für den Groschensegen. Der Pfarrer blickte mich am Altar böse an, als ich verspätet zu einer Hochzeit in die Kirche kam und mich neben einen anderen Ministranten stellte, nur um nach der kirchlichen Zeremonie am verschlossenen Friedhofstor stehen und das Geld einsammeln zu können, das die Brautleute und die Hochzeitsgäste als Passierscheine gaben. Während der Firmung war einmal der Bischof Köstner in der Dorfkirche. Wie eine Braut wurden an diesem Tag das Innere und Äußere der Kirche geschmückt. Wir Ministranten beteten im Chor das Confiteor. So etwas habe ich noch nie erlebt, sagte der

Bischof. *Unseres Absterbens Amen,* lautete der Schluß vieler Gebete. Später wurde der Schlußsatz zu *Unseres Todes Amen* umgetauft. Manche Leute in der Kirche hörten nie auf, Absterbens Amen zu sagen, aber ihr Gemurmel ging im Unseres Todes Amen unter. Stolz war ich, als ich sah, daß die Pfarrermarie die Milch von unserem Bauernhof holte. Sie hätte genauso vom Christebauer, Kreuzbauer, Aichholzer, Kofler oder vom Simonbauer die Milch holen können. Wenn sie zum Monatsende zur Mutter kam, um die Milch zu bezahlen, hockte ich oft hinter dem Tisch und hoffte, daß die Mutter der Pfarrermarie die Milch schenken würde. Manchmal sagte sie zur Pfarrermarie, Ihr braucht die Milch diesen Monat nicht zu bezahlen. Ich grinste unter dem Herrgottswinkel, blickte zum Gekreuzigten hinauf, als wollte ich ihm Dank dafür sagen, aber im Grunde genommen wollte ich, daß die Mutter dem Pfarrer und der Pfarrermarie die Milch immer schenkte, daß sie niemals für Brot, Fleisch oder Speck bezahlen müßten, denn sie hatten doch mich als Erzministranten aufgenommen. Er gibt doch auch der Oma und dem Opa den Segen, die Lebens- und Sterbesakramente. Er sagt doch, Gelobt sei Jesus Christus, wenn er unser Haus betritt und ich mit einer brennenden Kerze im Flur stehe, In Ewigkeit Amen antworte und ihn in das Großelternzimmer begleite. Wurde ein Schwein geschlachtet, gab mir die Mutter ein Stück frisches Fleisch, das ich der Pfarrermarie brachte. Sie verpackte es in Fettpapier, umwickelte es noch mit der Volkszeitung und gab es mir in die Hand. Ich ging den Schlangenweg hinauf, läutete an der schrillen Glocke und gab es der herauskommenden Pfarrermarie, Das schickt die Mame, sagte ich. Die Pfarrermarie bedankte sich und gab mir ein paar Zuckerln oder Kekse mit, dann lief ich den schlangenförmigen Weg wieder hinunter und blieb keuchend, links und rechts blickend, vor der Bundesstraße stehen. Backte die Mutter Brot, ging ich wenige Stunden später mit einem noch warmen Brotlaib wieder den Schlangenweg hinauf und läutete am leuchtenden Klingelkopf. Oft ging ich mit der Pfarrermarie nach einem Regen in den Wald, um für sie und für den Pfarrer Pilze zu suchen. Alleine, sagte sie, kann ich nicht gehen, ich habe Angst vor Schlangen, man weiß auch nicht, was sich für ein Gesindel noch im Wald herumtreibt. Wurst, Käse, Kaffee, Brot und Süßigkeiten nahm sie immer mit, wenn wir einen ganzen Tag in den Wäldern herumstrichen, Parasole, Herrnpilze und Eierschwämme pflückten. Am liebsten, so sagte sie, hat der Herr Pfarrer die Herrnpilze. Stießen wir in den Nadelwäldern auf Herrnpilze, spürte ich, wie sie nervös Herrnpilz um Herrnpilz aus der Erde löste. Man darf den Herrnpilz nicht samt der Wurzel ausreißen, sagte sie, man muß ihn ganz unten abschneiden und die Wunde mit Moos und Erde zudecken, damit auch im nächsten Jahr an derselben Stelle ein Herrnpilz wächst. Noch ehe ich Weizen von Roggen und Gerste unterscheiden konnte, kannte ich eine große Anzahl von Pilzen. Mit ihr ging ich durch den grünen, feuchten Fichtenwald, wenn es donnerte und blitzte, und mit ihr ging ich über die heißen Bergwiesen, um Parasole und Kräuter zu suchen. Am Heiligen Abend, nach der Christmette, schenkte mir die Pfarrermarie vor dem Friedhofstor zwei in Weihnachtspapier eingewickelte Karlmaybücher, Durch das Land der Skipetaren und Im Sudan. Steck sie schnell ein, sagte sie, steck sie schnell ein. Fünf Jahre war ich alt, als ich morgens um halb sieben aufstand, mich aufs Fensterbrett der Küche hockte und wartete, bis die Pfarrermarie den Kurvenweg herunter kam, um in die Frühmesse zu gehen. Mit dem bloßen Schlafanzug und nackten Füßen lief ich in den Schnee hinaus und wollte mit ihr in die Kirche gehen, aber die Schwester lief hinter mir her und zerrte mich wieder ins Elternhaus zurück, Ich will mit der Pfarrermarie in die Kirche gehen, laß mich, Aber du hast ja keine Schuhe und kein Gewand an. Von diesem Tag an wußte die Pfarrermarie, daß ich an ihrer Seite und an die Seite des Pfarrers gehörte. Der Pfarrer erfuhr es, und ich bekam einen Sonderplatz in der Kirche, bald danach wurde ich sein Ministrant und stieg zum Erzministranten auf. Um diese Stellung als Erzministrant halten zu können, tyrannisierte ich manchmal meinen besten Freund, den Aichholzerfriedl, der vor dem Altar, bis ich mich auf diesem Posten behauptete, eigentlich mein Konkurrent war. Ich gab ihm falsche Anweisungen und er läutete wochenlang die Ministrantenklingel mit den fünf kleinen, zusammengeschweißten Glöckchen in dem Augenblick, wenn der Pfarrer das Blut Christi trank. Entrüstet schüttelten der Pfarrer und ich den Kopf. Von da an wurde meine Position unumstritten, der Aichholzerfriedl und die beiden anderen Ministranten, die manchmal am Altar neben uns knien durften, hielten sich an meine Anweisungen. Während samstags der Briefträger die Bauernzeitungen von Haus zu Haus trug, brachte ich die Kirchenblätter in die kachelofenwarmen Bauernstuben. Ich war im Dorf zum Boten und Vertreter des Pfarrers avanciert. Es gab niemanden im Dorf, der keinen Respekt vor mir hatte. In den roten Ministrantenkleidern lief ich im Schneetreiben über den lotrechten Balken des Dorfkruzifix, die Hostien an die Brust haltend, die der Pfarrer im Pfarrhof vergessen und die mir die Pfarrermarie herausgab, damit ich sie dem Pfarrer in die Sakristei brachte. Ich war mir bewußt, daß ich mit dem Allerheiligsten, dem Leib Christi, unseres Herrn, über den lotrechten Balken des Dorfkruzifix lief. Am größten Kruzifix, das gegenüber der Schule steht, machte ich halt und schlug mit der rechten Hand, in der ich den Leib Christi hielt, ein Kreuzzeichen auf meine Stirn, auf meinen Mund und auf meine Brust. Ein junger Priester, so erzählte uns der Pfarrer während des Religionsunterrichtes in der Schule, wurde, als er in der Nähe von Stockenboi über die Brücke eines Baches zur Kirche gehen wollte, von zwei Männern zurückgehalten. Er trug über seiner Herzgegend eine Ledertasche mit einer Zinnschatulle, in der eine Anzahl großer Hostien verborgen waren. Die beiden Männer stachen den Priester nieder, der aber die Schatulle mit dem Allerheiligsten so fest ans Herz drückte, daß die Räuber selbst dem Toten die Schatulle mit dem menschenblutverschmierten Leib Christi nicht mehr aus den Händen reißen konnten. In einer anderen Geschichte fuhr der Erzähler als junger Pfarrer in eine abgelegene Gegend, um einer alten Frau die Letzte Ölung zu geben. Die bäuerliche Familie war auf dem Feld, die Haustür stand sperrangelweit offen, Fliegen schwammen in der Luft, dicke, haarige Fliegen. Ich erinnere mich noch, wie er immer wieder ausführlich auf die Fliegen hinwies. Er ging in die Küche, niemand war zu sehen, klopfte an einer anderen Tür, aber nichts rührte sich. Auf einem Haufen ungewaschenen Geschirrs hockten unzählige Fliegen. Er ging über die Stiege, klopfte an die eine und andere halboffenstehende Tür, nichts rührte sich. Er klopfte an die Dachbodentür, drückte die Klinke nieder, öffnete die Tür und blieb erschrocken an der Schwelle stehen. Im Bett der Dachbodenkammer lag die schwerkranke, sterbende Mutter mit offenem Mund, links und rechts hingen ihre Arme herab. Er ging auf die schweratmende Frau zu und sah, wie um Augen und Mund Fliegen hockten und an ihren Lippen leckten. Er wollte mit diesem *Mütterchen* sprechen, aber sie brachte kein Wort mehr hervor. Er schmierte ihr das geweihte Öl auf die Stirn, faltete ihre Hände, zeichnete ein Kreuz auf ihre Stirn, und noch ehe er sich im Zimmer umsehen konnte, erblickte er in einer Ecke auf einer Bauerntruhe ihren Sarg. Man stelle sich vor, sagte er, uns aufmerksamen Schülern zugewandt, noch bevor das Mütterchen tot war, haben ihr die Bauern den Sarg gekauft, halb verhungert und halb von Fliegen zerfressen lag sie im Sterbebett. Ich habe gewartet, bis die Bauern vom Feld zurückgekommen sind, dann habe ich ihnen ihr Verbrechen vor Augen geführt. Im Arbeitszimmer des Pfarrers hingen die selbstgemalten Heiligenbilder. Ein Elfenbeinkruzifix stand auf dem Schreibtisch. Hatte der Pfarrer die Briefe an seine Freunde und an den Bischof geschrieben, die Geburts- und Sterbeurkunden ausgefüllt, stieß der Elfenbeinchristus mit seiner Stirn aufs Blatt, um die Schriften mit dem Stempel seiner Dornenkrone zu bestätigen. Die unzähligen Heiligenbilder, die er malte, ließ er auf Lesezeichenformat vervielfältigen und gab sie den Gläubigen als Andenken an ihre Osterbeichte noch im Beichtstuhl in die Hand. Diese Heiligenbilder waren die Lesezeichen der Gebetsbücher. Manchmal lag ein Mensch mit dem Heiligenbild des Pfarrers in den Händen im Sarg. Oft habe ich gesehen, wie jemand ein Heiligenbild des Pfarrers ins Grab steckte. Nach einiger Zeit war der untere Teil des Heiligenbildes von der Erde angefressen. Winters stand ich täglich mit dem Aichholzerfriedl in der kalten Gruft der Kirche und wärmte mich beim Aufheizen des Weines. Der Pfarrer hatte neben dem Altar eine

Nische anbringen lassen, in der ein Kocher stand. Dort wurde der Wein gewärmt. Ich brachte ihm das warme Blut Christi an den Altar. Am Kirchtag hörten wir die Böllerschüsse des Dorfschußmeisters. Um vier Uhr morgens zuckten die Kinderkörper im Bett zusammen und lauschten auf den nächsten Schuß, weckten einander auf und warteten händehaltend auf den nächsten Schuß. Über die frischgekehrten Beine des Dorfkruzifix gehend, schleusten wir uns zwischen seinen Zehen in die Kirche hinein. Der Pfarrer sagte während seiner Predigt, daß heute nicht der *Kirchtag*, sondern das *Kirchweihfest* gefeiert wird, zu Ehren der Kirche feiern wir diesen Tag. Aber dieses Kirchweihfest artete zu Saufgelagen, Böllerschüssen, Tänzen, zu einem Rummel im Gasthaus aus, an dem außer dem Pfarrer und der Pfarrermarie alle teilnahmen. Meistens gab uns der Pfarrer das Ministrantengeld am Samstag. Wenn er darauf vergaß, standen der Aichholzerfriedl und ich etwas länger in der Sakristei herum, entstaubten ein Kruzifix oder ordneten die Ministrantenmäntel im Kleiderkasten, bis er das weiße Priesterkleid hochstülpte und in seine klimpernde Hosentasche griff.

Ich träumte, daß ich mit Michl und der Mutter in einem Fluß watete. Unter Wasser versteckte ich Jakobs Leichenteile. Habe ich ihn umgebracht? Warum klagen mich meine Träume immer wieder als seinen Mörder an? In bestimmten Ländern lassen sich am Karfreitag manche Gläubige ans Kreuz schlagen. Mönche züchtigen sich bis aufs Blut. Frauen bluten an den Innenflächen ihrer Hände. Der Heilige Ignatius legte Wert darauf, daß die wilden Tiere von seinem Leib nichts übrig ließen. Zuerst muß ich in der Hölle den Teufeln die Köpfe abschlagen, bevor ich im Himmel an einem Heiligen den Herzstich vornehmen kann. Nicht aus dem Kopf werden die

Hörner meines Dämons wachsen, aus meinen Brustwarzen werden sie stechen. Wenn sich dieses kruzifixartig gebaute Dorf doch tatsächlich zu einem Riesenchristus personifizieren, sich aufstellen, die Beine ausstrecken und mit einem Kreuz und all seinen lebenden und toten Bewohnern auf dem Rücken aus der Geographie des Landes Kärnten trotten könnte. Der Traum, daß mein Körper, festgehalten von Kalbstricken, gegen die Strömung der Drau von vier flußaufwärtsschwimmenden Pferden durchs Heimatland gezogen wird, ist bis heute ausgeblieben. Man sagt, daß Jesus für uns Menschen am Kreuz gestorben ist. Das mag sein. Für mich aber ist er nicht am Kreuz gestorben. Wenn die Letzten die Ersten und die Ersten die Letzten sein sollen, gibt es erst recht wieder Erste und Letzte, Erniedrigte und Erhöhte, dann also muß das ganze Tingeltangel noch einmal von vorne beginnen. Mit meiner Mutter ging ich über die Dorfstraße, vorbei am Haus des toten Jakob. Ich begann sofort zu laufen, als ich die Eltern Jakobs sah. Vor meinen Füßen aber breitete sich ein Netz aus. Ich versuchte den Schlingen zu entgehen, trat hoch und höher, streifte die Stricke von den Füßen, solange ich nicht hilflos wie ein Fisch an einem Widerhaken befestigt war, heraus. Meterlang zog ich feinstgesponnenes Netz aus dem Mund, aber es schien nicht enden zu wollen, der Knäuel in meinem Mund wurde immer dicker. Ich drohte zu ersticken. Weit öffnete ich den Mund und zog am Netz, bis es mir gelang, den Knäuel zu entwirren. Ich benutzte meine Hände als Schere und schnitt das Netz an meinen Lippen ab. Mit dem Gefühl, den Widerhaken und ein Stück Netz im Mund zu haben, wachte ich auf und blickte, aufrecht im Bett sitzend, vollkommen verstört vor mich hin, ehe ich mich besinnen konnte. Hellauf lachte ich, als ich hörte, daß der Friedhof meines Heimatdorfes vergrößert worden ist. Sie wollen mir Platz machen, obwohl ich keinen brauche. Im Berliner Tagesspiegel vom vierten November Neunzehnhundertachtzig las ich, daß sich zwei Homosexuelle von einem Kind erschießen ließen. Das Gerede der Mitbürger ihres sizilianischen Heimatortes Giarre bei Catania hat zwei befreundete Homosexuelle in den Tod getrieben. Sie ließen sich von einem zwölfjährigen Jungen in einem Wald erschießen. Die Tat blieb zwei Wochen lang unentdeckt. Die Polizei hatte am Wochenende die eng umschlungenen Leichen des fünfzehnjährigen Antonio Galatolo und des fünfundzwanzigjährigen Giorgio Agatino gefunden, die vor vierzehn Tagen gestorben waren. Wir können nicht mehr leben, weil unsere Existenz von dem Gerede der Leute abhing, heißt es in einem Abschiedsbrief, der neben den Toten lag. Da die Todesursache unklar war, verhörte die Polizei den zwölfjährigen Jungen, der die beiden zuletzt gesehen hatte und mit einem der Toten auch verwandt ist. Nach mehrstündigen Vernehmungen gestand der Junge, Sie haben mich gebeten abzudrücken, und ich habe das auch getan. Sie sagten mir, ich solle keine Angst haben, da ich wegen meines Alters nicht ins Gefängnis kommen kann. Zum Dank schenkte einer der Homosexuellen dem Kind seine goldene Uhr. Jakob und Robert. Ein bäuerliches Trauerspiel. Ob die beiden Buben glaubten, daß sie sich in einer besseren Welt wiedersehen werden? Außer der Welt meines Heimatdorfes haben sie noch die Welt der Arbeit in einem Mechanikerbetrieb und auf einer Baustelle gesehen. Hat Jakob an ein Wiedersehen nach dem Tod geglaubt? Hat er geglaubt, was ihm sein Großvater und seine gläubigen Eltern erzählt haben? Mit meinen Büchern will ich ihnen Grabsteine mit Inschriften setzen.

Dem Mann bin ich neidig, der Jakob vom Strick genommen, seinen Körper über seine Achseln gelegt hat, während sich der über die Schulter hängende Kopf Jakobs bei jedem Schritt bewegte, als nicke er mir zu. Eines Tages wird Jakobs heranwachsender jüngerer Bruder die Kleider des Toten tragen, die eigentlich mir zustehen. Jakob! Ich sage dir, stehe auf. Jakob erhebt sich und schlägt mir die Faust ins Gesicht, Ich weiß schon, warum ich mich umgebracht habe. Wenn ich wahnsinnig werde, hänge ich mir das Kruzifix mit den Gesichtszügen Jakobs auf meine Brust, und Jesus und ich gehen im Irrenhaushof im Kreis. Es hätte zu Jakobs schönem Körper nicht gepaßt, wenn er sich mit Schlaftabletten getötet hätte. Da er nun einmal ein schöner Mensch war, mußte er sich im Tode körperlich verstümmeln. Sie hätten seinen Bauch öffnen, die Eingeweide herausnehmen und ihn einbalsamieren müssen. Wie einen Heiligen hätten sie ihn behandeln müssen, aber sie haben ihn so schnell wie möglich unter der Erde verschwinden lassen. Ob die Mutter Jakobs seinen Leichnam aus Verzweiflung noch einmal geschlagen, ihn angeschrien, sich auf ihn gelegt, ihn geküßt und an den Haaren gerissen hat? Sie hebt seinen rechten Arm in die Höhe und bleibt mit dem Tuch in der Höhlung seiner Achseln stecken, blickt auf seine unveränderten Gesichtszüge und hat während der Totenwäsche das erstemal in ihrem Leben den Mut, Gott, zu dem sie ein halbes Jahrhundert gebetet hat, zu verachten. Aber wo und wer ist Gott? Wo kann ich ihn finden? Außer im toten Sohn, dessen hochgehobenen Arm sie auf die nackten Hüften legt. Wir holten alle Blumen von den Gräbern und schmückten das Innere der Kirche, vor allem den Altar, unsere Liebesstätte. Ich goß den vorgewärmten Meßwein auf Jakobs

nackten Leib, während er Hostien zerbrach. Mit Weihwasser habe ich seine Füße gewaschen. Mit dem höchsten
Glücksgefühl, mit Jakob die Kameringer Kirche geschän-
det zu haben, wachte ich auf. Ich habe Angst, daß sich
jemand in Jakob verkleiden, seine nachgebildete Lebens-
maske aufsetzen, auf mich zukommen und mich töten
könnte. Ich halte ihm seine Totenmaske entgegen, wie
man einem Vampir ein knoblauchparfümiertes Kruzifix
entgegenhält, und sehe zu, wie er zärtlich mit seiner
Hand über sein Totenmaskengesicht streicht und mit den
Gipslippen zu spielen beginnt. Als ich in der Tarviserstraße wohnte, warf mir eines Traumes jemand ein totes Reh
durchs geschlossene Fenster ins Zimmer. Ein anderes Mal
sah ich mein Bild in der Tageszeitung, als ich bei einem
Verkehrsunfall tödlich verunglückt war. Ich ging mit
einem Freund die Tarviserstraße lang, schlug die Zeitung
auf und zeigte ihm mein Gesicht unter dem demolierten
Auto, Siehst du, das ist *er*, sagte ich. Ich werde Jakobs
Totenkopf in einen Globus hineinstopfen und mit einer
Glühbirne ausleuchten. Dort sollen die Augen seines
Totenkopfs leuchten, wo sich am Globus Österreich
befindet, das Land Kärnten. Der Leichenzug eines Selbstmörders windet sich durch die tiefverschneite Landschaft. Ich höre das Murmeln des Priesters. Zu seiner
linken und rechten Flanke, dicht hinter dem Sarg, gehen
die schwarzgekleideten Ministranten. Diejenigen, die den
Trauerzug abschließen, gestikulieren heftig. Während der
Einsegnung fiel soviel Schnee auf den schwarzen Sarg,
daß nach wenigen Minuten das goldene Kruzifix auf dem
Deckel des Sarges verdeckt war. Der Erzministrant
befreite mit dem Weihwasserwedel das Kruzifix vom
Schnee. Selten legt ein Selbstmörder Hand an sich. Längst
bevor er sich umgebracht hat, haben andere Hand an ihn

gelegt. Roberts Bruder ging in den Wald. Er öffnete seine Maurertasche und blickte auf das Gewinde des Stricks. Er stieg auf einen Fichtenbaum und der Fichtenbaum auf ihn, bis zur Konstellation der Sterne hinauf stiegen sie übereinander. Die Äste der Fichte hoben und senkten sich wie die Flügel einer Krähe, wenn sie über das Weizenfeld fliegt. Die Fichte schlang sich den Strick um den Hals, stürzte in die Tiefe und blieb am wippenden Oberarm von Roberts Bruder hängen. Die umherstehenden Bäume und Sträucher rissen ihre Augen auf. Sie beteten zu ihrem Gott. Eine Schlange richtete sich auf und leckte die Fußsohlen des Erhängten. Sieht die Mutter, die nun zwei erhängte Söhne hat, wenn sie zum aufgeputzten Christbaum blickt, nicht den Bruder Roberts, der sich an einer ungeschmückten Fichte erhängt hat? Ich lege den schweren Hammer auf den Holzblock und halte das Holzkreuz in die Höhe, betrachte es, wie ich mich betrachte, wenn ich in den Spiegel schaue, und winde mich, als hätte man mir, der ich vom Kreuz nach unten schaue, einen großen Spiegel zu Füßen gelegt. Ich sehe meine Fußsohlen zuerst, dann die Hoden und die Spitze des Gliedes. Darüber nickt mein Kopf. Einmal schlugen der Michl und ich eine Strohpuppe an ein zusammengebasteltes Fichtenkreuz, Schlag fester, denn du bist kraftvoller als ich, schlag tief den Nagel ein, er ist aus der Werkstatt des Vaters, schlag ihn so tief, daß man den Widerhall im pochenden Herzjesu in der Kirche hören kann. Der Michl stößt seinen Samen ins Heu, glaubt, daß er Leben zunichte gemacht hat, fühlt sich als Mörder und träumt nachts davon, der Gemordete zu sein. Jahrelang fragte ich mich, aus welchem Material wohl ein Heiligenschein besteht. Vielleicht ist er aus Holz, aus Eisen oder aus Plastik, vielleicht aber ist es der

Rauch des Ewigen Lichts, der sich um den Kopf des Heiligen windet. Du sollst stehlen, wenn du kein Geld, aber Hunger hast. Du sollst den Namen Gottes verunehren, wenn du acht Jahre lang seine hölzernen Füße geküßt hast. Du sollst Vater und Mutter verunehren, wenn sie dir nicht jeden Abend und jeden Morgen statt des Abend- und Morgengebets zeigen, daß du ein Mensch bist wie sie. Du sollst Unzucht treiben, wenn dir ein Junge lieber als ein Mädchen ist, du sollst den Jungen lieben wie dich selbst. Du sollst töten, wenigstens ein Tier töten, wenn dich dein Vater schlägt. An einem Freitag wurde Jesus gekreuzigt, und freitags darf kein Fleisch gegessen werden, sagte der Pfarrer und erzählte von einem Kind, das trotz Verbot an einem Freitag eine Wurstsemmel gekauft und, während es einen Bissen im Mund hatte, von einem Auto niedergestoßen und getötet wurde. Ob sie mich, wenn ich gestorben wäre, in meinen roten Ministrantenkleidern begraben hätten, wie Päpste in roten Kleidern begraben werden? Die Trauerfarbe der Erzministranten ist rot. Wenn ich als schwarzgekleideter Ministrant vor dem offenen Grab neben dem Priester stand, hatte ich, besonders wenn es regnete und die Erde feucht und glitschig wurde, Angst, daß ich ausrutschen und ins Loch, auf den Sarg fallen könnte. Aus Scham wäre ich unter den Sarg gekrochen. Vor dem Kommuniongang sprachen wir im Chor, O Herr, ich bin nicht würdig, deinen Leib zu empfangen. Im Grunde genommen ist er nicht würdig, auf unsere menschliche Zunge gelegt, geschluckt und in unser menschliches Fleisch und Blut gebunden zu werden. Zwanzig Kreuzottern sollen aus unseren Wäldern kommen, sollen sich vor dem Kommuniongitter aufreihen, ihre gespaltenen Zungen herausstrecken und den Leib Christi empfangen. O Herr, du bist meiner nicht mehr würdig. Tausendfach würden sich die Gekreuzigten voreinander erschrecken, wenn man alle Kruzifixe dieses Dorfes in ein Spiegelkabinett hängen würde, vom Kreuz steigen und sich gegenseitig erwürgen. Die Hostie ist die größte Prostituierte Österreichs. Der Widerhall der Zehn Gebote Gottes, wenn ich durch die leere Kirche schreite. Ich stellte mir vor, wie der Vater die Hand hebend durch den Stall geht und die Milch in den Eutern der Kühe zu Wein verwandelt. Ich habe Gott erschaffen. Jesus will eine Totenkerze anzünden, die Flamme erfaßt seinen hölzernen Körper und verbrennt ihn. Am schönsten waren die Gewitter, wenn sich wie eine schwarze, lange Schlange ein Leichenzug, der Gekreuzigte voran, gehalten vom Mesner, über die Dorfstraße zog und wenn im selben Augenblick die Hagelschlossen aufs Kruzifix des Sarges fielen, vom Sargdeckel abrutschten, auf den Boden fielen und von den Rädern des Leichenwagens zermalmt wurden, wenn die Ministranten statt des Weihrauchfasses einen schwarzen Schirm hielten, um den Kopf des Priesters zu schützen, die Hagelkörner auf die Schultern der Ministranten fielen und wenn auf den Hüten der Bauern und der trauertragenden, dicht hinter dem Sarg hermarschierenden alten Frauen die Hagelkörner lagen und schmolzen. Es ist egal, wie parfümiert man außen ist, sagte der Pfarrer Franz Rheinthaler, wichtig ist, daß der Mensch innen schön ist. Der Pfarrer hatte einen schönen braunen Sarg aus Edelholz und war in der Kirche aufgebahrt worden. Kein anderer Toter im Dorf wurde in der Kirche aufgebahrt. Während dieser Tage war das Kirchentor offen, jeder konnte aus und ein gehen, wann immer er wollte. Sein Sarg hatte ein Guckloch. Ich blickte ihm, der mich fast ein Jahrzehnt geliebt hat, ins Gesicht.

Seine Nase war eigenartig krumm geworden. Lange wollte ich sein Gesicht betrachten, aber ich wurde von der Menschenschlange der Dorfleute weitergedrängt. Sie gingen im Kreis um den Leichnam, Kinder wurden hochgehoben und blickten auf das Totenantlitz. Die Erwachsenen beugten sich ein wenig vor und blickten in das Guckloch, als wollten sie vor seinem Leichnam eine Verbeugung machen, aber ihre Geste hatte mehr mit der Neugierde als dem Respekt und der Hochachtung vor einem Toten zu tun, der jahrzehntelang in diesem kruzifixartig gebauten Dorf der Vertreter Gottes war. Immer wieder sehe ich, wie sich Jakob und Robert im Pfarrhofstadel im Heu wälzen, wie Jakob auf Robert einschlägt und schreit, Robert, du darfst nicht sterben. Ich stelle mir vor, wie ihn Robert überwältigt, auf ihm liegt, Speichel in Jakobs Gesicht rinnt, während er sagt, Du kannst zuschauen, wie ich vom Balken springe, aber du kannst auch mit mir sterben, wenn du willst. Ich will nicht mehr jeden Tag den Maurerkübel von Baustelle zu Baustelle tragen, ich will nicht mehr vom Vorarbeiter angebrüllt werden. Ich will mir in der Berufsschule nicht mehr sagen lassen, daß ich nicht rechtschreiben, daß ich nicht rechnen kann, nichts mehr will ich mir sagen lassen. Wegen meiner roten Haare werde ich seit meiner Kindheit verspottet, ich will nicht mehr ausgespottet werden. In meinem Kopf haben sich Jakob und Robert der Realität ihres Lebens im Dorf längst enthoben. In meinem Kopf wachsen sie langsam zu Kunstfiguren heran, während sie auf der Erde tot, in ihr begraben sind. Meine Wut hat nachgelassen, ich bin ruhiger geworden, seit ich niedergeschrieben habe, was ich im Augenblick der Niederschrift wußte und fühlte. Obwohl ich spüre, im Grunde genommen versagt zu haben, setze ich fort, verirre mich in einem Labyrinth, bis es keinen Ausweg mehr gibt. Ich möchte in diesem Labyrinth gefangen sein, denn ich will nicht mehr zurückkehren, diese Kunstfiguren beginnen jetzt mit mir zu spielen, wie ich mit ihnen gespielt habe, als ich ihre Körper aus den Larven ihrer Totenkleider herausgelöst und nackt vor mir liegen hatte. Robert, siebzehn Jahre alt, lag im Sarg mit roten Haaren, dunklem Anzug, gefalteten Händen, ein Fingernagel war gebrochen, Margeriten um die tödliche Kalbstrickhalswunde, das Kinn von einem kleinen Porzellanzylinder hochgehalten, schwarze Totensocken an seinen bleichen Füßen. Blicke ich auf das Bild mit ihren Särgen, warte ich stundenlang, bis einer von den beiden den Deckel abhebt, heraussteigt und den Sargdeckel seines Freundes öffnet, eine Hacke holt und auf ihn einschlägt, ihn zerfleischt wie ein Bluthund, der im Mondschein seinen Kopf über die Leiche einer Katze hebt und zu brüllen beginnt. Könnte ich nur meinen Kopf chirurgisch öffnen und alle Bilder, die sich unter meiner Kopfschwarte verbarrikadieren, herausnehmen, sie verheizen, so daß ich mich nicht mehr an Vater und Mutter, an meine Kindheit und Jugend, an Hanspeter, an Jakob und Robert, die drei Gekreuzigten dieses Dorfkruzifix erinnern kann, an nichts mehr möchte ich mich erinnern, alles wegwerfen, alles. Sie warfen den Kalbstrick um den Balken, prüften seine Festigkeit, umarmten sich und einander ins Fleisch beißend fielen sie in die Tiefe, zwei schnell abgebrochene Todesschreie, ein fürchterlicher Ruck, der das Dorf aus der Angel gehoben hat, gebrochene Augen, Blut schäumt aus den Mündern, langsam lösten sich ihre Hände voneinander, ihr Herz hörte allmählich zu schlagen auf. Rote und weiße Kerzen stecken die Angehörigen zu Allerheiligen und Allerseelen in die Augenhöhlen von

Jakobs Totenkopf. Ein Kind wird die Kerzen anzünden oder der Junge, der als nächster im Dorf geopfert wird. Bevor Jakob in Spittal in einer Mechanikerwerkstätte in die Lehre ging, machte er die Aufnahmeprüfung für das musisch-pädagogische Gymnasium, aber man ließ ihn durchfallen. Ich kniete vor deinem Grab nieder. Regen vermischt mit Friedhofserde rann in meine Herrgottsschlapfen zwischen meine nackten Zehen. Mein Gesicht beschmierte ich mit deiner matschigen Friedhofserde. Ich aß von dieser schwarzen Erde, ich spürte das Knirschen der Sandkörner zwischen meinen Zähnen und spie vor deinem Grab alles wieder aus. Mit den Handschalen fing ich den strömenden Regen auf und spülte meinen Mund aus. Mit schwarzem Gesicht und roten Augen, den Geschmack deines Blutes in meinem Mund, sah ich mich auf dem Friedhof um. Habe ich mich früher vor jedem Blitzschlag erschrocken, so bin ich damals vor deinem Grab stehengeblieben und habe sehnsüchtig zu den Wolken hinaufgeschaut. Mit dieser Totenmaske aus dem Material deiner Friedhofserde schritt ich das Dorfkruzifix ab. Man könnte ihn exhumieren und als Menschenscheuche aufstellen, niemand soll mehr unser Feld betreten, niemand den Acker überqueren, mit niemandem wollen wir noch etwas zu tun haben. Tatsächlich isolierte sich seit dem Tod Jakobs die Familie noch mehr. Für niemanden sollte ihr Schmerz das Wundpflaster sein. Die Mutter des toten Sohnes führt eine Hostie in ihre Scheide, legt die Beine übereinander, so daß die linke Kniekehle auf der rechten Kniescheibe liegt. Sie beginnt heftig zu lachen, bis ihr Lachen in Weinen überschlägt und das Weinen wieder in Lachen zurückschlägt. Wenn ich seinen immer noch bei mir liegenden Kalbstrickteil verlängere und in den Pfarrstadel gehe, den Strick am

Hals festbinde und vom Trambaum springe, werden die Dorfleute Jakobs Auferstehung feiern. Einmal ging ich mit der bloßen Badehose bekleidet über die Dorfstraße, beim Christebauer vorbei, stand die Christebaueroma, die noch heute lebt, an der Ecke dieses Bauernhauses und sagte, Aber Seppl, du sollst doch nicht mit der bloßen Badehose durchs Dorf gehen, das ist doch grausig. Aber Christebaueroma, der Christebauerpeter geht doch auch mit bloßer Badehose im Dorf herum. Der Christebauerpeter ist doch schon erwachsen und du nicht. Hatte im Dorf jemand eine körperliche Krankheit, wurde er bemitleidet, manchmal geradezu bewundert. Hatte aber jemand eine seelische Krankheit, so zeigte man mit dem Finger auf ihn. Fasziniert sah ich auf Bildern, daß die Verbrecher neben Jesus am Golgathahügel mit Kalbstrikken, wie ich damals meinte, aufs Kreuz gebunden und nicht aufgenagelt wurden. Als ich damals schulterlange Haare trug, nannten sie mich den *Reservechristus*. Oft sagen sie zu mir, Du Jude. Jude ist im Dorf ein Schimpfwort wie Tschusch ein Schimpfwort ist. Ich will dieses Dorf vom Schmutz befreien, indem ich es beschmutze. Die Kartenspiele haßte ich, wenn ich im Gasthaus sah, wie die Bauern um Leib, Leben und Hof die Trümpfe ihrer Karten auf den Tisch knallten, so daß die Weingläser wackelten. Ich knie im Getreidefeld nieder und möchte das Brot Gottes erwürgen. Ich nehme die Ähren, eine links und eine rechts in die Fäuste, aber anstatt daß ich sie zerdrücke, beginne ich zärtlich mit ihnen zu spielen. Warum ekelt mich in Kärnten so vieles an, was ich in Italien liebe? Ich hasse die Kärntner Volksmusik, ich liebe die italienische Volksmusik. Immer wieder hörte ich im Dorf, Die Italiener, diese Katzelmacher, sie arbeiten nichts, betteln nur herum. Die Städter fahren zum Wochenende aufs Land, um sich zu erholen. Fahren vielleicht die Bauern am Wochenende in die Stadt, um auf einem Platz unter einer Statue *Picknick* zu machen? In der Schule hörte ich vom großen Bären, vom kleinen und großen Wagen, aber die Sternguckerwissenschaft interessierte mich nicht. Wenn ich nachts auf dem Balkon stand und in den Himmel blickte, wollte ich meine eigene Fantasie spielen lassen, ob das der große oder der kleine Wagen war, war mir gleichgültig, meine Fantasien und Träumereien waren mir wichtiger als das Einmaleins. Gingen der Aichholzerfriedl und ich auf den Tennboden, schrie der Pfau erschrocken auf und flog über unsere Köpfe hinweg auf den Misthaufen hinunter, wo der Aichholzerpoldl, der Knecht, am Eingang des Ferkelstalles mit einer kotbehangenen Mistgabel stand. So lang sind die Arme des Todes, daß er sie zweimal um meinen schmalen Oberkörper winden kann. An meiner Wirbelsäule schließt er die Hände zum Gebet und erdrückt mich. Warten die tödlichen Kalbstricke im bäuerlichen Heimatmuseum in einer Glasvitrine auf ihre Bewunderer, auf die Sommerfrischler? Oft hörte ich, wie der Kniebauer und Hanspeter, den sie den Giftzwerg nannten, stritten, ich sah, wie der Bauer mit einer kotbehangenen Mistgabel dem Buben nachlief, hörte, wie Hanspeter die ganze Welt in den Tieren, die er zu füttern hatte, verfluchte. Wenige Jahre nach dem Freitod des Giftzwerges starb auch der Kniebauer im Villacher Krankenhaus. Vor seinem Tod besuchte ihn der Vater. Als er nach Hause kam, blieb er an der Tür stehen und steckte seinen Hut auf einen Pfropfen des Kleiderkastens. Er wird es nicht mehr lange machen, sagte der Vater mit Tränen in den Augen. Ein paar Tage später bügelte die Mutter Vaters Leichenanzug. Mit Waschschüssel, Seife und Rasierzeug kam er zur Küchentür herein, setzte sich an den Tisch und stellte vor seinem Gesicht einen Vergrößerungsspiegel auf. Wenige Jahre danach ging auch der Vater des Giftzwergs in den Freitod. Jakob steigt aus seinem Grab und schleppt seine sterblichen Überreste über den lotrechten Balken des Dorfkruzifix hinauf. Er geht am Pfosten des Zaunes vorbei, wo der Pfarrer das erste Mal seine verkrampfte Hand ans Herz preßte, niederkniete und sich selber die Sterbesakramente erteilte. Jakob blickt sich um, um zu sehen, ob ihn jemand verfolgt, stellt sich auf Zehenspitzen und blickt von weitem über die Friedhofsmauer das aufgestanzte Loch an, aus dem er seine sterblichen Überreste geholt hat. Die Angehörigen stehen rund um dieses Loch, Regen fällt hinein, das Loch füllt sich mit Wasser, und Jakobs Mutter, Vater, Schwester und Bruder baden darin, während er mit der Last seiner sterblichen Überreste weiter hinaufgeht und den Kopf des Dorfkruzifix füttert. Gierig verschlingt Jesus das Menschenfleisch, wenn es auch schon ein wenig blau, wenn das Blut dieses siebzehnjährigen Jungen auch schon kalt ist. Ich nehme Schere und Skalpell in die Hand und lege mich auf einen Seziertisch. Über mir sehe ich einen Spiegel, indem ich beobachte, wie ich meinen Leib öffne, wie das Blut dieses Dorfes aus mir herausrinnt und das Fleisch – es ist mehr totes als lebendiges unter der Haut – offengelegt wird. Die weißgekleidete Hebamme, der Pfarrer und der Totengräber warten, bis ich dieses zu einem schrecklichen Eiterballen in mir zusammengeschrumpfte Dorf herausgenommen habe. Ich werfe es in einen Hygienekübel, wo blut- und eitergetränkte Wattebäusche liegen, und halte mit zwei Fingern meiner rechten Hand die Wunde zu. Die blutstillenden Wattebäusche werfe ich auf den her-

ausoperierten Abszeß des Dorfes, das wie im Novembernebel von Watte umhüllt ist.

Vorbei ist die Zeit, als du mit deinem Bruder über die
Dorfstraße liefst und ihm ein Bein stelltest, wann immer
du wolltest. Die Zeit der Fledermäuse, die wie reife
Pflaumen an den Wasserleitungen im Stall hängen und
Mensch und Tier ängstigen, ist vorbei. Vorbei ist die Zeit
der schwarzen Schwalben, die ihre Mäuler aufreißen, in
die Pyramiden ihrer roten Rachen blicken lassen und
Insekten auf ihren Zungen kleben haben. Vorbei ist die
Zeit, als du am eisigen Rand des Plumpsklos gesessen hast
und die Eisblumen an deinen kindlichen Hinterbacken
wuchsen, Eiszapfen an deinen Zehennägeln klirrten.
Vorbei ist die Zeit, als du in den Kirchencorpus gingst
und ein Kreuzzeichen auf Stirn, Mund und Brust des
Gekreuzigten schlugst. Kein Lehrer der Volksschule
mehr, der knapp an den Fingerspitzen vorbei mit einem
Haselnußstock auf die Bank schlägt und Ruhe, Ruhe
gebietet und eine Stunde später im Chor mit den Schülern
Gott für den schönen Unterricht dankt. Vorbei ist die
Zeit, als du die Rute mit dem roten Band vom Kleiderhaken genommen und in den Stall hinausgegangen bist, um
den Kalbstrick zu peinigen. Vorbei ist die Zeit, als der
Vater mit dem Strick von links, die Mutter mit der Rute
von rechts kamen, du in der Mitte standest und am
waagrecht und lotrecht übereinanderliegenden Vater-
und Mutterkörper mit Kalbstrick und Haselnußrute ans
Kreuz geschlagen worden bist. Vorbei ist die Zeit, als du
gestikulierend durch ein reifes Weizenfeld gegangen bist
und den Vogelscheuchen Mut zugesprochen hast. Vorbei
ist die Zeit, und sie entsteht in dir wieder, als du dich
selber zeugen und gebären wolltest. Vorbei ist die Zeit,
als sich der blutgefüllte Körper deines kruzifixartigen

Heimatdorfes in Agonie aufbäumte, als der Nerv des Stricks zuckte und zwei tote Jungen als Geschwür den Lebenden erschienen. Die Zeit ist vorbei, als ich im Schneetreiben mit bloßen Füßen das Kruzifix des Dorfes abgelaufen bin, an den Nagelwunden haltgemacht und das Vaterunser gebetet habe. Die Zeit ist vorbei, als der Michl und ich aus dem ersten Stock des Hauses nach dem Tod der Großeltern in den Schnee hinuntersprangen. Vorbei ist in mir die Zeit der Hochzeiten und Totenfeste, der Jungen und Mädchen mit den geflochtenen Getreideringen um Finger und Zehen, die sich im feuchten Moos des Waldes oder unter den Spinnweben und Fledermäusen im Heu auf der Pranta liebten. Vorbei ist die Zeit, als die Hahnen- und Pfauenschreie frühmorgens die Kinderköpfe hochschreckten. Vorbei ist die Zeit, als die sterbende Enznoma die Hand ausstreckte, Lockbewegungen mit dem Zeigefinger machte und den Ruf des Totenvogels, Komm mit, komm mit, komm mit, nachahmte. Ich habe, als die Amerikaner das erste Raumschiff auf den Mond schossen, gehofft, daß sie Gott versehentlich treffen und töten, ich habe gehofft, daß die Schnauze des Schiffes in das Herz Gottes dringt. Haben Sie, Herr Armstrong, die Hungerschreie in Kambodscha und Bangla Desh gehört, während Sie auf die Erde runterblickten, wo die Kinder auf die Welt kommen und noch blau nach einem leichten Handkantenschlag ins Genick mit dem ersten Lebensschrei den ersten Hungerschrei ausstoßen? Manche Kinder verhungern schon im Mutterleib, die anderen auf der dürren Erde. Du sättigst die Satten und läßt die Abgemagerten verhungern. Du hast dich, lieber Gott, zeitlebens auf die Seite der Stärkeren geworfen. Deine Priester haben im ersten und zweiten Weltkrieg die Waffen gesegnet. Ich brauche keinen Gott mehr, keinen klerikalen, keinen atomaren und auch nicht den Robengott der Legislative, nicht seine Geschworenen, die ihre Ärsche hochheben und herzeigen, was sie gebrütet haben, Verbrecher haben sie gezüchtet, und jetzt klagen sie ihre eigenen Produkte an. Sollen die Richter mit den Moralverbrechern kurzen Prozeß machen und die Prozesse derjenigen, die durch ihren Diebstahl von der Hand in den Mund leben und ein wenig für Besitzausgleich sorgen, auf die lange, lange Bank hinausschieben. Ich sah, während ich in die Handelsschule ging, den Western *Hängt ihn höher,* in dem zwei siebzehnjährige Pferdediebe nebeneinander aufgehängt wurden. Als ihnen der Priester den letzten Segen gab, schrie einer der beiden, Ich will nicht sterben, laßt mich runter, ihr Schweine, ich will nicht sterben. Die beiden Jungen, die Brüder waren, wollten sich noch einmal umarmen, aber sie waren gefesselt und die Schlinge des Stricks hing bereits um ihren Hals. Unter dem eigens für die Hinrichtung von acht Verbrechern hergerichteten Holzgestell stand der Henker, der an einem Hebel zog und alle Verbrecher mit einem Ruck, wie man so schön sagt, ins Jenseits beförderte. Acht Stricke zuckten auf einmal. Einen halben Meter über dem Erdboden stießen die pendelnden Füße der beiden blonden Jungen zusammen. Ich sammelte Filmprogramme, führte ein Filmbuch, in dem ich peinlich genau die Namen des Regisseurs, der Darsteller, der Totenmaskenbildner und des Kameramannes aufzeichnete. Der Kinosessel war der einzige, auf dem ich klebte, alle anderen, die Sessel der Schulen, die weicheren Sessel der Bürokratie verließ ich mit zwei lachenden Augen. Ich ging vorwiegend in Kinotoiletten. Ich aß vorwiegend in Kinohallen. Über ein Jahr wohnte ich bei einer Frau, die im Schalter eines Kinos saß. Ich bekam Gratiskarten und sah viele schlechte und gute Filme. Kam sie spätabends nach Hause und war ich von der Abendakademie erschöpft zurückgekommen, erzählte sie von ihren Kinogesprächen. Gerne hätte ich meine Lebensgefährtin, die Puppe, die sie unter dem Bett herausgezogen und aufgeblasen hatte, mit ins Kino genommen, um mit ihr einen Marionettenfilm anzusehen. Eine Platzkarte hätte ich für die Puppe gelöst, auf die Toilette wären wir gemeinsam gegangen, auf der Fensterbank in der Vorhalle hätten wir Platz genommen und die ankommenden Kinogäste fixiert. Die Billeteurin machte mich mit dem Filmvorführer bekannt. Ich möchte auch einmal Filmvorführer werden, sagte ich zum Herrn Hackner und hatte dabei den Gedanken im Hinterkopf, daß ich alle Filme sehen könnte, daß ich in meiner Stube über den Köpfen der Zuschauer an meiner Maschine hocken, den Lichtstrahl vom Objektiv des Projektors auseinanderfließen und schließlich an der Leinwand ausgebreitet wiedersehen könnte. Ich höre das Surren der Maschine, hebe die Filmrollen aus den Silberschatullen, Mußt achtgeben, damit du nicht die falsche Filmrolle aus der Schatulle nimmst und in den Projektor einspannst, sagte der Herr Hackner. Stell dir vor, der erste Teil zeigt *Hängt ihn höher* mit Clint Eastwood und der zweite Teil einen Jerry Cotton-Film mit Nadja Tiller, die Bilder überschneiden sich, und zum Schluß liegt der Clint Eastwood nicht bei der blonden Frau im Freien, sondern bei der schwarzhaarigen Nadja Tiller im kugelsicheren Schließfach einer Weltbank. In der Handelsschule erzählte ich von *Hängt ihn höher,* erzählte, daß gleich zu Anfang des Films aus der Froschperspektive die über dem Erdboden pendelnden Füße eines Erhängten gezeigt werden, daß brüllende Rinder über den Fluß getrieben wurden und daß der

Cowboy ein kleines Kalb, das im Fluß liegengeblieben war, aufhob und ans Ufer trug. Es war der größte der Schulkameraden, der Manhartkarl, der mich im Vorbeigehen an den Ohren hochzog und dabei, Hängt ihn höher, rief. Ich stand auf den Zehenspitzen, aus Scham und vor Zorn wurde mein Kopf hochrot, und ich versuchte, seinen Arm zu fassen, um mich zu befreien, aber er zog mich weiter hoch, und ich stand wie ein Balletttänzer auf den Zehenspitzen, links und rechts liefen aus meinen Augenwinkeln die Tränen, wieder schrie er in die Schulklasse hinein, Hängt ihn höher.

Die Eingeweide der Bauern und Bäuerinnen schimmern durch ihre gläsernen Körper. Ich sehe das Schlagen ihrer Herzen und die leichten Bewegungen der Lungenflügel. Ich schreite über die gläserne Friedhofserde und blicke in die vielen bekannten und unbekannten Gesichter der Toten. Ich blicke einer schwangeren Frau auf den gläsernen Bauch und erschrecke vor meinem Gesicht. In meinem kleinen Lieblingsgrab sehe ich meinen gläsernen Kindheitstotenschädel. Der gläserne Leib Jakobs und der gläserne Leib Roberts liegen in einem gläsernen Doppelsarg. Ich sehe ihr durchsichtiges Gesicht und unter dem faulenden Fleisch ihre Totenköpfe. Ich blicke auf Jakobs gläsernen Brustkorb und sehe, daß sein Herz pocht, ich stelle mir vor, wie ich nach einem Hammer greife und den gläsernen Brustkorb zerschlage, um das Herz herauszunehmen, aber im letzten Moment, bevor die Spitze des Hammers den Brustkorb durchdringt und die Splitter des Glassarges in Zeitlupe ringsum fliegen, zucke ich zurück. Ich habe Angst, daß er die Augen öffnet, wie Dracula seine Augen öffnete, als ihm ein spitzer Holzpfahl ins Herz geschlagen wurde. Ich sehe, wie Dracula über eine Mauerbrüstung auf einen Friedhof stürzt und von einem mannsgroßen Kruzifix aufgespießt wird. Nichts hat mich damals, als ich die Handelsschule schwänzte und vormittags im Apollokino in Villach saß, mehr fasziniert als die blutrünstigen Vampirfilme und brutalen Western, *The Wild Bunch*, *Leichen pflastern seinen Weg*, *Django*, *Hängt ihn höher*. Als ich einmal am späten Nachmittag die Edgar Allan Poe-Verfilmung *Die Schlangengrube und das Pendel* gesehen hatte und erst um halb sieben abends mit dem Omnibus nach Hause zurückkehrte, kam der Vater mit schnellen, entschlossenen Schritten vom Stall in die Küche und hielt mir den Kalbstrick unter die Nase, Da, schau her, sagte er, schau ihn dir gut an, wenn du noch einmal so spät nach Hause kommst, dann kriegst du ihn zu spüren. Ich saß über der Katzenschüssel beim Nachtmahl, zitterte am ganzen Körper, während ich den Kotgeruch des Kalbstrickes einatmete. Lange wagte ich es nicht mehr, außerhalb der üblichen Zeit nach Hause zu kommen, bis ich zwei Jahre später die am Nachmittag stattfindenden Computerkurse in der Handelsschule besuchte. Von diesem Augenblick an entglitt ich der Aufsicht der Eltern. Zwar fanden diese Kurse nur zweimal wöchentlich statt, aber ich gab vor, neben dem Computerkurs auch den Französischkurs am Nachmittag zu besuchen, dabei hockte ich in Kinos und in Caféhäusern, wo ich moderne Literatur las. Wie ein roter Faden, der von Kino zu Kino führte, zeichnete sich meine Fährte in dieser Stadt ab. In Edgar Allan Poes Erzählungen fand ich die Entsprechung zu meinem Leben in der Familie im Dorf, wie ich später, als das Dorf und die Familie in mir zu wuchern begannen, in den Romanen von Jean Genet und Hans Henny Jahnn die Entsprechungen zu dem fand, was dieses Dorf und die Familie, die Bildungsstrafanstalten der Handelsschule und der Handelsakademie,

die neue Umgebung von Klagenfurt und das Bildungs-
zuchthaus der Hochschule für Bildungswissenschaften
aus mir gemacht hatten. Im Elternhaus habe ich Unruhe
gestiftet, in den Bildungsstrafanstalten habe ich Unruhe
gestiftet, in der Molkerei habe ich Unruhe gestiftet, in der
Verwaltung der Hochschule habe ich Unruhe gestiftet,
immer und überall werde ich Unruhe stiften. Was ich
schreibe und denke soll ebenfalls Unruhe stiften. Die
Unruhe soll mein ganzes Leben lang in mir wühlen und
mich aufrechthalten. Wenn ich in anderer Gesellschaft
war als unter Bauern, versuchte ich meine bäuerlichen
Gebärden und Sprache zu verstecken. Fragte mich jemand, ob ich ein Bauernsohn bin, lief mein Gesicht rot
an, ich schämte mich, ein Bauernsohn zu sein. Aber ich
war jedesmal stolz, wenn jemand von den deutschen oder
holländischen Sommerfrischlern bei uns Milch holte, sich
die Gesichter der Kinder, ihre Sprache und Gebärden
ansah und sagte, daß ich ganz anders bin als meine
Brüder, daß man mich mit der Schwester nicht vergleichen kann, mit dem Vater und mit der Mutter nicht, ich
habe ein anderes Gesicht, ich rede und bewege mich
anders, dann lief ich aus dem Stall in den Garten hinaus
und hätte in diesem außerordentlichen Glücksgefühl am
liebsten die Hacke vom Holzblock genommen und aus
reiner Genugtuung, nicht wie ein Bauernsohn auszuse-
hen, statt einem Stück Fichtenholz meinen Schädel
gespalten. In diesem vor meinen Augen ablaufenden Film
meiner Vergangenheit sah ich, während ich die Hacke in
den Händen hielt, um entweder das Holzscheit oder
meinen Kopf zu spalten, die tränenden Augen der Pine,
während sie erzählte, daß auch sie gerne ein Kind gehabt
hätte, aber sie war doch taub und halbblind und arbeitete
ihr Lebtag als Magd, zuerst beim Aichholzer und dann

jahrzehntelang beim Enz. Ich hörte dabei das Schnaufen des Vaters unter den Augen der Pfaufedern im elterlichen Schlafzimmer, ich hörte das leise Stöhnen der Mutter unter dem Heiligenbild. Ich sah die rosaroten Ferkel, die in einem Bastkorb lagen, und die Hände meiner Mutter, die diese Tierköpfchen streichelten, ganz sanft, wie sie öfter meinen Kopf unter dem Vorwand, mein Haar zu ordnen, gestreichelt hat. Ich sah meinen jüngsten Bruder hinter einem Pflug hergehen, der unser aller Kinderleben in der Familie nachvollzog, als billiger Knecht miß-braucht und geschlagen wurde, und indem ich an ihm die Vergangenheit meiner Brüder und meine eigene sah, forderte ich mich auf, Schluß zu machen mit dieser Familien- und Dorfgeschichte, die Toten und Lebendigen hinter mir zu lassen und aus diesem Dorf zu verschwin-den, bevor ich krepiere oder genüßlich zusehe, wie andere krepieren. Ich sehe die Schultern von vier Män-nern, die sich links und rechts, vorne und hinten aufstel-len und nach einem Zeichen des Priesters den Sarg auf ihre Schultern heben und davongehen. Im letzten Wetter-leuchten meiner Kindheit sehe ich ein rotes Glühen, rieche Asche und Rauch. Ich sehe, daß ein Stück des Waldes brennt, ich höre die Sirenen der Feuerwehr, von überall kommen sie her, aus Paternion, aus Feistritz und aus Ferndorf. Die Ferndorfer haben das beste *Menschen-material in Feuerwehruniform,* sie werden durch den Wald schreiten und den Feuerteufel mit Leichtigkeit verjagen. Aber ich hoffte, daß sich der Brand ausbreitet, daß ein großes Waldstück zugrunde geht, denn dieses Stück Natur gehörte einem Bauern, den man fragen mußte, ob man sein Grundstück betreten und die Her-renpilze, die Eierschwämme und Parasole ernten dürfe. Je reicher die Bauern wurden, desto unmenschlicher und spöttischer verhielten sie sich gegenüber den Knechten, Mägden, den Keuschlern und den Armen im Dorf. Mit großem Genuß sah ich diesem Waldbrand zu. Ich verstand nicht, warum sich die Leute über die Wald- und Heustadelbrände so aufregten, die mir gefielen, wenn sie auch alles vernichteten, das Feuer erregte mich, und das genügte mir. In diesem letzten Wetterleuchten meiner Kindheit sehe ich das weiße Haar des Pfarrers, seine Augen, die langsam hin- und hergleiten, wenn er eine segnende Handbewegung über der Stirn eines Toten und gleichzeitig in diesen sich überschneidenden Bildern über der Stirn eines Neugeborenen macht. Ich sehe, wie sich leicht, aber bedrohlich der Wipfel der Fichte über dem Engelmaierhaus bewegt, der Wind wird stärker und man hört das Krachen des Holzes im Inneren der Fichte. In diesem Krachen fällt das Holzscheit, das ich vor mir auf dem Holzblock liegen habe, auseinander. Aus Freude habe ich es auseinandergeschlagen, weil einer der deutschen Sommerfrischler im Stall neben meinem Vater und der Mutter, neben dem Knecht, der Magd und den Tieren gesagt hat, daß ich nicht wie ein Bauernjunge aussehe, daß ich aussehe wie ein Städterjunge. Man hat mich nur auf den Bauernhof geschmuggelt. Ich war das Findelkind, das zwischen Schilf und quakenden Fröschen gefunden wurde. Ich war nicht das Kind von Jakob und Maria Winkler, vulgo Enz in Kamering, nein, ich war gefunden worden von meiner jetzigen Ziehmutter, als sie ihre schwarzen Seidenstrümpfe auszog, ihre fast auf die Knie reichende Unterhose hochkrempelte, um ins Wasser zu gehen und Seerosen zu pflücken, dort fand sie mich in einem Bastkörbchen schwimmend, im Schilf zwischen den sich aufblasenden Fröschen, sie schob die Schilfstangen auseinander, hob mich hoch und gab mir einen Kuß,

ohne zu fragen, woher und wohin mit diesem Menschenkind. Das nächste Holzscheit auseinanderspaltend schrie
ich, daß ich nicht der Sohn eines Bauern und schon gar
nicht der Sohn dessen bin, der meinen Leib und meine
Seele verwaltet, unbürokratisch, ohne ein Formular aus-
zufüllen, indem das Für und Wider des Kinderzüchtigens
abgewogen wird, bevor er mich schlägt.
Solange noch Zeit ist, sollte man vom sinkenden Venedig
eine Totenmaske abnehmen. Hunderte Flugzeuge müßten diese Totenmaske hochheben. Vielleicht sah ich in
dieser Nacht, in diesen wenigen Stunden des Halbschlafs
mehr von Venedig als in den folgenden Tagen, wo ich auf
venezianischem Boden war, denn in dieser Nacht sah ich
die venezianischen Bilder, die sich im Laufe der letzten
Jahre in mir gesammelt hatten. Die letzten vier Weihnachten habe ich alleine in Venedig verbracht, auf den
Stränden, am Boot, am Markusplatz, in einer Gasse, wo
Katzen über meine Füße krochen. Ich denke an die leere
Weihnachtskrippe am Lido in einer Kirche, als halb
Friaul unter dem Beben der Erde zusammenbrach, dort
hatte man das Jesukind aus der Krippe genommen.
Zuerst denke ich an die Blasphemie eines Priesters oder
eines Mönchs, vielleicht ist es aber nur ein Kinderstreich,
der von mir sein könnte. Ich setze mich in die erste Reihe
und warte auf vorbeigehende Geistliche. Werden sie
bemerken, daß die Krippe leer ist? Ein zerlotterter Stadel
steht auf dem Altar, als wäre auch er vom Erdbeben
heimgesucht worden. Ich sehe, wie ein Geistlicher nahe
der entleerten Krippe Kerzen anzündet, und trete fragend
auf ihn zu, Weil während des Erdbebens in Italien viele
Kinder gestorben sind, sagte er, haben wir das Jesukind
aus der Krippe genommen, heuer feiern wir Weihnachten
mit leeren Krippen. Ein Fisch blickt mich an und schlägt

aus Scham die Augen nieder, weil er nur ein Tier ist. Niemand wagte es in Venedig, den Fisch während seines Todeskampfes zu kaufen. Es sind die Bauern und Handwerksleute, die unter Peitschenhieben eine venezianische Gondel über den Schnee schleifen. Jemand geht mit einer Peitsche neben den Bauern her und schlägt sie auf ihren Rücken. Ich sehe die unrasierten Gesichter der Gepeinigten, die Augen, die anschwellen, wenn sie die Gondel über den Schnee schieben, in dem ich nun mit klitschnaß gewordenen Haaren stapfe, mit einem Stock stöbere ich im Dickicht der Fichtenäste. Der Schnee fällt auf den Mantel meiner Schulter, die schwer wird, als trüge ich die Last eines Kindes auf mir, das hinter meinem Kopf lebt und mit seinen hin- und hergleitenden Augen die Schneeflocken verfolgt, aber ich bin alleine, stapfe vorwärts und atme lauter als ein Pferd, das schäumt und sichtbar die Luft aus den Nasenlöchern stößt. Ich trage Schnee auf den Augenlidern, Eiszapfen an den Fingernägeln, lang sind sie wie die Fingernägel Nosferatus, aber wenn ich meine Hände auf die Oberschenkel lege und auf einer Rasenbank sitze, kann ich zusehen, wie die Mittagssonne langsam die Eiszapfen an den Fingernägeln schmilzt. Ich blicke über das tiefverschneite Moor und sehe die Bauern und Handwerksleute, die für die Herrschaften unter Peitschenhieben eine venezianische Gondel über den Schnee nach Deutschland schleppen. Manchmal blicke ich von der Mattscheibe weg, links und rechts, um die Studenten zu sehen, was sie tun, außer Gläser heben und mit intellektuellen Formeln ringsum werfen. Während dieser Fernsehfilm über Molière, den wir gnadenhalber im studentischen Kommunikationsraum in der Universitätsstraße ansehen durften, lief, sagte der langhaarige Student, daß wir die Klubmitgliedskarten ausfüllen und jeder zehn Schilling zahlen müssen, Später, erwiderte ich, wenn der Film zu Ende ist. Nachdem Molière tot war, schrieb ich meinen Namen in einen Vordruck, legte zehn Schilling auf den Tisch, grüßte aus Bosheit, ging die Stiege eilig hinunter und hörte noch, wie hinter mir die Popmusik wieder lauter wurde, Heiligenschein um einen Totenkopf, dem armen Toten besorgen wir vier Bretter, eines links, eines rechts, eines drunter und drüber, einen Sechzigernagel im linken Mundwinkel, einen im rechten und das Weltkind in der Mitte, den vierten halten wir in der linken, denn mit der rechten Hand zücken wir Hammer und Sichel und schlagen zu, wir, die Verfemten, die aus Thronen Holzsessel zimmern wollen. Im Traum saß ich in einem Flugzeug, das dicht über den Schornsteinen der venezianischen Häuser flog. Ich sah den Leuten auf den Kopf, auf ihre ausschreitenden Beine und auf ihre im Gehen schlendernden Arme. Ihre aus der Vogelperspektive zu Zwergen verkürzten Körper schritten über Stein- und Holzbrücken, führten Kinder an der Leine und trugen Schoßhündchen auf den Armen, hantierten an den Obst- und Fischständen mit Geldscheinen und Münzen. Unzählige Fäuste öffneten und schlossen sich. Spitze Schuhe zuckten vor, helle Fersen leuchteten auf, wallendes Haar auf den Schultern der Frauen, klein wie Bücher sahen die aufgeschlagenen Exemplare des *Gazzettino* aus. Während ich am Lido über die Straße ging, bekam ich plötzlich Angst überfahren zu werden und sah mich schreiend und mit kleinen Plastikautos spielend in einem Rollstuhl sitzen. Soll ich vielleicht mit einem Rollstuhl am Ufer des Meeres hocken und zusehen, wie die Sonne auf- und untergeht? Hinter meinem Rücken zückt jemand seinen Fotoapparat und macht ein idyllisches Bild von einem bei Sonnenuntergang am Lido sitzenden Rollstuhlfahrer. Als ich im Zug nach Venedig einer Illustrierte lesenden Frau gegenübersaß, hoffte ich, daß sie mir die Illustrierte anbieten würde, damit ich sie ablehnen könnte. Die Brieftasche im Rock des Mannes im Café Florian blickt mich an, als ob sie mich stehlen wollte. Der Fleischhauer am Corso hielt einen blutigen Bleistift in den Händen. Einen Touristen sah ich, der bei allen Kiosken stehenblieb, um Venedig auf den Ansichtskarten zu sehen, Venedig in Venedig sieht er nicht. Auf einem Friedhofrasenstück arbeiteten vier Männer in blauer Montur mit Sensen. Ich dachte an den personifizierten Tod meiner Kindheit. Das Knochengerüst marschierte, eine Sense über der Schulter, über die Röchelnden hinweg. Jetzt sind es die Arbeiter in den blauen Monturen, die mähend über die Toten auf der venezianischen Friedhofsinsel hinwegschreiten. Auf vielen Grabkreuzen kleben Farb- und Schwarzweißfotos. Die Farbfotos erschrecken mich, schwarzweiß paßt besser zu einem Toten.

Der Papst auf der Titelseite der Illustrierten *L'Europeo* im Sportdreß. *L'atleta di Dio* lautet die Schlagzeile. Zwei Nonnen mit einem Kruzifix am Schlüsselbund und ein Arbeiter mit nacktem Oberkörper, eine Bibel unter den Arm geklemmt, gehen auf den Petersplatz zu. Auf der Stiege, die zur Peterskirche führt, sah ich zwei Bienen während ihres Todeskampfes zu. Ich setzte mich auf die Stufe und wartete mehr als zwei Stunden, bis sie sich nicht mehr rührten. Zwei Neger gehen vor mir in die Gruft der Päpste. Mit gefalteten Händen steht ein rotgekleidetes Mädchen vor dem Grabmahl Papst Johannes XXIII., der rotgekleidet im Sarkophag liegt. Rosen, deren Stiele in Silberpapier eingewickelt sind, liegen auf dem Sarg. Mit einem Schnuller im Mund hockt ein Kind in den Armen des Mannes vor dem Sarg und betrachtet die Rosen. Mehrere deutsche Frauen führen ihre Lippen an den Sarg von Johannes Paul I. Eine Frau küßte ihre Fingerspitzen, mit denen sie den Sarg abtastete. Ein achtzehnjähriger Junge kniet vor dem Sarkophag nieder und küßt die Steinplatte. Ein Kind stellt sich seitlich an den Sarg Johannes Paul I. und hält sein Ohr dran. Gott ist größer als das, was über ihn gesagt und geschrieben wird, lautet der Titel eines Vortrages, der heute in Rom stattfindet. Den Mann, der mir auf der Straßenkreuzung am wenigsten ansprechbar schien, fragte ich nach der Piazza del Popolo. Ich hatte mich geirrt, er wartete darauf, jemandem behilflich zu sein. Vor dem Jeansgeschäft in der Straße, die in die Piazza del Popolo mündet, wischt sich eine Frau mit einem Papiertaschentuch das Blut vom Bein. Ein Polizeiwagen mit einem Totenbukett auf dem Dach fährt vorbei. Eine Frau reißt im Auto die Arme in die Höhe, die Reifen quietschen, das vordere und hintere Auto bleiben ruckartig stehen, und ich bin entsetzt, weil nichts passiert ist. Wenn ich mich manchmal glücklich fühle, dem Tod nahe zu sein, so spüre ich doch die ungeheure Lebenskraft in mir, wenn ich mit der äußersten Anstrengung meiner Beinmuskeln springend einem quietschenden Auto an der Viale Bruno Buozzi entfliehe. Meiner Mutter schickte ich eine Karte mit einer Aufnahme der Peterskirche. Eingekreist schwebte der Kopf des Papstes über der Kuppel der Kirche. Ich ging in den Borghesepark und sah an den Pfeilern und Pfosten die Strichjungen stehen. Taxis und Privatautos umkreisten sie. Ich sah ihre ausgemergelten Gesichter, ihre femininen Bewegungen, ihr Augenblinzeln, ich sah das betonte Vorstrecken ihrer Beine, wenn sie ein paar Schritte weitergingen oder den Standplatz wechselten.

Ein Auto fuhr auf mich zu, ein Mann streckte mir seine Zigarette entgegen, Fiammifero? Purtroppo signore! Er steckte seine Zigarette wieder weg. An seiner abgegriffenen Zigarette sah ich seine Verzweiflung. Über seine Fehde mit dem Vater sagte Pasolini, daß es so lange Haß war, bis er schreibend erkannte, daß dieser Haß eigentlich nichts anderes als versteckte Liebe war. Die eigenartige Dunkelheit dieser römischen Gasse! Ist es ihre Hautfarbe? Zwei blutjunge Neger hocken links und rechts am Eingang dieser Gasse auf den Straßensteinen. Im Negerviertel sah ich eine weiße Frau, die mit einer Negerpuppe unter dem Arm die Straße entlangging. Während sich meine Hand um eine Eisenstange klammerte, tastete im Dunkeln mein Daumen die vier Fingerspitzen ab. Der Kellnerjunge verjagte mich, als ich diese Notizen machte, mit einer Handbewegung, mit der man Fliegen verscheucht. Er mußte ständig Befehlen gehorchen, jetzt zur Sperrstunde darf er selber befehlen. In diesem einen Befehl sammelte er alle an ihn während des Tages und Abends herangetragenen Befehle.

Wie andere Faschingslarven um ihr Gesicht binden, binde ich das lächelnde Gesicht der Totenmaske um meinen Kopf und gehe nachts in die Stadt. Die Polizisten halten mich an und fragen, ob Fasching ist. Sie fragen, wer ich bin und was ich tu. Sie fragen, wohin ich geh und geben mir Begleitschutz, Wenn Sie mich, einen braven Bürger, bei seinen Nachtspaziergängen nicht in Ruhe lassen, wenn Sie mich noch länger belästigen, dann gehe ich mit Ihnen zur Polizei. Wo haben Sie das Ding her, was ist das? Das ist eine Totenmaske, und sofort zieht er die Antenne seines Gerätes hoch, und schon jagt ein weißer Volkswagen mit Blaulicht hinter mir und dem lächelnden Gesicht der Totenmaske her. Ich trage an meinem Oberarm, links und rechts, gelbe Streifen mit drei schwarzen Punkten, wenn ich an der Schreibmaschine sitze, ich schreibe blind. Eine Blinde sah ich im Autobus. Ich weiß nicht, ob sie ihr Haar selber frisiert und dabei vor dem Spiegel gestanden hat wie andere, die sich im Spiegel sehen können. Aber vielleicht halten sich die Blinden ständig einen Spiegel vor, vielleicht sehen sie, wie die Sprichwörter sagen, mehr als die Sehenden. Wir saßen beengt und ich mit zwei Koffern, da sagte ein Mann, als ich ausstieg und zum zweiten Autobus ging, Schwer was? Die Zöpfe und Kittel mehrerer Mädchen flatterten auf der Straße hoch, als der Omnibus an ihnen vorüber über die Brücke fuhr. Sie sollten doch den blinden Schlangen eine gelbe Schleife mit drei schwarzen Punkten um den Hals binden und sie so in die Zirkusarena kriechen lassen. Ein Kind war es, das der Blinden sagte, wo sie aussteigen mußte, Die nächste Haltestelle ist es, Endlich, sagte sie. Wie an ein rettendes Geländer klammerte ich mich an die Haltegriffe meiner beiden Koffer. Ich reise nicht ab, nein, ich bin nur unruhig und ziehe mit meinen Koffern voller Manuskripte und Kleider die Straße auf und ab und wieder zurück, ich muß in Bewegung sein, sonst verfaule ich bei lebendigem Leib. Als die Blinde ausstieg, wollte ihr niemand helfen, sie ekelten sich vor ihrem Haar. Schwer was? will ich zur Blinden sagen, aber sie rempelt mich von hinten, Geht, geht, schrie sie mich an, Ich will raus da, geht. Vorbei an mir marschiert, während ich an einem Kopiergerät stehe und das grüne Licht der Kopierstäbe vor- und wieder zurückflitzt, der Germanist, der einen Band von Hofmannsthal zwischen Oberarm und Brustkorb klemmt, im Hörsaal wartet, bis die Geräusche sich räuspernder und blätternder Studenten verstummen. Während ich das lächelnde Gesicht der Totenmaske im Universitätsfoyer vervielfältige, hebe ich den Kopf und sehe, wie der letzte Student die Tür des Hörsaales schließt. Ich gehe mit meiner schwarzen Tasche, die Totenmasken wie in einem Aktensarg verborgen, zum Buffet und bestelle einen Kaffee. Fest halte ich die Tasche mit den Totenmasken, ich habe Angst, daß sie mir zu Boden fällt und die Blätter herausrutschen, ich müßte mich der Länge nach über die vervielfältigten Totenmasken werfen, damit sie niemand sieht. Der Philosophieassistent blättert am Pult des dritten Hörsaals stehend in einem Buch, er weiß, daß hundert Augen auf die Ästhetik seiner Eitelkeit blicken, und hebt schließlich, zuerst seine Betrachter musternd, den Kopf, bevor er sie mit einem Zitat begrüßt. Ich gehe auf den Ausgang, auf die breite Glastür zu, die wie ein Landschaftsaquarium aussieht, statt der Fische bewegen sich draußen die Studenten, Professoren, Verwaltungsbeamten, Assistenten und die Autos, die langsam an die Parkplätze heranfahren, Autos wie Zierfische in allen Farben, die nebeneinander zu stehen kommen. Ein Fußballspiel der Taubstummen sah ich hinter der evangelischen Kirche. Ich sah, wie ein Taubstummer ein Tor schoß, ich sah wie sie sich umarmten, wie sie schreien wollten und wie sie aus Freude über das Tor auf dem Fußballfeld Purzelbäume schlugen. Sehe ich den Ball im Netz zappeln, reiße ich am Gitter stehend die Hände in die Höhe. Der Schiedsrichter, der ebenfalls ein Taubstummer ist, deutet mit dem Zeigefinger auf den Elfmeterpunkt, empört gestikulieren die einen, die anderen klatschen in die Hände und auf die Oberschenkel. Am Gitter stehend rinnen mir die Tränen aus den Augen über die Wangen und tropfen von meinem Kinn auf die Turnschuhe. Ich sehe, wie der Taubstumme mit der

Nummer neun den Namen seines Freundes rufen will, er winkt, er hüpft und klatscht in die Hände. Im Gänsemarsch laufen die Taubstummen in die Kabinen, dort werden sie sich duschen und umkleiden. Ich sehe, wie der taubstumme Junge im Klagenfurter Kolpingheim unter der Dusche nach der Seife greift und sich umdreht. Er zeigt mir seinen Rücken, seine Hinterbacken, seine Wirbelsäule. Er dreht sich wieder um, und ich blicke auf seinen Schwanz. Glatt liegt sein schwarzes Haar an seinem Kopf, er ist jugoslawischer Gastarbeiter und wohnt im Gesellentrakt des Kolpingheimes. Er zieht die Vorhaut seines Schwanzes zurück, seift die Eichel ein und läßt einen Wasserstrahl drüber gleiten. Mit dem Schwung einer schnellen Kopfbewegung schüttle ich das Wasser von meinen Haaren, das ihm ins Gesicht klatscht. Er seift meinen Oberkörper ein und ich verstecke die Seife unter seiner Achsel.

War es die Totenmaske der mit einem Herzschrittmacher in der Brust lebenden Tante des Kunstmalers, die heute nacht zu mir sprach? Einmal öffnete sie ihre Bluse und deutete auf ihre gewölbte Brust, Da drinnen ist der Herzschrittmacher, sagte sie, diese kleine Maschine erhält mich am Leben. Der Maler saß ihr gegenüber. Ich blickte auf seine dicken, fast ein wenig klumpigen, behaarten Hände. Jedes Haar fixierte ich einzeln, hob es mit meinem Blick hoch, riß es aus, nähte es wieder an. Mit Stelzen an den Beinen, das lächelnde Gesicht der Totenmaske um meinen Kopf gebunden, gehe ich auf dem Friedhof von Kindergrab zu Kindergrab und lese Inschriften. Ich habe nicht einmal den Mut, mit einem Lächeln auf den Lippen zu leben, und einer von den zum Tode Verurteilten schreibt in seinem letzten Brief, daß er mit einem Lächeln auf den Lippen in den Tod gehen wird. Der Erfinder des Schafotts, Dr. Guillotine, spricht von einer *humanisierten* Hinrichtung. Er sagt, daß der Delinquent, wenn das Messer seinen Hals durchschneidet, nichts als ein angenehmes Gefühl der Erfrischung verspürt. Ich kenne einen zum Tode Verurteilten, der auf dem Weg zum Schafott seinen Richter von der Sünde, ihn zum Tode verurteilt zu haben, freigesprochen hat. Er bat Gott, daß dieser Richter noch viele Menschen zum Tode verurteilen möge, damit er im Himmel oder in der Hölle in Gesellschaft von lauter zum Tode Verurteilten ist. Sonst, sagte er, würde ich mich einsam fühlen, denn unter denen, die eines normalen Todes gestorben sind, kann ich weder im Himmel noch in der Hölle leben. Konnte er doch schon auf Erden nicht mit ihnen zusammenleben. Nicht umsonst hatte er einen dieser Erdenmenschen umgebracht, *bestialisch* natürlich, im Sinne der Tageszeitungsschlagzeilen. Eine Totenmaske hat mich heute nacht aufgeweckt, ich weiß nicht mehr welche, ich habe fünfzig oder sechzig, ich muß sie schreibend suchen, vorher kann ich nicht einschlafen, meine Hände sind gebunden, wie die Hände eines Toten gefaltet sind, wenn ich die Totenmaske eines Embryos im Mutterleib betrachte. Der Fernsehapparat ist mit einem Kabel an die Halsschlagader der Leute angeschlossen, es ist ihr Herzschrittmacher mit Farbbildern und zwei österreichischen Programmen. Sie sehen den Homosexuellen, der junge Mädchen umbringt, mit dem einen Finger, so beschreibt es der Kommissar, in die Scheide und mit dem anderen in den After fährt und mit aller Kraft zusammendrückt, bis das Mädchen tot ist. Das Zimmermädchen der reichen Familien verpackt auf Befehl der Mutter des geistesgestörten Mädchenmörders die Mädchenleichen in einem Jutesack, beschwert sie noch mit Steinen und versenkt sie im Fluß. Die Figuren meiner Träume steigen nachts aus meinem Mund und betten sich unter meine Bettdecke. Morgens wachen sie mit mir auf und stehen als Plastikpuppen auf meinem Schreibtisch. Ich zerschneide eine Schere, ich erschieße das Gewehr, ich gehe in die Anatomie, hole Hautfetzen und schreibe Liebeslieder drauf. Ich denke an den Gekreuzigten, den ich beschwor, vom Kreuz zu steigen und sich zu mir zu legen. Er soll den Lendenschurz zurückwerfen, die grausame Dornenkrone vom Haupt nehmen, damit ich seinen blutenden Kopf mit meinen Lippen stillen kann. Denkt doch an die Kinder, die zusahen, wie der Arzt mit Geräten an der Mutterbrust hantierte, denkt an die Kinderfaust, die eine Scheibe durchbrach und nach den zersplitterten Augengläsern des Vaters rief. Denkt an die beiden dicken Nabelschnüre im Pfarrhofstadel, dort stieß niemand einen Geburtsschrei aus, dort wuchsen keine goldenen Getreideähren aus dem Mund der Geburtspatronin, der Maria Schrei, dort wurde kein Kalb mit den Beinen voran an ein Pferd gespannt und über den Schlangenweg geschleift, kein blutiger Engel aus meiner Kindheit bewegte dort seine Flügel, es war auch nicht der Blitz, der sich zu Füßen des Pfarrstadels niederkniete und zu beten begann. Ein Briefträger trug Schlagzeilen von Haus zu Haus, eine Kreuzotter vergiftete sich selbst, bevor eine Biene in ihren Kopf stach und am Stachel, den sie verloren hatte, starb. Ich süße den Zucker und salze das Salz, ich gebe dem Wasser zu trinken und dem Tierfleisch werfe ich Menschenfleisch vor die unruhigen Beine. Die Mutter hält zwei Hühnereier in den Händen und spürt, wie die Wärme der Eier durch ihre Adern rinnt. Alle Fichten meines Vaters sehe ich im Wald auf einmal zusammenschrumpfen. Den Kochlöffel koche ich und die Gabeln spieße ich auf.

Plastikpuppen zeuge ich, damit meine Eltern, wenn sie sich wieder zu Kindern zurückverwandeln, ein Spielzeug haben. Der verlorene Sohn wird den Vater in sich finden und zurückkehrend auf seine offenen Arme zugehen. Das Getreide wird sich ernten, das Reh wird auf das Geweih im Jägerhaus schießen, die Huren werden mit den Kleidern von Nonnen an den Straßenecken stehen. Am wenigsten Christ muß der Papst sein, um die Nähe Gottes spüren zu können. Alle Sätze in der Bücherei werden sich wieder verkörpern, alles nachspielen, was geschehen, und vor allem, was nicht geschehen ist. Das Opfer verurteilen wir zu lebenslangem Zuchthaus, den Mörder beweinen wir und schenken ihm Fleischblumen. Embryos werden Mütter gebären. Aus den Haarspitzen werden glatzige Köpfe wachsen. Die Fische werden die Netze nach den Menschen auswerfen. Der Menschenfischer wird den Gott in sich suchen und in mir finden. Das alles wird eintreffen, wenn die Menschenfresser nicht mehr Menschen, sondern Tiere fressen werden.

Die Armstümpfe des Hackenverkäufers zittern wie die Fühler einer Schnecke, er kann seine beiden Armstümpfe einziehen und ausstrecken wie die Schnecke ihre Fühler. Weil ich keine Hände habe, verkaufe ich Hacken ohne Stiel. Wenn jemand nach einem Holzstiel fragt, werfe ich die leeren Ärmel meines Hemdes links und rechts im Rhythmus der niedersausenden Hacke aufs Pult. Wenn einer sagt, Die Hacke, die Sie mir verkauft haben, ist stumpf, grinse ich ihm entgegen und sage, Ich verkaufe mich in meinen Gegenständen als der, der ich bin, und nicht als der, der ich sein will. *Ein alter Mann mit Stützstock tritt vor.* Ich bin Schmetterlingsammler. Alle Schmetterlinge, die getötet werden wollen, fliegen mir zu. Mit gefalteten Flügeln beten sie um ihren Tod. Ich habe kein Mitleid, ich lasse sie länger leben, als sie leben wollen. *Der Nächste sei aufgerufen, er möge ans Pult treten und sprechen.* Ich verkaufe keine Hacken, ich sammle keine Schmetterlinge, ich liebe das Holz über alles, ich bin der Herrgottsschnitzer des Dorfes. Ich lasse die Leute zu mir kommen. Da zweihundert Menschen in diesem kruzifixartig gebauten Dorf leben, schnitze ich zweihundert Jesus mit den Gesichtszügen dieser Menschen, dann ist mein Werk getan. *Es komme der Nächste, wer immer er sei, Kruzifixzimmermann, Schmetterling-larvensammler oder Puppenverkäufer, er ist aufgerufen zu sprechen, es kann nicht oft genug gesagt werden, was wahr und was falsch ist.* Ich bin Dichter von Beruf. Vor wenigen Nächten träumte mir, daß ich ein Buch schriebe, das mehr Menschen dahinrafft als die Pest. *Es möge der Nächste kommen. Sei er Leichenbeschauer oder Gelehrter, sei er Bienenzüchter oder Tierarzt.* Ich bin einer, der keinen Beruf hat, obwohl ich zwei Hände habe wie jeder arbeitende Mensch. Ich blicke mein ganzes Leben auf meine leeren Hände, weil ich arbeitslos bin. *Ein Mann mit silberemailliertem Haar und einer Maske auf dem Gesicht tritt vor.* Ich bin Totenmaskenbildner von Beruf. Ich gehe in den Leichenschauhäusern aus und ein, stehe vor den Prosektursälen, bis man mir Einlaß gewährt. Manchmal ruft mich jemand aus einem Dorf, wenn ein Kind oder ein alter Mensch gestorben ist. Kommen Sie unverzüglich! Gips haben wir zu Hause! Ich stehe am Bett und blicke den Toten zuerst lange an, bevor ich meine Doktortasche öffne und die durchsichtigen Plastikhandschuhe überstreife. Ich fette sein Gesicht mit Niveacreme ein, manchmal auch mit Schweinsfett, besonders, wenn ich bei Bauern bin, bevor ich den Gips suppendünn über sein Antlitz löffle. Die Bauern wissen

natürlich nicht, daß ich an einer Philosophie der Totenmasken arbeite, wenn ich vor einem frischen Schweinskopf knie und meine durchsichtigen Chirurgenhandschu-
he über meine Hände streife. Ich vermute, daß ich der
einzige Totenmaskenbildner im rotweißroten Land bin,
der nicht nur von Menschen, auch von Tieren, Schweinen, Hühnern, Pfauen, Papageien, Katzen und Hunden
Totenmasken abnimmt. Von einem Zirkusdirektor wurde
ich gerufen, um einem in der Arena aufgebahrten Liliputaner die Totenmaske abzunehmen. Er lag in einem
weißen Kindersarg. Seine Kindertotensocken waren ein
bißchen zu groß, ich sah es an ihren hohlen Spitzen.
Links und rechts des Sarges standen zwei große rote
Kerzen. Das Kerzenwachs fiel auf die Sägespäne, die
unter dem Sarg ausgestreut waren. Bei jeder Vorstellung,
so erzählte mir der Zirkusdirektor, trug er eine rote Rose
in seinem Knopfloch. Nachdem ich sein Gesicht mit
Niveacreme, die mir die siamesischen Zwillinge gaben,
eingefettet hatte, löffelte ich einen rosarot gefärbten Gips
über sein Antlitz. Als ich die Totenmaske von seinem
Gesicht hob, kamen die siamesischen Zwillinge mit
einem feuchten Tuch und entfernten die Gipsreste von
seinem Gesicht, vor allem von den Augenbrauen. Ich
fragte die siamesischen Zwillinge, ob ich ihnen eine
Lebendmaske abnehmen darf, der eine Kopf bejahte, der
andere verneinte. Kaufe ich in einem Laden einen Kilo
Gips, kann ich den Verkäufer nicht daran hindern, daß er
mir auch Farben und Walzen mit den allerneuesten
Mustern anbietet. Nein, ich will für heute nur einen Kilo
Gips. Für heute, sage ich dazu, denn ich hoffe, daß er mir
das nächstemal wieder etwas anbietet, was ich nicht
brauchen kann, denn jedesmal, wenn mir jemand anderer
sagt, was ich kaufen oder tun soll, weiß ich ganz genau,

was ich will. Die Leute wissen nicht, daß der Totenmaskenbildner schneller als ein Arzt handeln muß. Die Gesichtszüge des Toten verändern sich von Minute zu Minute. Habe ich von jemandem die Totenmaske abgenommen, höre ich mir die Schicksalssinfonie von Ludwig van an. Daß wir Totenmaskenbildner weder sozial- noch pensionsversichert sind, versteht sich für die Politiker von selbst. Einmal hat mich eine Frau gebeten von ihrem ausgestopften Papagei eine Maske abzunehmen, Aber der ist doch ausgestopft, sagte ich, der ist doch weder tot, noch am Leben. Ich habe die Maske trotzdem abgenommen, aber wir konnten uns nicht darauf einigen, ob es eine Lebend- oder eine Totenmaske ist, die ich auf den Spiegeltisch legte. Bevor ich Totenmaskenbildner wurde, war ich Lebendmaskenbildner, aber um weiterleben zu können, mußte ich Totenmaskenbildner werden. Als ich noch Lebendmaskenbildner war, beobachtete ich in der Stadt einen jungen Mann, der die Taschenbuchausgabe von Kafkas *Hochzeitsvorbereitungen auf dem Lande* gekauft hatte. Ich habe ihn in mein Zimmer gebeten. Er hat sich auf den Zahnarztstuhl gesetzt, den ich mir übrigens bei einer Versteigerung des Gutes eines verstorbenen Zahnarztes, dem ich die Totenmaske abgenommen, erworben habe, und den Kopf in die Schalenmuschel gelegt. Das Kinn des jungen Mannes habe ich ein wenig angehoben und das Gesicht mir zugedreht, wie ein Vater, der dem weinenden Kind in die Augen blicken und fragen möchte, warum es nicht zu weinen aufhört. Verstehen Sie, sagte ich zum jungen Mann, während ich Gips über sein Antlitz löffelte, ich nehme von Ihnen jetzt deshalb eine Lebendmaske ab, weil Sie die *Hochzeitsvorbereitungen auf dem Lande* gekauft haben, sonst wären Sie mir gar nicht aufgefallen, sagte ich, während ich schon die Hälfte des Gesichts vergipst hatt, ich will von Ihnen eine Lebendmaske abnehmen, *bevor* Sie die Hochzeitsvorbereitungen auf dem Lande gelesen haben, und *nachdem* Sie die Hochzeitsvorbereitungen auf dem Lande gelesen haben werden, möchte ich Sie noch einmal auf meinen Zahnarztstuhl bitten. Dann wollen wir die Gesichtszüge der beiden Masken vergleichen. *Es komme der Nächste, die Reihe der Nächsten ist lang.* Ich bin Fleischhacker von Beruf. Ich habe alle Tiere, die ich getötet habe, geliebt, aber ich bin eben Fleischhacker von Beruf und muß Tiere töten, denn die Menschen leben von den toten Tieren. Wenn ich Tierblut sehe, dann steht ein Mensch aus dem Grabe auf. Er ist der Sohn Gottes, der mir ein Haßgedicht ins Ohr flüstert. Ich sehe, wie ein Pferd einen großen Schlitten toter Fohlen über das Schneefeld zieht. Töte ich ein Lamm, so ist es nachts die weiße Taube, die ich als Kind im Heiligen Geist kennenlernte, die auf mich mit ihrem Schnabel einhacken will. Ich sage dem Heiligen Geist, daß es nicht das letzte, das Verlorene Lamm ist, das ich töte, es ist nur eines aus dem Rudel, das verschwinden kann, ohne daß es jemand merkt. Wenn ich eine Katze töte, miaue ich, um ihren Todesschrei zu überhören. Da die Menschen nicht in allen Ländern dieser Erde unter Naturschutz stehen, töte ich gegen die Natur, töte ich auch Tiere, die unter Naturschutz stehen. Sonntags in der Kirche sehe ich aus den Wundmalen des Gekreuzigten das Blut einer Gazelle hervorrinnen. Es tropft auf den Kirchenboden. Ich denke daran, wie ich mit hocherhobenen Armen bete und gleichzeitig die Hacke auf den Hals der Gazelle niedersausen lasse. Falte ich meine Hände zum Gebet, um mit Gott zu sprechen, so faltet der Gott im Tier, das als nächstes sterben wird, seine Füße zum Gebet, um mit mir zu sprechen.

Mit Gabelzweigen hielt ich die Hinterbeine eines Frosches fest, während sich die Vorderbeine vergeblich bemühten, den weichen Körper mit den großen Augen vorwärtszuschleppen. Das Fröschchen in die damalige Kinderhand nehmen, die Hand zur Faust schließen, so daß ein Hohlraum entsteht, den Kopf heben und in die Landschaft hinauslächeln, während das unruhige Tier in der Faust kitzelt. In *Neunzehnhundert* von Bernardo Bertolucci sah ich einen Jungen mit einem Kranz lebender Frösche auf dem Haupt. Wenn ich dann und wann in den Auen die Frösche mit den weißen Blasen sah, so hockte ich vor ihnen nieder und blickte ihnen in die Augen, sie hoben die Köpfe und sahen mich an, als verstünden wir einander. Meinem Vater habe ich ein ganzes Kinderleben lang nicht in die Augen blicken können. Entweder schlug er oder ich die Augen nieder. Selten setzte ich mich vor ihn hin, er brauchte ja nur den Kopf zu heben und mich anzusehen. Sitze ich aber links und rechts von ihm gleichzeitig, die eine Hälfte dort, die andere Hälfte da, so kann ich das Drehen seines Kopfes registrieren und rechtzeitig die Augen niederschlagen. Einem Frosch in den Auen habe ich so lange auf die Pupillen geblickt, bis wir beide Tränen in den Augen hatten. Töten die Menschen deshalb soviel Tiere, weil sie glauben, daß der Mensch von Gott und nicht von den Tieren abstammt? Oder töten sie die Tiere, weil sie glauben, daß der Mensch vom Tier abstammt? Die Richter sollen doch einmal einen Menschenaffen auf den elektrischen Stuhl setzen. Er hat das größte Verbrechen begangen. Aus dem Menschenaffen ist der Mensch geworden. Danach haben die Menschen Gott nach ihrem Ebenbild geschaffen und die Menschenaffen in Käfige gesperrt. Ich denke an die Hirschkuh, die gestorben wäre, wenn sich nicht der Jäger die Kugel selber gegeben hätte. Ich höre das Tier in mir atmen. Morgen werde ich im Gasthaus Hirschragout bestellen. Es ist mein Totenschmaus. Wenn die Tiere doch mit Geld in den Fleischhauereien Menschenfleisch kaufen könnten, wie die Menschen Tierfleisch kaufen. Das Fleisch der toten Tiere, das die Kinder essen, wächst in ihnen weiter. Seit ich keine Tiere mehr streichle, töte ich auch keine mehr. Ist jemals ein Tier heiliggesprochen worden? Ob der Totenvogel unter Naturschutz steht? Ein lachender und in die Hände klatschender Irrer sitzt auf dem toten Stier, der von einem Pferd aus der Arena geschleift wird. Was mich bei den Stierkämpfen stört, ist die Tatsache, daß der Stier auf jeden Fall als Toter die Arena verläßt. Die Spitzen der Hörner stoßen in die Brustwarzen des Toreros. Wenn er ihr in den Tigermantel hilft, lächelt sie dankend, während er einen enthäuteten Tiger durch den Busch laufen sieht. Aber was sie begehrt, das schenkt er ihr, selbst die Handschuhe und die Toilettentasche aus Pythonhaut hat sie bekommen. Mit dem Hermelinschwanz wärmt sie winters ihre parfümierte Halsschlagader. Ich hörte, daß der Mensch sein eigenes Fleisch nicht essen könnte, daß er es immer wieder erbrechen würde. Daß bei einer Expedition in einer Wüste oder auf einen Berg, wenn das Essen ausgeht, sich nicht jeder bei Hand oder Fuß beginnend aufessen könnte. Wir werden die Erde, diese Bestie, schon noch bändigen, sagte der Erdbebenforscher, während wir über den Heiligengeistplatz gingen, und ballte dabei seine Hände zu Fäusten. Er hielt sich, während er die Erde umschrieb, immer wieder an die Worte *Bestie* und *bändigen*, die er noch ein paarmal ausrief, während er die Fäuste zum Himmel hochhob. Was wohl die Erde mit denen, die während ihres Lebens bei der Zerstörung der Natur mitgeholfen haben, macht, wenn sie tot, in die Erde gehüllt sind? Ich stelle mir vor, daß die Arme der Baumwurzeln den Toten würgen. Wahrscheinlich lassen sich die meisten Naturzerstörer in weiser Voraussicht verbrennen. Ihr meine tapferen Krieger, ihr meine eingekleideten, uniformierten Frösche, du meine Kröte General und du mein Rekrut Laubfrosch, habt Acht! Die Frösche salutieren auf. Der Filmregisseur Jodorowsky verdreht scheu lächelnd seinen Kopf. Alte Kröte General mit dem Glasfiberstab in den Pfoten, einer kugelsicher gepanzerten Landkarte vor den Froschaugen. Alte Kröte General mit den zwei Bleikugeln in den Hoden, Oberbefehlshaber der Toten beider Weltkriege. Wie lange wäre die Schlange der getöteten Menschen beider Weltkriege? Ginge sie einmal oder zweimal um den ganzen Erdball? Weiß gekleidete, mit Margeriten geschmückte Kinder gehen zwischen den umherhüpfenden Laubfröschen Hand in Hand im Fronleichnamszug. Wenn sich die Blüten in den Glashäusern schließen, die Blumen Samen strotzen, werden wir Frösche fangen, in maßgeschneiderte Uniformen der österreichischen Soldaten stecken und in einer Reihe aufstellen. Dreihundert Hunde werden es sein, die ans Kreuz genagelt und von Mönchen durch die blütenweißen Straßen des Vormittags getragen werden. Den Zug führt der Papst mit einem gekreuzigten Lamm an. Weihrauchschwenkende Ministranten gehen neben dem Heiligen Vater. Die uniformierten Frösche, Herr General, was sagen Sie dazu? Gehen Sie mit dem Mikrophon etwas weiter von meinem Mund weg, bevor ich Ihnen dazu etwas sage. Warum? Herr General. Man soll nicht merken, daß der, der hier spricht und zum Problem der uniformierten und zahnlosen österreichischen Militärfrösche Stellung nimmt, keine

Zähne hat. Glauben Sie, man könnte für die uniformierten Sumpffrösche ein Zahnlaboratorium bauen und ihnen die Zähne derer einsetzen, die in den beiden Weltkriegen starben? Was sagen Sie dazu, Herr General, Dr. phil., Mag. theol. Philipp Kröte, außerordentlicher Professor für Schlachtfeldbotanik an der Militärakademie in Wien. Einmal vorweg gesagt, möchte ich zu Protokoll geben, daß ich Feuerfunken sprühe, wenn ich uniformierte Polizisten sehe. Ich kann nur diejenigen ertragen, die aus derselben Uniform gebacken sind wie ich. Wenn sich ein Militäroffizier und ein Polizeioffizier gegenüberstehen, treten hinter dem einen und dem anderen ihre Rekruten in Kampfstellung, aber die Muskeln tausender Polizei- und Militärrekruten haben sich umsonst angespannt, denn der Militäroffizier und der Polizeioffizier umarmen sich. Nun, Ihre Frage. Wenn ich mich recht erinnere, haben wir in Auschwitz die Goldzähne und teuren Prothesen der Häftlinge gesammelt. Es gäbe genug Zahnmaterial, das wir den uniformierten österreichischen Bundesheerfröschen vom Rekrut bis zum General einsetzen könnten. Ich für meine Teile würde eine Zehntausendmannkompanie im Sommer zur Verfügung stellen, alles auserlesene Rekruten, die wir auf die Felder, Wiesen und Wälder schicken könnten, um noch Kröten, Laub- und Sumpffrösche zu sammeln, jedem einen Einberufungsbefehl zu schreiben und sie in die maßgeschneiderte Uniform unseres Heeres stecken. Rekrut! Jawohl, Herr General. Schlagen Sie die Füße zusammen, bevor ich Ihnen eine Frage stelle. Am Heben meines Kopfes sollten Sie längst bemerkt haben, daß ich Sie ansprechen möchte. Rekrut! Jawohl, Herr General. Holen Sie mir den Naturgeschichtslehrer meiner Gymnasialzeit herbei. Er soll mir die Fröschegattungen aufzählen, damit ich mich vor dem Mikrophon nicht blamiere, denn ohne Vollständigkeit der Ordnung können wir vom Militär vor dem Volk nicht aufsalutieren. Wir leben von ihren Steuern und leisten mehr als nichts, manchmal und das sage ich mit Augenzwinkern, leisten wir sicher weniger als nichts. Aber Herr General, jedes Militär ist gut, das nichts leistet. Rekrut! Jawohl, Herr General. Ich bin im Grunde genommen der Oberbefehlshaber des österreichischen Bundesheeres. Der eigentliche Oberbefehlshaber, so steht es im Bundesgesetz, ist zwar der Bundespräsident, aber wenn ich mit meinem Fünfzigtausendmanngefolge und mit den Panzern auffahre, während aus den Fenstern aller Häuser die rotweißroten Fahnen hängen, salutiert auch der Bundespräsident im Schatten seiner Frau vor mir und meinen Friedensmaschinen auf. Holen Sie jetzt den Gymnasialprofessor, ich möchte die Froschgattungen in mir auffrischen. Es sind sicherlich auch Gymnasiasten, die Radio hören, und wenn ich eine Froschgattung nicht mehr weiß oder eine falsche aufsage, dann bessern mich die Gymnasiasten vor ihren Eltern, die den zweiten Weltkrieg miterlebt haben, aus und sagen, daß sie mehr wissen als der General. Ich habe eine blonde Perücke auf dem Kopf. Ich werfe, wenn ich in der Wiener Hofburg sitze, Prinz Eugen vom Pferd und setz mich drauf, dann kommen meine Zofen, die Rekruten, sie sind männlich und befriedigen meine weiblichen Teile. Holen Sie jetzt die Gymnasialdoktrin, ich werde diesem Magister das Notengeben mit Lipizzanerpferdepeitschen austreiben. Wahrscheinlich bin ich General und Oberbefehlshaber geworden, weil ich den Befehlen in der Schule und in der Militärakademie widerstandslos Folge geleistet habe, aber dafür leisten Sie jetzt mir widerstandslos Folge. Gehen Sie weg mit dem Mikrophon, was die zahnlosen Militärfrösche betrifft, reden wir später weiter. Kommen Sie morgen nachmittag wieder. Am Vormittag bin ich mit meiner Frau auf dem Soldatenfriedhof, man muß nämlich die Soldaten feiern, wie sie fallen. Am Grab des Unbekannten Soldaten hocken als Bischöfe und Generäle verkleidete Sumpffrösche, die in den Massengräbern laichten.

Ich habe die Einzelteile meines Kopfes in meinen Händen liegen und weiß nicht mehr, wie ich sie zusammenfügen soll. Welche Nummer habe ich gewählt, weil es in mir zu läuten begann? Ich gehe auf die Straße, wenn bei Regen die vielen Schnecken und Frösche über den Asphalt kriechen und lautlos überfahren werden, versuche ein Auto zu stoppen, ich halte an und nehme mich mit. Ich habe gelächelt, als ich ihn am Kreuz sah, und er auch. Mit den Augenlidern hat der Märtyrer gezwinkert, dann schrie er, Vater, vergib den Schaufensterpuppen, denn sie wissen, was ich tu. Ich bin der schizophrene Onkel und die Antidrepressiva ist meine Tante, die ich ficke, bis in der leeren Medikamentenflasche ein Embryo schwimmt, den ein professioneller Naturgeschichtslehrer im Hörsaal hochheben und seinen geistigen Nachkommen zeigen wird. Ich bin einer von denen, die die Welt in Erinnerung haben, denn die Welt gibt es schon lange nicht mehr. Ich höre Musik und sehe Nägel tanzen, glaubt mir, sie haben ihren Rhythmus. Wenn ich nicht schlafen kann, dann reiße ich den Schlaf aus mir heraus, richtig, ich erwische ihn wie einen Hasen bei den Ohren und zerre ihn aus meinem Leib, hol ein Messer, stech ihn ab, zieh ihm das Fell meiner Menschenhaut über und leg ihn in den Kühlschrank. Morgens esse ich meinen Schlaf, er ist mein Frühstück. Wenn ich aber schlafe, dann träume ich, daß ich nicht einschlafen kann. Manchmal laufe ich meinem

Schatten nach, um ihn am Kragen zu fassen, aber es gelingt mir nicht recht, bin erschöpft, falle zu Boden und entdecke, daß ich auf meinem Schatten liege, dann bleibe ich am Boden liegen, damit er nicht mehr aufstehen und mir davonlaufen kann. Wird die Muttergottes, die eine Kathedrale im Bauch trägt, die Turmspitze oder die Gruft zuerst gebären? So ist es, das Kind wieder sein müssen, damit man es los wird, damit es stirbt und verfault, damit man es im erwachsenen Leib zu Grabe tragen kann. Vater und Mutter weinen um dieses Kind, aber ich, der ich dieses Kind war, feiere seinen Tod, wie in manchen Ländern des Ostens der Tod gefeiert und die Geburt beweint wird. Wie die Araber bei der Trauer weiße Kleider tragen, so auch ich. Die Erde ißt und ißt, bis sie Hunger hat, nicht bis sie voll ist, je mehr sie ißt, desto weniger wird sie satt. Die vier jungen Selbstmörder tanzen zehn Zentimeter über dem Erdboden um die Erntedankkrone. Ich verbleibe bei Jakobs Grab und ernähre mich von der Friedhofserde, bis ich Magenkrämpfe bekomme und die Würmer dieser Friedhofserde in mir wachsen. Denk an seine Rute und halt sie in der Hand wie ein Zepter, schreie über deinen Thron hinaus, halt die Kugeln seiner Hoden in der anderen Hand und laß leprakranke Hunde an den Wunden deiner Füße lecken. Laß die Papyrusrolle ausbreiten und lies vor, was du morgen sagen wirst. Ich habe es satt, hinter den Schaufenstern zu stehen und zu grinsen, während mir ein neuer Mantel um die Schulter geworfen wird, morgen wieder einer und übermorgen wieder einer, aber dann und wann trete ich wie ein Vampir aus der Scheibe. Kokett hebe ich meinen Kopf, die Scheibe weiß, was sie zu tun hat, sie splittert und läßt mich durch. Ich gehe raus und hole mir die Mäntel wieder, aber nicht nur die

Mäntel allein, auch die, die Mäntel tragen. Als ich mich umdrehte, wußte ich, daß niemand an der Tür steht, ich wollte nur mich selber durch diese plötzliche Wendung erschrecken. Morgen werden wir die Zähne eines Totenkopfes plombieren, es ist der Kopf einer politischen Persönlichkeit, der aufrechterhalten werden muß, damit sich das Volk wieder beruhigt. Die Hexe steht an der Wiege Dornröschens und kündigt mit hocherhobenem Zeigefinger einen hundertjährigen Schlaf in der Intensivstation an. Der Kadaver der Maschine. Ich kann nicht leben und kann nicht sterben. Ich bin eine Kreuzung aus Kind und Greis. Ich werde eine leere Medizinflasche in Narkose versetzen. Der Vater peitscht eine rote Ameise aus seinem Wald zur Schlachtbank. Daß mich die Schwalben lieben! Längst wartet eine Schwalbe auf meiner Schulter, daß ich den Arm hebe, damit sie den Kopf unter meine Achseln stecken und die Jungen füttern kann. Gott ist von Seelen umstellt. In die Phiole, die meine tödlichen Schlaftabletten enthält, werde ich meine Asche füllen und nach Venedig überführen lassen. Chromosomen! Gehet hin und vermehret euch! Alle Menschen dieser Erde, die nach mir auf die Welt kommen, sind meine Nachkommen.

Ich sah große Fingernägel unmittelbar vor meinen Augen, ich roch Kalk, aber ich konnte das Gesicht desjenigen, der mir die Totenmaske abnahm, nicht erkennen. Auf dem Rücken eines Pferdes sitzend ritt ich mit meiner Totenmaske vor dem Gesicht den lotrechten Balken des Dorfkruzifix entlang. Im elterlichen Hof Jakobs verlor ich die Totenmaske. Sie lag vor der Haustür, ich wollte hineinlaufen, sie wieder wie eine Faschingslarve aufsetzen, aber ich hatte Angst, daß jemand hinter der Stalltür mit einem Knüppel wartet, Ich soll die Toten in Ruhe lassen, aber ich kann die jungen Toten in diesem Dorf nicht in Ruhe lassen, sonst kann es sein, daß ich selber ein junger Toter werde. Jakobs Totenmaske lag neben meiner. Ich sprang vom Pferd, faßte die Totenmaske an den Rändern, hob sie hoch, schwang mich wieder auf den Rücken des Pferdes und ritt zum Tor hinaus, die eine Totenmaske warf ich dem daherreitenden Jakob zu, die andere schnallte ich auf mein Gesicht. Jakob auf einem weißen, ich auf einem schwarzen Pferd, so reiten wir durchs Dorf, drehen am Friedhof um und galoppieren den lotrechten Balken des Dorfkruzifix wieder hoch, an meinem Elternhaus vorbei, den gewölbten Brustkorb dieses Dorfkruzifix hinauf, ich schere links aus, Jakob rechts, und beide galoppieren wir, der eine den linken und der andere den rechten Arm entlang. Jakob will das Haus, in dem Robert auf dem weizenährendekorierten Totenbett lag, noch einmal sehen. Angekommen bei den Fingern der rechten Hand, galoppiert er wieder auf mich zu, und ich galoppiere auf ihn zu. Die beiden Totenmasken starren einander ins Gesicht. Wir galoppieren die Dorfstraße wieder hinunter, kehren am Friedhof um und galoppieren die Dorfstraße hinauf, die Arme des Dorfkruzifix entlang, wieder zurück und über den gewölbten Brustkorb hinunter, drehen am Friedhof vor seinem Grab um und galoppieren noch unzählige Male dieses Dorfkruzifix, angefangen bei den Fingern, bis zum Kopf und vom Kopf bis zu den Zehenspitzen auf und ab, bis die Pferde erschöpft sind, bis ihnen Schaum vor dem Maul steht, bis sie nebeneinander mit blutunterlaufenen Augen unter den beiden Totenmaskenträgern zusammenbrechen.

Das Brot war das heiligste Lebensmittel. Ich sah es am Zorn des Vaters, wenn mir einmal ein Stück Brot vom

Tisch fiel oder wenn mir überhaupt der ganze, mit drei Kreuzen versehene Brotlaib auf den Boden fiel, dann blieb ich wie gelähmt am Tisch neben dem Vater sitzen und begann zu weinen und hatte nicht mehr die Kraft, mich bei ihm zu entschuldigen, Ich werde nicht mehr so unvorsichtig mit dem Brot umgehen, hab keine Angst, Vater, ich weiß, daß es heilig ist. Ich mache ein Kreuzzeichen, damit der Vater mich nicht mehr so böse anblickt oder mich gar schlägt, weil mir das Brot hinuntergefallen ist, denn wenn ich ein Kreuzzeichen schlage, so wagt es der Vater nicht, mich zu schlagen, denn dann schlägt er einen bekreuzigten Kindeskörper, und dann wird Jesus seinen Hals im Herrgottswinkel so weit verrenken, daß er mit dem Mund einen Nagel aus der Hand ziehen und mit der befreiten Hand den anderen Nagel herausziehen kann. Er muß nur aufpassen, daß er nicht kopfüber vom Kreuz fällt, da seine Füße noch angenagelt sind, aber nein, anstatt, daß er mit der befreiten linken Hand den Nagel aus der rechten Hand zieht, zieht er zuerst den Fußnagel heraus und steht schließlich auf Zehenspitzen in der Nische des Herrgottswinkels und bemüht sich um den zweiten Nagel und Jesus, der sooft am Bauernhof zu mir gehalten hat, wirft dem Vater das Kreuz auf den Rücken, und seither tut meinem Vater das Kreuz weh. Tausende böse Blicke hat er mir geschenkt, kein Wunder, daß sich mein eigener Blick auf das Böse dieser Welt richtet, kein Wunder, daß ich selber einen bösen Blick bekommen habe, kein Wunder, daß ich zuerst das Böse und erst viel später das Gute sehe. Manchmal habe ich beim einen oder anderen Hof im Dorf Arbeiten verrichtet, beim Heuen oder beim Stallputzen geholfen, nur um eine Jause zu bekommen, einen anderen Speck, ein anderes Brot, eine andere Wurst und einen anderen Käse, tagelang hätte ich für eine einzige Jause gearbeitet, nur um wieder einmal nach Wochen oder Monaten ein anderes Brot essen zu dürfen. Gerne habe ich dann und wann bei der Gote ein Stück Bäckerbrot genommen, es war für mich wie eine Delikatesse, denn ich habe das eigene Bauernbrot gehaßt, immer gehaßt und hasse es noch heute. Ich habe mich gewundert, warum die Sommerfrischler dieses Bauernbrot so verehrt haben, während ich es zwei Jahrzehnte lang gehaßt habe. Vielleicht habe ich dieses Brot deswegen gehaßt, weil ich wußte, solange Brot im Hause ist, kann ich nicht verhungern, aber trotzdem bin ich manchmal in Hungerstreik getreten, habe mich zu Essenszeiten einfach nicht blicken lassen, war in der Kirche, im Wald oder am Fluß, aus Protest gegen den Hof und gegen das Bauernbrot, aber wenn ich spürte, daß der Hunger wie Feuer aus meinem Rachen loderte, wenn ich gebückt, die Hand auf dem Bauch, nach Hause gekommen bin, dann habe ich das Brot doch wieder gegessen. Einmal habe ich tagelang nichts als Hostien gegessen, sie einfach in der Sakristei aus den braunen Schachteln gestohlen, nachdem ich den Ministrantenmantel um meine Schultern geschlagen oder die Totenglocke gezogen hatte. Niemals habe ich zur Mutter gesagt, daß ich dieses Bauernbrot hasse, ich habe das Stück Brot in die Hände genommen und andächtig betrachtet, als käme es von ihrem eigenen Leib. Ich habe mich aber auch vor dem Bauernbrot gefürchtet, denn ich wußte, daß es heilig ist, und vor allem, was heilig ist, habe ich mich gefürchtet, es hat mir Schrecken und Angst eingejagt, hat mich aber auch beruhigt, besonders dann, wenn ich den Schrecken und die Angst haben wollte, wenn ich danach wieder Sehnsucht hatte, denn auch heute kann ich ohne Schrecken und Angst nicht leben.

Siehst du, spottete der Gustl, ich habe schon einen Bart, du aber nicht, du wirst nie einen Bart bekommen, du *Halbweib.* Halbweib war ich also und half der Mutter bei den Hausarbeiten. Seppl, kehr die Labn aus, und Seppl ging und griff nach dem Besen, der in der Ecke am äußersten Ende der Labn stand, zog ihn nach sich und begann ganz oben, am Eingang des Hauses, hörte ganz unten, am Ausgang des Hauses auf und ließ einen Haufen Schmutz zurück, der nicht rauchte, denn es war nur der Staub, die Strohhalme, es waren kleine Sandkörner und kleine Erdklumpen, die ihr, meine Brüder, vom Feld, vom Stall, vom Hofboden in die Küche mitgenommen hattet, und ich mußte euren Dreck wieder nach außen schaffen, den Dreck der Pine, des Knechts, des Vaters, der Brüder, ich kehrte und kehrte, bis alles sauber war. Ich war das *Kindermädchen,* denn ich zog mit meinem neugeborenen Bruder über die asphaltierte Dorfstraße, ich ging mit ihm auf die Felder, und Raben flogen über unsere Köpfe, über seinen kleinen, fast kahlen Kinderkopf und über meinen doppelt so großen Bubikopf, und wir gingen und staunten den Fischen in ihre sich öffnenden Mäuler, und nachts keuchten sie in meiner Seele, wenn ich mich ängstlich an den Rücken meines Bruders klammerte, der mit mir länger als ein halbes Jahrzehnt das Bett teilen mußte, ich steckte dann und wann meinen Kopf ins Maul des Fisches und brachte mit meiner Zunge die Schwanzflosse zum Wedeln. Ich war das *Waschweib,* denn ich hatte einen weißen Fetzen um den Bauch gebunden und half meiner Mutter beim Säubern des Geschirrs, die Schwester war zu dieser Zeit in der Haushaltungsschule Litzlhofen und kam nur selten nach Hause. Ich räumte die abgenagten Hühner- und Schweinsknochen von meines Vaters Teller, vom Teller der Brüder, der Pine und des Knechts, und aus der Katzenschüssel räumte ich die säuerlich gewordene Milch. Ich war das Waschweib mit dem kleinen Bruder an der Brust, und wir gingen die asphaltierte Straße hinauf und wieder hinunter und wieder hinauf, aufs Elternhaus zu, denn ich muß jetzt wieder, mein lieber Bruder, Vaters Geschirr säubern, der Brüder Geschirr säubern, *es ist*, wie sie sagten, ein *Mädchen in ihm schiefgegangen*, und außer mir lachten alle. Die eingekleidete russische Puppe in mir, die ganz kleine, die niemand sehen, geschweige denn fühlen kann, begann zu kichern, Ein Mädchen ist in mir schiefgegangen, murmelte es aus meinem Magen herauf, ein Mädchen, und ich gehe mit dem Besen durchs Haus, mit dem Bruder über die Stoppelfelder, ja, da laufen wir, laufen allen davon, obwohl uns niemand verfolgt, aber wir laufen und laufen, und irgendwo im Dickicht entkleide ich mich. Ich zeigte meinem kleinen Bruder mein *Wibele*, so nannten wir das Kindergeschlecht, und sagte zu ihm, Ein Mädchen ist in mir schiefgegangen. Wie der Vater die Ferkel schneidet, so wird er auch mich schneiden, weg mit dem Wibele, denn ich will ein Mädchen sein. Ich hockte am Ufer der Drau und zerrte an meinem Geschlecht, ich wollte es ausreißen und das blutende Loch in meinen Hüften meiner Mutter zeigen und sagen, daß nun ein Mädchen aus mir geworden ist. Die Mutter würde mir die übriggebliebenen Kleider der Schwester aufs Bett legen, und ich würde abends als Bube einschlafen und morgens als Mädchen aufwachen. Gehen wir weiter, hinunter in die Auen am Ufer der Drau entlang, dort sind wir allein, du und ich und die Heuschrecken, die wir manchmal töten, und die Frösche. Wenn sie sich aufblasen, streck ich meine Hand und sage, Schau, siehst du, wie sich der

Frosch aufbläht, hörst du sein Quaken, schau in seinen zahnlosen Mund, Vater hat auch keine Zähne mehr. Ich zeig dir die Kaulquappen, siehst du, wie Spiralen schwänzeln sie dahin, stiften Unruhe an der Oberfläche des Wassers, und unruhig kreisen unsere Augen die Schlingen ein, die sich mehr und mehr ausdehnen, denn auf des Frosches Kopf ist ein Steinchen gefallen. Vielleicht fiel es aus meiner linken Hand, die manchmal ausholt, um den Vaterfrosch abzufotzen. *Fotze* nannten wir die Ohrfeige, und der Lehrer sagte einmal forsch zu seinem Sohn, Du bekommst gleich eine Ohrfeige, und siehe da, ich zuckte zusammen, fuhr mit meinem Kopf einen halben Meter nach hinten und sah, wie der Lehrer seinem Sohn, dem Wernigerich, eine Fotze gab, und nickte wissend mit meinem Kopf, das also ist eine Ohrfeige. Du kannst froh sein, daß du auf der Welt bist, sagte der Vater, daß du auf zwei gesunden Beinen stehen kannst und daß du lernen darfst. Sei froh, daß du ein paar Hände zum Beten hast, damit dir das tägliche Brot geschenkt werde, denn arbeiten kannst du sowieso nicht, du Waschweib, du Kindermädchen. Der Pfarrer soll dich adoptieren, du schwänzelst ohnehin dauernd hinter ihm her, du Erzministrant. Wir gehen weiter, wir verlassen die Kaulquappen, die unfertigen Frösche, die wir im Frühjahr neben den Köpfen der Sumpfdotterblumen bewunderten und quälten, die wir fingen und im heißen Sand, wo eine Sandviper ihre Eier hinterlassen hatte, hinlegten und sterben ließen. Ich weiß, daß wir im Mutterleib gelegen haben, komm nur einmal raus in den Stall und schau in die Augen einer Kuh, wenn Schleim und Blut und dieser eigenartige Sack aus der Scheide treten, komm mit, wenn der Vater, der Knecht, die Pine und die Brüder rufen, Die Kuh kälbert, dann ahnst du, woher wir gekommen sind, niemand sagte es uns, der Lehrer und die Mutter nicht, der Pfarrer und die Pfarrerköchin nicht, alles müssen wir selber erforschen. Einmal, da lagst du in Paternion im Gebärhaus, in einem kleinen Bastkorb neben vier oder sechs anderen Knäblein, und da fragte mich die Hebamme, die Frau Patterer, welches von diesen Kleinen nun eigentlich mein Brüderchen sei, und ich blickte euch ins Gesicht, alle schliefen, du auch, und ich hob den Zeigefinger und sah die Hebamme an und sagte, Dieses! Nein! sagte sie, Das ist es, das ist dein Brüderchen, und ich blickte auf dein Gesicht und verglich es mit einem anderen und schrie, Nein, Frau Patterer, das ist mein Brüderchen und nicht dieses hier, das ist mein Brüderchen, ich habe richtig geraten, das muß mein Brüderchen sein. Ich blickte dich lange an und ging zu unserer Mutter, die im Wochenbett lag, über die Stiege hinauf und blickte ihr ins Gesicht. Ich fragte die Mutter, Wird sie dir wohl das richtige Kind mitgeben? Sie deutete auf einen anderen Babykorb, und ich weinte und schrie, Nein, Mame, das kann nicht sein. Ich zerre dich aus dem Wochenbett in die Stube, und wenn du stirbst, ich zerr dich runter, ich will wissen, welches mein Brüderchen ist. Wenn du überlebst, dann helfen wir dir, ich und mein Brüderchen, in der Küche beim Fleischzubereiten und beim Milchkaffeemachen, abends und morgens und mittags helfen wir dir beim Aufkochen des Polenta, den wir alle nicht lieben. Gerne hätte ich gesagt, daß wir den Polenta lieben, aber wir lieben ihn nicht, wir bereiten ihn dem Vater zu, wir wärmen ihn auf und führen selber einen Löffel nach dem anderen zum Mund und stopfen unsere Mäuler voll und gehen dann wie so oft aufs Scheißhaus und spucken wieder alles hinunter und ziehen dem Vater und den anderen Brüdern, dem Gustl, dem

Siegfried und dem Michl die leere Polentaschüssel unter der Nase weg und waschen das Geschirr ab. Im Namen des Vaters und der Brüder, der Pine und des Knechts räumen wir den Dreck außer Haus. Komm, Mame, gehen wir runter und zeig mir das Brüderchen. Vielleicht hat die Hebamme das Kind ausgetauscht, als du vor Schmerzen schriest. Blut tropfte auf die Plastikunterlage, dort, wo dein nackter Unterleib lag, du hast deine Hände zu Fäusten gemacht, den Schmerz zwischen den Zähnen zerbissen, vielleicht warst du ohnmächtig, und die Frau Patterer, die alle freundlich grüßen, die, man möchte es glauben, alle liebten, alle hatten Angst und Respekt vor ihr, wie vor dem Priester, sie waren die Schlüsselfiguren in der Gemeinde, hat dir ein falsches Kind gebracht, es lag doch noch eine andere Frau in deinem Zimmer aus der Nachbargemeinde, vielleicht hat sie die Kinder ausgetauscht, vielleicht wollte sie mein Brüderchen haben. *Untersteh dich und mach das noch einmal*, sagte meine Mutter zu mir, wenn sie mir irgendetwas verbieten wollte. Untersteh dich und nimm das falsche Brüderchen mit nach Hause, dann ist der Teufel los. Warte nur, bis der Vater kommt und deine Schandtaten sieht, dann ist der Teufel los, sagten meine Brüder und meine Schwester. Als ich schon erwachsen war und tun und lassen konnte, was immer ich wollte, sagte der Vater, *Mach uns keine Schand*, und wenn der Vater eine Schandtat begangen hat, dann sollen meine Brüder und meine Schwester zu ihm sagen, Warte, bis der Sepp nach Hause kommt, dann ist der Teufel los. Dann bekommst du Schläge, bis du blaue Würste am Arsch haben wirst. Als ich einmal, nachdem ich beim Onkelerwin Briefmarken gestohlen hatte, von meiner Mutter über den Stuhl gelegt worden war, da zogen meine Brüder und meine Schwester, als wir schlafen gingen, die Unterhose vom Leib und riefen, Er hat blaue Würste am Arsch, seht seine blauen Würste am Arsch, und ich schrie, daß ich keine blauen Würste am Arsch habe, daß ich die Briefmarken, obwohl ich sie gestohlen, nicht gestohlen habe. Wenn ich Briefmarken sehe und Briefmarkensammler in die Augen blicke, sehe, wie sie sehnsüchtig die Fotografie einer blauen Mauritius betrachten, dann denke ich noch heute an meine blauen Würste am Arsch. Eine dieser ungestempelten Fünfziggroschenbriefmarken hatte ich dummerweise, und das war es, was mich verraten hatte, an eine Herdplatte geklebt, und als mich der Onkelerwin fragte, wer denn diese Briefmarke auf die Herdplatte geklebt hat, sagte ich, Die Aichholzerlore war es, dieses Luder, sie ist frech, schlag sie, bis sie blaue Würste am Arsch hat, sie soll keine Briefmarken stehlen und auf die Herdplatte kleben, nein, das soll sie nicht tun, und wenn sie es tut, dann soll sie nicht sagen, daß ich es getan habe. Jetzt noch sehe ich die Mutter vor mir, wie sie die Rute mit der roten Schleife vom Kleiderhaken nahm, den Stuhl in die Mitte der Küche zog, und, Leg dich drauf, sagte. Ich stand aber sofort wieder auf und lief zur Tür hinaus. Kommstduher! Hierher! Hosenhinunter! Ich ging hin und sie legte mich mit dem bloßen Arsch über den Stuhl, ohne zu fragen, ob ich denn wirklich diese Briefmarken gestohlen habe. Ich wollte auf sie zuschreiten und sagen, Mame, der Onkelerwin, ich habe von ihm ... Ich wollte ihr beichten, denn wenn man beichtet, werden einem alle Sünden verziehen, dann soll die Mutter vor mir niederknien wie vor dem Priester, der ihr die Sünde, mich auf die Welt gebracht zu haben, abnimmt. Aber ehe ich meine Sünde beichten konnte, legte sie mich über den Stuhl. Das Fürchterlichste dabei war das Aufknöpfen der Hosenleiter, das Aufknöpfen des Hosenschlitzes und das Hinunterziehen der Über- und Unterhose. Sofort legte ich mich über den Stuhl, damit sie mein Geschlecht nicht betrachten konnte. Der Pfarrer schlägt mich doch auch nicht, wenn ich ihm sage, daß ich Vater und Mutter nicht geehrt habe, sondern sagt zu mir, Bete zwei oder drei Vaterunser, dann wird dir Jesus verzeihen. Sage ich zum Pfarrer im Beichtstuhl, daß ich den Vater verunehre, freut er sich insgeheim, denn Vater und Priester verachten einander, heben höchstens die Hüte und nicken freundlich, wenn sie aneinander vorbeigehen. Ich verunehre den Vater, ich möchte, daß ihn Gott zu sich nimmt, ich möchte mit meiner Mutter alleine sein, ich möchte mit meiner Mutter auf dem Dachboden des Pfarrhauses leben oder im Glockenturm der Kirche, hilf mir, Herr Pfarrer, ich will nicht mehr des Vaters, des Knechts, der Pine und der Brüder Dreck aus dem Haus tragen, ich will nicht mehr die Prunzkachel der Enznoma aufs Klo tragen, ich will ihr nicht mehr vom Leibstuhl helfen und den rostigen Eimer, in dem ein paar ihrer Kotpatzen liegen, aufs Klo tragen und den Eimer in der Saukuchl auswaschen, wo die Pine unter dem verkehrt aufgehängten Melkeimer sitzt und ein Gebet spricht, bevor sie zu den Tieren in den Stall geht. Ich will nicht mehr das dreckige Waschweib und das Kindermädchen sein, ich will nicht mehr meinen kleinen, neugeborenen Bruder mit mir herumschleppen, in den Wald hinauf und in die Auen hinunter. Oft, Herr Pfarrer, bin ich mit meinem kleinen Bruder, dem Adam, in den Wald hinauf, beim Pfarrhof vorbeigegangen und habe die eingezäunten mageren Hühner gesehen, sie hoben ihre Köpfe, wenn wir stehenblieben. Ich habe euer einziges Schwein im kleinen Stall grunzen gehört und zum Adam gesagt, Hörst du, das ist das Schwein des Pfarrers und der Pfarrermarie. Sie haben nur ein Schwein, aber viele Hühner. Ich bin mit meinem kleinen Bruder in den Wald gegangen und habe von einem Hügel aus auf deinen Hof geblickt. Ich habe gesehen, wie du mit gefalteten Händen vor der selbstgemalten Madonna auf dem Hausrücken niedergekniet bist. Ich habe deine Lippenbewegungen beobachtet, wenn ich schon das Gebet, das du sprachst, nicht hören konnte. Mein kleiner Bruder hat mein Hemd, das voller Kinderschweiß war, denn mein Herz schlug heftig, als ich dich beim Beten und bei deinen Malereien beobachtet habe, geöffnet, er nahm meine linke Brustwarze in den Mund und wollte Milch rausziehen. Er zog und zog an meiner linken Brustwarze und versuchte, nachdem er keinen Tropfen auf seine Lippen bekam, die rechte Brustwarze in den Mund zu nehmen, aber ich sagte zu ihm, Da geht keine Milch raus, ich habe keine Muttermilch, aber er verstand mich nicht, er war erst ein paar Monate alt. Schau runter, siehst du den Pfarrer, er malt jetzt wieder ein Kinderbild. Oft fand ich in den Gesichtern seiner gemalten Kinder meine eigenen Gesichtszüge. Einmal sah ich mich sogar doppelt, in den Gesichtszügen eines Kindes, das über die Brücke schritt, und in den Gesichtszügen des über diesem Kind schwebenden Schutzengels. Ich habe gesehen, Herr Pfarrer, wie die Pfarrermarie aus dem dunklen, kühlen Gewölbe des Pfarrhofes kam und dir einen Kaffee brachte, während mein Bruder zu schreien begann, weil er keinen Tropfen Milch auf die Lippen bekam. Ich habe ihm, Herr Pfarrer, den Mund zugehalten, er sollte uns doch nicht verraten, ich wollte dich und die Pfarrermarie beobachten. Ich habe meinen kleinen Bruder gestreichelt, eine Ameise über meine Hand laufen lassen. Als er sie sah, hörte er zu schreien auf und beobachtete das krabbelnde Tier auf meiner Haut, während ich meinen Kopf hob und auf deinen Rücken und auf deinen Hinterkopf blickte und auf die Bewegungen deiner zwischen Daumen und Zeigefinger herausstehenden Pinselspitze. Manchmal bist du zurückgetreten und hast von links und rechts dein Heiligenbild betrachtet. Das Schreien der Hähne habe ich auch auf dem Pfarrhof gehört, Und abermals krähte der Hahn, sagte ich dann zu meinem kleinen Bruder, der auf meinem Schoß hockte und mit seinen Fingern spielte. Manchmal, und ich beichte jetzt wieder, Herr Pfarrer, wollte ich meinen kleinen Bruder über den Wasserfall unseres Bergbaches werfen, ich wollte ihn loswerden, denn ich sah, wie die anderen Kinder fußballspielten, ich sah wie sie als Indianer verkleidet mit einem Holztomahawk am Pfarrhof vorbei in den Wald gingen, ich wollte dabeisein, aber ich mußte auf meinen kleinen Bruder aufpassen. Ich wollte dem Kreuzbauerjakob beim Bau unserer Indianerhütte helfen, ich wollte endlich meine aus Jutesäcken zusammgeschneiderte Old Shatterhand-Kleidung fertigbringen, aber ich mußte zusehen, wie mein kleiner Bruder, wenn er auf meinem Schoß hockte, immer wieder mit seinen Lippen nach meinen Brustwarzen suchte. Hätte ich ihn über den Bergwasserfall hinuntergeworfen, wäre ich wahrscheinlich nachgesprungen oder ich wäre vielleicht nach Hause gegangen und hätte zur Mutter gesagt, Ich bin oben beim Wasserfall ausgerutscht und habe mich noch im letzten Moment an einer Fichtenborze festhalten können, aber der Adam ist hinuntergefallen, er ist tot. Vielleicht hätte ich den Leichnam meines Brüderchens aufgehoben und nach Hause getragen und wäre auf dem Melkschemel gesessen, klageschreiend, eine Pietà. Der Vater hätte mich aufs

Kreuz genagelt, denn er liebte unseren kleinen Adam, er war unser lebendiges Spielzeug, und all unsere Liebe stopften wir in ihn hinein. Aber ich wäre nachgesprungen und man hätte mich und meinen kleinen Bruder nach Tagen und Nächten mit zertrümmerten Schädeln im Bachbett, zweihundert Meter ober dem Engelmaier aufgefunden. Ich will nicht mehr, Herr Pfarrer, dem Vater und den Brüdern helfen, die Eingeweide aus dem offenen Leib eines toten Schweines zu zerren. Ich will nicht mehr die Hahnenköpfe aus dem Stall räumen, einen in der linken, einen in der rechten Hand, und zum Misthaufen tragen. Ich will nicht mehr rückwärtsgehen, mich schnell umdrehen und davonlaufen, wenn ich den Vater sehe, ich will nicht mehr. Meinen roten Ministrantenmantel hatte ich um meine Schultern geschlagen und hockte vor dem Kleiderkasten, aß und aß die Hostien aus den kleinen braunen Schachteln, die unter dem Saum der Ministrantenmäntel im Ministrantenkleiderkasten lagen. Manchmal habe ich meinen Kopf gehoben und zur Seite geblickt, um zu sehen, ob du, Herr Pfarrer, mir dabei zusiehst. Einmal hatte ich den Eindruck, daß du mich ertappt hast, aber du hast kein Wort gesagt. Es war doch keine Sünde, den Leib Christi hundertmal vor der Messe zu essen. Wirst du auch einmal von meinem Leib eine Hostie anfertigen lassen und die Dorfleute zur Kommunion rufen? Die Mutter legte mich über den Stuhl und schnalzte mir die feine Rute über die Arschbacken, die sofort glühten, und ich schrie, Nein, Mame, ich werde es nicht mehr tun, und sie schrie, Wirst du das noch einmal machen? Nein, ich werde es nicht wieder tun, und sie schrie wieder, Wirst du das wohl nicht mehr machen, und sagte diesmal schreiend das Wort *wohl* dazu. Nein, Mame, ich werde vom Onkelerwin keine Briefmarken mehr stehlen, und murmelte dabei in mich hinein, Ich erschlag diese Sau, wegen ein paar Briefmarken zeigt er mich bei der Mame an und bezichtigt mich im Dorf als Dieb. Ich schrie wieder und wieder, Nein, Mame, nein, hör jetzt auf. Wirst du das wohl nicht noch einmal tun? Nein, Mame, nein, und sie hörte endlich auf, und ich zog meine Hose hinauf und hielt die Hände auf meine Hinterbacken und ging auf Zehenspitzen, als hätte ich Scheiße in der Hose, in mein Zimmer hinauf, legte mich nieder und begann, träumend die Hand meiner Mutter zu liebkosen und in sie hineinzubeißen. Ich lege meinen Kopf auf die Mutterhand, sie riecht nach frischen Erdäpfeln, sie riecht nach Zwiebeln, und wenn die Mutter Zwiebeln schneidet, weint sie über ihre Seelenschmerzen, nicht nur über den in den Augen ätzenden Zwiebelgeruch. Nach diesem Briefmarkendiebstahl habe ich das Bauernhaus Onkelerwins wochenlang nicht mehr betreten. Auch die Frau des Lehrers hat mich am nächsten Tag wieder gefragt, Du kannst doch mir sagen, ob du die Briefmarken gestohlen hast oder nicht, ich erzähle es ja niemandem weiter. Ich erinnere mich genau, wie wir im Garten auf einem Holzblock saßen. Nein, ich habe die Briefmarken nicht gestohlen. Ich hielt zwischen meinen kleinen Händen das Butterbrot meiner Mutter, wie zum Gebet waren die Hände geschlossen, dazwischen hielt ich das Brot des Herrn, das er uns jeden Tag aus den Mutterhänden gab, und biß davon ab, während mich die Frau Berghuber unablässig quälte und sagte, Du hast doch die Briefmarken gestohlen, sags mir nur, ich erzähl es niemandem weiter, aber ich bin hart geblieben, bis zum heutigen Tag, Nein, ich habe die Briefmarken nicht gestohlen. Denke doch einmal nach, du warst doch gestern beim Aichholzer, du bist doch in Onkelerwins

Schreibstube gegangen, du hast doch die Lade aufgemacht, das Papier herausgenommen, hast Briefmarken herausgenommen, und eine Briefmarke hast du auf die kalte Herdplatte geklebt, und die anderen Briefmarken hast du dem Lehrerklaus geschenkt, der ein Briefmarkensammler ist. Ich schüttelte den Kopf und war es längst müde zu sagen, Ich habe die Briefmarken nicht gestohlen. Ich stand vom Holzblock auf und lief unter die anderen umhertollenden Kinder, denn ich hatte mein Pausenbrot gegessen, jetzt kann ich laufen und springen. Jetzt kann ich mich nicht mehr verschlucken, jetzt habe ich mein Butterbrot bereits im Magen, jetzt kann mir nichts mehr passieren, jetzt kann ich den Mund öffnen und spüren, wie der Wind in meinen Magen dringt und die Brotbrocken durcheinanderbringt. Nein, ich habe keine Briefmarken und kein Schreibpapier gestohlen, keinen Bleistift und kein Geld, nichts, rein gar nichts habe ich gestohlen.

Ich erinnere mich, wie die Mutter mit eingebundenem Kopf, bleich und mit Ringen unter den Augen über den asphaltierten Dorfstraßenhügel ging, sich vorwärtstastete mit ihren schwachen Beinen, die voller Krampfadern sind. Sie kam zur Tür herein, stellte ihre grüne Plastiktasche auf die Bank und setzte sich nieder. Sie leerte die Tasche aus und stapelte die neuen Medikamente ins oberste Fach der Kredenz, das voll war von leeren und gefüllten Medizinfläschchen. Verbandszeug lag oben, Watte und Leukoplast. In diesem Fach lagen auch meine Eisentabletten, die ich täglich nach dem Mittagessen einnehmen mußte. Einmal fiel diese schlecht montierte Kredenz, vollgeladen mit Kaffee-, Teeschalen, Tellern und der Medizin, zu Boden. Meine Eisentabletten lagen unter der Medizin meiner Mutter. Alles Geschirr war zerbrochen, viele Tabletten zerbröselt. Ich liebte die

Blitze, wenn sie sich über dem Knotenpunkt des Dorfkruzifix kreuzten, so daß zwei sich über dem Dach
meines Elternhauses kreuzende Blitze wie ein leuchten-
des, blaues, kurz aufflammendes Kruzifix standen und in
den Kopf Jesu einschlugen, als der Blitz tatsächlich
einmal von der Kirchturmspitze hinunter in den Kirchen-
rumpf fuhr und ein paar Heiligenfiguren streifte. Wenn
der Blitz über den Spitzen der Fichten in Mensch und
Tier Unruhe stiftete, wenn es hagelte, wenn Vater und
Mutter betend am hinteren Ausgang des Hauses oder
Vater alleine am offenen Stalltor standen und in den
Himmel hinaufblickten, dann fühlte ich mich wohl, dann
beherrschte die Natur die Menschen und Tiere und nicht
mehr die Menschen und Tiere die Natur. Dann hatte ich
die Hoffnung, daß andere Zeiten kommen, daß es regnet
und regnet, nie mehr aufhört, alles überschwemmt ist,
Vater und Mutter ihre Söhne unter ihre Füße legen, um
ihren eigenen Ertrinkungstod hinauszuzögern. Ich fragte
meine Mutter, ob denn die Welt untergehen könnte, aber
ich fragte sie nie nach dem Weiterleben nach dem Tode,
denn ich hatte am Leben keine besondere Lust und schon
gar kein Interesse am Weiterleben nach dem Tode.
Jedesmal, was immer es war, gab mir die Mutter zur
Antwort, daß sie es nicht wisse. Der Lehrer erzählte, daß
die Menschen, bevor sie erforschen konnten, daß die
Welt eine Kugel ist, glaubten, daß unsere Welt eine
Scheibe ist, an ihren Enden mit Brettern beschlagen. Ich
sagte zur Mutter, daß wir, wenn die Erde keine Kugel,
sondern eine Scheibe wäre, die an ihren Enden mit
Brettern beschlagen ist, vor den rostigen Nägeln stehen
und zusehen könnten, wie zwischen diesen hochaufra-
genden Brettern das fremde Wasser des Meeres und das
bekannte Wasser aus unserem Rohrbrunnen zusammen-

fließen würden. Gerne hätte ich meine Mutter gefragt, ob ich nachts wieder zurückkommen könnte zu ihr, von woher ich vor vielen Monaten gekommen war, nur nachts, Mutter, und morgens mußt du mich neu gebären. Jeden Morgen käme die Frau Patterer, jeden Morgen käme die Gote, sie würde Geburtshilfe leisten, wie damals. Wenn du mich zehn- oder zwanzigmal auf die Welt gebracht hättest, wäre ich an deinem Schleim und Blut erstickt oder an meinem eigenen Kot, der wie eine goldene Krone von Fliegen umrandet war, wenn wir, Hinterbacken an Hinterbacken, ein zusammengedrehtes, rauchendes Häufchen unter unseren weißen Ärschen ließen.

Leicht kann ich mir vorstellen, wie ich mich in deinem Bauch wie ein Raumschiff um die eigene Achse drehte. Neun Monate lang blickte ich aus deinem gläsernen Bauch wie aus einem Fenster ohne Kreuz auf ein Fenster mit Kreuz und aus diesem Fenster, wenn du vor dem Fenster gestanden hast, wiederum auf das Fenster des Nachbarhauses, an dem die schwangere Nachbarsfrau stand und zu dir herüber blickte. Du hast das Fenster geschlossen, genickt und gelächelt, freundlich wie du immer warst, zu jedem Mensch, zu jedem Tier. Du gingst in das Schlafzimmer hinauf, und ich blickte, den Kopf senkend, auf die Stufen der Stiege und auf deine Schuhspitzen, die sechzehnmal vorzuckten. Oben angekommen, blickte ich aus deinem gläsernen Bauch auf die dunkelbraune Tür eures Schlafzimmers, in dem ich aus einem häßlichen Vatersamenkorn wuchs. Ich blickte auf diese Klinke, während du sie niederdrücktest, die Tür ging auf, und wir beide, ich in dir, gingen hinein, zu Vaters Nachttisch hin, denn dort war seine kohlrabenschwarze Brieftasche verborgen. Der Vater braucht Geld, er wird einen Sack Zucker und zwei Säcke Mehl kaufen, und ich sah, wie du den Schein herausnahmst, die Nachtkastenlade schlossest, dich umdrehtest, wie mir in dir einen Augenblick schwindlig wurde, denn deine Wendung war abrupt, und wie wir beide über die sechzehnstufige Stiege wieder hinuntergingen. Gemeinsam gingen wir am offenen Kellerloch vorbei, öffneten die Küchentür und schritten stolz, obwohl ich Kopfweh hatte, auf den Vater zu und gaben ihm den Schein in die Hand. Der Vater drehte, wie man so sagt, jeden Schilling dreimal um, bevor er ihn ausgab. Die Mutter drehte sich wieder vom Vater weg, das heißt, wir drehten uns gemeinsam vom Vater weg, sie hatte noch die Schweine zu füttern und die Hühner auch. Es waren doch auch schon meine beiden älteren Brüder und meine Schwester auf der Welt, der Siege und der Gustl und die Martha, im ersten Stock hockten der Enznopa und die Enznoma in ihren Zimmern und warteten auf die Nachmittagsjause. Aber noch bevor sich die Mutter vom Vater wandte, blickte sie ihn, der einen Hundertschillingschein in den Händen hielt, verlegen an. Sie forderte ihn förmlich zum Kuß auf, und ich sah, meine Brüder, das erste Mal in meinem Leben aus dem gläsernen Bauch meiner Mutter blickend auf den sich zuspitzenden Mund meines Vaters mit dem kleinen grauweißen Hitlerbärtchen auf seiner Oberlippe. Ich ballte meine kleinen Fäuste und bereitete sie zum Schlag auf die Hitleroberlippe des Vaters vor. Ich ließ den Faustschlag bleiben, ich senkte meine Hand mutlos wieder und ließ es zu, wie sich meine junge Mutter küssend den Vaterlippen hingab, er geht jetzt fort, er wird sich auf sein hohes Traktorroß setzen, den einen Fuß vorstrecken, die Kupplung treten und starten. Ich blickte hinauf und sah die Kinnspitze meiner Mutter, ich sah, daß sie ein wenig lächelte, es könnte sein, daß ihm etwas passiert, daß er mit dem Traktor über eine Böschung stürzt, sie muß denselben Gedanken in sich haben wie ich, denn ich bin nicht Ich, sondern immer noch sie und kann nicht weinen, wenn die Mutter nicht weint. Ich winke nun, meine embryonale Kinderhand hebend, dem Vater zu, er sieht mich nicht, er weiß nicht, daß der Mutterbauch gläsern ist, aber dennoch winke ich, und er fährt mit dem Traktor los, und die Mutter und ich bleiben eine Zeitlang am Fenster stehen und blicken auf den Rücken meines werdenden Vaters, er wird immer kleiner und ich im Mutterleib werde größer und größer, während er fortfährt. Wir blicken auf den Auspuff des Traktors, auf die kleine Rauchfahne und warten noch einen Augenblick, es kann sein, daß jetzt wieder die Nachbarsfrau am Fenster des Nachbarhauses auftaucht, und dann werde ich wieder auf den schwangeren Bauch der Nachbarsfrau blicken und erkennen, daß auch ihr Bauch gläsern ist, und das Embryo der Nachbarsfrau und ich werden einander anblicken und einander umarmen wollen. Es sind Fleisch und Blut meiner Mutter, die ich nicht durchbrechen kann, ich will sie nicht töten. Würde jemand einen Stein auf die Mutterbäuche werfen, so wäre es wahrscheinlich um uns geschehen, wie Fische aus einem kaputten Aquarium würden wir vor die Mutterfüße fallen. Wir könnten noch aufeinander zukriechen und uns küssen, und dann würden wir verenden wie die zappelnden Fische im Moos am Rande des Dorfbaches. Ich blickte aus dem gläsernen Mutterbauch auf den Wasserspiegel einer Gebirgsbachmulde und sah, wie der Vater Fisch um Fisch aus dem Wasser zog. Ich faltete meine schleimbedeckten Hände, denn jedesmal, wenn ein Mensch oder ein Tier starb, hatte ich Gott vor Augen und seine tintigen Engel, und sprach ein Gebet, das Mutter und Vater vor dem Einschlafen im Chor gesprochen haben. Ich hörte ihnen wochenlang zu, ich spitzte meine embryonalen Ohren und lernte dieses Gebet auswendig und spreche es jetzt, während ich zu Vaters Füßen Fische verrecken sehe, nach. Die Mutter wird die Fische entgräten, braten, auf den Teller legen, essen, und ich werde am Ende ihrer Speiseröhre hocken, meine Hände zu Bettlerschalen aneinanderlegen und alles, was kommen mag, hineinfallen lassen und das Vorgekaute wiederkäuen, bis daraus mein Darm entsteht. Nachts, wenn sie schlief, stand ich manchmal im Bauch meiner Mutter auf, wollte die Decke zurückwerfen, die über ihr lag. Ich wollte immer wieder das phosphoreszierende, grüne Kruzifix, das über dem Spiegel an der Wand hängt, betrachten, ich wollte sehen, welche Grimassen der phosphoreszierende Gekreuzigte schneidet, während meine Eltern schlafen. Ich wollte aufstehen und ans Fenster gehen, ich wollte auch auf den uralten Laubbaum blicken, Totenvogelaugen wollte ich sehen, nachts, wenn meine Mutter auf dem Bauch oder auf dem Rücken im leinenüberzogenen Strohbett lag. Verzweifelt wühlte ich in ihr, ich wollte ihr zu verstehen geben, daß ich in die Nacht hinaus will, wenn die Hitze im Dorf abkühlt. Die Mutter drehte sich im Bett, sie klagte über Bauchschmerzen, und ich wälzte mich und wollte ihr wieder und wieder zu verstehen geben, daß ich ans Fenster geführt werden möchte, ich will wenigstens in die Dunkelheit hinausblicken. Ich schlug mit dem Kopf gegen die Bauchdecke der Mutter, mit der Faust und dem Ellenbogen. Ich weckte meine Mutter wenigstens auf, sie sagte zum Vater, daß sie Bauchschmerzen habe, daß es ihr nicht gut gehe, der Vater griff mit seiner groben Hand unter das Nachtkleid der Mutter, das aus Seide war, und wäre es aus grobem Leinen gewesen, ich würde trotzdem sagen, daß ihr Nachthemd aus Seide und parfümiert war, und ich sah die große Hand des Vaters auf der Bauchdecke der Mutter. Ich zählte seine groben Finger und wie sollte ich anders als grinsen, denn ihr erinnert euch, an einer Hand hat er nur vier Finger. Er strich mit dem Krüppel seiner Hand über den Bauch meiner werdenden Mutter. Auch ich spürte ein wenig diese Zärtlichkeit und beruhigte mich allmählich, in seine Handschale wollte ich flüstern, daß ich nur einmal in die tiefe, dunkle Nacht blicken wollte, tief und dunkel, so umschrieb die Mutter die Nächte, und deshalb bleibt mir nichts anderes übrig als zu sagen, daß die Nächte tief und dunkel sind. Ich will diese tiefe und dunkle Nacht sehen, mein Vater, ich will auf das phosphoreszierende Kruzifix blicken, das ein Hausierer meiner Mutter verkauft hat. Nehmen Sie dieses Kruzifix, es ist schön, nehmen Sie es, gnädige Frau. Meine Mutter ist keine gnädige Frau, meine Mutter ist eine Bauersfrau, ich will nicht, daß sie eine Gnädige ist, denn ich will kein gnädiger Herr werden. Sie kaufte es ihm ab, aber nur, weil es meine Mutter niemals gewagt hätte, ein Kruzifix, das ihr mit allen Schikanen angeboten worden ist, abzulehnen. Sie hätte niemals sagen können, Nein, ich kaufe Ihnen kein Kruzifix ab. Der Gekreuzigte kostet nicht mehr als hundertsiebenundfünfzig Schilling, Sie hängen ihn in den Herrgottswinkel, gehen jeden Tag dreimal hin, legen eine Hostie auf seine Lippen und beten ihn an. Während ich aus dem gläsernen Mutterbauch blickend seine Gesichtszüge fixiere, sieht der Gekreuzigte in mein embryonales Gesicht und nickt mir Menschen zu. Ich sehe noch heute, wie der Hausierer der Mutter dieses Kruzifix verkaufte, das noch heute in meinem elterlichen Schlafzimmer über dem Spiegel an der Wand hängt und grün leuchtet. Hätte der Hausierer meiner Mutter irgendetwas anderes angeboten, eine Waschschüssel oder einen Krug, so hätte meine Mutter gesagt, Wir haben, mein Herr, genug Krüge, genug Waschschüsseln, genug Löffel, Messer und Gabeln, genug Besen und Kehrichtschaufeln haben wir, und nun singt sie ihn bereits an, Wir haben genug Teller und Kaffeetassen, die unsere Kinder zerschlagen können, wir haben auch zwei Leibstühle für den Enznopa und für die Enznoma, genug Mistgabeln haben wir, genug Heurechen, genug Traktoren haben wir, denn es gab eine Zeit, da hatten wir sogar zwei Traktoren, einen für den Gustl und einen für den Vater, und während der Bruder nach Aifersdorf in die Kühlanlage fährt, wo alle Bauern in einem riesengroßen, wohl unterteilten Kühlfach ihre Fleischteile liegen haben, fährt der Vater nach Rothenthurn ins Lagerhaus, und der Vater bringt Mehl und Zucker, der Bruder gefrorenes Kalbfleisch nach Hause, niemals stießen sie mit den Traktoren zusammen, obwohl sie manchmal aufeinander zufuhren, sie wichen einander aus, wohl aber stießen sie manchmal ihre Köpfe aneinander, aber davon später. Wir haben auch genug Heuwender, wir haben genug Sensen, die der Vater über das Schlüsselbein legen und die Dorfstraße herunter tragen kann, wir haben auch genug Kinder, da seht, Siege, Gustl und Martha sind draußen am Feld, und Seppl ist hier im Bauch, sehen Sie, da drinnen ist Seppl, er wird Seppl heißen, wenn es ein Knabe wird. Genug Stühle und Sessel haben wir, für die Pine und für den Knecht. Sie brauchen uns nichts mehr zu geben, Sie können sich, wie der Vater oft wörtlich zu den Vertretern sagte, *zur Tür hinausschleichen*, wir brauchen von Ihnen nichts, rein gar nichts. Das hätte

meine Mutter gesagt, aber sie wagte nicht zu sagen, Seht
her, wir haben genug Kruzifixe, genug Engel, dort und da
hängt ein Kruzifix. Wir sagten niemals, dort oder da *ist
ein Kruzifix angebracht*, nein, dort *hängt ein Kruzifix*,
wie Jakob und Robert hängen geblieben sind. In der
Bauernstube hängt ein Kruzifix, in der Rumpelkammer
hängt ein Kruzifix, am Klo hängt kein Kruzifix, im Keller
hängt kein Kruzifix, im Stall hängt ein Kruzifix, im
Sterbezimmer der Großeltern hängen mehrere Kruzifixe,
in der Labn hängt ein Kruzifix, ja sogar auf dem
Dachboden hinter den zerbrochenen Fensterflügeln unter den Wespenwaben stehen ein paar veraltete Kruzifixe
von den Urgroßeltern, selbst ein paar Ratten können sich
Kruzifixe um den Hals hängen. Die Onga, unser schwarzes Zugpferd trägt jedesmal, wenn sie eine Fuhre Heu
vom Feld bringt, ein großes schwarzes Kruzifix auf ihrer
Brust, der Siege und der Gustl haben es ihr um den Hals
gehängt. Der Gustl geht auf der linken, der Siege auf der
rechten Seite des Pferdekopfes, sie halten das Zaumzeug,
und zu dritt bringen sie, Menschen und Tier, eine Fuhre
Kruzifixe nach Hause. Kürzlich habe ich ein Marzipankruzifix gegessen, und das hängt jetzt dem Seppl in
meinem Bauch um den Hals, es soll ihn vor dem
Leichengift des Dorfes schützen, das durch all meine
Körperöffnungen in meinen Leib dringt und den Buben
angreifen könnte. Es beschützt ihn auch vor dem nächt-
lich in meinen Schoß dringenden Glied seines werdenden
Vaters, wenn ich unter dem Heiligenbild liege, ihn
empfange und die Maske meines und die Maske seines
Schweißes von unseren Gesichtern wische. Wenn sein
werdender Vater zu tief in meinen Schoß dringt, ballt der
Seppl die schleimbedeckten Hände zu Fäusten, reißt die
Augen auf, öffnet und schließt den Mund wie ein Fisch

im Aquarium und will mir etwas sagen. Bevor ich in den Schlaf sinke, höre ich sein Jammern, wieder ist er von der Gliedspitze seines werdenden Vaters verletzt worden. Schon im Mutterleib hat er unerträgliche Verletzungen erleiden müssen, wahrscheinlich wird es ein seelenkrankes Kind werden, aber ich will ihn trotzdem auf die Welt bringen. Das Kruzifix, das ich geschluckt habe und das um seinen Hals hängt, beschützt ihn jeden Abend unter dem Heiligenbild vor dem Ertrinken. Während der Schwanz seines werdenden Vaters in mir steckt, höre ich sommers bei offenem Fenster die Pfauenschreie vom Hof des Aichholzeropas. Ich rieche den Stallmist, von dem er sich selten befreit, den Geruch des Klees inhaliere ich, der in seinen schütteren Haaren hängengeblieben ist. Ich lege meine Hände auf seine schweißtriefenden Hinterbacken und sage, daß er vorsichtiger sein soll, daß er das werdende Kind nicht verletzen darf. Ich lege meine Hände auf seine breiten, sich wie Maschinenteile bewegenden Schulterblätter und mache ihn noch einmal darauf aufmerksam, daß er vorsichtiger sein soll. Vor dem Einschlafen höre ich wieder das Würgegeräusch meines werdenden Kindes. Der Seppl spuckt den Samen seines werdenden Vaters aus dem Mund, er schließt seine Hände zum Gebet und spricht zum Marzipankruzifix, er bittet es darum, daß diese Qual bald ein Ende haben möge, er will nicht mehr Nacht für Nacht die Gliedspitze seines werdenden Vaters sehen, die schleimbedeckten Hände vors Gesicht halten und seinen Samen abwehren. Ich werfe meinen schwarzhaarigen Kopf nach links und rechts und spüre, wie die Tränen aus meinen Augen spritzen. Sein werdender Vater glaubt, daß es eine Gebärde der Lust ist, wenn ich meinen Kopf links und rechts werfe, dabei ist es eine Gebärde der Verzweiflung und des Schmerzes, den ich im werdenden Kind spüre. Manchmal mache ich Essigsauretonerdeumschläge um meinen Kopf und sage zu ihm, daß ich fürchterliche Kopfschmerzen habe, dann berührt er meine Lippen mit seinen Lippen und läßt mich in Ruhe, wünscht mir eine Gute Nacht, nachdem wir gemeinsam das Nachtgebet gesprochen haben. Ich weiß, daß ihn mein werdendes Kind bösartig anblickt, wenn er sich über mich beugt, vielleicht sogar sein Ohr an meinen Bauch hält, mir vielleicht einen Kuß auf den Bauch gibt und damit sagen will, daß er unser werdendes viertes Kind liebt, daß er sich auf seine Geburt freut. Falte ich die Hände, so faltet sie auch mein werdendes Kind, lache ich, so lacht auch mein werdendes Kind, weine und esse ich meine eigenen Tränen auf, so schluckt mein werdendes Kind meine Tränen, die sein einziger Durstlöscher sind. Schrecklich muß es für mein werdendes Kind sein, wenn ich aufs eiskalte Plumpsklo gehe und mich auf die eisumwachsenen Ränder setze. Schrecklich muß es für ihn sein, wenn ich im Saustall die Schweine füttere und die eine oder andere Sau mit ihrer Schnauze an meinen Bauch stößt. Schön muß es für ihn sein, wenn ich auf dem schwarzen Zugpferd sitze und wir beide, der Seppl und ich, mit dem Pferd über die unasphaltierte Dorfstraße galoppieren, wenn links und rechts von uns die Höfe, Bauern, Hühner und Kinder, selbst dann, wenn die Sensen und Sicheln vorbeiflitzen. Schön muß es für ihn sein, wenn ich in einem Tümpel der Drau ein Bad nehme, wahrscheinlich blickt er auf meine verschwommenen Füße im blaugrünen Wasser, auf die Fische, die zwischen meinen Füßen haltmachen, wenn ich lange ruhig im Wasser stehenbleibe, allein schon wegen des Gedankens, daß sich der Seppl die Fische ansehen kann, bleibe ich ruhig im Wasser stehen. Gehe ich in den Wald hinauf, hocke ich neben einem Ameisenhaufen nieder, wie ich es als Kind gerne getan habe. Hie und da krabbelt eine Ameise über meine Füße, zu den Oberschenkeln hinauf, ich möchte sie entfernen, weil sie so unangenehm kitzelt, aber ich denke daran, daß sie der Seppl betrachten kann, daß er vielleicht sogar mit seiner Stirn an den Kopf der großen Ameise stoßen wird. Frühzeitig soll er von den Tieren lernen, ich war auf meines Vaters Hof die Kuhmagd, ich habe gelernt mit Tieren umzugehen und kann jetzt Menschen führen. Einmal, als ich über einen Tannenast schritt, hatte ich das Gefühl, daß mich mein werdendes Kind zurückhalten wollte, ich blieb augenblicklich stehen, blickte auf den Boden und sah den Tannenast, vielleicht hatte ihn jemand verloren, Tannen sind selten in unseren Wäldern. Ein paar Minuten lang blieb ich stehen und ließ mein werdendes Kind den Tannenast betrachten. Meistens führe ich einen knorrigen Stecken bei mir, wenn ich im Wald rumgehe, ich habe Angst vor den Kreuzottern, die in unserem Wald häufig sind, gerade an Plätzen, wo ich mich gerne niederhocke, bei den Erdbeeren, wo viel Sonne, wo ringsum das Gras von der Hitze abgedörrt ist. Vielleicht hat er einmal auf den Kopf einer Kreuzotter geblickt und dabei seinen embryonalen Kopf erschrocken gehoben oder er hat ihr die Zunge gereckt, wie die Kreuzotter mit ihrer Zunge lispelt. Schön muß es für ihn sein, wenn ich sonntags in der kühlen Kirche vor dem Seitenaltar niederknie und wir beide auf den Heiligen Sebastian blicken, während ich bete. Schön muß es für ihn sein, die unzähligen Kerzen auf dem Friedhof gerade zu Allerheiligen und Allerseelen zu betrachten, wenn ich von Grab zu Grab gehe, wenn niemand mehr auf dem Friedhof ist, und mir die Grabdekorationen ansehe. Ob er die frischen Toten unter der Erde riecht? Den Seppl unter meinem Herzen gehe ich oft auf den Friedhof. Herzkrank bin ich auf der Enznhube geworden. Schrecklich muß es für ihn sein, wenn sein werdender Vater, eine Hacke in den Händen, die sich in seinen embryonalen Augen spiegelt, im knirschenden Schnee neben mir herschreitet. Schrecklich muß es für ihn gewesen sein, wenn ich ein Huhn auf den Holzblock legte, die Hacke hob und das Blut auf meinen Bauch spritzte. Schrecklich muß es für ihn gewesen sein, von meinem Mutterleib aus auf die weinenden Gesichter seiner Brüder und Schwester zu blicken. Hat einer geweint, so haben alle zu schreien begonnen, und an den Bewegungen im Bauch habe ich gespürt, daß auch mein werdendes Kind mit den anderen drei Geschwistern schrie. Schön muß es für ihn gewesen sein, wenn ich über die unasphaltierte Dorfstraße zum Aichholzeropa, meinem Vater, ging und wir beide im Schatten auf einer Rasenbank saßen und den Pfau mit Türkenkörnern fütterten. Ob ich einmal Mordgelüste hatte? Störche sah ich in meinen Träumen oft verbluten. Störche, so belehren die Alten im Dorf die Kinder, bringen die Kinder auf die Welt, werfen sie in den Rauchfang oder fliegen zum offenen Fenster herein. Immer wieder habe ich von den blutenden Störchen geträumt. Heute träume ich manchmal davon, daß ich damals, als ich den Siege, den Gustl und die Martha im Bauch trug, von verblutenden Störchen geträumt habe. Aber ich träume nicht mehr, daß die Störche verbluten, nur, daß ich von ihnen geträumt habe, aber indem ich träume, daß ich von verblutenden Störchen geträumt habe und diese Störche im wiedergeträumten Traum verbluten sah, träume ich auch heute noch, wo ich den Seppl in meinem Bauch trage, von verblutenden Störchen.

Dabei hocken sie in der Fremdenverkehrswerbung so schön auf dem Dachfirst oder haben sich ihr Nest auf dem Rauchfang gebaut, wo es im Herbst herausraucht und die Tiere wärmt. Daß in der Werbung auch auf dem Bauernhof alles so schön aussieht, ist mir schon aufgefallen. Seit es die Fernsehwerbung gibt, wissen wir Bauern, daß Butter durch nichts ersetzt werden kann. Oft spreche ich im Stall, wenn ich die Euterzitzen einer Kuh drücke, die Werbesprüche nach und sage, daß Butter wirklich durch überhaupt nichts ersetzt werden kann. Schön muß es für mein werdendes Kind gewesen sein, wenn ich im Winter mit meinem Mann Hand in Hand auf dem Eis spazierte und wir alle aufs durchsichtige Glas des Eises blickten, die Farne und die Fische sahen. Lange habe ich einmal ein Vierklee gesucht, aber nicht gefunden, man sagt, daß ein Vierklee Glück bringt, ich hätte es gegessen, es hätte meinem werdenden Kind sicher gut getan. Schön muß es für ihn gewesen sein, die Rinderherde, die von der Alm kam, zu betrachten. Jedes Tier hatte einen Blumenkranz um den Hals, und sie gingen, angetrieben von meinem Mann und dem Schwiegervater, die Straße entlang, manch eines brüllte. Die Blumen bewegten sich auf ihren Hälsen, manche Blüten fielen ab. Die Tresl und ich haben diese Blumenkränze geflochten, stunden- und tagelang haben wir nebeneinandergesessen und haben Grünzeug um Grünzeug aus dem Korb genommen und in den Zopf des Kranzes eingeflochten. Schön muß es für mein werdendes Kind gewesen sein, als wir schwarze Trauerschleifen um diese Kränze geflochten haben, denn damals wurden drei Kälber vom Blitz erschlagen. Es war ein düsterer Tierleichenzug, der sich die Straße lang ins Dorf hinunter bewegte. Stundenlang sind der Jogl und der Enznopa hinter diesen trauertragenden Tieren mit einem schwarzdekorierten Haselnußstecken hergegangen und haben dann und wann einem Tier, wenn es störrisch stehenblieb, auf den Rücken geschlagen. Das Tier zuckte zusammen, seine Augäpfel vergrößerten sich, rasch ging es weiter. Vater und Sohn haben leise Klageschreie ausgestoßen. Als sie im Dorf ankamen und unsere Feinde sahen, daß unsere Tiere Trauerschmuck trugen, spürten wir ihr Lachen hinter den Fensterscheiben. Wir haben niemanden gesehen, alle verschwanden von der Dorfstraße, als der Tierleichenzug kam, aber ich kann mir nicht vorstellen, daß sie weniger schadenfroh sind als wir. Schnell haben wir die Tiere in den Stall getrieben. Das werdende Kind in meinem Bauch hat gesehen, wie ich die schwarzen Schleifen wieder abnahm und über meine Schulter hängte, während ich von Tier zu Tier ging. Erst am nächsten Tag sollten die Kränze abgenommen werden, dann bekränzen sich die Kinder mit diesen halbverblühten und halbverfaulten Blumen, die anderen werfen wir auf den Misthaufen, wie auch die verfaulten Kränze auf dem Friedhof über die Kirchenmauer auf einen Misthaufen geworfen werden, dort liegen sie dann vereint, die Kränze des einen und anderen Grabes. Schön muß es für mein werdendes Kind gewesen sein, wenn ich meine Hände auf den Bauch legte und es ununterbrochen meine Fingerabdrücke betrachten konnte. Schrecklich muß es für ihn gewesen sein, wenn ich ohne zu denken das Ofentor öffnete und ein heißer Luftschwall meinen Bauch traf. Wahrscheinlich hat der Seppl mit seinen schleimbedeckten Händen sein Gesicht geschützt und hat seither Angst vor dem Feuer. Jeden Abend habe ich die schwarze Bibel an meinen nackten Bauch gehalten, damit er das goldene Kreuz auf dem Buch sehen konnte. Das Marzipankreuz auf seiner embryonalen Brust und das goldene Kreuz auf der Bibel überschnitten sich. Wir brauchen keine Kruzifixe mehr, ruft die Mutter dem Kruzifixverkäufer zu, selbst im Stall, wenn die Fledermäuse mit ausgestreckten Flügeln knapp unter der kotbespritzten Stalldecke dahinfliegen, sehen sie aus wie über den braunen Rindern schwebende, schwarze Kruzifixe. Jedes einzelne Fenster hat Kruzifixgestalt, selbst das Gitter vor dem Fenster ist kreuzförmig, alles ist mit Kruzifixen und Kreuzen abgesichert. Jesus im Herrgottswinkel hängt ein kleines Kruzifix um den Hals. Das Dorf ist kreuzförmig gebaut, wir leben in einem Kruzifix, wir brauchen tatsächlich kein Kruzifix mehr, Sie können Ihre Kruzifixe behalten, niemand im Dorf braucht mehr ein Kruzifix. Die Toten nehmen ihre Kruzifixe mit ins Grab, dem neugeborenen Kind wird ein Kruzifix auf die nackte Brust gelegt, wenn es den ersten Schrei ausgestoßen hat. Auf den Feldern liegen die Wegkreuzungen. Unzählige große und kleine Kruzifixe stehen oder hängen in der Kirche. In manchen Kruzifixen leben wie russische Puppen kleine und immer kleiner werdende Kruzifixe. Manchmal überkreuzen sich die Kondensstreifen zweier Düsenjäger über dem kruzifixartig gebauten Dorf, und wir sehen darin ein über uns schwebendes Kruzifix und denken daran, daß uns Gott ein Zeichen gegeben hat, wir müssen vorsichtig sein, mehr beten und auf die Kinder aufpassen. Vor dem Sonnenuntergang tanzt ein Schwarm Mücken wie auf einem lotrechten und ein anderer Schwarm Mücken wie auf einem waagrechten Balken, kreuzförmig, am Weiher. Sie können, mein Herr, wenn Sie wollen, eine Anzahl Kruzifixe mitnehmen, aber kaufen wollen wir keine mehr, denn das Dorf erstickt in Kruzifixen. Niemals hätte meine Mutter gewagt zu sagen, Wir haben, mein Herr, genug Kruzifixe, behalten Sie Ihre

Kruzifixe, wir kaufen Ihnen diesen milliardenfach vervielfältigten Herrn am Kreuz nicht ab, das Original
würden wir anbeten, aber nicht die hundertmillionste
Kopie. Jeder kann sich an ein Kruzifix klammern, die
Martha, der Gustl und der Siege, der Jogl und ich und die
Enznoma und der Enznopa, die Pine und der Oswald,
wir haben also wirklich genug. Nein, meine Mutter wagte
nicht zu sagen, daß wir dieses phosphoreszierende Kruzifix, das jahrzehntelang im dunklen Schlafzimmer grün
leuchten wird, nicht brauchten. Wieviel kostet das phosphoreszierende Kruzifix, fragte sie den Herrgottsver-
käufer. Hundertsiebenundfünfzig Schilling. Sie gab ihm
das Geld aus Vaters schwarzer Brieftasche. Danke und
Auf Wiedersehen. Nein, er sagte nicht Auf Wiedersehen,
er sagte Grüß Gott, denn er hatte meiner Mutter ein
Kruzifix verkauft. Er lebte vom Verkauf der Kruzifixe,
und ich wäre an den Kruzifixen beinahe gestorben.
Große und kleine Dornenkronen habe ich in den Auen
geflochten und auf die Häupter toter Karpfen und
Hechte gebunden. Einmal habe ich eine selbstgeflochtene
Dornenkrone auf einen Brotlaib gelegt. Bevor die Mutter
die Dornenkrone wegnahm, um das Brot zu teilen, hat sie
den Laib hochgehoben und das mit den Dornen gekrönte
Brot betrachtet. Sie sagte kein Wort, blickte mich an und
schmunzelte, Unser tägliches Brot gib uns heute, sagte
ich. Als sich der Michl beim Miststreuer an der Hand
schwer verletzte, warf sie ihre Hände in die Höhe,
jammerte, sagte aber kein verständliches Wort. Bis der
Christebaueradam kam und meinen verletzten Bruder
mit seinem Auto ins Krankenhaus fuhr, saß sie neben
ihm, hatte ein Tuch um seine Hand gebunden, streichelte
den Kopf des Kindes, bis es auf ihrem Schoß vor Schmerz
in einen ohnmachtsähnlichen Schlaf fiel. Der Vater strei-

chelt den Bauch der Mutter, und ich beginne mich allmählich zu beruhigen. Noch läuft mir die Geschäfte- macherei des Kruzifixverkäufers durch den Kopf, ich runzle die Stirn meines embryonalen Hauptes, meine schleimbedeckten Hände mache ich zu Fäusten, schließe die Lippen, und das Blut des Kruzifixgeschäftemachers rinnt aus meinem Mundwinkel heraus, spucke auf meine nackten Beine und sehe träumerisch zu, wie der Speichel- faden in das Innere des Mutterbauches fällt. Die Hand des Vaters entfernt sich und verschwindet unter seiner eigenen Bettdecke. Oft wache ich auf, weil meine Mutter künstlich, mit Schlaftabletten schläft, aber ich will ihr keine Schmerzen bereiten, ich verhalte mich so ruhig wie möglich, denn ich liebe sie doch, aber manchmal bereite ich ihr Schmerzen, gerade weil ich sie liebe. Oft sah ich, wie die Schweißtropfen an ihren Oberschenkeln und auf ihrem Bauch glänzten, und oft blickte ich auf ihre schweißigen Hände, wenn sie Heu hochhob, wenn sie mit einem Pferd am Zügel den Anger entlangging, Fliegen und Bremsen von ihrem und vom Gesicht des Pferdes verjagte. Wenn sie ihren Vater besuchte, klopfte ich an die Bauchinnenwand, wollte zu ihrem Herzen hochgreifen, ihr sagen, daß ich hinaus wollte, ob es stürmte oder schneite, ob der Himmel voll Wolken, die Erde voll Streit war, ich wollte den Pfau sehen, wenn er die Türkenkörner aufpickte. Immer wieder blickte ich auf seine schöne Krone, auf seinen kleinen, diskusartigen Kopf. Ich stieß meine schleimbedeckten Hände gegen ihre Bauchwand, ich drückte auf ihren Nabel, ich fügte ihr Schmerzen zu, wenn sie vor dem Aichholzeropa saß und ihm die Geschichten von ihrem neuen Leben erzähl- te, von der Martha, von Siege und von Gustl. Sie erzählte von den Schwiegereltern, vor allem von der Schwiegermutter. Immer wieder wollte die Oma meiner werdenden Mutter sagen, wie sie die Nudeln anzufertigen habe, wie die Krapfen aussehen, wann wir Polenta bekommen sollten und wann nicht, wieviel Liter Milch an die Oberkärntner Molkerei abgeliefert, wieviel Liter an die Keuschler abgegeben werden müßten, die jeden Abend oder Morgen kamen und Milch holten. Manchmal spritzte der Vater lachend aus der Euterzitze der Keuschlerfrau die Milch ins Gesicht. Ich hockte verwundert im Bauch der Mutter und blickte auf die hin- und hertänzelnden, kotbehangenen Schwanzbüschel der Kühe und Kälber. Ich blickte auf die Euterzitzen und sah, wie der Vater oder die Pine diese Zitzen zusammendrückte und wie die Milch herausrann. Ich wollte zu den Mutterbrüsten hinauflangen und Milch trinken, die Keuschlerfrau bekommt doch auch Milch, warum kann ich keine frische Muttermilch kriegen. Ich will die Muttermilch jetzt, und ich versuchte mit meinen kleinen Händen zu den Mutterbrüsten hochzulangen, die Eihaut zu durchstechen und an der Wirbelsäule hochzuturnen, aber es gelang mir nicht. Neidisch sah ich zu, wie die Kuhmilch klirrend in den Boden der Milchkannen der Keuschlerfrauen spritzte und, als die Kanne halb gefüllt war, geräuschlos weiterrann. Alles erzählte die Mutter ihrem Vater, und der Aichholzeropa nahm sich vor, meinem werdenden Vater alles zu erzählen, denn der Aichholzeropa war neben dem Pfarrer die eigentliche Autorität im Dorf. Er war im Krieg Offizier, er war streng, aber gerecht, das sagte er immer wieder von sich selbst, und das bestätigten immer wieder die Mutter und ihre Geschwister. Er war einer der besten und gutmütigsten Menschen im Dorf, und nicht umsonst hatte meine damals vierjährige Schwester den Vater meiner Mutter lieber als ihren eigenen Vater. Die

Mutter saß vor dem Aichholzeropa und klagte ihr Leid, aber ich stieß meine schleimbedeckten Fäustchen immer wieder gegen ihre Bauchwand, ich wollte zur Hintertür gehen, ich wollte sehen, wie der Pfau unter dem Reineclaudenbaum eine blutige Feder verliert, ich wollte diese schöne Pfauenfeder aufheben, aber ich war der Gefangene der Muttereihaut und schrie, wenn sie über die Pfaufeder hinwegschritt, ohne sie aufzuheben und nach Hause, ins elterliche Schlafzimmer zu tragen, wo ich des Nachts immer wieder die Decke zurückwerfen wollte, um in die Augen der Pfauenfedern zu blicken und um das phosphoreszierende Kruzifix zu sehen. Ich klopfte und schrie, Nimm die Pfaufeder mit, Mutter, nimm sie mit, ich bitte dich, ich will Pfaufedern sammeln, wie andere im Dorf Briefmarken und Abziehbilder sammeln. Sie hörte mich nicht, sie spürte wohl die Unruhe in ihrem Leib, aber die Schuld an dieser Unruhe gab sie ihrem kränklichen Körper, und sie ging weiter und schritt über die Pfaufeder hinweg. Ich drehte mich um, sah nun aus ihrem gläsernen Rücken auf ihre sich bewegenden Hinterbacken und blickte auf die Pfaufeder. Ihre Wirbelsäule verstellte mir manchmal die Sicht, denn durch die Mutterknochen, ob Becken oder Wirbelsäule oder Schulterblätter, konnte ich nicht sehen, nur durch das Fleisch und durch die Kleider sah ich alles. Während sie die Dorfstraße wieder hinaufging, vorbei an einem schnaufenden Pferd, das seine Beine in den Boden stampfte, drehte ich mich wieder um. An den Immergrünstauden ging sie vorbei, hob die Hand und betätschelte die Blumen, ging wieder um eine Ecke und den Weg zu meinem Vaterhof hinauf, vorbei an dem menschengroßen Kruzifix, an dem niemand vorbeiging, ohne den Hut zu heben oder in Zickzackgebärde ein Kreuz auf die Stirn und Brust zu schlagen. Auch ich bekreuzigte mich, als ich sah, wie die Mutter die Hand hob, auf der Stirn ein Kreuz, auf ihrem Mund das zweite Kreuz und das dritte Kreuz auf ihrer Brust mit der Daumenspitze machte. Ich hob meine kleine schleimbedeckte Hand, an der noch immer keine Fingernägel gewachsen waren, und machte ein Kreuz auf der Stirn meines embryonalen Kopfes, blickte dabei nach rechts, auf die Stirn des mannsgroßen Gekreuzigten, zeichnete dasselbe Kreuz mit meiner Daumenspitze an die Brust und auf meine Lippen. Die Mutter ging weiter, vorbei am Schulhaus, und ich sehe nun, nach rechts blickend, die rote Aufschrift *Schule* und weiß von den Erzählungen aus ihrer Schulzeit, daß auch ich dort eines Tages einen Bleistift halten, einen Schwamm in meine fertigen Hände nehmen und die Kreide von der Tafel löschen werde. Über der schwarzen Tafel werde ich auch dort ein Kruzifix sehen, über der Nebentafel das Bild des Bundespräsidenten. Damals war es das Abziehbild des Adolf Schärf, das in jedem Klassenzimmer wie das Kruzifix hing. Man konnte sich auswählen, wen man anblickte, das Kruzifix oder den Bundespräsidenten, wenn wir die Hände falteten und Gott um einen guten und schönen Unterricht baten. Kam die Religionsstunde, blickten wir nicht mehr dem Bundespräsidenten, sondern dem Kruzifix in die Augen. Habe die Hoffnung, daß ich eines Tages gesteinigt werde, habe die Hoffnung, daß man mir mit Eisenstangen eine Dornenkrone aufs Haupt drückt, habe die Hoffnung, daß mich Judas, mein jüngerer Bruder verrät, wenn ich von der Mutter für Schleckereien Geld gestohlen habe, habe die Hoffnung, daß ihm der blonde Aichholzerfriedl ein Ohr abschlägt, habe die Hoffnung, daß sich der Bruder aufhängt, da er Jesus verraten hat, der von den Römern und Kelten unseres Heimatlandes ans Kreuz geschlagen wurde. Der Lehrer machte uns im Geschichtsunterricht immer wieder auf die noch erhaltenen Wege der Kelten im Heimatland aufmerksam. Stein für Stein haben sie gelegt, sagte er, diese Mühe macht sich heute niemand mehr, aber diese Straßen halten dafür Jahrhunderte, und die modernen Asphaltstraßen werden alle paar Jahre erneuert, Mulden entstehen von den schweren Traktoren, und dann kommen wieder die Maschinen und die Arbeiterhände, die voller Teer sind, und der grausame, menschenunwürdige Teer erstickt das ganze Dorf. Die Kinder stehen rings um die Arbeiter, die Teerflecken an ihren Hosen haben, herum und sehen den dampfenden, heißen Teer wie er über die Schaufel rinnt und aus den schwarzen Teereimern geleert wird, sehen in die dunklen, verschwitzten Gesichter der Straßenarbeiter, und das eine oder andere Kind, das in der Schule gepeinigt worden ist, denkt sich die Zukunft eines Teerarbeiters aus, weil Teerarbeiter ins Dorf gekommen sind, um den lotrechten Balken des Dorfkruzifix zu asphaltieren. Habe die Hoffnung, daß ich mit den Kalbstricken meines Heimatdorfes gefesselt werde, daß die Lederpeitschen wie graue Blitze an meinen Schulterblättern aufzucken. Habe die Hoffnung, daß man mich vom Kopf dieses Dorfkruzifixes weg mit dem Kreuz auf meinen Schulterblättern über die neuasphaltierte Dorfstraße peitscht, hinunter zum Friedhof, hinein in die Kirche, wo der Priester und ich gemeinsam am Karfreitag die an der Wand hängenden Bilder der Leidensstationen abschreiten. Ich halte den Weihwasserwedel mit der Weihwasserkanne, die aus Bronze ist, oder ich halte das Weihrauchgefäß und stoße dann und wann den Weihrauch aus den Nüstern des Gefäßes. Habe die Hoffnung, daß man mich auf den

Golgathahügel hinaufführt und daß das Volk des Dorfes hinter mir herschreitet und im Chor, Ans Kreuz mit ihm, ans Kreuz mit ihm, ruft. Wieder zuckt der Blitz einer grauen Lederpeitsche auf meinen Rücken. Ich brülle wie ein Tier, das zur Schlachtung geführt wird, aber ich will ja, daß man mich schlägt, Maria Magdalena, meine Schwester, geht hinter mir her und hilft mir, wenn das Kreuz mit mir zu Boden fällt, wieder auf, aber auch sie bekommt dafür die Peitsche. Der Christebaueradam, der einmal der grauslichste Krampus des Dorfes war, der mehr als zwanzig Jahre später den toten Robert und den toten Jakob vom Strick nehmen wird, der stärkste Mann des Dorfes, Erzfeind meines Vaters, Verächter aller Schwachen, geht mit der Lederpeitsche hinter mir her und schlägt auf meinen blutenden Rücken. Ich schnaufe und stoße den Atem aus meinen Nüstern, blicke mich manchmal um, dem Bergerkarli, dem Stotterer in die Augen, Du bist also auch einer von meinen Peinigern, du bist also auch einer von den Sündigern, die ihr ganzes Leben beten werden. Nur der Wernigeman und der Aichholzerfriedl wollen nicht, daß ich ans Kreuz komme, aber sie sind der Übermacht des ganzen Dorfes nicht gewachsen. Der Kreuzigungszug geht an der Bienenhütte des Kreuzbauern vorbei, wo ich immer wieder erstaunt vor den winzigen Särgen der Bienenwaben gestanden und stundenlang auf die Königin der Bienen gewartet habe. Der Lehrer hat uns von dieser Bienenkönigin erzählt, und wir blickten einfach aus dem Fenster des Klassenzimmers und sahen die Bienenstöcke, hörten die Bienen summen, wenn sommers die Fenster offenstanden. Viele Bienen kamen zum Fenster hereingeflogen und setzten sich auf die Blüten der Blumen, die auf dem Lehrertisch standen, und ich fragte mich immer wieder, ob die

Bienenkönigin dabei sei. Ich stand auf und ging hin. Der Lehrer sah mich befremdet an, Wie kannst du es wagen, aufzustehen, ohne gefragt zu haben oder aufgerufen worden zu sein. Ich ging dennoch hin und blickte allen Bienen, die am Lehrertisch in den Blütenkelchen hockten, auf den Kopf, um zu sehen, ob eine die Krone aufhatte. Vorbei kommen wir am offenen Tor des Schulhauses und sehen, daß Kinder herauslaufen, die augenblicklich, da sie den Kreuzigungszug sehen, stocken und die Hände falten, wie sie aus dem offenen Schultor liefen, stockten und die Hände falteten, als ein Leichenzug vorbeikam. Ich hebe mein Haupt und blicke auf die Schüler und spüre wieder das Aufzucken der Lederpeitsche des Christebaueradam, der einen Helm trägt. Ich sehe ein Kind mit zerlumpten, geflickten Hosen, das so blaß ist, wie ich es war, das meiner Mutter ähnlicher sieht als meinem Vater, das meiner Schwester ähnlich sieht, die lange, lange Zöpfe trägt, und bei genauerem Hinsehen sehe ich, daß ich dieses Kind bin, das unter den anderen Schülern steht, und ich nicke ihm lächelnd zu. Die anderen Kinder, die Jausenbrote halten, die mehr nach Butter und Schmalz als nach Fleisch riechen, blicken sich nach dem Kind, das ich war, um, und ich gehe mit meinem Kreuz auf der Schulter weiter und hoffe, daß mich wieder und wieder der graue Blitz der Krampuspeitsche trifft, während ich mich, unter den Schülern stehend, ebenfalls ein Butterbrot in den Händen, rufen höre, Ans Kreuz mit ihm, ans Kreuz mit ihm, und wieder glaube ich das Aufzucken der Peitsche zu spüren, aber es war nicht die Peitsche, die über meinen Nacken zuckte, es waren die Worte, Ans Kreuz mit ihm, ans Kreuz mit ihm, aus meinem eigenen Kindermund. Die Schüler werden in den Schulhof hinauslaufen und Ringelreihen spielen, sie werden einen goldenen Ball, den ihnen der Froschkönig aus dem Tümpel holt, vor sich herschießen, sie werden den ärmsten Kindern des Dorfes, der Engelmaiergerte, dem Engelmaierhansl und dem Engelmaiersiegfried, die kaum reden können, die Butterbrote schenken, wieder nach Hause laufen und zur Mutter sagen, Gib uns noch ein Stück, wir haben es schon aufgegessen, aber sie werden nicht sagen, daß sie diese Brote an die armen Kinder verteilt haben. Sie werden auf den Nußbaum kraxeln, und der eine wird auf der Schulter des anderen stehen, die Mädchen werden die mutigen Buben bewundern, und die Buben werden noch mutiger, wenn sie sehen, daß sie von den Bauernmädchen bewundert werden. Sie werden vom Baum springen und werden sich keine Füße brechen, sie werden mit blauen Flecken und verknacksten Füßen davonkommen, mit Verstauchungen, die wir allabendlich an unseren Beinen registrierten, das alles wird sich abspielen, während der Kreuzigungszug seinen Leidensweg fortsetzt. Manchmal hebe ich mein Haupt und rufe irgendetwas gegen den Himmel, das ich aber selber unter den Schmerzen schwer verstehen kann, denn ich rede im Fieber mit dem Embryo in mir, der aus einem gläsernen Mutterbauch blickt wie ein Astronaut aus seiner Raumkapsel, und ihr wißt, daß ich in meinem embryonalen Bauch den toten, altgewordenen Enznseppl in mir trage, wie meine Mutter das unfertige Kind, das Enznseppl während seiner Kindheit und . . ., wenn er erwachsen ist, heißen wird, mit sich herumschleppt. Der Kreuzigungszug setzt seinen Weg fort, vorbei an den spitzen Stecken der Schulgatter, auf das mannsgroße Kruzifix zu, vor dem noch immer die Mutter mit dem Kind in ihrem gläsernen Bauch steht, das ein Kreuz auf die Brust schlägt. Die schleimbedeckten

Hände des Embryos erstarren im Mutterleib, als er den Gekreuzigten sieht, der er selber ist, er zieht sich so weit wie möglich im gläsernen Mutterbauch zurück, Ich will mein gekreuzigtes Ich nicht sehen, rufe ich im Mutterbauch, ich will nicht sehen, was aus mir werden wird, und schlage mit meinen Händen wieder an die Wände, bis sie zu bluten beginnen und die Mutter Schmerzen unter ihrem Herzen spürt. Die Mutter glaubt, daß sie sofort vor dem mannsgroßen Gekreuzigten niederknien muß, von dem sie als Kind die Spinnweben entfernt hat, die Spinnerin hat sie entweder getötet oder aus der Steinhöhle gejagt, sie hat die verfaulten Blumen aus den Vasen genommen und frische Blumen unter die genagelten Beine gestellt, auf die lackierten Zehennägel hat sie ihm geblickt, ist wieder aufgestanden und weggegangen, vor diesem mannsgroßen Gekreuzigten will sie jetzt ein Gebet sprechen, wie sie oft für den Siege, den Gustl und für die Martha gebetet hat, als die noch in ihrem Bauch waren, so spricht sie jetzt für mich und für sich vor dem Gekreuzigten das Vaterunser und das Gegrüßtseistdumaria, die du hinter dem Jesus herschreitest. Ich möchte in ihrem Bauch die Augen schließen, um nicht zu sehen, was aus mir geworden ist, aber es sind mir noch keine Augenlider gewachsen, und ich beginne wieder zu schreien, Ich will diesen Leidenden dort vorne mit der Dornenkrone auf dem Haupt nicht sehen, schafft ihn mir aus den Augen, er trägt die Larve meines zukünftigen Gesichtes, Mutter, geh zurück ins Elternhaus, ich will nicht, daß mir dieser Jesus mit meinen zukünftigen Augen in meine embryonalen Augen blickt, während wieder und wieder der Christebaueradam die Peitsche über seinen Rücken sausen läßt und Vorwärts, schreit, vorwärts, auf den Golgathahügel zu, und Jesus blickt nun im Vorübergehen meiner Mutter auf den Bauch und mir ins unfertige Gesicht. Ich nicke mit meinem embryonalen Kopf und sage, Grüß Gott, ich lächle ein wenig und mache meine Kinderfinger zu Fäusten, ich sehe das Blutgerinnsel in seinem Gesicht, das bleich ist wie immer, und sehe auf Jesus brünettes Beatleshaar. Da er weitergeht, sehe ich nun sein Gesicht im Profil und rufe, an den Stäben des Mutterbrustkorbes rüttelnd, Ans Kreuz mit ihm, ans Kreuz mit ihm. Ich wünsche mir diese langen Struwwelpeterfingernägel, damit ich die Eihaut aufritzen, damit ich auf den warmen, von den Römern und Kelten gemachten Asphalt fallen, auf den Christebaueradam zuschreiten und ihm die Peitsche wegnehmen und auf meinen Rücken schlagen kann, Vorwärts, ans Kreuz mit dir, und der eine oder andere Peitschenhieb drückt die Dornenkrone noch fester in den Kopf des Geschändeten, Vorwärts, rufe ich und schreite mit dem Römerhelm auf meinem embryonalen Kinderkopf weiter, die Mutter hängt noch an meiner Nabelschnur, ich schleife sie mit, Vorwärts, und peitsche wieder auf den Rücken Jesu, aber da kommt der Christebaueradam und stößt mich und meine Mutter zur Seite, reißt mir die Peitsche aus der Hand, er will mich schlagen. Der stotternde Bergerkarli schreitet auf den Christebaueradam zu, reißt ihm die Peitsche aus der Hand, holt aus und ruft stotternd, Ans Kreuz mit ihm, ans Kreuz mit ihm, und ich spüre wieder, wie ich zu seinen Füßen kniete und ihm die Grundregeln der deutschen Sprache beibrachte, aber der Christebaueradam reißt dem Bergerkarli die Peitsche aus der Hand, der Christebaueradam ist und bleibt der stärkste Mann des Dorfes, er hat mehr als zwanzig Jahre später die beiden ineinanderverkrallten Erhängten, den Robert und den Jakob vom gemeinsamen dreimeterlangen Kalbstrick genommen. Er hat das erstemal seit Jahren vor Schmerzen geschrien, als er die beiden toten Buben vom Strick genommen hat. Die Mutter Jakobs ist mit einem Schrei auf den Lippen in Ohnmacht gefallen, als sie erfuhr, daß sich Jakob und Robert aufgehängt haben. Jakobs Bruder, Vater, Schwester und Großvater haben schreiend ihre Hände zum Gekreuzigten hochgehoben und gerufen, Warum hast du uns das angetan, warum? Alle Tiere blickten in den Herrgottswinkel des Stalls, als der Strick zuckte. Die Hostien im Tabernakel begannen zu bluten. Die Löwenzähne schlossen ihre gelben Köpfe. Die übrigen Kalbstricke verwandelten sich zu Kreuzottern und verließen giftsprühend den Hof. Die Selbstmörder in den Gräbern klatschten in die Hände, aber niemand konnte ihr Händeklatschen hören. Wie eine Schiffsschraube drehte sich in derselben Nacht meine Seele im Leib. Der Gekreuzigte ging vor Papst Johannes Paul I. auf die Knie und küßte seine Beine. Über dem Dorf verknüpften sich zwei Blitze zu einem Kalbstrick. Das Dorfkruzifix hob seinen rechten Arm und bekreuzigte sich an der Stirn, wo Jakob und Robert hingen, an seinem Mund und an der Brust, wo mein Elternhaus steht, und zeichnete ein Kreuzzeichen auf die Stirn meiner schlafenden Mutter. Die Herzen aller Toten des Dorfes lagen auf einem Haufen hinter der Friedhofsmauer und pochten im Rhythmus, so daß man in diesem Augenblick im Dorf ein überlaut pochendes Herz hören konnte. Verschlafene Gesichter hoben ihre Köpfe von weißen und verzierten Kopfpolstern und blickten in die Dunkelheit. Meine Mutter blickte dem phosphoreszierenden Kruzifix ins Gesicht, zog ihre Hand unter der Bettdecke heraus und schlug ein Kreuz auf ihre Stirn, auf die Lippen und auf die Brust. Der Pfau schlug ein Rad und zeigte geziert seine Federn. Den Stahlhelm auf dem Kopf, die Peitsche in der Hand, ruft der Christebaueradam, Heil Jesus, während ein grauer Blitz auf meinen Rücken zuckt, und ich werfe mein dornengekreuzigtes embryonales Haupt auf die Seite, klammere mich an die Gitterstäbe des Mutterbrustkorbes und blicke auf meine Hände. Noch habe ich keine Fingernägel, noch kann ich ihre Eihaut nicht aufritzen, aber wenn in den nächsten Monaten wieder ein Kreuzigungszug über die asphaltierte Dorfstraße schreitet und wenn wieder einer ausgepeitscht wird, dann wird mein Fingernagel rasiermesserscharf die Eihaut öffnen.

Meine schleimbedeckten Hände zittern, wenn hinter dem Rücken meiner vor dem mannsgroßen Kruzifix stehenden Mutter ein Pferd, an einen Heuwagen gespannt, vorbeigeht. Ich blicke auf den nickenden Kopf des Pferdes, auf seine Mähne, auf die glänzenden Schulterblätter, auf die Flanken, auf den buschigen, schwarzen Schwanz und sehe das Aufblitzen der silbernen Hufe im Sonnenlicht. Ich reckte meinen embryonalen Kopf ein wenig in die Höhe und sah das Wasser aus der grünen Plastikgießkanne herausfließen, bis der Blumentopf bis zum Rand gefüllt war. Ich entdeckte an der Wasseroberfläche einen undeutlichen Spiegel, ich wollte mein Gesicht sehen, aber die Mutter ging schnell zur nächsten und übernächsten Blume, bis alle satt waren. Ich fragte mich, ob die Fleischblumen, die unter den Beinen des Gekreuzigten, am Friedhof und im Elternhaus blühen, auch Schweins- und Kalbfleisch zu essen bekämen wie meine älteren Brüder und meine Schwester, denn von Wasser, das wußte ich, kann niemand leben. Ich würde verhungern, wenn meine Mutter nichts äße, nur Wasser tränke, und das wäre für den Anfang meines Lebens gar nicht so schlecht. Alles, was am Fleisch lebt, braucht Fleisch, um leben zu können, rufe ich und rüttle an den Stäben ihres Brustkorbes, so daß ihr Herz schneller schlägt, aber sie hört mich nicht, sie hat mich nie erhört, wenn ich meine Wünsche, Sehnsüchte und Lüste vorgetragen habe. Wenige Stunden nachdem sie die Blumen überall gegossen hat, geht sie von Zimmer zu Zimmer und sieht ihnen zu, wie sie atmen, wie sie welken, wie sie sterben und wie sie aufblühen, riecht an den Blüten, und ich versuche, meinen embryonalen Kopf hochzurecken, denn auch ich will die Blüten der Fleischblumen, des Efeus und der Lilien riechen, immer nur rieche ich das Fleisch und das Blut und die Eingeweide der Mutter. Es sei denn, meine Mutter beugt sich über eine Lilie und öffnet dabei erstaunt den Mund, wenn die schwangere Nachbarsfrau mit dem gläsernen Mutterbauch sie grüßend überrascht hat. Während ihr Mund offen ist, strömt der Geruch der feuchten Lilie in ihren Rachen. Wenn sie den Gruß erwidert, öffnet und schließt sie den Mund, und der Strom des Duftes wird unterbrochen. Meistens lächelt sie, wenn sie jemanden grüßt, dann lächle ich auch, aus Zuneigung zur Mutter. Den toten, alten Enznseppl, den ich in meinem embryonalen Bauch mit mir herumtrage, bringe ich nicht mehr zum Lachen, er blickt vor sich hin, sagt kein Wort, liegt erschöpft in meinem Bauch, seine Hände sind gefaltet und mit einem schwarzen Rosenkranz umwunden. Wenn meine Fingernägel gewachsen sind, dann werde ich den Herzstich vornehmen, ich habe Angst, daß er nur scheintot ist, daß er in mir aufwacht, bevor mich meine Mutter auf die Welt bringt. Am liebsten steht die Mutter vor den aufgeblühten Lilien, hält ihre Hand an den Blütenkopf, wie sie ihre Hand an die Stirn meiner Brüder hält, wenn sie fiebrig im

Bett liegen. Lange sitzt sie am Bettrand und blickt auf ihre kleinen Kindskörper, auf die feuchte Stirn des Gustl, auf die Nasenspitze des Siege, die kleine Martha hockt ihr auf den Oberschenkeln, und ich bin in ihrem Bauch und blicke ebenfalls auf die fiebrige Stirn meiner Brüder. Auch ich bin müde und möchte schlafen, aber die Mutter wird wieder aufstehen, wird über Stock und Stein gehen und mich aufwecken, sie sollte mehr schlafen, sie sollte weniger arbeiten, aber sie geht zu den Ferkeln, während ich im Bauch wachse und von ihr zehre, und gibt ihnen das lebenswichtige Futter, gibt Jod zu den heißen Erdäpfeln, damit die Ferkel gesund bleiben. Sie geht in den Kuhstall, sie füttert die Hühner, sie geht aufs Feld, vorbei an den Sonnenblumen, an den Krähennestern und Vogelscheuchen. Erstaunt blicke ich um mich, wenn ich die Sonnenblumen sehe. Den Pflanzen bin ich näher als den Menschen, denn ich wachse noch, ich bin in meiner Mutter verwurzelt, ich nähre mich von ihrem Fleisch und Blut, wie sich die Sonnenblumen von der Erde ernähren. Alles sehe ich mit dem Blick eines werdenden Menschen. Es wundert mich, warum die Mutter nicht einmal gesagt hat, welche Blumen sie am liebsten auf ihrem Grab haben möchte. Geschrien hätte der Siege, der Gustl und die Martha, wenn sie damals erfahren hätten, daß unsere Mutter sterben könnte wie jeder andere Mensch im Dorf, wie jedes Tier. Ich kenne ihre Lieblingsblumen genau, neun Monate lang gossen wir gemeinsam die Nelken und die weißen Lilien, die Maiglöckchen und die dunkelblauen Veilchen. Die hellblauen Veilchen nannte sie Hundsveilchen, Siehst du, das sind Hundsveilchen, die riechen schlecht. Entdecke ich, daß meine Mutter, über das Feld schreitend, Hundsveilchen zusammentritt, beginne ich in meine schleimbedeckten Hände zu klatschen und zu rufen, Die Hundsveilchen sind tot, die Hundsveilchen sind tot. Ich beginne im Mutterleib zu tanzen, bis ich schwindlig werde, habe Angst, daß ich stranguliert werde und blicke vorsichtig auf diese dicke blaue Schnur, die mich am Nabel festhält. Ich tanze augenblicklich in die Gegenrichtung, um die zusammengedrehte Nabelschnur wieder zu glätten. Einmal sah ich, wie am Hals einer Marionette eine Schnur riß, augenblicklich fiel der Kopf des Kasperl auf die Brust, die Kinder schrien, sprangen von den Sesseln, der Vorhang ging zu, und eine Stimme sagte, daß nun eine kleine Pause eintreten müsse, Kasperl hat sich verletzt, der Krankenwagen muß kommen. Ähnlich würde es mir ergehen, wenn die Nabelschnur kaputt ginge, kein Wort könnte ich sagen, die Mutter nicht anrufen, Hol den Krankenwagen, die Nabelschnur ist gerissen, ich würde in ihr verfaulen und würde meine Mutter mit meinem Leichengift töten. Ich möchte darum bitten, daß man mich dann aus dem Mutterleib heraus-operiert. Ich möchte neben und nicht in meiner Mutter begraben werden. Ein kleines Särgchen, oh ja, ein biß-chen größer als eine sargförmige Bienenwabe. Wenn mein Särgchen auch nur ganz winzig ist, so habe ich doch den Wunsch, daß man auch mich auf einen Heuwagen lege, daß man Kränzchen um mein Särgchen drapiere, Viele Grüße, soll draufstehen, wir hatten dich lieb, bevor du auf die Welt kamst, jetzt, wo du auf der Welt und tot bist, tragen wir dich auf unseren Zwergschultern zu Grabe. Spannt zwei weiße Schäfchen an den kleinen Heuwagen. Ich erinnere mich noch genau an diesen Heuwagen. Keine Gummiräder hatte er, Holzräder mit Eisenreifen, das Heu stach zur linken und rechten Seite aus den Stäben, wie Kinderhände, aus den Kindergitterbettstäben langend, den Schwanz einer Katze erwischen wollen oder die Mutterbeine, die groß und dick davorstehen. Ja, die Schäfchen spannt vor den Heuwagen, die wir damals aus dem Kleefeld in den Kreuzbauerstall getrieben haben. Der Michl stand an der südlichen, ich an der nördlichen Hausecke, wir hielten Haselnußruten in den Händen und paßten auf, daß nicht eines dieser blökenden Schafe die Straße hinunter- oder hinauflief, in den Kreuzbauerstall sollten sie gehen. Der Gustl soll auf dem Rücken eines Schafes sitzen, seine Zügel halten und das Tier langsam vorwärtstreiben. Wenn es stockt, wenn es am Rand des Weges die saftigen Gräser wegfressen will, soll er es vorantreiben, rhythmisch soll der Leichenzug sein. Wir werden die Vier Jahreszeiten von Vivaldi hören, der Frühling bringt Blumen, der Sommer bringt Klee, der Herbst, der bringt Trauben, der Winter bringt Schnee und tock, tock, tock werden die Schäfchen den kleinen Heuwagen zum Friedhof hinunterziehen, und neben mir wird noch ein größeres Fuder mit dem Leichnam der Mutter daherfahren, ein schwarzes, über und über mit Weizen- und Roggenähren, mit Hafer und Sonnenblumen geschmücktes Pferd, unsere Onga, wird drangespannt sein und kopfnickend unter den Peitschenhieben des Siegfried, der auf ihrem Rücken sitzt, das Fuder ziehen. Zwischen den Schäfchen und dem Pferd mögen die Trauergäste gehen in dem Rhythmus, der vom Pferd bestimmt wird. Hinter dem Kruzifixträger sollen die ärmsten Kinder des Dorfes gehen. In der Mitte die schwarz- und weißgekleideten Frauen. Ganz hinten die Bauern. Schwarz sind diejenigen bekleidet, die meine Mutter betrauern, weiß diejenigen, die mich betrauern. Auf der linken und rechten Schulter des Priesters sollen die Totenvögel des Heiligen Geistes sitzen. Der eine wird sich mit seinen Krallen unter dem hochgehobenen Flügel kratzen, der andere wird unbeweglich wie eine Vogelstatue sitzen und auf mein sich vorwärtsbewegendes weißes Särgchen blicken. Manchmal wird er einen Schrei ausstoßen und zusehen, wie ihn die Trauergäste erstaunt anblicken. Während des Leichenbegängnisses wird Honig aus meinem Mund, aus meiner Nase rinnen. Wenn uns, meine Brüder und mich, damals eine Biene ins Gesicht stach, hielten wir stundenlang an die Stichstelle einen kalten, glatten Stein, hockten am Ende des Brunnens, träufelten Wasser drauf, wechselten die Hände, denn die eine Hand war es müde, den Stein zu halten, und träufelten wieder eiskaltes Wasser auf die Stichstelle, bis das Geschwulst zurückging, dann warfen wir den Stein ins Wasser und sahen noch zu, wie der Stein in die Tiefe sank und sich Sandkörner erhoben, eine Forelle zuckte vorbei und das Wasser beruhigte sich allmählich wieder. Geschwollenen Auges gingen wir zur Mutter, die noch Speichel draufgab und sagte, Es wird nicht mehr lange dauern, du wirst schon sehen, dann spürst du nichts mehr. Es war manchmal so, als rede sie dabei nicht mit den Kindern, sondern beschwöre die Verletzung oder die Krankheit wie Gott, an dem sie selber sterben würde. Manchmal wird das Pferd wiehern, das den Heuwagen mit dem Sarg meiner Mutter zieht, manchmal wird ein Schaf blöken, mit den Füßen den Boden stampfen, manchmal werde ich mein Köpfchen heben, mich umblickend die Häuserwände und die Fichten sehen. Jede einzelne Fichte kenne ich, jeder gab ich einen Namen, wie der Vater den Tieren Namen gab. Keinem Tier aber gab die Mutter einen Namen, kein Ferkel und kein Huhn hatte einen Rufnamen wie ihre Kinder, aber der Vater erfand zwanzig, dreißig Namen für seine Kühe, für seine Kälber, die

Ochsen und Stiere. Er rief mich, wenn er mir böse war, mit *Sepp* an, war er mir wohlgesinnt, rief er *Seppl*. Hörte ich, Seppl, öffnete ich schnell meine Zimmertür und fragte ihn, was er wolle. Hörte ich Sepp, noch einmal, Sepp, und noch drei- oder viermal, jedesmal lauter, verkroch ich mich unter dem Bett und rührte mich zwei, drei Stunden nicht mehr. Unzählige Male verkroch ich mich vor seinem Zorn, entweder im Heuschober des Stadels, oder ich ging in den Wald und legte mich ins feuchte Moos, beobachtete die Ameisen und Käfer, oder ich ging aufs Feld in unsere Engelmaierhütte, eine alte, halbverfaulte Heuhütte, in der ein paar alte Maschinen untergebracht waren, im ersten Stock verfaulten feuchtes Stroh und Heu, dorthin ging ich mit einem Karlmaybuch und blickte aus den Löchern der Bretterwand auf die Felder. Überall standen die Vogelscheuchen, auf dem Krautacker und auf den frisch angesäten Getreidefeldern. Manchmal kam der Kreuzbauerjakob mit seinem Luftdruckgewehr aufs Feld und ging durch die Reihen des tiefen Kukuruz. Näherte er sich einer Lichtung, trat er ganz leise auf, legte das Gewehr an, und Augenblicke später hörte man ein Zischen und darauf das Geräusch eines plumpen Falles. Einmal schoß er einem Vogel den Fuß ab. Er blutete, hinkte und erhob sich wieder in die Luft. Wenn er sich wieder auf die Erde setzt, wird er auf einem Bein stehend diese Bauernwelt betrachten, es sei denn, er verblutet irgendwo auf einem durchhängenden Stromdraht und fällt zu Boden. Mäuse und Ratten kommen aus ihren Löchern und fressen die Vogelleiche auf. Manchmal sah ich, wie ein Mäusebussard, quälend lange, unbeweglich in der Luft stand und plötzlich nach unten schoß, mit schweren Flügelschlägen hochfuhr und verschwand. In dieser Engelmaierhütte hockte ich stunden- und tagelang, niemand konnte mich finden, niemand wußte, wo ich war.

Großmutter hatte der Pfarrer wieder die Sünden abgenommen, Großmutter gab er den Segen, Großmutter strich er das heilige Öl auf die Stirn, während er neben ihr auf einem Stuhl am Bett saß. Auf dem Tisch brannten zwei Kerzen. Zwischen den brennenden Kerzen stand ein silbernes Kruzifix, das die Großmutter für diesen Anlaß gekauft hatte. Während ihr der Pfarrer die Beichte abnahm, mußte ich vor der Tür auf dem Gang warten. Meistens stellte ich mich zur Dachbodentür und lauschte auf das Gekrabbel der Ratten. Manchmal wachte mein Bruder auf, schüttelte mich an der Schulter und sagte, Hörst du, sie sind schon wieder munter. Es war früher Morgen. Man hörte das Trippeln der Spatzen auf dem Balkon, der Wind oder ein Vogel, der sich draufgesetzt hatte und weggeflogen war, hatte die Wäscheleine in Schwingung versetzt. Hand in Hand schliefen der Michl und ich unter den Geräuschen der krabbelnden Ratten ein, auch die Figuren des Heiligenbildes, das an der Wand über den beiden Betten hing, lauschten dem Gekrabbel der Ratten. Manchmal hatte ich Angst, daß der Nagel, der das große Heiligenbild hochhielt, nachgeben und das Bild mit seinem schweren Rahmen auf unsere Köpfe fallen lassen könnte. Oft stand ich auf, schob das Heiligenbild hin und her, schüttelte und rüttelte daran, um zu prüfen, wie fest der Nagel noch saß. Wie zwei Embryos im Mutterleib klammerten sich der Michl und ich im gemeinsamen Bett aneinander, aus Angst vor den Ratten, aus Angst vor den Heiligenfiguren, die aus den Bildern treten könnten, aus Angst vor den Spinnen in den Ecken, aus Angst vor Jesus, der mit dem immerselben schmerzverzerrten Gesichtsausdruck am Kreuz hing.

Onkelraimund, der Maurer war, erhielt vom Vater den Auftrag, jährlich die Küche auszuweißen, jedes zweite oder dritte Jahr den Flur und im Jahrzehnt einmal unser Kinderzimmer. Im Kinderzimmer fabrizierte er ein Spinnenmuster. Tausende an ihren Beinen zusammenhängende Spinnen waren an den vier Wänden, nur am Plafond nicht, der Plafond blieb weiß. So lagen mein Bruder, der Michl und ich in einem Zimmer, dessen Wände von Hunderten und Tausenden Spinnen besetzt waren. Immer wieder stellte ich mir vor, daß die Spinnen aus ihren Farbmustern, wie die Heiligenfiguren aus ihrem Rahmen, treten und über uns herfallen könnten. Wie in einem Spinnennetz wippten wir, wenn wir im Bett standen und uns von den geschmeidigen Matratzen hochfedern ließen und aufpassen mußten, daß unsere Köpfe nicht am Lampenschirm anstießen. Um die Spinnen nicht auf uns aufmerksam zu machen, hätten wir uns lieber ruhig verhalten sollen. Sah ich eine Spinne über unseren Köpfen, blickte ich verwirrt auf das Spinnenmuster und fragte mich, ob die lebendige Spinne, die aus Fleisch und Blut ist und acht Augen hat, im Spinnenmuster der Wand ihre Brüder und Schwestern erkannte, oder ob es sich vielleicht um eine Spinne handelte, die aus diesem Spinnenmuster hervorgetreten, die lebendig geworden war. Eine ist schon lebendig, sagte ich zum Michl, paß auf, es wird jede Nacht eine dazukommen. Nach zwei Monaten werden es sechzig Spinnen sein, die nachts über unseren Gulter kriechen, sich auf unsere Stirn setzen werden, wie Ratten werden wir diese Spinnen erschlagen oder mit dem Besen hinaustreiben müssen. Ich stand also vor der Holztür des Dachbodens und wartete, bis der Pfarrer der Enznoma die Beichte abgenommen hatte. Nach fünf oder zehn Minuten, manchmal dauerte es länger, manchmal kürzer, öffnete der Pfarrer, ohne ein Wort zu sagen, die Tür des großelterlichen Schlafzimmers und setzte sich wieder neben der Oma auf den Stuhl. Die geöffnete Tür war das Zeichen, daß ich wieder eintreten und den Gesprächen lauschen könnte. Manchmal hörte ich zu, manchmal blickte ich verträumt aus dem Fenster der Südseite und sah ein Engelmaierkind mit lumpigen Kleidern im Hof herumkrabbeln. Ich sah, wie die Engelmaierthrese nach dem Kind faßte und es wie eine aus Holz geschnitzte Puppe ins Haus trug. Schreiend liefen die Kinder aus dem Haus, vor allem die Mädchen, die zu Arbeitstieren hergerichtet wurden, ihre Hinterbacken haltend, denn ein Knüppel aus dem Sack ihrer Mutter tanzte darauf. Ich hörte das Kreischen des Engelmaiersiegfried, der auf ein Mädchen dreinschlug und schrie, Du sollst Heu runtermachen, du sollst Holz tragen, du sollst die Kühe füttern, und das Mädchen schrie zurück, Du sollst selber Heu heruntermachen, du sollst selber Holz tragen, du sollst selber die Kühe füttern, aber das Mädchen verrichtete die Arbeit und bekam Schläge als Dank. Als ich die zweite Klasse der Handelsschule besuchte und im ausgestorbenen großelterlichen Zimmer mein neues Domizil im Bauernhaus aufschlug, brachte ich an der Nordwand einen Spiegel an und ließ das Fenster offen. Hob ich meinen Kopf vom Schreibtisch, erblickte ich im Spiegel das Treiben auf dem Nachbarhof. Ich sah im Spiegel, wie ihr Vater sich vom Sitz des Traktors ein wenig erhob, über die Kühlerhaube reckte und links und rechts blickte, um zu sehen, ob er auf die Straße fahren könnte. Ich sah in diesem Spiegel mit schneller klopfendem Herzen, wenn ein Mädchen auf dem Geländer der Wagenbrücke saß, die Beine über den Balken warf, so daß das runde Holzstück auf ihre Scheide preßte. Ich sah, wie sie sich fester gegen den Balken drückte, wie ihre Blicke unruhig wurden, wie sie zusammenzuckte, wenn die Haustür aufging. Ich sah in diesem Spiegel, wie ein Pferd auf den Hinterbeinen auf eine Stute zutänzelte, wie sein roter, kinderarmlanger Schwanz in die Scheide des weiblichen Pferdes drang, wieder aus der Scheide glitt, das Pferd mit seinen Vorderbeinen wieder auf den Boden ging, noch einmal die Vorderfüße hochstellte und auf die Stute zuging, Kind und Hund mußten ausweichen, da der Samen des Pferdes ringsumspritzte. Ich sah in diesem Spiegel herankommende und wegfahrende Autos, Mädchen, die sich auf ihre Fahrräder schwangen, und während sie das Bein hoben, blickte ich auf ihre behaarte Scheide und auf ihre üppigen Schenkel. Ich stand vom Fenster auf, um zu sehen, wie ein Bauernmädchen mit nacktem Hintern auf dem Ledersattel über den hochgewölbten Brustkorb des lotrechten Balkens des Dorfkruzifix fuhr. Ich stellte mir vor, wie das Mädchen zu schwitzen beginnt, ihre Scheide auf den Ledersattel des Drahtesels, wie wir das Fahrrad nannten, preßt, die Feldwege entlangfährt, vorbei am Roggen-, am Hafer- und am Weizenfeld, auf ein Sonnenblumenfeld zu. In diesem Spiegel sah ich dem Schweineschlachten der Nachbarn zu, sah wie die Mädchen wannenvoll Blut ins Haus oder in den Stall trugen, sah, wie der Engelmaiersiegfried und der Engelmaierhansl einen Schweinskopf an den Ohren hielten und lachten, wie der Hund blutschnuppernd an der Kette zerrte und oh, wie wäre es schön für diese brüderlichen Sadisten gewesen, wenn einer den Schweinskopf wie eine Larve auf den Kopf der Engelmaierchrista gesetzt hätte. Niemals hat einer meiner Brüder unsere Schwester geschlagen, jetzt mußte ich zusehen, wie der Engelmaiersiegfried die Engelmaierchrista schlug und ihr mit seinen nägelbeschlagenen Schuhen einen Tritt in den Arsch gab. Mit diesem armseligen und in hundert Dorfaugen nichtsnutzigen Kuhmädchen stand ich im Wald unter den Fichten am Rande des Baches, befreite ihre Füße von den schmutzigen Strümpfen und vom alten Schuhwerk. Hinter dem Wasserfall, in der Nähe der weißen Marienstatue, preßten wir unsere nackten Leiber aneinander. Obwohl dieses Mädchen damals fünfzehn oder sechzehn Jahre alt war, hatte es Hände wie ein alter Mann, abgearbeitet und zerschunden. Aus den Furchen dieser Hände läßt sich noch heute ihre vergewaltigte Kindheit und Jugend ablesen. Der Engelmaiersiegfried und der Engelmaierhansl hielten jeder an einem Ohr den blutenden Schweinskopf und gingen über den Hof. Ihr Vater entleerte den Körper des Schweins von den Eingeweiden. Wie Lava aus einem Vulkan quollen die Gedärme heraus, in einen Trog hinein.

Es war Abend, still war es im Dorf geworden, das Brüllen der Kühe vor Hunger hatte aufgehört, das Grunzen der Schweine ebenfalls, alle waren satt, auch die Kinder. Die Mutter müde, das ganze Gewicht der Tagesarbeit hockt auf ihrem Rücken. Sie wartet darauf, daß der Vater aus dem Stall zurückkommt, überall das Licht abdreht, Vorder- und Hintertür zusperrt und ihr nach über die Stiege ins Schlafzimmer geht. Vor dem Schlafengehen macht der Vater noch seine Kontrollgänge in den Stall, krault das eine oder andere Tier am Kopf, blickt auf die Wasserleitung über den Köpfen der Tiere, wie aufgefädelt hängen die Tropfen am Rohr, fließen zusammen, fallen ins Stroh oder in den Kot der Tiere. Auf dieser Leitung hocken drei, vier Fledermäuse. Neben den Totenvögeln waren die Fledermäuse die unheimlichsten Tiere im Dorf.

Nie sah ich einen Totenvogel, aber immer wieder glaubte ich, wenn sich ein Baumast bewegte, einen Totenvogel wegfliegen zu sehen. Ging ich abends in den Stall, um in den Kot der Tiere und auf ihre Beine zu urinieren, warf ich einen Blick auf die Wasserleitung und sah den reglosen Fledermäusen zu. Sie werden nachts kommen, wir müssen das Kinderzimmerfenster schließen, denn man sagt, daß die Fledermäuse Vampire sind, man sagt, daß sie uns Kindern wie die Blutegel in den Tümpeln der Drau das Blut aussaugen können. Wenn der Vater auch die Stalltür schließt, so fliegen sie aus den zerbrochenen Stallfensterscheiben. Vielleicht setzt sich nachts eine Fledermaus an meinem mageren Kinderhals fest, hebt jedesmal, wenn sie einen Tropfen Blut aussaugt, ihre Flügel, legt sie an und hebt sie wieder, und wenn ich morgens aufwache, so bin ich doppelt so blaß wie sonst, oder ich wache nicht mehr auf, und eine Fledermaus hockt mit dickem Bauch auf meiner Brust. Wenn morgens die Mutter kommt, bin ich vielleicht schon tot, wenn es ein Feiertag ist, so kommt sie vielleicht gar nicht in mein Zimmer, um mich am Morgen aufzuwecken, sie läßt mich bis zum Mittagessen schlafen, und während sie glaubt, daß ich mich ausruhe und kräftige, hockt immer noch die Fledermaus auf meinem Hals und saugt. Wenn die Brüder aufwachen, versteckt sich die Fledermaus hinter dem Heiligenbild, bis sie das Zimmer verlassen haben, der eine geht in den Stall und der andere wird Holz tragen, er wird der Mutter helfen, die vollgefüllten Erdäpfel- und Kaspeleimer in den Saustall zu tragen, dann wird sich die Fledermaus wieder auf meinen Hals setzen und mit ihrer Schnauze die Wunde suchen. Die Mutter trägt ihre leere Kaffeeschüssel zur Kommode, Butter und Bauernbrot trägt sie in die Speisekammer, einen Muggel Speck, den der Vater übriggelassen hat, nimmt sie ebenfalls mit. Sie schließt die Speistür und geht wieder über den Fliesenboden der Küche auf die andere Tür zu, blickt noch einmal auf die Uhr und schaltet das Licht aus. Sie dreht den Schlüssel der vorderen Haustür einmal um, geht in die Bauernstube, auf dessen Tisch eine Vase mit Weizenähren steht, schließt das Fenster, das tags immer offen ist, und verläßt die Bauernstube, geht den Gang weiter und öffnet die hintere Haustür. Sie sieht, daß im Stall noch Licht ist, sie weiß, daß der Vater noch die Köpfe seiner Tiere krault. Sie steht, eingehüllt in den Mantel der Dunkelheit, auf dem Betonboden und blickt auf die undeutlich erkennbaren Stäbe des Heustadelbalkons. Hunderte Spinnweben haben sich zwischen diesen Stäben verflochten, ein paar Nachtvögel sitzen auf dem Geländer, es ruht der Motor der Lüftungsanlage. Sie atmet den Geruch des Misthaufens ein. Sie weiß, daß ein paar gelbe Hühnerfüße in der Jauche liegen, sie erinnert sich daran, wie sie mit einem Hackbeil vor ein paar Stunden diese gelben Beine vom Rumpf trennte. Traum-verloren blickt sie auf die Blutspuren am Holzbeil. Mit Heu hat sie das Blut vom Eisen gewischt, manchmal wischt sie es in ihre Arbeitsschürze. Oft stand sie am Misthaufen, warf den übriggebliebenen Reis in den Kot, während ich, in ihrem Bauch hockend, in den Spiegel der Jauchenlache blickte. Ich sah mein braunes Gesicht und erschrak, wild warf ich meinen Kopf nach links und rechts. Wenn meine Brüder und ich nachts auf den Misthaufen schifften, zuckten wir vom Pfauenschrei, der durchs ganze Dorf zitterte, zusammen und urinierten dabei auf unsere Hose. Niemals sagte mein Vater, daß er mich liebt, niemals sagte meine Mutter, daß sie mich liebt, niemals konnte ich sagen, Vater, ich hasse dich,

Vater, ich liebe dich, Mutter, ich liebe dich, Mutter, ich hasse dich. Sie bekamen es zu spüren, wie ich alles zu spüren bekommen habe. Als einmal meiner schweigsamen Mutter eine meiner frechen Reden auf die Nerven ging, schlug sie ihren Handrücken auf meine Lippen. Augenblicklich schwollen meine Lippen an, und ich wandte mich von der sprachlosen Mutter ab. Niemand konnte meine Sprache ertragen. Ich begann zu schweigen, und meine Schweigsamkeit wurde noch unerträglicher als es meine Reden waren, dann begann ich wieder zu reden, und dann wurden meine Reden noch unerträglicher als es mein Schweigen war. Jetzt ist dasselbe freche Maul, das mir während der Kindheit gestopft wurde, wieder aufgebrochen, und jetzt bin ich noch frecher als früher. Mit dem geschwollenen Mund ging ich zur Tür hinaus. Ich dachte, daß ich kein Wort mehr sagen würde, auch zur Mutter nicht. Von diesem Augenblick an setzte in mir große Bitternis ein. Ich konnte nun auch dieses Werkzeug nicht mehr gebrauchen, ich konnte nicht mehr sagen, was ich dachte, aber wahrscheinlich dachte ich deshalb noch mehr über mich und über die anderen nach. Als der Volksschullehrer im Naturgeschichtsunterricht ankündigte, daß in der nächsten Stunde nicht mehr die Kriech- und Säugetiere behandelt würden, sondern der Mensch, und dabei von einem Knochengerüst sprach, das er mitbringen würde, bekam ich solche Angst, daß ich mir überlegte, wie ich dem Unterricht fernbleiben könnte, ob ich mir in die Hand hacken oder ob ich mich am Fuß verletzen sollte. Ich wußte nicht genau, ob dieses Knochengerüst, in dem ich den personifizierten Tod sah, *lebte*, wie ich es in den illustrierten Geschichtsbüchern der Bauernkriege und schon damals in Rethels *Totentanz* sah, oder ob dieses Knochengerüst völlig harmlos, nur eine makabre Marionette war. Der verkörperte Tod hielt die Sense in seinen Händen und mähte zu, ritt auf unserer Onga daher, verletzte ein Schwein tödlich und warf es den Menschen zum Fraß vor. Da, sättigt euch, morgen und übermorgen komme ich wieder und dann noch zehnmal, dann ist die Familie ausgerottet, ihr müßt fett werden, freßt euch an, trinkt Milch und eßt Speck, ich töte für euch die Tiere, aber dafür töte ich dann die Menschen. Wäre ich im Dorf durch Gespräche von diesen Fantasien erlöst worden, müßte ich heute wahrscheinlich nicht schreiben. Es sind dieselben Fantasien, dieselben Ängste, die wiederkommen, um schreibend aus dem Weg geräumt zu werden. Ich wußte nicht, ob dieses Knochengerüst nicht tatsächlich eines Tages vor der Zimmertür stehen, ohne anzuklopfen eintreten und geradewegs auf mich zugehen und mich aus dem Bett zerren würde. Vielleicht ist es aber ein freundlicher Tod, der anklopft, und wartet, bis ich Herein rufe, auf mich zugeht, sich auf mein Bett setzt, das Fieber prüft, und im selben Augenblick, wo er das Fleisch meines Körpers anfaßt, steigt das Fieber und mir wird heiß und heißer, bis ich kalt bin. In den Religionsbüchern sah ich eine goldene Leiter, die in den Himmel führt. Weißt du, Mame, ich werde hinaufsteigen und nach jeder fünften oder zehnten Stufe werde ich auf deinen Kopf blicken und dir zuwinken. Wenn ich im Himmel bin, werde ich in einen Engel verwandelt werden, goldene Kleider tragen, ein anderer Engeljunge wird mich von den armseligen Bauernkleidern befreien, sie sind doch geflickt und voller Staub. Gemeinsam töteten der Aichholzerfriedl und ich die roten Ameisen und fingen Blindschleichen, gemeinsam gingen wir mit einer Sense auf dem Rücken aufs Feld hinaus, gemeinsam kämpften wir, wenn auch gegeneinander, auf dem Schachbrett mit den bundschuhtragenden Bauern und Pferden gegen König und Dame und holten die Hechte aus dem Auen- und die Forellen aus dem Bergbach. Jahrelang knieten wir gemeinsam als rotgekleidete und manchmal schwarzgekleidete Ministranten zu Füßen des Pfarrers vor dem Altar, und jetzt wollen wir auch gemeinsam über die goldene Leiter in den Himmel hinaufgehen und zu Engeln verwandelt werden. Später wollte ich lange an Jakobs Lippen meine Lippen heften, um an seinem Leichengift sterben zu können, aber ich stand in der Aufbahrungshalle vor seinem Leichnam und brüllte wie ein Tier, so daß der Friedhofswärter kam und seine Hand auf meine Schulter legte. Jakob ist nicht tot, sagte ich zum Friedhofswärter. Jakob ist tot, sagte der Friedhofswärter. Jakob ist nicht tot, sagte ich wieder, während ich mit der Schulter zuckte, um seine Hand, die nach Friedhofserde roch, abzuschütteln. Ich ging in Vaters Stall und sah mir die Kalbstricke an, die über den Mauerhaken hingen. Ich faßte sie an und zuckte zurück, als wären es giftige Schlangen. Ich blickte auf eine Kuh, auf ein Kalb und hätte am liebsten eines dieser Tiere ermordet, ja, das ganze Dorf wollte ich nach Jakobs Tod auslöschen. Alle und alles haßte ich. Das Wasser des Dorfbaches bedrohte mich, als wäre es Blut, das von den Bergen kommt und in die Drau fließt. Auf allen Bäumen saßen neugeborene Totenvögel. Alle im Dorf waschen ihre Hände in Unschuld, und sie werden zu Pfingsten wieder ihre Altäre vor den Häusern aufstellen, unzählige Pfingstrosen und Lilien dem angebeteten Knochengerüst am Kreuz opfern, niederknien vor den Stufen dieser auf den Feldern und vor den Häusern aufgestellten Altäre und singen. Hunderte werden es sein, die mit dem Priester und seinem

Viermanngefolge, den Ministranten, ums Kirchenfeld ziehen werden. An der Wegbiegung wird der Priester haltmachen, sich zum Feld hindrehen und das Allerheiligste, die Monstranz, in der der Leib Christi im Ziborium eingeklemmt ist, hochheben und Gegrüßtseistdumaria singen, Jesusdirlebich, Jesusdirsterbich singen, aber sie wissen nicht, daß seit dem Tod Jakobs sein in eine Hostie verwandelter Leichnam im Ziborium dieser Monstranz eingeklemmt ist und nicht mehr der Leib Christi. Sie beten den Leib Jakobs an, nehmen seine Hostie auf die Zunge, und senken andachtsvoll vor dem Kommuniongitter das Haupt, sprechen ein Gebet, stehen auf, ohne den Blick zu heben, und gehen verschlossen und mit dem Leib Jakobs in sich auf ihre Fußspitzen blickend zu ihren Sitzbänken zurück. Hunderte Birken werden für dieses Fest abgeschlagen und der linken und rechten Seite des lotrechten Balkens des Dorfkruzifix entlang in die Erde gesteckt. Jeder nimmt ein paar geweihte Birkenäste mit nach Hause und steckt sie hinter die Heiligenbilder oder hinter die Bilder seiner verstorbenen Angehörigen. Niemand reißt Äste von den Birken, die weit entfernt von den Altären aufgestellt sind, ganz nahe vom Altar werden die Äste abgebrochen, dort, wo noch die Weihwassertropfen liegen und über den grünen Birkenblättern noch immer der Segen des Priesters schwebt. Vor den Altären, die das Dorf in eine Bühne verwandeln, liegt ein roter Teppich über der bloßen Erde, den nur der Priester betreten darf. Manchmal, da wagte ich es, auf ein kleines Eck dieses Teppichs zu treten, und fühlte mich dabei, als ginge ich aufs samtene Herz Jesu zu, um es zu küssen, und der Gekreuzigte reckte seinen Kopf vor und küßte mich auf die Stirn. Vielleicht straft Gott diejenigen, die ihn anbeten. Vielleicht will er gar nicht, daß er so verehrt und verhätschelt wird. Vielleicht weiß Gott, daß er der Menschen gar nicht würdig ist, denn er war, wie der Priester erzählte, Mensch, und wir sind, was Gott einmal gewesen ist und nicht mehr werden möchte. Die Fronleichnamsprozession setzt ihren Weg fort, die Pfarrermarie betet und singt vor, die anderen beten nach und singen mit. Sie gehen weiter zum nächsten und schönsten Altar des Dorfes, der vor dem Haus des größten Bauern steht. Statt des roten Teppichs liegt eine Unzahl roter Pfingstrosenblätter am Boden, die wie die unzähligen Zungen Jesu im Dorf aussehen. Ein paar Blätter bleiben an den Fußsohlen des Priesters hängen. Wieder hebt er die Monstranz, wieder senkt er die Monstranz mit dem Leib Jakobs, wieder schwenkt er im Zeichen des Kreuzes den Leib Jakobs links und rechts. Es herrscht Stille. Alle warten, bis sich der Priester umdreht und den Gläubigen den Segen austeilt, indem er wieder die Monstranz mit dem Leichnam Jakobs im Zeichen des Kreuzes hebt, senkt und links und rechts schwenkt. In einem Takt knien die Gläubigen während des Segens nieder und schlagen schamvoll ihre Augen zu Boden. Der Onkelerwin, der Simonbauerjogl, der Christebaueradam und der Kreuzbauergottfried tragen an vier Stangen den *Himmel*, unter dem die Ministranten dem monstranztragenden Priester mit dem Allerheiligsten flankierend begleiten. Manchmal blickte ich auf den blauen Stoff dieses Himmels, auf die eingestickten, gelben Sterne. Mein Vater, der Kofleradam und noch zwei andere tragen die blauen Laternen und begleiten die Himmelsträger. Hinter den Laternenträgern gehen die weißgekleideten, zu Bräuten geschmückten Mädchen, die nun nicht mehr die Bräute Christi, sondern die Bräute des in eine Hostie verwandelten Leichnams Jakobs sind. Hinter den Bräuten Jakobs geht die Pfarrermarie mit ihren Vorbetern und Vorsängern, und dahinter trottet das Dorfvolk, vorne die Frauen, danach die Männer. Unter den Frauen sehe ich meine Mutter, sie hält ein Gebetsbuch und ihre grüne Plastiktasche, im Knopfloch ihres Rockes steckt eine rote Pfingstrosenknospe. Wir gehen auf den nächsten Altar zu, die Straße des lotrechten Dorfkruzifixbalkens hinunter, die inzwischen den Namen des verstorbenen Pfarrers trägt, vorbei an den unzähligen, links und rechts am Straßenrand eingesetzten Birken, auf das Schulhaus zu, dem gegenüber das größte Kruzifix steht. Die Himmelträger bleiben stehen, der Priester stellt wieder die Monstranz mit dem Leib Jakobs auf den Altar, legt das Gebetbuch daneben, spritzt Weihwasser auf den Gekreuzigten und bekreuzigt Stirn, Mund und Brust. Ich wundere mich, warum Jesus das Gesicht nicht verzieht, ich schrecke immer zurück, wenn mir mein Bruder Wasser ins Gesicht spritzt. Der Priester nimmt das Weihrauchfaß, blickt auf die glühenden Kohlen und stößt den Atem auf den Gekreuzigten zu. Er nimmt wieder die Monstranz, nachdem er den Gekreuzigten gesegnet hat, und segnet mit dem Heben und Senken, Links- und Rechtsschwenken der allerheiligsten Hostie Jakobs die Gläubigen. Er kniet nun vor dem größten Gekreuzigten nieder, küßt seine Füße, steht auf, dreht sich um und gibt den Himmelträgern einen Wink. Die Prozession setzt sich in Bewegung, sie gehen betend und singend beim Aichholzergarten und beim Kniebauer vorbei, denken, während sie das offene Heustadeltor passieren, an den erhängten Hanspeter und sprechen zu seinem Gedenken ein Kurzgebet. Während ich mich nach meiner Mutter umblicke, bewegt sich die Prozession auf das Friedhofstor zu, die gepflasterte Straße zwischen den Gräbern entlang, in die Kirche hinein, wo es kühl ist und sich jeder den Schweiß von der Stirn wischt. Während der Priester auf den Altar zuschreitet und den in der Monstranz im sichelförmigen Ziborium eingeklemmten Leib Jakobs in den Tabernakel stellt, bringt er die Prozession zum Stillstand. Jesus steigt vom Seitenaltar herab und bedankt sich verbeugend vor den Gläubigen und dem Priester, der seinen Leichnam durch das ganze Dorfkruzifix trug.

Der Himmelträger Christebaueradam hat ja den Robert und den Jakob im Pfarrhofstadel vom Strick genommen. Für diese zärtliche Geste möchte ich ihm tausend Dank sagen. Immer wieder stelle ich mir vor, wie der Christebaueradam zum Pfarrhofstadel hinaufgeht, eine Taschenlampe in der Hand hält und zuerst auf die vier pendelnden Füße blickt, erschrickt, den Strahl der Taschenlampe etwas höher hebt, zu den Kniescheiben, auf die Oberschenkel, langsam zu den Hüften der beiden Hängenden hochfährt, schließlich auf den Bauch und auf die Brust leuchtet. Lange leuchtet er auf den Pullover Jakobs, er, der starke Christebaueradam hat Angst, den beiden Buben ins Gesicht zu leuchten. Er, der Christebaueradam, der stärkste Mann des Dorfes beginnt zu weinen. Der Strahl der Taschenlampe zittert an Jakobs Pullover. Er schwenkt die Lampe ein wenig nach rechts, nach links, um die Ärmel und die Finger Jakobs zu sehen, aber er wagt es noch nicht, den Taschenlampenstrahl auf das Gesicht der beiden zu lenken. Er blickt auf ihre ineinanderverkrallten Hände, die sich verdreht und halb zum Gebet geschlossen haben. Wieder senkt er den Strahl der Lampe auf ihre Beine, auf die Schuhe und hebt nun die Lampe mit einem Ruck auf das Gesicht Jakobs, läßt die Lampe fallen und wirft die Hände vors Gesicht. Obwohl es im Raum dieses zerlotterten Heustadels dunkel ist, fühlt er vor seinen ans Gesicht geworfenen Hände eine zweite, tiefere Dunkelheit. Mir ist schwarz vor Augen geworden. Der Christebaueradam zieht das Küchenmesser aus seiner Tasche, schneidet den Strick ab und fängt Jakob auf, der tote Robert muß an der anderen Seite zu Boden geplumpst sein, es sei denn, es ist jemand mit dem Christebaueradam mitgekommen und hat Robert aufgefangen. Der Christebaueradam legt Jakob aufs Heu. Kein Wiederbelebungsversuch hilft. Er heftet seine Lippen an die Lippen des Jungen und bläst ihm seinen Odem in den Mund, aber Jakob hebt seine Hände nicht mehr, Jakob öffnet die Augenlider nicht. Der Christebaueradam beginnt zu beten und ruft Jesus an, er möge kommen und den Buben aufwecken, wie er Lazarus von den Toten aufgeweckt hat, aber Jesus kommt nicht, verwandelt nicht Jakobs Blut in Wein, damit alle Dorfgläubigen davon trinken und rauschig werden, wandelt den Toten in keinen Lebendigen mehr um, Jakob ist und bleibt tot, sein Leben ist im siebzehnten Jahr zum Stillstand gekommen. Der Christebaueradam kniet vor den beiden Jungen und hält immer noch seine Hände zum Gebet geschlossen. Er wird die beiden toten Buben in sein Auto verladen und aus dem schwärenden Gehirn dieses Dorfkruzifix weg über den lotrechten Balken fahren und Jakob nach Hause bringen, vorher aber wird noch die Polizei kommen, das Selbstmordwerkzeug beschlagnahmen, in einen Plastiksack verpacken, mit den Fingerabdrücken herumspielen und natürlich die Kärntner Presse und den Rundfunk benachrichtigen. Die Welt ist für Jakob verlorengegangen, und mit ihm sackt die ganze Erdkugel in die Hölle hinunter und verbrennt. Ich denke an die längst schon verwischten Kreuzzeichen auf seiner Stirn, auf seinem Mund, auf seiner Brust, auf seinem

Nabel, auf seinem Geschlecht. Ich denke an die Kreuzzeichen auf seinen blonden Oberschenkeln, an die Kreuzzeichen auf seinen Kniescheiben denke ich, an die Kreuzzeichen auf seinen zehn Zehenspitzen, und hat sie niemand gemacht, als er zur Totenwäsche auf dem weizenährendekorierten Bett lag, so mache ich sie hier auf der Haut dieses Papiers, drehe seinen Leib um und mache auf den Fußsohlen, auf den Muskeln seiner Unterschenkel und auf seiner Kniekehle dieselben Kreuzzeichen wie auf dem Oberschenkel. Ich mache dieses Kreuzzeichen auf seiner verdrehten Wirbelsäule, auf seinen beiden Schulterblättern und auf seinem verdrehten Halswirbel. Dieses Kreuzzeichen mache ich auf seinem Hinterkopf und mache noch ein Kreuzzeichen auf seiner Stirn, wo ich begonnen habe, auf seinem Mund und auf seiner Brust mache ich wieder ein Kreuzzeichen, auf seinem Nabel und auf seinem Geschlecht, auf seinen Ober- und Unterschenkeln und auf seinen zehn Zehenspitzen. Nicht vergessen darf ich, unzählige Kreuzzeichen auf seinen zehn Fingerspitzen zu machen und auf jeder seiner Haarspitzen. Wieder drehe ich seinen nackten, toten Leib um und beginne mit den Kreuzzeichen auf seinen Fußsohlen von vorne und ende an seinen Haarspitzen, aber wieder mache ich ein Kreuzzeichen auf seiner Stirn und auf seinen Zehenspitzen. Tausende Kreuzzeichen mache ich, tage- und wochenlang mache ich nichts als Kreuzzeichen auf seinem toten Leib, drehe ihn wieder und wieder um, einmal liegt er auf dem Bauch, einmal auf dem Rücken, dann wieder auf dem Rücken, dann bekreuzige ich seine zehn Zehenspitzen und danach seine zehn Fingerspitzen und die winzigen Ringe der Erntedankkronen um seine zehn zum Gebet geschlossenen Finger, tage- und wochenlang bekreuzige ich ihn, bis ich wahnsinnig werde und ein letztes Kreuz an meiner Stirn und an meinen zehn Zehenspitzen zu schlagen beginne, mich umdrehe und auf meinen Schulterblättern dieses Kreuzzeichen mache, mich wieder umdrehe und neuerlich die Brustspitzen bekreuzige. Ich werde sein Totenzimmer nicht mehr verlassen, wo ich auch bin, suche ich mir gruftähnliche Zimmer oder verdunkle die Fenster mit schwarzen Tüchern.

Die Mutter geht die sechzehn Stufen unserer Stiege wieder hinauf, und ich blicke auf das Vorzucken ihrer schwarzen Schuhspitzen. Wenn ich nicht weiß, ob es Abend oder Tag ist, blicke ich einfach auf das Vorzucken ihrer Schuhspitzen, sind es die schwarzen Schuhspitzen, so weiß ich, daß sie mit einer Mahlzeit ins Zimmer der Großeltern gehen wird, sind es die braunen, weichen Hausschuhe, so weiß ich, daß sie schlafen gehen wird. Sie geht auf die Wäschekammer zu, öffnet die Tür, zieht ihre Schuhe, die Strümpfe und den Kittel aus. Mit bloßem Busenhalter und Unterhose steht sie in der Wäschekammer und blickt aus dem Fenster, und ich hebe meinen Kopf im gläsernen Mutterbauch und blicke ebenfalls auf das Fenster des Nachbarhauses, wo die schwangere Nachbarsfrau aus dem Fenster ihres Bauernhauses auf das Fenster meines zukünftigen Elternhauses blickt und das Kind in ihrem gläsernen Bauch hebt ebenfalls den Kopf, und wir blicken wieder einander in die Augen, und ich rufe, Rasiermesser, Rasiermesser, und blicke dabei auf die Fensterscheibe, wo sich das Gesicht der Mutter widerspiegelt, um an ihren Gesichtszügen abzulesen, ob sie mich verstanden hat oder ob sie nach wie vor verloren auf die Spitzen ihrer Brüste blickt. Noch sind die Fingernägel nicht gewachsen, noch kann ich die Eihaut nicht aufreißen, ich möchte raus aus dem Mutterbauch, ich möchte über die Dorfbrücke laufen und das Kind der Nachbarsfrau im gläsernen Mutterleib näher betrachten, ich möchte raus, ich ertrage diese vielen Verletzungen nicht mehr. Die Mutter arbeitet im Stall, in der Küche und auf dem Feld wie ein Roß, hebt einen Eimer voll heißer Erdäpfel nach dem anderen auf und trägt sie über den Hof. Während sich ihr Körper verrenkt, krümme ich mich im gläsernen Mutterbauch und blicke auf die rauchenden Erdäpfel, die sie den Schweinen vorwerfen wird. Die heißen Erdäpfel dampfen und vernebeln mir die Sicht. Ich will mit meinen schleimbedeckten Händen die Scheibe freiwischen, aber ich wische und wische, und es gelingt mir nicht, die Sicht wird nicht besser. Ich hebe meinen Kopf wieder, so daß mein Kinn an den Nabel der Mutter anstößt, und will ihr zurufen, daß sie den dampfenden Erdäpfeleimer in der anderen Hand tragen soll. Ich möchte auf die Kristalle der Schneekörner blicken, ich will die Fußspuren meines werdenden Vaters betrachten, stunden-, ja tagelang will ich nichts anderes tun, als die Fußabdrücke meines werdenden Vaters betrachten. Man kann sogar noch das Muster des Schuhnagels im Schnee erkennen, und wenn es nachts kalt wird, erstarrt der Fußabdruck zu einem Relief, das ich am Morgen, wenn die Mutter wieder mit einem Erdäpfeleimer über den Hof geht, betrachten kann. Es ist das einzige Kunstwerk, das mich während dieser Zeit berührt hat. Ich habe, aus dem gläsernen Mutterbauch blickend, auf die Ölgemälde in den Nachbarhäusern geblickt, aber keiner dieser Ölköpfe hat mich mehr interessiert als die Fußabdrücke meines werdenden Vaters im Schnee. Saß die Mutter, in einen dicken Mantel gehüllt, auf der Rasenbank und blickte, während sie ihren Bauch streichelte, in den weißgrauen Schnee hinaus, so sah ich stundenlang auf den Boden, um die Fußabdrücke meines werdenden Vaters zu betrachten. Ich zählte die Nägel an seinen Schuhen, eins, zwei, drei, vier, zwölf Nägel sind es, die der Vater an seinem linken Schuh trägt und ebenfalls zwölf an seinem rechten, aber ich entdecke, daß im rechten Schuh ein Nagel ausgefallen ist. Dreiundzwanzig Nägelabdrücke betrachte ich, während die Mutter in einen schwarzen Mantel gehüllt auf der Rasenbank sitzt und in den weißgrauen Schnee hinausblickt. Weißgrau ist der Schnee, weil immer wieder der Dunst der Tiere aus der offenen Stalltür auf den Hof strömt, weil immer wieder vom Heustadel der Staub des Heus fällt. Wenn die Magd eine Gabel voll Heu aus einem Heustock reißt, staubt es, und der Staub dringt durch die offenen Stadeltüren und durch die breiten Ritzen zwischen den Brettern, fällt auf den verstaubten Balkon des Heustadels, verfängt sich in den Spinnennetzen, und der Rest, der sich nicht in den Spinnennetzen verfängt, fällt auf den Hof und überdeckt den Schnee mit einem grauen Schleier. Der Misthaufen dampft morgens und abends, denn morgens und abends chauffiert der Knecht Mist aus dem Stall auf den Misthaufen und hört, wenn er morgens begonnen hat, gegen die Mittagszeit auf, wenn die Sonne durch die Wolken gebrochen ist und das ganze Dorf durch die Millionen Schneeflocken und Schneekristalle glitzert und wenn meine Augen im Mutterleib ebenfalls wie die Schneekristalle zu glitzern beginnen und wenn wahrscheinlich auch die Augen der Mutter glitzern, wenn sie auf die unzähligen glitzernden Schneekristalle blickt und in die Fußstapfen eines Pferdes tretend über den lotrechten Balken des Dorfkruzifix geht. Am Nachmittag legt sich das Dampfen des Misthaufens von neuem und dauert bis Mitternacht an, wenn meine Mutter und ich im

Bett liegen. Ich blicke auf die rote Hülle ihres Eihaut-
mantels, blicke auf meine wachsenden Fingernägel, stelle
mir wieder vor, daß ich eines Nachts, wenn die Fingernägel lang genug und rasiermesserscharf sind, die Eihaut
durchritzen und, während die Mutter schläft, aus dem
Bauch steigen und über die sechzehnstufige Stiege hinuntergehen, auf das Vorzucken meiner embryonalen Füße
blicken, den Haustorschlüssel umdrehen und auf den
Misthaufen blicken werde, um zu sehen, ob nun gegen
Mitternacht das Dampfen des Misthaufens aufhört. Ich
würde in die Küche gehen, Vaters Kugelschreiber vom
Radio nehmen und in ein Notizbuch meine Beobachtungen eintragen. Ich fertige genaue Zeichnungen an und
beschreibe neben den Figuren des Dampfes auch meine
Zeichnungen. Während ich die Veränderungen des
Dampfes festhalte, blicke ich manchmal auf die vom
Frost festgenagelten Fußabdrücke meines werdenden
Vaters im Schnee. Schön war es, wenn die Mutter auf dem
Rücken des schwarzen Pferdes saß, ihre Beine auseinan-
dergespreizt, mit ihren Fersen dem Tier die Sporen gab,
während ich aus dem gläsernen Mutterbauch auf den sich
immer wieder senkenden und hebenden Nacken des
Pferdes blickte, meinen Blick senkte und die auf der
Pferdewirbelsäule geöffnete, schwarzbehaarte Scheide
meiner Mutter sah. Schön war es, auf ihre am gläsernen
Mutterbauch zügelhaltenden Hände zu blicken. Ich betrachtete abwechselnd meine wachsenden und ihre fertigen Fingernägel. Schön war es, wenn sie einen Fuß
hebend vom Pferd stieg und ich aus dem gläsernen
Mutterbauch auf das sich drehende Dorf blicken konnte,
während sie eine Kehrtwendung machte. Schön war es,
wenn die Mutter nach der Heuernte in einer Mulde
hockte, ihren Unterkörper entblößte und mit ihrem

Geschlecht zu spielen begann, bis sich ihr Körper schüttelte. Mit dem Handrücken wischte sie den Schweiß von der Stirn. Den über ihre Oberschenkel rinnenden Saft saugte sie mit trockenem Klee auf, die Heuschrecken hüpften ringsum. Schön war es, als meine Mutter auf einem Grashöcker unter den Froschschreien in den Sümpfen saß und eine Sumpfdotterblume in ihre Scheide steckte, so daß die gelbe, große Blüte ihren Unterleib verdeckte. Mit Tränen in den Augen hockte sie auf dem Grashöcker, während der zahnlose Mund eines Frosches ihren Zeigefinger einzwängte. Nicht nur die Fußabdrücke meines werdenden Vaters, auch die Fußabdrücke der Heiligengestalten und die Fußabdrücke des Pfarrers und der Pfarrermarie, die Fußabdrücke der Knechte und Mägde, die Fußabdrücke der Kleinkinder und die Fußabdrücke des Pfaus, alle möglichen Fußabdrücke habe ich im Schnee gesehen und lange betrachtet. Die Fußabdrücke des Knochengerüstes mit der Sense, die Fußabdrücke Jesu und die Fußabdrücke des Teufels meiner Kindheit, der einen Tier- und einen Menschenfuß hatte, habe ich am frühen Morgen, als die Hähne noch schliefen, im Neuschnee dieses Dorfkruzifix gesehen. Als ich einmal die Fußabdrücke meines invaliden Schutzengels im Schnee sah, hatte ich schreckliche Angst vor den Fußabdrücken des Knochengerüstes mit der Sense, denn die Fußabdrücke meines invaliden Schutzengels führten neben der Fährte der Fußabdrücke des Knochengerüstes im Schnee her.

Ich hebe meinen Kopf und blicke aus dem gläsernen Mutterbauch auf die spiegelnden, in kreuzförmige Holzrahmen eingefaßten Fensterscheiben, während die Großmutter vor dem Spiegel steht und den Scheitel in der Mitte ihres weißhaarigen Kopfes zieht, links und rechts fällt ein Strahl weißen Haares. Sie hebt ihre Hände über den Kopf und verknotet die beiden zu Zöpfen geflochtenen Haarsträhnen und steckt Nadeln ins Haar, um den Knoten zu festigen, und während ich jetzt schreibe, *steckt Nadeln ins Haar*, fällt mir ein, daß ich als Kind, oder vielleicht war ich schon ein Jugendlicher, irgendwo gehört oder gelesen habe, eher gelesen als gehört habe, denn von so Dingen sprach man im Dorf nicht. Der Pfarrer dieses Dorfes sagte, daß es Dinge gibt, über die man nicht sprechen sollte, und ich stelle mir vor, nur mehr über Dinge zu sprechen, über die man nicht spricht, nur diese Dinge interessieren mich und nichts anderes mehr. Ich habe den Auftrag über Dinge zu reden, über die man nicht spricht, nicht sprechen soll oder darf, aber ich wollte eigentlich erzählen, was mir einfiel, während ich die Worte, *steckt Nadeln ins Haar*, niederschrieb, aber ich sollte nicht über Dinge reden, über die man im Dorf nicht spricht. Obwohl der Pfarrer gesagt hat, daß man über diese oder jene Dinge nicht reden soll, rede auch ich über diese Dinge nicht, solange ich nicht darüber reden will, aber jetzt will ich genau über Dinge reden, über die man nicht reden soll, denn ich will nur über Dinge reden, über die man nicht reden soll, sonst über nichts mehr. Der Pfarrer hätte nicht sagen dürfen, daß man über verschiedene Dinge nicht reden darf, denn gerade deshalb will ich jetzt über Dinge reden, über die man nicht reden soll und darf, und während ich die Worte, *steckt Nadeln ins Haar*, niederschrieb, sah ich eine Großmutter vor mir, die ihrem Enkelkind winzige Nadeln nicht ins Haar, sondern in seinen Kopf steckte, als der Schädel dieses Kindes noch weich, noch knorpelhaft war, und die Haare des Kindes wuchsen über die winzigen Köpfe der Nadeln. Mit den unzähligen Nadeln im Kopf saugt es an der Mutterbrust, ohne daß die Mutter weiß, daß dieses Kind unzählige Nadeln im Kopf hat, denn die Großmutter wollte dieses Kind töten, ich weiß nicht mehr warum, denn ich habe diese Geschichte als Kind gehört oder als Jugendlicher irgendwo in der Bunten Illustrierten oder in der Volkszeitung gelesen, eher gelesen als gehört, denn ich lebte zwei Jahrzehnte in einem Dorf, in dem man über Dinge, über die man nicht reden sollte, nicht redet. Der Pfarrer ist einer ihrer Helfer, ohne daß es die Dorfleute wissen oder auch nur ahnen, denn die Tatsache, daß man in diesem Dorf über Dinge, über die man nicht sprechen sollte, nicht spricht, ist in den Köpfen dieser Menschen so tief vergraben, daß sie nicht einmal ahnen können, daß man gerade, um zu überleben, über Dinge, über die man nicht spricht, sprechen sollte. Und für diese Dinge, über die man nicht sprechen sollte, finde ich meine Sprache, bis ich nur mehr über Dinge sprechen kann, über die man nicht spricht. Die Großmutter mit den Nadeln im schloßweißen Haar steht hinter dem weißen Särgchen neben der schwarzgekleideten, tieftrauernden Mutter, denn alle Mütter trauern tief, und wirft dem toten Kind die letzten weißen Rosen und Kußhändchen zu. Ob die Großmutter in ihrem Enkelkind ihre lange verhaßte Tochter töten wollte? War es ein Ballast für die Großmutter, noch einmal miterleben zu müssen, wie sie ihre Tochter, die sie eigentlich nicht haben wollte, mit diesem Kind wieder aufpäppeln muß? Ich kann das böse Gesicht der Großmutter zwar nicht mehr so beschreiben, wie ich es gesehen habe, aber ich könnte es so beschreiben, wie ich es jetzt sehe, und jetzt sehe ich ein völlig anderes böses Großmuttergesicht vor mir als ich es damals gesehen habe. Ich sehe nur böse Gesichtszüge einer Großmutter, aber nicht das böse Gesicht dieser Großmutter, eine böse Grimasse, eine böse Falte, eine böse Larve, aus der die Großmutter schlüpfen wird. Als Tier wird sie wiederkommen und auf meinen Handrücken springen, während meine Hände auf der Tastatur meiner Schreibmaschine wie auf einem Klavier liegen und komponieren und ich mir trotz allem das Gesicht der Großmutter, die gerade dabei ist, einem Kind winzige Nadeln in den Kopf zu stechen, schwer vorstellen kann. Ich müßte jetzt einer Puppe winzige Nadeln in den Kopf stechen und mir vorstellen, daß es kein Puppenkopf ist, in den ich winzige Nadeln steche, sondern der Kopf des Kleinkindes, das daran sterben soll, dann kann ich mir vielleicht vorstellen, wie die Großmutter ausgesehen hat, die tatsächlich winzige Nadeln in den Kopf dieses Kindes gestochen hat. Ich müßte vielleicht auf die Straße gehen und ein Kind darum bitten, daß es mich schlägt, dann könnte ich vielleicht blutend in mein Zimmer gehen, mich vor dem Kopf dieser Puppe mit den gezückten Nadeln aufstellen und mir vorstellen, daß es der Kopf dieses Kindes ist, in den ich die Nadeln steche, und nicht der Kopf einer Puppe, und vor mir steht eine Kamera, die auf mein Gesicht gerichtet ist und meine Gesichtszüge filmt, die ich von der Leinwand herunterbeschreiben kann, hundert-, ja tausendmal ansehen muß, um diese Gesichtszüge beschreiben zu können, dann kann ich mir vielleicht vorstellen wie die Großmutter, die dem Kind winzige Nadeln in den Kopf gesteckt hat, dabei ausgesehen haben muß, welche Züge ihr Gesicht angenommen hat, aber ich muß bedenken, daß es wiederum nur meine Augen sind, die begierig zusehen, wie ich den Kopf des Kindes mit Nadeln zerstochere, während ich sein Haupt wie in einem Schraubstock zwischen meine Oberschenkel klem-

me. Ich hole mir jetzt aber keine Puppe und stecke ihr Nadeln in den Kopf, lasse mich von keinem Kind schlagen, so daß ich mir als Widerpart zu diesen Schmerzen vorstelle, nicht in den Kopf einer Puppe, sondern in den Kopf eines Kindes zu stechen, und dann kann ich mit ziemlicher Sicherheit an meinen eigenen, gefilmten Gesichtszügen nicht die tatsächlichen Gesichtszüge dieser Großmutter, die tatsächlich Nadeln in den Kopf dieses Kindes gestochen hat, sehen, nein, meine Gesichtszüge wären nur die mutmaßlichen Gesichtszüge dieser Großmutter, mein flackernder Blick nur der mutmaßliche der Großmutter, meine Hände würden wahrscheinlich zittern, während sie kühl und mit Berechnung Nadeln in den Kopf dieses Kindes gesteckt hat. Ich blicke jetzt aus dem Fenster, als suchte ich ein Kind, dem ich tatsächlich und nicht einer Puppe Nadeln in den Kopf stechen will, aber da ich überhaupt keine Geschichten zu Ende erzählen möchte und schon gar kein Geschichtenerzähler bin, sehe ich wieder die Großmutter vor mir, von der ich eher gelesen als gehört habe, die winzige Nadeln in den Kopf des Kindes gesteckt hat, während ich aus dem gläsernen Mutterbauch blicke und sehe, wie die Enznoma vor dem Spiegel steht und den Scheitel in der Mitte ihres weißhaarigen Kopfes zieht, links und rechts fällt ein Strahl weißen Haares. Sie hebt ihre Hände über den Kopf und verknotet die beiden zu Zöpfen gemachten Haarsträhnen, umwickelt sie und steckt Nadeln ins Haar.
Der Lichtschein der Hoflaterne fiel über vier, fünf Meter, so daß gerade diese Schneeflocken in meinen embryonalen Augen und in den Augen der Mutter glitzerten. Der Vater war noch im Stall, kraulte die Köpfe seiner Lieblingstiere und legte eine Hand auf die Flanke des schwarzen Zugpferdes, mit dem er aufgewachsen war,

und erinnerte sich dabei an dessen Geburt. Nachts hat ihn der Enznopa aus dem Bett geholt. Über den knirschenden Schnee ist der Vater zum Aichholzer hinuntergelaufen und hat den Onkelerwin aufgeweckt. Der Onkelerwin ist aus dem warmen Bett gesprungen, hat seine nach Stall riechenden Kleider angezogen und ist mit einer Laterne über die Stiege gegangen, hat die Tür aufgesperrt, den Schlüssel abgezogen, die Tür zugesperrt und den Schlüssel in die Hosentasche gesteckt. Sein Gang über die holprige Dorfstraße wurde immer schneller, bis er zu laufen begann und das Knirschen seiner Schritte im Schnee zu einem einzigen durchlaufenden Knirschen wurde, das erst aufhörte, als er vor der Stalltür stand, öffnete und ihm augenblicklich die Wärme der Stallluft und der Geburtsgeruch entgegenschlugen. Die Mutter, von einem Mantel umhüllt, vor der Tür stehend und auf den Vater wartend, der nun seine Hand von der Flanke des Pferdes hebt, blickt auf die dunklen Punkte der Nachtvögel am Heustadelbalkon. Sie blickt auf den Dachfirst, denkt an den Blitzableiter und sieht wieder die Nägelschläge eines vor der Stalltür ihres Vaterhauses niederkauernden Blitzes, hört die Tier- und Menschenschreie wieder, die Rufe nach der rettenden Hand der Feuerwehr und das laute Weinen des Onkelerwin, der den Hof bewirtschaftet. Während ihr krankes Herz schneller zu schlagen beginnt, sieht sie das Herz ihres Bruders, sieht, wie es zittert, sieht, wie ihm ein Speichelfaden auf den Oberschenkel fällt, und ehe dieser lange Speichelfaden seinen Kopf marionettenhaft nach unten zieht, trennt er ihn mit einer Handbewegung. Sie sieht, während sie in einen dunklen Mantel gehüllt in den glitzernden Schnee hinausblickt, den vor Angst und Staunen geöffneten Mund des Aichholzeropas, der von seiner Krankheit an den Diwan gefesselt ununterbrochen die Hände hochhebt und wieder fallen läßt. Die Schwester meiner Mutter setzt sich an den Diwanrand und sagt, daß alle den Brand löschen. Dein Stadel wird nicht abbrennen, die Feuerwehr ist da, alle Menschen im Dorf sind mit Wasserkannen gekommen, alle helfen und treiben die Tiere aus dem Stall, und der Aichholzeropa sagt zur Schwester meiner Mutter, daß sie den Pfau nicht vergessen sollen, Er muß aus dem Stall raus, er darf in den Flammen nicht umkommen, der Pfau muß raus. Die Mutter blickt, immer noch an der Rückseite des Hauses stehend und auf den tierkörperkraulenden Vater wartend, eingehüllt von der Dunkelheit der Nacht in den glitzernden Schnee hinaus. Sie tritt in die Fußstapfen meines werdenden Vaters und blickt sich nach Geräuschen um, aber kein Laut außer dem Knirschen des Schnees untermalt ihre Fantasie. Die Pupillen meiner Augen im Mutterleib glitzern wie die unzähligen Schneesplitter. Gerne möchte ich meine Augen schließen, aber noch sind mir keine Augenlider gewachsen, ich kann mich gegen diese Bilderflut nicht wehren, ich muß ertragen, was die Mutter erträgt, mitansehen, was die Mutter erblickt. Blutete ihre Seele, färbte sich mein Gesicht rot, wild schlugen meine Hände um sich. Manchmal war es ein Tier, manchmal ein Mensch, meistens aber die Enznoma, die ihr wieder sagte, daß sie dies und das falsch mache und noch viel zu lernen habe. Immer wieder blickte ich im Vorbeigehen der Enznoma ins Gesicht, hob meinen embryonalen Kopf, um ihr die Stirn zu bieten, aber sie beachtete mich nicht, sie konnte mich auch nicht beachten, denn sie wußte nicht, daß ich aus dem gläsernen Mutterleib neun Monate lang diese Welt studierte, bevor ich mir überlegte, ob ich nun auf diese Welt kommen wollte oder nicht. Ich mußte mitansehen, wie die Mutter Hühner schlachtete. Wenn die Blutstropfen auf ihren gläsernen Bauch fallen, zucke ich augenblicklich zurück, die Mutter gerät ins Schwanken und hält sich an einer Wasserleitung im Stall, die voller Tropfen ist, fest. Ihre Hand zuckt zurück, weil sie in ihrer Erregung nicht erwartet hat, daß dieser Stab, an dem sie sich festhalten will, eiskalt ist und nun ihren ganzen Körper schauern macht. Weitertaumelnd läßt sie das Hackbeil zu Boden fallen und tritt auf den Kopf des Hahns. Gänsehaut überzuckert ihren Körper, während sie den Fuß von der weichen Masse des Hahnenkopfes hebt und auf eine Milchkuh zugeht, sich mit der Stirn an die warme Flanke lehnt und allmählich spürt, wie das Blut im Körper des Tieres auch ihre Stirn wärmt. Ich drehe mich zur Seite und blicke aus dem Mutterbauch auf den zusammenge- quetschten Hahnenkopf, ein Auge ist halb aus der Höhle getreten, durchdringend blickt es mich an. Ich hebe meine schleimbedeckten Hände und rufe, Sieg, Sieg, Sieg über den Hahnenkopf, und will die Blutstropfen am gläsernen Mutterbauch wegwischen, um das Geschehen ringsum besser beobachten zu können. Die Mutter, ihre Stirn noch immer an die Flanke der Kuh gelehnt, erbricht, ihr Bauch hebt sich, und ich habe die Hoffnung, daß sie mit den Speiseresten auch mich erbrechen wird. Vielleicht wäre ich mit meinem Gesicht in den Kot der Kuh oder ins Erbrochene der Mutter gefallen und wäre erstickt. Vielleicht hätte sich die Kuh erschreckt, wäre einen Schritt zur Seite gegangen und hätte mich zusam- mengetreten. Vielleicht wäre eine schläfrige, an der Wasserleitung hängende Fledermaus nach unten gestürzt und hätte mich aufs Schloß ihres Grafen gebracht, der, wie ich gehört habe, vom Menschenblut lebt und überall

seine Diener hat, im Stall, im Pfarrhof, in der Keuschler-
hütte, ja selbst in der Kirche, wo die Orgel steht, ganz
nahe am Klöppel der Glocke, der über dem glänzenden,
glatzigen Kopf des Mesners ins Eisen schlägt. Aus dem
Stroh aufstehend wäre ich augenblicklich auf den Rücken
des schwarzen Zugpferdes gesprungen und wäre mit ihm
den lotrechten Balken des Dorfkruzifix hinunter aufs
Feld hinausgeritten, auf meinen werdenden Vater zu, der
im Roggenfeld steht und die Reife der Ähren prüft, die
Ähren geradezu anlächelt, mit ihnen spricht, Ihr werdet
Brot und militärisch aufgereiht in der Speisekammer
stehen, wir werden euch essen, damit wir Kraft genug
haben, um im Frühjahr wieder zu säen, euch wieder
wachsen lassen, damit wir euch im Spätsommer wieder
ernten, wieder Brot aus euch machen, damit wir uns
stärken. Auf dem Rücken des Pferdes dahergaloppierend
sehe ich, wie der Vater mit einer Roggenähre ringt, sie
würgt, wieder hochzerrt und schreit, Damit wir euch im
Spätsommer wieder ernten, wieder Brot aus euch machen, damit wir uns stärken und die Kraft haben euch im
Frühjahr wieder zu säen, euch wieder wachsen lassen,
damit wir im Spätsommer ernten. Ich sehe, wie die
Roggenähre die Geschosse ihrer Körner dem Vater auf
die furchige Stirn schleudert und wie die Fäuste des
Vaters wüten und wie nun beide am Boden liegend sich
geradezu in einen Todeskampf hineinwälzen, einer von
beiden wird liegenbleiben. Sie wälzen sich ins Feld eines
Bauern hinein, mit dem der Vater verfeindet ist. Die
Angst des Vaters vor der Abwesenheit des feindlichen
Bauern ist größer, als es die Angst vor seiner Anwesenheit wäre, wenn er am Rande seines Feldes stünde, die
Hand ausstrecken und sagen würde, Verschwinde, ernte
und stirb auf deinem eigenen Acker. Der Vater erinnert

sich an die Kriegszeit, in der die Brüder seiner Frau, der eine in Rußland, der andere auf einem anderen Schlachtfeld, gefallen sind. Es gibt zwar ein Grab auf unserem Friedhof mit einem Kreuz, das ihre Namen trägt, aber ihr Fleisch ist woanders verwest. Speichelfäden rinnen aus dem Mund des kämpfenden Vaters, Speichelblasen entstehen, die das eine oder andere Wort, das er in seiner Erregung von sich gibt, verschlucken, und die Roggenähre versteht nur undeutlich, was der Vater zu sagen hat. Vaters Adern an den Händen und die Halsschlagader schwellen an, mehr und mehr Blut stößt in seinen Kopf vor, dunkler werden seine Augen, sein Haar ist zerzaust. Er würgt die Roggenähre, so daß die Körner nun tatsächlich zwischen seinen Fingern hervorspritzen. Wärend die Roggenähre stirbt, schreit der Vater, noch rauschig vom Kampf, Wir werden euch essen, damit wir Kraft genug haben, um im Frühjahr wieder zu säen, euch wieder wachsen lassen, damit wir euch im Spätsommer ernten, wieder Brot aus euren Schlossen machen, damit wir uns stärken, und die Worte, Uns stärken, ruft er so laut, daß die Getreideähren am Rande des Ackers zittern. Langsam kommt der Vater wieder zur Besinnung und blickt herrschsüchtig über die unzähligen, in der Sonne flimmernden Roggenähren. Er stellt sich vor, wie er mit der Dreschmaschine ins Feld fährt. Der Knecht füllt die aus einem Schacht fließenden Getreidekörner in Jutesäkke ab, verschnürt sie sorgfältig und läßt sie auf das gelbe Stoppelfeld gleiten. Die anderen Getreideähren, die er während seines Kampfes mit zu Boden gerissen hat, stellt er nun wieder, im Kreis gehend, auf.

Ich sah, wie sich der Vater mit den Tieren im Stall, auf dem Feld oder vor einer Sennerhütte auf der Alm unterhielt, wie er, eine Fichte umschlagend, das Hackbeil zwischen den Händen hielt und Beschwörungsformeln murmelte. Ich sah, wie er gestikulierend durchs reife Roggenfeld schritt, ich sah, wie er die Schneide der Sense auf den Amboß hielt, wie er sie mit dem Dengelhammer glattklopfte und danach mit seiner Fingerspitze die Schärfe der Schneide prüfte. Ich stand vor ihm, blickte über seine Schulter oder hockte auf dem Balkon, kniff die Augenlider ein wenig zusammen, um meinen Blick zu schärfen, während der Vater mit dem Dengelhammer klopfte und klopfte, als wolle er nicht nur die Schneide glattklopfen, sondern den Tod, der wie der Vater Ackermann die Sense über der Schulter trägt, herbeirufen, er solle ihm Gesellschaft leisten. Manchmal war es ein Pfauenschrei, der sich zwischen diese Schläge mischte, und die Köpfe der Hähne und Hühner schreckten hoch, jeder Kinderkopf hob sich, wenn der durchdringende Pfauenschrei, den der Volksmund als Schrei des Teufels bezeichnet, durchs Dorf hallte. Ich hatte Angst, ich wollte meine Augen schließen und für heute nichts mehr sehen, aber mir waren noch keine Augenlider gewachsen, und als der Vater zur Küchentür hereinlief und mit schmerzverzerrtem Gesicht sagte, daß die Stute gestorben ist, seine Hände hob und wieder senkte und jammerte, sah ich die Stute, auf der meine Mutter und ich einmal saßen und über den lotrechten Balken des Dorfkruzifix ritten, zusammenbrechen und mit ihren Hufen an die Stallplanken schlagen. Ruckartig erhob sich die Mutter und lief in ihren nägelbeschlagenen Schuhen hinter dem Vater her in den beschneiten Hof hinaus und in den Stall hinein. Ich blicke auf den Bauch der toten Stute, um zu sehen, ob sie ein Pferdeembryo unter ihrem Herzen trägt, das herausoperiert werden muß, bevor das Pferd begraben wird. Ich sehe die abgearbeiteten Hände des Enznopas, der den Pferdekopf streichelt. Manchmal drehe ich mich um und betrachte die Wirbelsäule der Mutter, nur um nicht schon wieder den Tod betrachten zu müssen, aber kaum dreht sich die Mutter um und erblickt die mit einem Eimer heißen Wassers herankommende Pine, die die Leiche des Pferdes waschen wird, so sehe ich wieder auf das tote Pferd, und dreht sich die Mutter einen Augenblick später wieder der Leiche zu, so sehe ich an ihrer Wirbelsäule vorbeiblickend auf die halboffene Stalltür. Der Wind treibt Schnee herein, wieder dreht sich die Mutter um, um die Tür zu schließen, aber indem sie sich umdreht, muß ich wieder auf die Pferdeleiche blicken, wieder will ich mich umdrehen, aber ich weiß, daß sich auch die Mutter umdrehen wird, wenn sie die Tür geschlossen hat, und ich habe Angst, daß ich die Nabelschnur verdrehe und mich durch mein ständiges Vor- und Zurückdrehen stranguliere. Also blicke ich wieder auf den Pferdekopf und auf die davorstehenden Beine der Pine. Sie wäscht den Kopf des toten Pferdes, der Dampf des heißen Wassers steigt hoch, sie drückt ihm die Augenlider zu und läßt das nasse Tuch über seinen Hals gleiten. Den Kranz Immergrün wird sie dem toten Tier um den Hals hängen, der Vater wird den Kopf des Pferdes mit der heraushängenden Zunge hochheben, während die Pine das tote Tier bekränzen wird, dann werden der Vater, der Opa, der Onkelerwin und der Christebaueradam das tote Tier, dem sie zwei Kalbstricke um die Waden gebunden haben, auf den großen Mistschlitten schleifen. Die Onga, die Tochter der toten Stute, wird den Schlitten mit dem immergrünbekränzten Leichnam ihrer Mutter ziehen. Der Vater wird die Zügel des Pferdes halten, während er sich immer wieder nach dem Leichnam auf dem Schlitten umblickt, und über den

lotrechten Balken des Dorfkruzifix in die Auen hinunter-
fahren. Schadenfrohe Gesichter werden an den Fenstern
der Nachbarhäuser erscheinen, Kinder zur Tür herauslaufen, dem Pferd das letzte Geleit geben, indem sie sich
auf ihre Schlitten setzen und dem großen Pferdeschlitten
nachfahren. Die Mutter wird wieder am Fenster stehen
und dem wegfahrenden Vater auf dem Pferdeschlitten
zuwinken, während ich aus dem gläsernen Mutterbauch
blickend am Fenster des Nachbarhauses die schwangere
Nachbarsfrau suchen und dem Embryo im gläsernen
Bauch der Nachbarsfrau zuwinken werde. Wieder werde
ich Sehnsucht haben, den Mutterleib zu verlassen und auf
meine wachsenden Fingernägel blicken und zu meiner
Überraschung sehen, daß sie schon schärfer und länger
geworden sind. Die Pine und der Vater fahren unter dem
Geläute der Schlittenglocke mit der toten Stute aufs Feld
hinaus. Manchmal legt die Pine ihre kalte Hand auf die
kalte, bläuliche Hand des Vaters, und gemeinsam blicken
sie sich nach der immergrünbekränzten Leiche der Stute
um. In den Auen werden sie das Tier in eine ausgeschau-
felte Grube versenken, werden es an den Kalbstricken
wieder aus dem Pferdeschlitten schleifen und ins Loch
hineinplumpsen lassen. Die Stricke werden sie von den
Waden des Pferdes befreien und im Stall über den alten
Kleiderhaken hängen. Diese Stricke, mit denen die Särge
der Menschen in der Grube versenkt werden, nimmt der
Totengräber an sich. Bevor sie die Grube mit den
hartgefrorenen Erdbrocken wieder zuschütten, sprechen
die Pine und der Vater gemeinsam ein Gebet für die tote
Stute, die sie jahrelang im Sommer auf den Feldern und
im Winter im Wald begleitet, die schweren Holzstämme
über den Schnee nach Hause gezogen hat. Der Vater
bittet Gott aber auch darum, daß er ihm den Viehbestand

erhalten möge, daß er die Tiere gesund auf die Schlachtbank legen und verkaufen könne, denn nur gesunde Tiere dürfen gegessen und verkauft werden. Er bittet Gott am offenen Grab der Stute um den Frieden im Dorf und verflucht im Gebet die streitsüchtigen Dorfleute. Der Vater betet so lange zu Gott, bis er davon träumt, daß Gott meinen Vater um die Erhaltung des Dorffriedens bittet, denn auch der Vater ist am Streit beteiligt. In denselben Schneespuren fahren die Magd und der Vater mit dem leeren Pferdeschlitten beschwingter und schneller wieder über den lotrechten, tiefbeschneiten Balken des Dorfkruzifix hinauf und lenken auf die Enznhube zu. Mit ausgebreiteten Federn stößt der Pfau im Schneetreiben auf der Eisoberfläche des Brunnens stehend einen Schrei aus. Der Siege und der Gustl gehen noch immer staunend um den leeren Fleck im Stall, wo die Pferdeleiche lag, herum.

Der Pfau hackt seinen Schnabel in den zugefrorenen Brunnen. Die Splitter des Eises spritzen in alle Himmelsrichtungen. Schnee fällt auf die Pfaufederaugen. Lief der Michl am Krampustag über den knirschenden Schnee und rief zur Tür herein, Der Teufel kommt, der Teufel kommt, verbarrikadierte ich mich unter dem Herrgottswinkel. Ich wollte den Gekreuzigten herunterreißen und dem kommenden Teufel vors Gesicht halten, aber ich wußte nicht, ob jemand aus dem Dorf, der sich am Krampustag als Teufel verkleidet hatte, vor dem Gekreuzigten zurückweichen würde, wie ich es aus den Geschichten um den Grafen Dracula und seine Vampire hörte. Oft lief ich nachts, nachdem ich bei den Verwandten einen Kriminalfilm im Fernsehen gesehen hatte, den Waldrand entlang nach Hause. Laufend drehte ich mich um und blickte in die Finsternis. Noch sehe ich den

Teufel nicht, aber es kann sein, daß ich ihm in die Arme laufe, es kann sein, daß er von links aus dem Wald kommt oder daß er von rechts aus dem tiefen Türken marschiert. Vielleicht steigt er aus dem Auto, das auf mich zufährt, die beiden übergroßen, weißen Scheinwerfer sind seine Augen, aber das auf mich zukommende Auto fährt vorbei. Ich drehe mich nach einem neuerlichen Geräusch um und sehe wieder, daß ein Auto auf mich zukommt. Ich trete zur Seite, bleibe stehen und sehe den geschminkten Clown aus dem Fernsehfilm, der vor dem Schminkspiegel im Zirkuszelt ermordet wurde, mein Herz schlägt, als hätte ich zwei oder drei Herzen, die im Rhythmus in meiner Brust pochen, aber auch dieses Auto fährt vorbei. Wieder beginne ich zu laufen und drehe mich dabei um, blicke nach rechts in den Türken hinunter, nach links in den Wald hinauf, nach hinten die Straße lang, nach vorne ebenfalls die Straße lang und sehe wieder von weitem die kleinen und immer größer werdenden Augen zweier Scheinwerfer. Kalt und blutig stellte ich mir den Teufel vor. Ich wußte, daß er in der Hölle wohnt, an einem riesengroßen Feuer sitzt, ich wußte, daß er einen Pferde- und einen Menschenfuß, daß er Hörner am Kopf und ein tiefrotes Gesicht hat, im Gegensatz zu meinem. Manchmal stand ich vor der Onga und blickte auf ihre Beine, so also sieht der zweite Fuß des Teufels aus. Morgens, wenn ich aufstand, warf ich die Bettdecke zurück und blickte auf meine Beine, nein, ich habe keinen Pferdefuß, ich bin kein Teufel, ich habe Kinderfüße, wenn auch die Mutter öfter zu mir sagt, daß ich ein kleiner Teufel bin, daß mir Hörner wachsen werden, Greif nur auf deine Stirn, kleine Höcker hast du schon, Hörner wirst du kriegen, wart nur, Hörner. Wenn ich ein kleiner Teufel bin, oh meine Mame, dann komme ich dich holen, dann wirst du mich anbetteln müssen, dann wirst du sagen müssen, Laß mich leben, laß mich beim Gustelen, beim Siegelen, beim Marthalen, laß mich. Wenn du sagst, daß ich ein Teufel bin, so kann es tatsächlich sein, daß aus mir ein Teufel wird, damit dein Wunsch, daß ich engelsbrav sein soll, nicht in Erfüllung geht. Ich hole die Tiere des Vaters und brat sie in meiner Hölle. Ich hole dein Gustele, dein Siegele und dein Marthale und brat sie in der Hölle. Ich hole alle Kruzifixe aus dem Dorf und nehme sie mit in die Hölle, brat sie. Brate die Hostien und schütte Meßwein drüber, damit es zischt. Ich hole die Heilige Jungfraumaria, die wir gemeinsam zu allen heiligen Zeiten kniend angebetet haben, und zeuge ein Kind, aus dem kein Engel, sondern ein Teufel wird. Oft stellte ich mir vor, daß ich dieser Engel bin, der später von Gott bestraft, zum Luzifer verwandelt wird. Ich erinnere mich genau, wie der Aichholzeropa mit seinem spitzen Stock am Krampustag zu uns in die Küche gekommen ist und wie meine neben dem Aichholzeropa sitzende Schwester zu schreien begonnen hat, als der Krampus Christebaueradam zur Tür hereingekommen ist und die Martha hinter dem Tisch herausfangen wollte, wie aber der Aichholzeropa dem Teufel seinen spitzen Stock in den Bauch gestoßen und ihn zurückgedrängt hat. Ich sehe noch heute die Finger der kleinen Martha, die sich um den Unterarm des Aichholzeropas klammerten. Ich sehe noch heute das Pendeln ihrer Zöpfe, ihren offenen, schreienden Mund, die Tränen, die ihr aus den Augen schossen, alles sehe ich vor mir und denke daran, wie sie später, wahnsinnig geworden, im ausgestorbenen Bett des Enznopas gesessen und ähnlich, aus Angst vor einem Mann, nächtelang ununterbrochen geschrien hat, ehe sie in die Irrenanstalt eingeliefert wurde. Ich sehe noch ihre Fingerspitzen am Rock des Aichholzeropas kratzen, als hätten sie Münder und wollten sagen, Aichholzeropa, paß auf uns auf, er will uns holen. Oft hat der Vater zu mir gesagt, wenn ich nicht arbeite, wird mich der Teufel holen, dann macht er mich zu seiner Braut. Nein, der Teufel wird mich nicht holen, ich möchte bei dir bleiben, Mame, ich werde mich bessern, ich möchte beim Tate bleiben, ich werde ihm nicht mehr aus dem Weg gehen, ich werde im Stall und auf dem Feld arbeiten, ich möchte bei der Enznoma bleiben und ihr die tägliche Milch und den Enziankäse bringen, beim Enznopa möchte ich bleiben, ich werde ihm nie mehr den Spazierstock aus den Händen reißen, wenn er auf der Rasenbank sitzt. Ich trage lieber tausend Körbe Holz in die Küche, als daß ich dem Teufel in der Hölle eine Fackel reiche. Ich lasse lieber meinen kleinen Bruder, wenn wir am Waldrand den Hof des Pfarrers beobachten, an meinen Zitzen saugen, als daß ich das behaarte Baby des Teufels auf meinen Schoß nehme und mein Hemd öffne. Ich will nicht die Fingernägel des Teufelbabys schneiden, auch nicht seine Zehennägel, ich will nicht die schwarzen Haare auf seinem Kopf, an seinem ganzen Leib waschen, seine Füße, seine Hinterbacken und seinen Teufelsschwanz. Ich fahre lieber meinen kleinen Bruder im Kinderwagen das Dorfkruzifix auf und ab, ich stecke ihm den Zutz oder meine Brust in den Mund, wenn er schreit, ich kehre lieber alle Zimmer sauber, bette auf, säubere das Geschirr, lasse mich lieber zu einem Mädchen erziehen, als daß ich das Kind des Teufels auf meinen Schoß nehme und ihm ein Einschlaflied singe. Der Krampus hatte ein feuerrotes Gesicht, große, schwarze Hörner, eine schwere Kuhkette hing um seine Brust und über seine Schultern. Schwere, übergroße

Schuhe trug er und eine dumpfe Kuhglocke, mit der er, vor jedem Haus angekommen, zu läuten begann. Eingekeilt zwischen dem Siege und dem Michl saß ich am Tisch. Die Brutalität des Dorfes, verkleidet in einen Krampus, der den schönen Nikolaus mit den weißen Engeln begleitete, stand vor uns in der Mitte der Küche, während sich über meinem Kopf der Uhrzeiger drehte. Ich hielt mich an der Hose des Bruders rechts von mir und an der Hose des anderen Bruders links von mir fest. Am äußersten linken Rand saß der Aichholzeropa, rechts saß zu äußerst der Enznopa, keiner von beiden wird den Krampus zu uns Kindern hereinlassen, keiner. Der Krampus müßte sich schon über den Tisch beugen und mich herauszerren, aber ich halte mich links und rechts an den Hosen meiner Brüder fest, und meine Brüder halten sich an meinem linken und rechten Oberschenkel fest. Der Krampus müßte uns alle drei auf einmal herauszerren, aber noch kann der spitze Stock des Aichholzeropas den Krampus abwehren. Die Christebauereva, die Schwester des Christebaueradam war als Nikolaus verkleidet, das erfuhren wir erst Jahre später vom Vater. Aber als sie, die Christebauereva als Nikolaus verkleidet damals vor uns stand, glaubte ich an eine von Gott Gesandte, die uns Lebkuchen schenkte, Dir diesen Sack, Seppl, dir Siege diesen Sack, dir Gustl, dir Marthale den da, und dir Michl auch einen. Ich sah den Geschenksack vor mir, wagte es aber nicht, mich aus der Umklammerung der Hosen meine Brüder zu lösen, denn noch ist der Krampus in der Küche, es kann sein, daß uns der Nikolaus eine Falle gestellt hat. In dem Moment, wo wir nach den Geschenken greifen und hinter dem Tisch sitzen, ohne daß wir einander festhalten, faßt der Krampus nach uns und steckt uns in den Korb, den er auf dem

Rücken trägt. Sofort langten meine Geschwister nach den Geschenken, Nein, wollte ich rufen, nein, Michl, halt dich fest, das ist eine Falle, wenn wir die Geschenke nehmen, dann nimmt uns dafür der Krampus mit, steckt uns in den Korb und trägt uns in die Hölle hinunter, dort leert er den Korb aus, wie die Pine vom Stadel kommend die Sägespäne vor den kotbefleckten Beinen der Kühe ausleert, haltet euch fest. Ich klammerte mich noch fester an die Hosen meiner neben mir sitzenden Brüder, zwickte in ihre Oberschenkel, wagte aber nicht aufzuschreien, sondern harrte ängstlich der kommenden Ereignisse. Bete, sonst nehm ich dich mit, drohte der Krampus, und wir, meine Brüder und meine schreiende Schwester sagten halb besinnungslos vor Angst das Vaterunser auf, das Gegrüßtseistdumaria, Jesukindlein komm zu mir, mach ein frommes Kind aus mir. Unsere Lippen bebten, unsere Kinderseelen fielen vor dem Nikolaus und dem Krampus übereinander. Der Nikolaus fragte mich, ob ich ein braves Kind sei, und ich blickte mich scheu nach der Mutter und dem Vater um und sah dem Nikolaus in die Augen und sagte, Ja, und der Nikolaus sagte, daß ich brav bleiben soll, und der Krampus mit einer ganz tiefen, grauenerregenden Stimme erweiterte den Satz des Nikolaus und sagte, Sonst komm ich dich nächstes Jahr holen. Ich hatte ein Jahr lang Angst vor dem Krampus, am fünften Dezember nächsten Jahres wird er wiederkommen und mich mitnehmen, ich darf also nicht lügen, stehlen darf ich auch nicht, ich muß morgens, abends und mittags beten, bis mir die Lippen vom Mund fallen. Spiele ich mit meinem Geschlecht und denke dabei, daß es auch der Herrgott sieht, kleide ich mich sofort an und laufe in die Auen hinunter, bis mir das Herz zum Hals heraufschlägt, dort unten, am Ufer der

Drau entlanggehend, beruhige ich mich allmählich und vergesse den Herrgott. Ich weiß, daß es dem Jesukind weh tut, wenn ein Bauernkind mit seinem Geschlecht spielt. Vielleicht erzählt der Herrgott dem Luzifer, daß ich Briefmarken gestohlen, gelogen, mit meinem Wibele gespielt habe, dem Vater aus dem Weg gegangen, auf den Friedhof geflüchtet bin und mich hinter einem Grabstein verbarrikadiert habe, bis er den Weiherbichl hinuntergegangen, im Türkenfeld verschwunden ist. Ich stelle mir vor, daß der Herrgott einen ungeheuren Kopf haben muß, wenn er von allen im Dorf alles weiß, alles sieht, zur selben Zeit von mir und von meinen Brüdern, und auch weiß, was der Aichholzeropa zu seinem Pfau sagt, wenn sie über den lotrechten Balken des Dorfkruzifix gehen und gemeinsam vor dem größten Kruzifix mit ihren Köpfen nicken. Nachdem wir den Krampus angebetet hatten und der Christebaueradam hinter der Larve gegrinst haben mußte, trat er einen drohenden Schritt zurück. Es kann sein, daß er jetzt zum Sprung ausholt und auf mich springt, aber er räuspert sich und sagt, daß er nächstes Jahr mehr Gebete hören will, daß wir nächstes Jahr nicht stottern sollen, daß wir nächstes Jahr das Christebaueradamunser flüssiger aufsagen sollen, Sonst werdet ihr bei mir Gebete lernen. Der Krampus blickt auf meine zitternden Arme, und ich blicke auf meine zitternden Hände, die sich an den Hosen meiner Brüder festhalten, und meine Mutter blickt auf meine Lippen, von denen Speichel tröpfelt, sie sieht meine Angst und bekommt Tränen in die Augen. Wenn ich diesen Verletzungen, die mir und meinen Geschwistern während der Kindheit widerfahren sind, nachforsche und auf immer mehr und schlimmere Verletzungen stoße, wundert es mich, warum nicht einer von uns zum

Mörder oder Selbstmörder geworden ist, aber noch stehen uns alle Türen offen.

Wenn ich sage, daß ich nicht am Nikolaustag vor dem Krampus ein Gebet sprechen möchte, kann ich auch sagen, daß ich nur mehr vor dem Teufel meine linke schwarze und meine rechte weiße Hand mit den langen Fingernägeln zum Gebet falten möchte. Wenn ich sage, daß der Peiniger nicht den Kalbstrick hätte hochheben und auf den kindlichen Körper niedersausen lassen dürfen, kann ich auch sagen, daß er vor dieser Schandtat den Kalbstrick mit Storchenblut hätte tränken sollen. Am Eingang einer Entbindungsanstalt habe ich einen ausgestopften Storch gesehen. Wenn ich sage, daß ich nicht an der Schmutzwäsche meines werdenden Vaters riechen möchte, um wenigstens in den Kleidern die Liebe zu finden, die ich als Kind gebraucht hätte, kann ich auch sagen, daß ich an der Schmutzwäsche meines werdenden Vaters riechen möchte, um wenigstens in den Kleidern die Liebe zu finden, die ich als Kind sowieso nicht hätte haben wollen. Wenn ich sage, daß ich im Mutterbauch zu tanzen beginne, bis ich mich an der Nabelschnur stranguliere, wie sich Jakob und Robert dreiundzwanzig Jahre später strangulieren werden, kann ich natürlich auch sagen, daß ich mich zurückdrehe, damit sich die Nabelschnur nicht verknotet und mir die Luft absperrt, so daß ich mich tatsächlich stranguliere. Ich weiß nicht, ob ich mir die Lebendmaske oder die Totenmaske aufsetzen soll. Manchmal trage ich beide zugleich, die Lebendmaske über der Totenmaske oder die Totenmaske über der Lebendmaske. Manchmal trage ich nur die Lebendmaske oder die Totenmaske, aber eine Maske muß ich tragen, denn ohne Masken kann ich nicht leben. Wenn ich tatsächlich mit gefalteten Händen tot im Zinnsarg liege,

soll mir der Kunstmaler Georg Rudesch meine Lebendmaske aufs Gesicht drücken. Wenn ich sage, daß ich nicht
von der Gote hochgehoben in einem immergrüngr-
schmückten Bottich den Leichnam der Aichholzeroma
sehen möchte, kann ich natürlich auch sagen, daß ich
immerzu ein dreijähriges Kind sein und den Leichnam
der Großmutter sehen möchte, bis Eis drüber wächst wie
über das dampfende Wasser des Brunnens, hauchdünn im
Spätherbst, dicker im Frühwinter und am dicksten Mitte
Jänner, wenn an allen Häusern wie drohende, spitze
Pfeile die langen Eiszapfen unter dem Dachfirst hängen.
Wenn ich sage, daß ich nicht davon träumen möchte, auf
der Brust meiner auf einem Totenbett ausgestreckten
jungen Mutter zu sitzen und mit dem Halsband ihrer
Margeriten zu spielen, kann ich auch sagen, daß ich
davon nicht nur träumen möchte. Wenn ich sage, daß ich
nicht auf den bloßen Arsch Schläge bekommen will, so
daß meine Geschwister mit ihren Fingern auf die blauen
Striemen auf meinem Arsch zeigen, kann ich auch sagen,
daß ich mit der Krampusrute Schläge bekommen möchte,
so daß die Geschwister mit ihren Fingern auf die
Striemen zeigen, damit ich sagen kann, daß sie mich an
meinem zu blauen Würsten angeschwollenen Arsch lek-
ken können. Petrus hat einem Soldaten das Ohr abgeschlagen, van Gogh hat sich ein Ohr abgeschnitten und es
ins Prostituiertenhaus gebracht, wie ein Ballettänzer
trippelte ich aufs Kruzifix zu, als mich die Mutter nach
einer meiner Schandtaten an den Ohren in die Herrgottswinkelecke zog. Ich sehe einen Zirkel mit einem Men-
schenkopf, der in meine Brust sticht und mit Blut
unzählige Kreise über meinem Herzen zieht. Wenn ich
sage, daß ich nicht vor der Höhensonne sitzen will, bis
mein Gesicht krebsrot wird, die linke Wange aufbricht

und der Eiter über mein Gesicht rinnt, kann ich auch sagen, daß ich diese gelbe Totenmaske zu Lebzeiten tragen und mit dem Kinderwagen immerzu das Dorfkruzifix hinauf- und hinuntergehen, links und rechts ausscheren möchte. Wenn ich sage, daß ich in der lauen Abendsonne am Strand des Lido meinen Kopf auf die Brust des venezianischen Fischers legen, meinen Mund öffnen und spüren will, daß sein Herz in meinen Mund hineinschlägt, kann ich auch sagen, daß ich aus seiner Brustwunde schlüpfende Zierfische schlucke, während in der lauen Abendsonne am Meeresstrand mein Kopf auf seiner Brust liegt, denn wenn ich den jungen Fischer hinter dem Fischstand betrachte, stelle ich mir vor, daß er nicht Menschenfleisch, sondern das Fleisch von Fischen in seinem Körper herumträgt. Wenn ich sage, daß ich im Anatomischen Museum in Wien nicht vor den Gläsern mit den Embryos auf und ab gehen und sie nicht immer wieder betrachten möchte, als suchte ich jemanden bestimmten, kann ich auch sagen, daß ich gerne einem froschähnlichen Embryo eine Totenmaske abnehmen möchte. Genausogut wie ich die Wahrheit sage, lüge ich, genausogut wie ich lüge, sage ich die Wahrheit in der Lüge und die Lüge in der Wahrheit. Genausogut wie ich sage, daß ich nicht tagelang mit Frauenkleidern am Fenster sitzen und auf die Drau, die Aorta Kärntens, blicken möchte, kann ich auch sagen, daß ich tage- und nächtelang, einmal mit der schwarzen, einmal mit der blonden Perücke, Lidschatten am Auge und Lippenstift am Mund mit Frauenkleidern am Fenster sitzen, auf die Aorta Kärntens und auf das Vorzucken der schwarzen Schuhspitzen meiner die sechzehnstufige Stiege hinaufsteigenden Mutter sehen möchte. Genausogut wie ich sage, daß ich nicht in den Frauenkleidern bei Gewitter zum Gipfelkreuz gehen und mich vom Blitz erschlagen lassen möchte, kann ich auch sagen, daß ich mit einem weißen Büstenformer mit »Lochstickerei«, einer glitzernden Nylonstrumpfhose, einem Slip aus »Lycratrikot mit Glanzschattenstruktur« und in Stöckelschuhen bei Donner, Blitz und Hahnenschrei zum Gipfelkreuz gehen und vom Blitz erschlagen werden möchte. Genausogut wie ich sage, daß ich nicht einen Unfall vortäuschen will, kann ich auch sagen, daß ich einen Unfall vortäuschen will, weil ich nicht im Reigen der Selbstmörder um die Erntedankkrone tanzen möchte. Während ich mich im Mutterleib wieder im Kreis drehte, immer wieder vor- und zurücktanzte und sich meine Hände zu einem Zopf ineinander flochten, immer schneller im Kreis sich drehend wieder auseinanderwirbelten und vor meinen blutunterlaufenen Augen zu stehen kamen, sah ich einen Transvestiten unter einem Berggipfelkreuz liegen. Bauern, die wöchentlich mit ihrem Pferdefuhrwerk auf die Alm fuhren, um nach den Ochsen und Kälbern zu sehen, fanden seinen mit ausgebreiteten Armen auf dem Rücken liegenden Leichnam in den Frauenkleidern unter dem Gipfelkreuz. Wie ein durchsichtiger Schleier bedeckte leichter Schneefall seinen Leichnam. Schneeflocken fielen in seinen offenstehenden Mund. Die Adern, die er als Kind an seinem Körper nachgezeichnet hatte, traten durch den Blitzschlag wie ein Eisblumengestrüpp hervor. Sein Gesicht hatte nun eine Farbe, die er sich als Kind und Jugendlicher mehr als zweieinhalb Jahrzehnte gewünscht hatte. Die Bauern schlugen ein Kreuzzeichen und blieben, ihre Blicke starr auf den Toten geheftet, mehrere Minuten andächtig stehen. Erst als ein Bauer den Schnee vom Gesicht wischte, sahen sie, daß es keine Frau war, die tot auf den schneeüberzuckerten, spitzen Steinen lag. Sie erkannten das Gesicht des jungen Mannes wieder, der monatelang fast täglich an ihren Höfen vorbeigegangen war. Dem toten Transvestiten steckten sie die Tatze eines kleinen Fichtenastes ins Maul, wie den erschossenen Rehen und Hirschen. Einen Fichtenast steckten sie in die Krempe ihres Hutes. Sie legten den Leichnam auf einen geflickten Jutesack und trugen ihn über den knirschenden Schnee zum Pferdefuhrwerk hinunter. Das Pferd, das an einem Fichtenstamm angebunden war, kaute an einem herabhängenden Ast. Der Bauer hob die Zügel des Pferdes, als wollte er dirigieren, und begann ein Trauerlied zu summen, als er sie auf den Rücken des Tieres niederschnalzte. Der Schneeregen entschminkte das Gesicht des Transvestiten, in Strähnen lagen die Haare seiner Perücke am Kopf. Als wären es schwarze Tränen, rann die Farbe der Augenwimpern über seine Wangen, bis sein Gesicht vom Schneeregen allmählich gesäubert wurde. Immer wieder drehten sich die Bauern um und blickten auf das Aderngestrüpp auf Gesicht, Hals und Händen. Die hauchdünnen Eisblumen, die an seinen Augäpfeln gewachsen waren, lösten sich in der Zimmerwärme auf, als er bereit zur Totenwäsche auf seinem Bett lag. Der Maler Georg Rudesch nahm ihm im Lichte mehrerer Kerzen die Totenmaske ab. Bevor er dem Toten die Augenlider zudrückte und ihm einen Porozellzylinder unters Kinn preßte, heftete er seinen Mund an die kalten Lippen seines toten Freundes. Der Maler Georg Rudesch überpinselte die Augenbrauen des Toten mit Öl und löffelte Gips über dessen Antlitz. Ich tanzte im Mutterleib, um mich an der Nabelschnur zu strangulieren, drehte mich aber wieder zurück, um die Nabelschnur zu entknoten und am Leben zu bleiben, und tanzte wieder auf den Tod zu und wieder auf das Leben und wieder auf den Tod und wieder auf das Leben zu, bis mich in meinem Elternhaus am dritten März Neunzehnhundertdreiundfünfzig das Licht der bäuerlichen Welt erblickte. Während mich die Frau Patterer vom Geburtsschleim befreite und auf den nackten Leib der Mutter legte, las der Vater in der Küche in der Volkszeitung von einem Landarbeiter aus St. Veit an der Glan, der einem schreienden Baby das Bein gebrochen hatte. Sechs Wochen blieb das Kind mit unversorgtem gebrochenen Bein im Bett liegen. Von einem Volkspolizisten las er, der auf westdeutschem Gebiet einen schlagerliedersingenden Landarbeiter erschossen und durch den Stacheldrahtzaun in die Sowjetzone gezerrt hatte. Ein Transport mit zwanzig jüdischen Familien, die vor der antisemitischen Welle aus Polen geflüchtet waren, traf in Villach ein.

In meine Schläfen hat jemand zwei Sargschrauben hineingedreht. Vielleicht war es der Bestatter aus meiner Kindheit, der Herr Eisbacher, dessen Gesicht mir mein Leben nicht mehr aus dem Kopf gehen wird. Ist er es, der jetzt im Inneren meines Kopfes hockt und Sargschrauben festzieht? Irgendwann werde ich mir die Haut mit einem Skalpell aufritzen und meine Nervenstränge aus meinem Körper ziehen. Aus diesen Nervensträngen werde ich einen Strick machen, peinlich genau werde ich Strang für Strang ineinanderwinden, bis der Strick dick ist und stark genug, um mich zu tragen. Wenn ich wieder auf der Straße zu hören bekomme, Ach wie schön das Wetter heute ist, werde ich mich dafür rächen. Wenn der Regen kommt, werde ich auf die Straße laufen und laut schreien, Ach wie schön das Wetter heute ist, und ist das Wetter tatsächlich schön, werde ich mich an den Straßenrand setzen, Nadel und Zwirn nehmen und meinen Mund zunähen. Zuerst in die Unterlippe stechen, dann in die Oberlippe und den Faden durchziehen, in die Oberlippe stechen, den Faden wieder mit der Nadel durchziehen und in die Unterlippe stechen. Ich werde in die Oberlippe stechen und wieder in die Unterlippe, Oberlippe, Unterlippe, Oberlippe, Unterlippe, immer schneller und gekonnter. Ich werde versuchen, den Zwirn abzubeißen, aber das wird mir nicht gelingen, ich kann den Mund nicht mehr öffnen, die Fäden tun mir weh. Ich möchte jetzt schreien, Ach wie schön das Wetter heute ist, aber ich kann nicht mehr. Ich werde mein Gesicht weiß anmalen und vor dem Wannseebahnhof sitzen bleiben. Will man mich wegtragen, werde ich mich dagegen wehren. Ich werde um mich schlagen und sagen wollen, daß ich ein Recht habe, hier mit zugenähtem Mund, kalkweißem Gesicht und langen Fingernägeln zu sitzen, ich tue niemandem etwas. Ich schalte das Radio ein, aber nur, um es verärgert wieder ausschalten zu können. Ich blicke in den Spiegel und zeige mir mein liebstes Gesicht, selten rasiere ich mich morgens, weil ich weiß, daß sich die meisten am Morgen rasieren. Ich suche eine Zeitung, um sie verärgert wegwerfen zu können, es sei denn, ich erblicke mein Gesicht. Ich schneide das Bild heraus oder zerstöre es gerade deswegen. Es sei denn, ich erblicke jemanden, der sich umgebracht hat, sofort sehe ich im Gesicht des Toten Ähnlichkeiten mit mir, das eine Ohr ist meinem ähnlich, also schneide ich das Ohr heraus und lasse das Gesicht in der Zeitung, nur dieses Ohr trage ich mit mir herum. Ich ziehe das Ohr eines Selbstmörders wie eine Trumpfkarte aus der Tasche und stecke es in meinen Pyjama. Ich lege mich aufs Ohr, stopfe es genauso mit Ohropax zu wie das eigene Ohr, denn sonst muß ich daran denken, daß dieses Ohr eines Selbstmörders die herankommende und wegfahrende und wieder herankommende und wieder wegfahrende Berliner S-Bahn hört, und ich kann nicht mehr schlafen. Habe ich mein Ohr zugestopft, so daß ich tatsächlich kein Geräusch mehr von außen wahrnehme, so höre ich wie mein Blut durch die Adern rinnt, wie es sich einem Hechtsprung gleich vom Trapez des Herzens wegstößt, in die Halsschlagader hinauf, in die Pulsschlagader hinunter. Die weißen und roten Blutkörperchen nehmen meine Gestalt und meine Gesichtszüge an und springen vom Trittbrett des Herzens zum Trittbrett der Halsschlagader und von dort wieder auf das Trittbrett der Pulsschlagader und von dort zurück auf das in mir immerzu federnde Trittbrett des Herzens. Daß mein Herz tatsächlich federt, kann man an meiner Brust sehen, ich reiße mein Hemd auseinander, daß die Knöpfe spritzen, um mir schnell auf die Brust zu blicken, denn ich habe Angst, mein Herz steht still. Wenn im Dorf der Hahn schreit, fährt in der Stadt die S-Bahn los. Es bricht die Zeit an, wo ich mich eigentlich ausruhen möchte. Ich möchte ganz und gar gegen den Rhythmus dieser Menschen leben, nicht essen, wenn sie gewöhnlich ihre Mahlzeit einnehmen, ich beginne Kaffee zu trinken, wenn die anderen müde zum Weinglas greifen. Worüber sich die anderen freuen, ärgert mich, worüber sich die anderen ärgern, freut mich. Darf ich meinen werdenden Schlaf schildern? Zuerst sehe ich im Finstern, wie ich ausgestreckt auf dem Bett liege, auf dem Bauch oder auf dem Rücken, und sehe, wie ich unter meiner ersten Haut liege, nur etwas kleiner. Ich sehe, wie ich unter meiner zweiten Haut liege, wieder ein bißchen kleiner. Ich sehe, wie ich unter meiner dritten Haut liege, noch kleiner, bis ich so klein bin, wie ich als Embryo im Mutterleib war, und wenn ich bei dieser Vorstellung angelangt bin, habe ich die Hoffnung, daß mich der Schlaf wenigstens für ein paar Stunden ereilt. Jemand sagte zu mir, als ich ein Kind war, man hätte mich sofort nach der Geburt erschlagen sollen. Ich weiß nicht mehr, wer es war, aber ich habe mir diese Worte zu Herzen genommen. Statt eines leichten Handkantenschlages auf mein Genick hätte die Hebamme einen tödlichen Karateschlag ausführen sollen, so daß mein erster mit meinem letzten Schrei zusammengefallen wäre. Man hätte mich natürlich auch an die Hausmauer eines Bäckermeisters werfen können, und die neben mir stehende Magd hätte Gott zugerufen, Unser tägliches Brot gib uns heute. Wenn ich mich umbringe, dann sollen die Dorfleute meine Leiche vor Gericht stellen wie einen Mörder. Er hat es in seiner Haut nicht mehr ausgehalten. Seine Haut ist vollgestopft mit Tierfleisch, und ein Menschenherz schlägt darin. Ich habe ihm die Stränge seiner Nerven herausgezogen. Aus diesen Nervensträngen habe ich einen Strick geflochten, und mit diesem Strick ist er in die Kirche gegangen, er hat ihn an das Gipfelkreuz gebunden und ist vom Altar gesprungen. Man soll meinen Leichnam zum Tode verurteilen und öffentlich hinrichten. Wie die Geschichte des Selbstmordes zeigt, haben sie einen Mann gehängt, der sich die Kehle durchgeschnitten hatte, aber wieder zum Leben gebracht worden war. Sie haben ihn wegen Selbstmordes gehängt. Der Arzt hat sie gewarnt, es sei unmöglich, ihn zu hängen, da die Halswunde aufbrechen und der Mann durch die Öffnung atmen werde. Sie hörten nicht auf seinen Rat und hängten ihren Delinquenten. Die Halswunde brach sofort auf, und der Mann kam wieder zu Bewußtsein, obwohl sie ihn richtig gehängt hatten. Es dauerte eine geraume Zeit, bis die Ratsherrn einberufen waren, um zu beschließen, was nun geschehen sollte. Endlich versammelten sie sich und schnürten ihm den Hals unterhalb der Wunde ab, bis er tot war. Das erzählte Nikolaj Ogarew seiner Geliebten Mary Sutherland in einem Brief. Hätte man Jesus aufgehängt, so wäre Jakob gekreuzigt worden, so aber hat man Jesus gekreuzigt und Jakob hat sich aufgehängt und Robert dazu, und der fehlende dritte bin ich. Mein Leichnam sitzt aufgerichtet, bewacht von zwei österreichischen Polizisten und zwei brennenden Kerzen, die das Kruzifix flankieren, im Gerichtssaal. Ich schwöre beim Gott meiner Kindheit, daß ich die Wahrheit sage und nur die Wahrheit sage und nichts sage, außer der Wahrheit. Habe ich meine Ohren mit *Ohrfriede* zugestopft, so kann ich erst recht nicht mehr schlafen, weil ich das Fließen meines Blutes höre und mir stundenlang das Innere meines Körpers vorstelle. Im Traum entfleischt sich dieser Körper, und ich träume davon, wie ich als bloßes Skelett unter der weichen und wolligen Decke meines Bettes liege, mich gut zudecke, damit ich nicht kalt werde. Ich träume, daß ich in einem Sarg liege und gleichzeitig außerhalb dieses Sarges stehe, auf Zehenspitzen an meinen Sarg herantrete und mir ins Angesicht blicken will, aber der Vater faßt mich am Arm und hält mich zurück. Ich träume, wie ich in der Handelsschule in Kaufmännischem Rechnen, in Buchhaltung und Warenkunde geprüft werde, und da ich diese Gegenstände wie die Pest verachtet habe und noch heute verachte, weiß ich natürlich wieder nichts und werde mit einem Nichtgenügend belohnt und sehe den Bauernbuben, der ich war, halbeingeknickt wieder in seine Bank zurückgehen. Schlafend lege ich meine Hände auf die Brust und warte, bis die Schläge meines Herzens mit den winzigen Blutstößen in den Adern meiner Hände Kontakt aufnehmen, dann weiß ich, daß mein Herz noch schlägt, dann weiß ich, daß ich noch am Leben bin, und lege die Hände wieder zurück auf die Bettdecke. Ich werde der Zahnpasta die Zähne putzen, und die Rasierklinge werde ich rasieren. Ich werde der Odolflasche den Mund ausspülen und die Gesichtscreme einbalsamieren, den Kamm werde ich frisieren und danach Toilette machen. Langsam nähere ich mich dem Tod, langsam, aber sicher. Ich sah jemanden aus meinem Körper hervortreten, ich sah, daß es mein Ich in einer zweiten Ausfertigung gibt, die sich vor mir aufstellt und mich zu bekämpfen beginnt. Aber was ist, wenn mich dieses zweite Ich in der Nacht überfällt, wenn es ein Schwert in der Hand hält und mich mit einem einzigen Hieb zweiteilt. In der nächsten Nacht träume ich davon, wie ich wieder zusammenwachse, ich stehe auf, nehme das Schwert in die Hand und zertrenne mit einem einzigen Hieb mein zweites Ich. In der übernächsten Nacht träumt mein zweites Ich davon, wie es zusammenwächst, aufsteht, das Schwert in die Hand nimmt und mich im Schlaf vierteilt. Wenn ich den Bahnhof betrete, so betrete ich einen Teil meines Grabes. Ich sah wie der Zug heranschoß, biß die Zähne zusammen, ging einen Schritt vor, ging wieder einen zurück. Ich möchte einmal in den Tod gehen, aber nicht für immer tot sein, nein, endlich nur meinen ersten Tod hinter mich bringen, um Jakobs Tod fühlen zu können, dann will ich weiterleben, aber ich muß mich häuten wie eine Schlange, ich muß einmal im Jahr aus meiner Haut. Als ich erfuhr, daß sowohl die Berliner S-Bahn wie auch die Fernzüge streiken, blickte ich traurig vor mich hin. In den nächsten Tagen war also nichts mit dem Zugselbstmord. Im Berliner Tagesspiegel werde ich jeden Tag lesen, um zu erfahren, wann der Fernverkehr wieder beginnt. Ich denke stunden- und tagelang an den Selbstmord, und manchmal ist es ein ausgesprochener Genuß, stunden- und tagelang an den Selbstmord zu denken. Ich werde zwei Pistolen nehmen, eine links und eine rechts an meine Schläfe halten und abdrücken, die beiden Kugeln werden sich im Inneren meines Gehirns treffen und wieder auseinanderfahrend in die Rohre der beiden Pistolen zurückfedern, aber ich werde noch einmal abdrücken, und wieder werden die beiden Kugeln in meinem Kopf zusammenstoßen und hinter meinen Augäpfeln warten. Wenn ich mich bei lebendigem Leib aufessen könnte, ich würde bei meinen Fingern beginnen, damit ich nicht mehr schreiben könnte, aber aus den abgebissenen Fingerknochen wüchsen zehn Federhalter, die ich in die schwarze Tinte eintauchen würde.

Als ich im Supermarkt in der Herrnkonfektion stand, zog es mich zur Damenabteilung hin. Es war mir, als ginge ich den Weg in meine Jugend zurück und erinnerte mich an die Frauenunterwäsche, die ich damals bei Palmers gekauft hatte, augenblicklich begann ich zu schnaufen und sah mich zwischen den vielen Verkäuferinnen, Ständen, Unterkleidern, halbierten Puppen mit bloßen Oberkörpern und halbierten Puppen mit bloßen Unterkörpern gefangen und irrte wie in einem Labyrinth zwischen den Ständen hin und her, suchte den Ausgang, bis ich wieder die Herrnpuppen sah und auf sie zuging, ihre Gesichter und ihre Kleider betrachtete. Erstaunt sah mir die Verkäuferin im Damenmodengeschäft in die Augen, verlegen blickte ich zur Seite und sehe jetzt, während ich schreibe, wieder ihren staunenden Blick und habe Angst vor ihr wie damals und blicke jetzt vor der Schreibmaschine, als sähe sie mich tatsächlich wieder an, verlegen zur Seite und sage, Meine Schwester ist ungefähr so groß wie ich, glauben Sie, daß ihr dieser Büstenhalter, diese Unterhose passen könnten? Als ich den Verkaufsladen mit dem Wäschepaket verließ, blickte ich noch einmal zurück und sah, daß mir nicht nur die Frau, die mich bedient hatte, nachblickte, sondern das ganze Verkaufspersonal. Ich hocke in einer Ecke der Rumpelkammer, das Gesicht ist voller Spinnweben. Hunderte Augen beobachten die Regungen dieses absterbenden Lebens, es sind die Augen von unzähligen Spinnen. Da mehrere Fäden an meinen Augenlidern befestigt sind, reiße ich bei bestimmten Bewegungen der Spinnen die Augenlider auf. Mit fiebrigem Blick sehe ich zur aufgehenden Tür hin und erblicke das sensentragende Knochengerüst. Sofort füllt meine Fantasie das Knochengerüst mit Fleisch aus. Heute sah ich am Lido des Wannsees nackte, taubstumme Jungen. Zärtlich betastete einer seine Hinterbacken. Als er sah, daß er beobachtet wurde, klopfte er verlegen den Sand von seinen Hinterbacken. Ich bitte ihn darum, meinen Kopf auf seine Brust, auf seinen Schoß, auf seine leichtbehaarten Oberschenkel legen zu dürfen. Ich bitte ihn darum, seine Zehennägel säubern zu dürfen. Ich bitte ihn darum, seinen Kot auf den Abfall tragen zu dürfen, ich bitte ihn darum. Er ist stumm und kann mich nicht mit Worten verletzen, er ist taub und kann nicht hören, wie er mit Worten verletzt wird. Ich säubere seine Unterwäsche und trage seine Überwäsche in die Putzerei. Ich kleide ihn an und kleide ihn aus. Ich kleide ihn an, um ihn wieder auskleiden und meine Lippen auf jede nackte Stelle seines Körpers heften zu dürfen. Ich dachte dabei an die taubstummen Tschuschen im Klagenfurter Kolpingheim, wie sie unter der Dusche standen, sich liebten, bis sie das Geräusch der aufgehenden Tür hörten und wieder Seife und Bürste in die Hand nahmen. Ich habe die Sehnsucht taubstumm zu sein, schon immer wollte ich mich verstümmeln, mich kastrieren, mir eine Hand vom Körper trennen oder mit einem Auge den Sonnenuntergang beobachten, ich will stumm sein, um niemanden mehr mit Worten zu verletzen, ich möchte taub sein, um nicht mehr zu hören, wie ich mit Worten verletzt werde, ich möchte taubstumm sein. Ich möchte mit den nackten, taubstummen Jungen am Lido des Wannsees schach- und kartenspielen, obwohl ich die Kartenspiele immer gehaßt habe, aber ich würde auch kartenspielen lernen, um mit einem nackten taubstummen Jungen am Lido des Wannsees spielen zu können. Die Fußabdrücke der taubstummen Jungen im Sand möchte ich suchen. Vor diesen Fußabdrücken möchte ich niederknien, ich möchte sie lange betrachten und küssen, aber der Regen hat inzwischen alle Spuren verwischt.

Ich erinnere mich jetzt an meinen letzten Aufenthalt in Venedig, es war im Feber, während des Carnevals. Wir sahen den dreimetergroßen Tod auf Stelzen mit weißer Gesichtslarve durch die Stadt marschieren. Danach suchten wir stundenlang ein Hotel, aber nichts war frei, Venedig war während des Carnevals ausgebucht, von überall her strömten die Leute. Diese Touristen versauen die Stadt, Venedig ist nur mehr im Winter erträglich, aber wir sind doch Touristen wie die anderen, und die anderen Touristen werden über uns dasselbe sagen wie wir über sie. Ich liebe diese Stadt auch deswegen, weil ich keine Autos sehe und höre. Wenn ich aber manchmal im Auto übermüdet neben dem Fahrer saß, schloß ich die Augen und stellte mir vor, daß er nun in den Wald hineinlenken wird, jetzt möchte ich sterben, jetzt fühle ich mich wohl, jetzt bin ich glücklich, ich will nicht, daß sich dieser Zustand ändert. In diesem Zustand möchte ich mein Leben zum Stillstand bringen, in diesem Zustand soll der Film, der mir durch den Kopf läuft, und glaubt mir, ich höre das Einrasten des über ein Zahnrad laufenden Bandes und das Knarren, dieser Film soll in einem solchen Zustand reißen, die Filmspule wird in meinem Kopf noch eine Zeitlang rotieren, bis sie irgendwann stillsteht. Seit langem stelle ich mir vor, daß ich statt meines Kopfes eine Kamera montiert habe und alles filme, was meine Augen sehen. Sehe ich jemanden mit einer Filmkamera, so möchte ich hinlaufen, diesen Apparat zerstören und sagen, daß es nur eine Kamera gibt und die ist in meinem Kopf. Das ist, sehr geehrter Herr, eine Filmkamera aus Fleisch und Blut, es ist die einzige Filmkamera aus Fleisch und Blut, und deshalb möchte ich alle Maschinen, die nicht aus Fleisch und Blut sind, zerstören. Betrete ich mit meinem Filmkamerakopf eine neue Stadt, frage ich nicht nach den Sehenswürdigkeiten auf den Ansichtskarten, sondern sofort nach den Gefängnissen dieser Stadt, nach den Friedhöfen und nach den Totenhäusern. Wo sind die Prosektursäle, wo die Leichenhallen, wo vegetieren die Schwer- und wo leben die Leichtverbrecher, wo? Wie ich nur lebenswichtige Bücher lese, sehe ich mir nur lebenswichtige Filme an. Ich sitze in der ersten Reihe und blicke auf die Leinwand, schwenke meinen Kopf aus reiner Eitelkeit nach hinten, um zu sehen, ob mir jemand im Halbdunkeln auf meinen Filmkamerakopf blickt und zu seinem Nachbarn sagt, So etwas habe ich noch nie gesehen. Sehe ich ein Bild, das mich erregt, so leuchtet der linke Knopf rot auf, die Kamera surrt und inhaliert die Bilder, Wort- und Bildfetzen sammle ich von der Straße und trage alles tagelang in meinem Filmkamerakopf herum. Während des Tages verdunkle ich mein Zimmer und trete aus dem Haus, wenn es draußen dunkel ist. Ich fahre ins Kino. Ich suche mir im Autobus einen Sitzplatz aus, von dem aus ich am wenigsten beobachtet werden kann. Das ist meistens ein Platz, von dem aus ich die anderen am besten beobachten kann. Ich rede wochenlang nichts und höre wochenlang auf die Geräusche rings um mich herum. Ich will nichts mehr sehen, ich halte die Verletzungen nicht mehr aus. Wenn ich als Kind unter dem Tisch gehockt habe, ohne zu denken aufgestanden und an die klirrende Schublade, in der Messer und Gabeln lagen, gestoßen bin, habe ich mit meinen Fäusten den Tisch geschlagen, bis ich entdeckte, daß ich einem Tisch den Schmerz, den er mir zugefügt hat, nicht zurückgeben kann, aber vielleicht konnte ich einen Schmerz, den mir der Tisch zufügte, loswerden, indem ich mir einen neuerlichen Schmerz an diesem Gegenstand zufügte. Ich sitze mit meinem Filmkamerakopf, der unzählige Bilder von Verletzungen archiviert hat, vor der Schreibmaschine, bis ich eines späten Abends wieder in der Berliner S-Bahn oder im Bus sitze und ins Kino fahre, in der ersten Reihe sitze und mit meinem Filmkamerakopf auf die Leinwand starre, mich manchmal umdrehe, um zu sehen, ob ich von den hinter mir sitzenden Kinoinsassen wegen meines Filmkamerakopfes bewundert werde. Ich filme, indem ich mich umdrehe, selbst denjenigen, der meinen Filmkamerakopf bewundert. Ich archiviere das Bild vom Gesicht dieses Menschen und setze dann dieses Bild in Wörter um und blicke natürlich, wenn ich wieder in der ersten Reihe in einem Kino sitze und auf die Leinwand starre, auch in der Hoffnung nach hinten, daß mich derjenige, der meinen exotischen Hinterkopf betrachtet, so verachtet, wie mich der andere bewundert, indem er zwei Stunden damit verbringt, auf die Hinterseite meines Filmkamerakopfes zu blicken, während ich genüßlich und mit einem winzigen Lächeln auf den Lippen unentwegt auf die Leinwand starre und mich ins Bild versetze, einmal der Sterbende und der Töter bin, aber meistens der Hingerichtete, der Geschundene, kaum je der Mächtige und Befehlshaber, immer nur die Ratte, die zwischen den parfümierten Schuhen der Könige und Königinnen hin- und herhopst, bis ich wieder einmal, nach einer halben Stunde, schnell und ruckartig meinen Filmkamerakopf nach hinten schwenke. Ich sehe, wie die Gote in Zeitlupe den feuchten Fetzen hochhebt und auf die Stirn der nackt und tot im Bett liegenden Enznoma legt. In Zeitlupe preßt sie das Wasser auf der Stirn der Toten aus. Langsam rinnen Tropfen über die Nase und in den offenstehenden Mund. In Zeitlupe öffnet der Priester seine gefalteten Hände und sieht, wie eine sich in Zeitlupe teilende Hostie zur Himmelfahrt aus seinen auseinandergefalteten Händen steigt. In Zeitlupe dreht der Leichenbestatter eine Schraube in den Sarg der Martha. In Zeitlupe dreht die Martha dieselbe Schraube wieder aus dem Sarg und legt sie in Zeitlupe auf ein goldgesticktes Polster. In Zeitlupe wirft der Herrgott den schlimmen Kindern Kruzifixe an den Kopf. Ein Kind bleibt steif, durchbohrt von einem stählernen Kruzifix, als Mahnmal auf dem Dorfplatz stehen. Das gähnende Maul einer Sandviper nahe dem Sandhaufen meiner Kindheit schließt sich. Der Kameramann schwenkt in Zeitlupe seine Kamera. Die Filmspule in der Kamera dreht sich in Zeitlupe. Ich sehe, wie die nackte Pine in der dampfenden Sauküche ihr linkes Bein hebt, während ich langsam meinen Kopf verdrehe und auf das graue Dreieck ihrer Hüften blicke. Ich sehe, wie sie den zweiten Fuß nachzieht und sich langsam in der hölzernen Badewanne niedersetzt. In Zeitlupe fallen warme Wassertropfen vom Ellenbogen ihres nach einem Stück Terpentinseife ausgestreckten Arms. Immer wieder stelle ich mir vor, wie ich mit meinem Filmkamerakopf von links beginne und langsam im Zeichen des Dorfkruzifix mit meinem Filmkamerakopf nach rechts fahre, bis ich dort ankomme, wo das Haus steht, in dem Robert wohnte. Ich fahre bis zur Dorfmitte zurück und verharre einen Augenblick, dann, als höbe ich mein Haupt im Stolz, schwenke ich meinen Filmkamerakopf zum Pfarr- hof hinauf. Auch in dieser Stellung verharre ich einen Moment und fahre dann plötzlich, wie man mit der Kreide einen Strich auf einer Tafel zieht, mit meinem Filmkamerakopf nach unten, als falle mein Haupt nach einem tödlichen Messerstoß auf die Brust, und verweile mit meinem Filmkamerakopf zu Füßen des Dorfkruzifix. Ich sehe mir die Zehennägel des Gekreuzigten etwas genauer an, bis ich meinen Filmkamerakopf auf den Friedhof schwenke und den Grabstein Jakobs fixiere. Es ekelt mich aber an, auf das Gold der Inschriften der Grabsteine zu blicken, und ich schwenke deshalb meinen Filmkamerakopf wieder zum Ausgangspunkt meines Elternhauses zurück, laufe zur Haustür hinein, vorbei an den Milchkannen, vorbei an der inzwischen von einer Tür abgetrennten Kellerstiege, früher konnte man dem dunklen Keller in die Arme laufen, den Flur entlang, vorbei an der offenstehenden Tür der Schwarzen Küche, laufe mit meinem Filmkamerabubikopf die sechzehnstu- fige Stiege hoch, an der Schlafzimmertür meiner Eltern vorbei, erstarre plötzlich und öffne meine Hände, die Bilderspule in meinem Filmkamerabubikopf läuft zu- rück, da das Auge meiner Kamera in die beiden Augen einer Ratte blickte und erschrak. Die Bilder in meinem

Filmkamerakopf überschneiden sich, sind über- und unterbelichtet. Tiere mit Menschenköpfen sind zu sehen und Menschen mit Köpfen von Ratten. Ich sehe eine erhängte Kreuzotter mit einer Bischofsmütze auf dem Kopf, eine kleine, blutende Dornenkrone auf dem Kopf eines Kindes. Aus zwanzig tödlichen Schlaftabletten rinnt kein Blut, sie bleiben weiß und liegen zaghaft auf dem Nachttisch. Langsam rollt die leere Tablettenphiole auf den stragulaüberzogenen Boden, zur Tür hin, und der Filmkamerakopf wird natürlich geschwenkt und verfolgt das Rollen dieser Phiole. Indem der Filmkamerakopf sich auf die Gegenstände und auf die Menschen und Tiere richtet, saugen die Gegenstände, die Menschen und Tiere den Filmkamerakopf auf, und in dem Moment, wo sich ein Mann oder ein Tier bewegt, bewegt sich gleichzeitig und gleichgültig mein Filmkamerakopf. Er ist elektronisch und gefühlsmäßig mit diesen Objekten verbunden. Ich habe längst die Herrschaft über mich und über die anderen verloren. Die Figuren haben sich selbständig gemacht und machen mit mir, was sie wollen. Bewegt sich ein Fensterflügel, dreht sich mein Filmkamerakopf dorthin, ohne daß ich auf diesen sich bewegenden Fensterflügel blicken will, denn mich interessiert dieser sich bewegende Fensterflügel überhaupt nicht. Fällt ein Tropfen Wasser in das Waschbecken, reißt der Filmkamerakopf meinen Körper hoch, und das Auge des Filmkamerakopfes, das genausogut das blinde Auge Gottes sein könnte, blickt auf den Wassertropfen, der in die löchrige Öffnung dieses Waschbeckens rinnt, und der Blick des Auges geht weiter und will mich und meinen Körper in das Rohr des Waschbeckens saugen. Ohne daß ich will, beugt sich mein Körper über das Waschbecken, und meine Stirn schlägt ans Email, meine Zunge fährt in die

Öffnung, und ich spüre im Rohr einen Saugnapf, der meine Zunge verschluckt. Noch immer über das Waschbecken gebeugt, halte ich mich mit meiner linken und rechten Hand am Rande dieses Waschbeckens fest und reiße den Filmkamerakopf in die Höhe, schwenke ihn einmal links und rechts und schnell wieder links und rechts, damit das Wasser abfällt, drehe mich zur Seite und gehe blind, wie mondsüchtig, mit ausgestreckten Armen auf die nächste Bewegung in meinem Zimmer zu. Es ist der Fensterflügel, der sich bewegt, da will wohl jemand, daß ich aus dem Fenster springe, und wahrscheinlich würde es auch meinem Filmkamerakopf gefallen, wenn er irgendwo zerschmettert läge, damit er endlich zur Ruhe käme und damit, angefangen vom Hals bis zu den Zehenspitzen, auch ich zur Ruhe käme. Mein Kopf wurde im Traum ausgetauscht, Chirurgen sah ich, Zangen, Gabeln und Scheinwerfer, die mich blendeten, so daß ich meine Hände vors Gesicht werfen mußte. Ich hörte den Geräuschen sich überschneidender Metalle zu, ich sah gerunzelte Stirnen und blitzende Augen, Filmkameras beobachteten die Operation, die mit menschlicher Haut verbunden waren, aber kein Tier schwänzelte um den Operationstisch herum, das war es, was mich störte, denn wenn es stimmt, daß der Mensch vom Affen abstammt und am Beispiel meines Filmkamerakopfes sich aus dem Menschen die Maschine entwickelt, ist es bedauerlich, daß kein Tier zu sehen war, das meiner Maschinewerdung Pate stand. Jakob sehe ich in Farbe und Robert in Schwarzweiß ineinander verkrallt noch immer hängen, als hingen sie in mir und ich in ihnen. Manchmal wechseln sich diese Farben aus, dann sehe ich Robert in Farbe und Jakob in Schwarzweiß, und ich stehe vor ihnen, die eine Hälfte meines Körpers in Farbe,

297

die andere in Schwarzweiß. Ich gehe im Schnee auf mein zweites, stampfendes Ich zu und will es anfassen. Ich sehe, daß jemand vor mir im Schnee geht, dessen Rücken mir nicht bekannt ist, denn meinen Rücken sehe ich fast nie, vielleicht zwei- oder dreimal im Jahr, wenn ich ein neues Kleid probiere und vor dem Spiegel stehend kokett meinen Kopf verdrehe, um zu sehen, wie schön ich von hinten und dann erst recht von vorne bin, und ich laufe schwer im Schnee stapfend vor, um denjenigen, der im Schnee geht, von vorne betrachten zu können, und in dem Augenblick, wo ich mich ganz deutlich erkenne, komme ich mir so fremd vor, daß sich dieses Bild in nichts auflöst und mein Filmkamerakopf sich wieder neue Objekte sucht, oder besser gesagt sich ein Objekt auf meinen Filmkamerakopf richtet, als filme dieses Objekt meinen Filmkamerakopf und nicht umgekehrt. Das Teleobjektiv des Auges Gottes richtet sich nun auf die Einzelheit einer Schneeflocke, die vom Fichtenzweig auf die Schneedecke rieselt und glitzert, bis sich das Auge vor Schmerzen schließen muß. Alle Gottesanbeter gehen mit Blindenschleifen am Arm durch die Stadt, sie wollen diese Welt nicht sehen, sie wollen uns mit ihren Beschwörungsformeln von dieser Welt ablenken und sagen, daß wir die Hände falten sollen, aber ich falte meine Hände nicht mehr wie zwei weiße Papierblätter. Ich falte die weißen Papierblätter wie meine weißen kindlichen Hände, die ich zum Gebet gefaltet habe. Lange sitze ich vor der Totenmaske Friedrich Hebbels und murmele immer wieder einen Satz aus seinem Tagebuch vor mich hin, »Menschen haben einen Punkt, worin sie Puppen gleichen, Puppen einen Punkt, worin sie lebenden Menschen ähnlich sind, und daraus entspringen alle ästhetischen Verwechslungen.« Aus der Höhle des Filmkameratotenkopfauges schlängelt sich ein Filmstreifen, der sich am Boden häuft. Die Totenmaske Friedrich Hebbels beruhigt mich, aber ich sollte mich nicht beruhigen lassen. Ich sitze nun seit Monaten mit meinem Filmkamerakopf auf einem Platz, in einem Zimmer, aber ich will wieder hinausfliehen und kann nicht, denn ich weiß nicht, wohin ich fliehen sollte, und weiß auch nicht, wovor. Steige ich in die nächste Berliner S-Bahn, setze ich mich obendrauf und peitsche sie vorwärts, Ich will raus aus der Stadt, vorwärts, und ich möchte der S-Bahn jedesmal, wenn sie stehenbleibt, in den Hals stechen, bis sie zu Boden sackt, auf die Knie fällt und liegenbleibt, damit ich aussteigen und zu Fuß weiterlaufen kann, denn ich ertrage es nicht, wenn der Zug stehenbleibt, ich will, daß er nie mehr stehenbleibt, nie mehr, mit mir in den Tod fährt, und im Laufe der stundenlangen Fahrt überwächst die Totenmaske mein Gesicht. Bleibt der Zug in Venedig stehen, häutet sich mein Gesicht von der Totenmaske und ich verlasse den Romulus schwungvoll, knie nieder und küsse den venezianischen Boden.

Wenn ich in einem Kloster neben einem Manuskripthaufen krepiere, sollen mich die Mönche auf vier Schultern in die Hölle tragen. Das Dorf, das ich aus mir herausoperiert habe, wächst von neuem, Haus für Haus, Kind für Kind, Toter für Toter. Noch sind sie unter meiner Kopfschwarte hilflose Embryos, aber bald werden sie wieder die Kraft haben, den Kalbstrick zu schwingen und Kärntnerlieder zu jodeln. Es war gut, daß sich Robert und Jakob aufgehängt haben und Hanspeter dazu. Es war gut, daß ich vom Vater ausgestoßen wurde. Wenn ich ein Kind hätte und Bauer wäre, würde ich genauso handeln, wie mein Vater gehandelt hat. Ich würde einen Kalbstrick nehmen, ein Kind im finsteren Märchenwald zeugen, die

Nabelschnur am Kalbstrick befestigen und das Kind über die Pilze peitschen, bis es blaue Würste am Arsch hätte. Ich würde ein zweites Kind zeugen, das eine Robert und das andere Jakob nennen. Ich würde warten, bis sie siebzehn Jahre alt sind, und sie dann in den Pfarrhofstadel hinaufjagen, Rum mit der Nabelschnur um den Hals und in die Hölle mit euch. Es lebt unter meinen Söhnen einer, der mir dieselbe Abrechnung serviert, wie ich sie meinem Vater serviert habe. Er liest Karl May, wie ich Karl May gelesen habe. Er geht mit vierzehn in die Handelsschule, schließt sie nicht ab, weil er vor lauter Lesen den kommerziellen Schulstoff nicht bewältigen kann. Kaum ist er siebzehn Jahre alt, tritt er in den Bürodienst der Oberkärntner Molkerei, fühlt sich aber auch dort nicht wohl und sieht an den alten Büroinsassen, daß er nicht so enden will wie sie, glaubt etwas versäumt zu haben, geht in die Abendhandelsakademie und arbeitet während des Tages zuerst im Betrieb eines Bücherverlages, der Karlmaybücher produziert, und danach in der Verwaltung der neuen Hochschule, aber er liest weiter und findet auch im Lehrstoff der Handelsakademie keinen Sinn mehr, wieder ist es die Literatur, die ihn aus der Schule drängt. In seiner Freizeit setzt er sich in die germanistischen und philosophischen Hörsäle. Da er es gewöhnt ist, täglich vierzehn Stunden zu arbeiten, macht es ihm nichts aus, wenn er von nachmittags vier oder fünf bis in die späte Nacht hinein mit dem Germanistik- und Philosophiestudium zu tun hat, in Vorlesungen geht und mit Studenten über Literatur redet, aber wieder ist es die Literatur, die ihn aus dem Hörsaal treibt, denn gerade die professionellen Sekundärliteraten könnten ihn von der Literatur, vom Lesen der Romane und Erzählungen und vom Schreiben abbringen. Der Bauernsohn geht freiwillig zum Bundesheer, er will nicht mehr geistig, sondern körperlich unterdrückt werden. Er ist froh, daß es das Militär gibt, damit er es hassen kann. Er ist froh, daß es die Bürokratie gibt, damit er sie hassen kann. Er ist froh, daß es den Kärntner Heimatdienst gibt, damit er ihn hassen kann. Die Linken gibt es ja auch deshalb, weil es die Rechten gibt, und die Rechten gibt es ja auch deshalb, weil es die Linken gibt, sagt er. Als Vierzehnjähriger sagte er sich schon, daß er irgendwann in die Entwicklungshilfe gehen wird, Ich werde mein Ministrantenleben in einem Dorf fortsetzen, ich werde weiterhin dienen, aber der Menschheit werde ich dienen, nicht der Bürokratie und nicht diesem Staat. Ich habe das Geld immer verachtet, deshalb habe ich es genommen und wieder hinausgeworfen. Ich möchte nicht nur in der Literatur korrigieren, was man an uns Kindern verbrochen und falsch gemacht hat, ich möchte diese Korrektur in mir auch in der Realität, wenn auch in einem anderen Land, auf einem anderen Erdteil, anbringen. Auf dem Bauernhof, in der Molkerei, in den Bildungsstrafanstalten, beim Bundesheer, in der Verwaltung der Hochschule, immer und überall war ich ein Ärgernis und will dieses Ärgernis natürlich fortsetzen. Mein Sohn geht, nicht ich, denn ich spreche immer noch von dem Sohn, den ich geschlagen habe, wie ich geschlagen worden bin, den ich aufs Feld geschickt habe, wie ich aufs Feld geschickt worden bin, dieser Sohn geht zum Bundesheer, er hat in der Germanistik seine Sprache verloren und hofft, sie in der Unterdrückung wiederzufinden. Er braucht ein Ziel, um seine Waffen schmieden zu können. Er schrieb beim Bundesheer drei Tagebücher und eine größere Anzahl von Gedichten. In diesen Tagebüchern beschrieb er einen Rekruten, in den er sich verliebt hatte. Er beschrieb seine

Gesichtszüge, seine Hände und seine Fußbewegungen, alles. Hatte er einmal längere Bartstoppeln, so fixierte er diese Tatsache. Sah er ihm beim Urinieren im Wald zu, so beschrieb er es. Er beschrieb das langsame und zaghafte Aufknöpfeln des Hosenschlitzes, seine wachsamen Augen, die links und rechts blickten, bevor er seine Unterhose hinunterstülpte. Er kannte die Schuhe dieses Rekruten, seinen Stahlhelm, sein Tarnnetz besser als sein eigenes. Das Gewehr dieses Rekruten hat er schärfer bewacht als sein eigenes. Er hatte Angst, daß der Rekrut eines Tages sagen wird, daß er mit ihm nichts zu tun haben will und sagt, Schleich dich, du Sau, denn er sah, daß ein anderer Rekrut, ein Koch, der keinen Hehl aus seinen homoerotischen Neigungen machte, von der ganzen Kompanie verspottet wurde, Kurti, Kurti, riefen sie und machten dabei tuntenhafte Bewegungen. Der Junge aber, in den er sich verliebt hatte, sagte kein überflüssiges Wort und machte keine überflüssige Bewegung. Ich kann den Dienst beim Bundesheer nur ertragen, weil ich mich in diesen Menschen verliebt habe, lese ich in seinem Tagebuch, Ich stelle mir eine Revolution sämtlicher in Villach dienenden Rekruten vor. In der Uniform werden wir gegen das Bundesheer demonstrieren. Gegen die Waffengeschäfte und gegen alles, was mit Gewalt zu tun hat. Die ganze Stadt wird vor den aufmarschierenden und gegen das Bundesheer demonstrierenden Soldaten erschrecken. Alle werden wir statt des Gewehres einen Palmzweig tragen. Man stelle sich tausend marschierende Rekruten in Uniform mit dem Palmzweig des Friedens vor. Dem Bundespräsidenten, dem Mao, dem Nixon und dem Breschnew werden wir einen Palmzweig schicken. Selbst wenn am Eingang eines Zeltes jemand über das Fichtenreisig stolperte, faßte er es in Sprache. Er schrieb den genauen Zeitpunkt auf, wenn der Rekrut mit ein paar frischen Handtüchern über den Kasernenhof ging. Zeitlebens klammerte er sich an die Sprache und an die Sprachlosigkeit. Als er siebzehn Jahre alt war und das Mädchen, in das er sich verliebt hatte, sich von ihm wandte, schrieb er in einem nie abgesandten Brief, Aber ich habe noch die Literatur, allein deshalb bleibe ich am Leben, ich werde noch wichtige Bücher über das Leben und über das Sterben lesen. Bewundernd und verächtlich gleichzeitig sahen ihm die Unteroffiziere zu, wenn er auf seinem Wagen hockte und das Notizbuch auf seinen Knien lag, während er sätzesuchend in den Fichtenwald hineinblickte. Vor kurzem traf er einen Rekruten aus der Bundesheerzeit wieder, der Mechaniker und Boxer war. Er sagte zu ihm, Damals habe ich geglaubt, du bist ein Verrückter, heute glaube ich es nicht mehr. Er erzählte von seinen Boxkämpfen. Mein Sohn blickte in das durch die Boxkämpfe gemarterte und entstellte Gesicht und hatte Angst, daß auch der Boxer auf sein durch die Sprache und Literatur entstelltes Gesicht aufmerksam würde. Du warst ein guter Soldatenvertreter, wir werden dich nie vergessen, sagte der Boxer. Vielleicht sehen wir uns wieder. Für die Gesellen und Lehrlinge, für die Bauernjungen setzte er sich ein, für die intellektuelle Jugend interessierte er sich nicht. Später bittet er viel lieber einen Bauernjungen oder einen Maurerlehrling in den Diskotheken oder in den Parks um Liebe. Wissen ist Macht, und einen Mächtigen liebe ich nicht, weder körperlich noch seelisch, da hocke ich lieber unter dem blühenden Birnbaum und reiß mir eines runter. Die Neger und die Araber, die Japaner und Chinesen, die in eine andere Stadt gekommen sind, um dort ihr Unglück zu suchen, interessieren ihn. Nachdem mein Sohn beim Bundesheer war, trat er wieder in den Bürodienst der Hochschule für Bildungswissenschaften ein. Im selben Herbst macht er seine erste Italienreise, studiert einen Monat lang an der Universität in Perugia Italienisch, fährt nach Rom und betritt das erstemal venezianischen Boden. Seither fährt er immer wieder nach Venedig, verbringt die Ostern und Weihnachten alleine am Strand des Lido und kniet in der Kirche vor dem neugeborenen Jesukind nieder. Zwei Jahre später, Ende September Neunzehnhundertsechsundsiebzig, hängen Jakob und Robert im Kameringer Pfarrhofstadel am Kalbstrick. Er fährt wieder nach Venedig und beginnt im Café Florian, ständig den Tod der beiden Buben vor Augen, mit den ersten Notizen zu seinem ersten Roman. Ein paar Jahre später, als der Roman veröffentlicht ist, stehe ich hahnenfüßeordnend am Misthaufen und sage zu ihm, Du kannst über mich schreiben, was du willst, wenn es nur dir hilft, aber laß die beiden Buben in Ruh, laß Jakob und Robert in Frieden.

Ich weiß, daß ich von einem Maurerlehrling, einem Totengräber, einem Schlächter, von einem Pfarrer, einem Mönch, einer Pfarrerköchin oder von einer Bäuerin mehr für mein Leben lernen kann als von einem Universitätslehrer. Ich habe mich der Lehrmaschine entzogen. Ich habe einmal an den Gott in den Universitätsprofessoren geglaubt, damals, als ich kaum den Bauernhof als Zwanzigjähriger verlassen hatte und in die Verwaltung der neugegründeten Hochschule für Bildungswissenschaften kam, heute glaube ich an diesen Gott nicht mehr. Als ich einmal an der Hochschule Telefondienst machen mußte, trat während einer Sitzung der Rektor der Universität Wien an mich heran und bat mich um eine telefonische Verbindung. Ich rief an und stellte den Teilnehmer zu einem Apparat nebenan durch. Der Universitätsprofessor hob ab, aber in diesem Augenblick wurde die Verbindung unterbrochen. Er schrie mich an, Warum haben Sie weiterverbinden müssen, ich hätte doch das Gespräch von Ihrem Apparat übernehmen können. Mit diesem Apparat muß ich die ankommenden Gespräche übernehmen, schrie ich zurück. Er zuckte zusammen und sah mich verstört an. Nach einer sekundenlangen Pause sagte ich im Normalton, daß ich noch einmal versuchen werde, die Verbindung mit dem gewünschten Teilnehmer herzustellen. Kaum war ich ein paar Monate an der Universität, schrie ich zurück. Das erfüllte mich mit Stolz, ich hatte aber auch Schuldgefühle. Wie konnte ich es mir erlauben, einem Universitätsprofessor, der mich angeschrien hatte, zurückzuschreien. Ein Traum verwandelte den Wörthersee zu einem Gletschersee. Er war kleiner als der Wörthersee und in blaugelb schimmernde Berge, die nahezu durchsichtig waren, eingepfercht. Links und rechts, aber vierzig oder fünfzig Meter von mir entfernt, standen durchsichtige Eisschreibtische und Eisbürossessel. Eisläufer im Stil der Jahrhundertwende eilten vorbei. An den Eisschreibtischen saßen die Bürokraten der Hochschule für Bildungswissenschaften und arbeiteten emsig. Plötzlich sah ich, daß unter meinen Füßen das Eis immer dünner wurde. Ich beeilte mich vom See zu kommen, aber ich konnte mich nur drehen. Glaubte ich schneller zu laufen, drehte ich mich einfach schneller im Kreis, und mit mir drehten sich die blaugelb schimmernden Berge, die Eisschreibtische und Eisbürossessel. Ich brach schließlich ein und überlegte mir, ob ich um Hilfe rufen sollte. Da merkte ich, daß ich auf einer zweiten Eisschicht stand, die anderthalb Meter unter der ersten war. Die Hände ausgestreckt, arbeitete ich mich vorwärts und flüsterte mir selber, Hilfe, Hilfe, zu. Ich hatte Angst, von Bürokraten gerettet zu werden, nein, von euch will ich mich nicht retten lassen. Nichtsahnend und nichtssehend stolzierten die Eisläufer vorbei. Die durchsichtigen Bürokraten arbeiteten an ihren durchsichtigen Schreibtischen und beklecksten durchsichtiges Papier mit durchsichtiger Tinte. In ihren durchsichtigen Leibern sah ich das Pochen ihrer Herzen, das Fließen ihres Blutes in ihren durchsichtigen Adern. Unter der durchsichtigen Haut ihres Gesichtes sah ich das weißliche, durchsichtige Fleisch und ihren Totenkopf. Die Prothese des Universitätsdirektors ist an seinen Backenknochen mit zwei Paragraphenschlingen befestigt. Auf seinem Bauch und auf seinen Armen hat er Paragraphen tätowieren lassen. Ein anderer, auf durchsichtigem Bürokratensessel Sitzender hält durchsichtiges Geld in seinen durchsichtigen Händen. Er blickt auf seine durchsichtigen Beine und auf das durchsichtige Gletschereis, sieht die Wasserpflanzen und die Fische, die sich mit ihren Mäulern an der Eisunterseite festsaugen. Die Sekretärinnen bewegen ihre durchsichtigen Finger auf den Tasten durchsichtiger elektrischer Schreibmaschinen. Die Eisläufer tummeln sich zwischen den durchsichtigen Schreibtischen, Zeig mir die Todesspirale, bevor ich eine Eisschicht tiefer sinke und das Eis über meinem Schopf zusammenwächst. Sehen die durchsichtigen Bürokraten mein Absacken nicht oder wollen sie, daß Eis über meinen Kopf wächst? Ich will von den Bürokraten nicht gerettet werden, aber ich will leben, leben will ich, helft mir und helft mir nicht. Für die Reinschrift dieses Romanmanuskriptes werde ich Papier aus Venedig holen. Das österreichische Papier identifiziere ich sofort mit dem Bürokratenpapier, meine Abneigung davor wird immer größer. Es ist tintig und angekleckst von der Sprache der Bürokratie. Nichts ist in

Österreich verlogener und krimineller als die Bürokratie, nichts zynischer als der Bürokratenzynismus, nichts gefährlicher und für den Menschen bedrohender als diese große, über Österreich dahinschwänzelnde, giftige Natter der Bürokratie, die schon unzählige Menschen und Bürodiener zu Geisteskrüppeln gemacht hat, die wiederum ihre Untergebenen zu ebensolchen Krüppeln machen. Sie blicken aus den Augen dieses sich über ganz Österreich bewegenden Natternkopfes. In Wien lispelt die gespaltene Zunge über den rotweißroten Teppich vor den Toren der Ministerien, dort intrigieren die Handlanger und stricken die Spinnfäden. Nicht diejenigen, die wegen eines Ladendiebstahles, wegen eines Einbruchs, um von der Hand in den Mund leben zu können, in den Strafanstalten sitzen, sind die Kriminellen unserer Zeit, sondern die Bürokraten, die im Natternkopf am Schalthebel der rotweißroten Staatsmaschine sitzen und schalten und verwalten. Diene deinem Herrn, er ist dein neuer Gott, ministriere im Vorzimmer deines Chefs, bis er dich anbetet. Man lege, und das sage ich in der Sprache des Arzneimittelpathos, das Bild von einem doppelköpfigen Adler mit der rotweißroten Fahne auf den Tisch und lasse eine lebendige Krähe herankommen, lege sie über das doppelköpfige Adlerbild, spreize ihre Flügel und schlage sie mit Hammer und Nägeln fest. Man nehme Pinsel und Farbe und male ihr das rotweißrote Emblem der österreichischen Nationalfahne auf die Brust. Man hänge ihr Bauernsichel und Schmiedehammer an die Beine, während sie krächzend ihren Kopf hin- und herwirft. Der Universitätsdirektor sagte zu mir, als ich mich weigerte, an seiner Geburtstagsfeier teilzunehmen, Ich weiß, wie solche Leute enden. Ich weiß nicht, wie er enden wird, ich weiß nur, daß ich schrecklich enden werde, aber ich werde den Schrecken lieben, und ihn wird er umbringen. In den Büroräumen mancher Professoren und Assistenten hängen die Bilder ihrer Doktormütter und Habilitationsväter. Langsam betreten die Studenten die Hörsäle, schnell gehen sie nach einer Stunde wieder hinaus. Manche Intellektuelle meiner Vergangenheit schlagen einen großen Bogen um mich, nur ist ihrem Bogen ein größerer Bogen, den ich um sie geschlagen habe, vorausgegangen. Die Frau des Mathematikprofessors fragte mich an der Hochzeitstafel eines Philosophen, an welchem Institut ich als Assistent arbeite. An keinem. Ich sitze als Vertragsbediensteter in der Verwaltung, Achso, sagte sie und lachte und interessierte sich für mich nicht mehr. Als ich in der Portierloge stand, sagte ein intellektueller Suppenkasper, daß die Russen zuerst in Deutschland zuschlagen werden, dort ist der Brennpunkt, dann geht es los. Mir kamen dabei die Worte Léon Blums in den Sinn, »Vom Krieg als von einem möglicherweise eintretenden Ereignis sprechen, heißt soviel wie sein kleines Teil zum Kriegsausbruch beizutragen.« Groß und stark stand der Vater vor mir. Ich wußte immer, daß er mein Feind ist. Aber an der Hochschule wußte ich nie, wer meine Freunde und Feinde sind. Ich setze meinen lebenslangen Kampf mit dem Vater fort, wenn ich vom Militär oder von der Bürokratie rede, immer ist er miteinbezogen. Ich bin dir, mein Vater, für alles, was du mir angetan hast, dankbar, und sei auch du mir dankbar für das, was ich dir angetan habe. Ich danke dir für jeden Schlag, den du mir versetzt hast. Für jedes grobe Wort sei dir gedankt, mein Vater, denn ich habe dich in deiner Person und in mir überwunden, wenn ich dich auch nach wie vor in anderen Autoritäten bekämpfe, so kann und muß ich sagen, Das Militär muß bekämpft werden, die

jedes menschliche Individuum zunichtemachende Bürokratie muß bekämpft werden. Ich bin nur einer von
denen, die sich an deiner Autorität, mein Vater, den
Schnabel gewetzt haben. Wie ein Schatten stehst du noch
immer hinter mir. Vor meinem Absterben werde ich auf
dem Totenbett mit dem Schwarzen Engel meiner Kindheit ringen. Ich freue mich auf die Schwierigkeiten und
auf die Entsetzlichkeiten meines zukünftigen Lebens, auf
die Schönheiten meines zukünftigen Lebens. Wenn ich in
die Entwicklungshilfe gehe, mein Vater, werde ich an
anderen Kindern korrigieren, was ihr, du und die Dorfleute, an uns falsch gemacht habt. Diesen Dank spreche
ich allerdings nicht für die anderen Bauernbuben aus, die
sich nicht befreien konnten, weder durch die Sprache
noch durch ihre Handlungen. Dieser Dankesspott gilt
nur für dich und mich. Diese Menschen tragen die
Entsetzlichkeit ihrer Vergangenheit bis zum Totenbett
mit sich herum. Selbst im Vierzigjährigen ist es noch das
vergewaltigte Kind, das ihn zur einen oder anderen, wie
man so sagt, schändlichen Handlung verführt. Es sind die
Seelen von Ausgestoßenen und Verlorenen, die in ihnen
leben, die natürlich ihrerseits wieder ausstoßen und
vergewaltigen, damit sie überhaupt leben können.
Diesmal sage ich, daß du in deiner Literatur versagt hast.
Wenn Jakob und Robert nicht gewaltsam gestorben
wären, hättest du deine Kindheit wahrscheinlich erst
später niedergeschrieben, wenn du über deinen jugendli-
chen Wahnsinn hinausgewachsen wärest, allein deswegen
würde ich sie noch am Leben wünschen. Du sagst zwar,
daß der Tod Jakobs dein eigener hätte sein können, aber
das klingt mir, auch wenn es wahr sein könnte, nach einer
literarischen Formel. Wer in der Wahrheit unglaubwür-
dig ist, der ist es auch in der Lüge, so Montaigne. Du

willst unter allen Umständen diese Welt von dir stoßen, ohne zu bedenken, daß die Welt stärker ist als du und daß du derjenige bist, der von der Welt ausgestoßen wird. Nimm Jakob und Roberts ledigen Strick, den du in deinem Nachtkasten in einem gelben Plastiksack verborgen hast, verlängere ihn mit dem Wäschestrick, der am Balkon deine Spitzenunterwäsche trug. *Wegräumen, wegräumen,* sagten wir, wenn wir ein Tier im Stall hatten, das schwer krank und nicht mehr lebensfähig war, räum dich weg. Der Bumerang ist dabei zurückzuschnalzen. Er visiert deine Stirn an, entweder wird dein Kopf auseinanderbrechen oder dieser Bumerang zerspringt an deinem Schädel, das wird sich zeigen. Manchmal denke ich, daß du genug bestraft bist, nachts hockst du unter einem Laubbaum und bettelst mit gefalteten Händen einen Gassenjungen um Liebe, um Haß. Immer wieder blickst du Totenmasken an, um leben zu können. In Berlin hast du vor allem die Totenmaske des ermordeten Marat und die Totenmaske Friedrich Hebbels angesehen. Im Gesichtsausdruck der Totenmaske des ermordeten Marat sieht man den schmerzhaften Aufschrei. Auf das lächelnde Gesicht der Totenmaske blickend denkst du dir für Jakob ein schöneres Leichenbegängnis aus. Ein Totenfest mit allem Pomp, mit Beatlesmusik hätte man ihn begraben sollen. Du erkundigst dich nach Einbalsamierungsmethoden und nach den Todesriten primitiver Völker. Selbstmörder werden nun einmal schäbig begraben. Der Pfarrer konnte freilich nicht vom langen und mühevollen Leben, vom verdienten Hochfahren in den Himmel eines siebzehnjährigen Lehrlings sprechen, für den dieses Leben erst begonnen hätte. Du erinnerst dich, daß ich zu dir gesagt habe, daß du über mich schreiben kannst, was du willst, wenn es dir nur weiterhilft, aber, sagte ich, laß die beiden toten Buben im Dorf in Frieden ruhn, aber immer wieder leben sie in deinen Büchern auf, immer wieder exhumierst du ihre Leiber. Kürzlich hast du dir einen afrikanischen Graupapagei gekauft, der, wenn man den geschäftstüchtigen Tierhändlern glaubt, besser sprechen lernt, als ein Amazonaspapagei. Du dachtest dabei an deine eigene sprachlose Kindheit. Während du jetzt schreibst, sitzt er dir gegenüber und blickt dich an. Wenn du den Kopf hebst, blickst du ihm ins Gesicht. Daß du dir ein Tier gekauft hast, freut mich, ich verstehe es als eine Annäherung an deinen Vater. Ich kann mir nicht vorstellen, ohne Tiere leben zu können. Auch du bist mit Tieren aufgewachsen, vielleicht kannst auch du ohne Tiere nicht leben. Was hast du dir dabei gedacht, als du dem Tier den Namen *Unmensch* gabst? Deine kindlichen Spinnereien sind bis heute erhalten geblieben. Heute verspinnst und verknotest du dich in deinem literarischen Kokon. Dein Zimmer muß ja wie ein Horrorkabinett aussehen, ringsum Totenmasken, das lächelnde Gesicht der Totenmaske der Else Lasker-Schüler, die Totenmaske des ermordeten Marat und Friedrich Hebbels Totenmaske, die der Maler Georg Rudesch mit Ofenkohle nachgezeichnet hat. Du hast mit einer Schaufel Glut aus dem Kachelofen genommen, in den Schnee hinausgetragen und schließlich dem Maler die abgekühlten Kohlestücke auf den Tisch gelegt.

Daß Shakespeare Mörder schuf, war seine Rettung, daß er nicht selbst zum Mörder zu werden brauchte, sagt Friedrich Hebbel. Es gibt keine Verbrechen, so groß sie auch sein mögen, die zu begehen ich mich nicht an gewissen Tagen fähig gefühlt hätte, sagt Goethe. Jean Genet sagt auf eine Frage von Hubert Fichte, daß er wahrscheinlich gemordet, wenn er nicht geschrieben hätte. Als John Lennon ermordet wurde, hörte man in den österreichischen Medien Schreie des Entsetzens und der Empörung über diese Tat. Was mich dabei wundert, ist, daß auch die interviewten österreichischen Popmusiker so bitterlich geheult haben. Niemand war fähig, das Gefühl des Entsetzens und der gleichzeitigen heimlichen Freude zu artikulieren. Eine neunzehnjährige Widerstandskämpferin, die vom tschechischen Nationalgericht in Podgorica abgeurteilt und im April 1944 erschossen wurde, schrieb aus der Todeszelle in einem letzten Brief an den Vater: »Vater, sei stark, verzweifle nicht, Du würdest den Feinden, die mich heute so jung töten, nur einen Gefallen tun. Nimm von niemand Beileidsbezeugungen an. Viele werden an Deinem Schmerz teilnehmen wollen, aber in Wirklichkeit freut es sie, Dich leiden zu sehen.« Warum waren die Geschichten von Edgar Allan Poe so anziehend für einen Bauernjungen? Er hätte doch seine Seele in einem schönen Basteibergbauernroman wiederentdecken können oder in den Fernsehgeschichten um Fury und Lassie. Ich bin versucht zu sagen, daß deine Sprachgewalt weniger eine literarische Qualität als eine Form deiner Gewaltausübung ist. Gestorben bin ich an dem, was du über mich geschrieben hast, nicht. Hoffentlich stirbst du nicht an dem, was über dich geschrieben wird. Wenn dich jemand belehren kann, dann ist es dein eigenes Werk. Folge dem Fingerzeig deiner Sprache und sonst niemandem. Stell dir ruhig einen Totenschein aus, es gibt genug Leute, auch unter deinen sogenannten Freunden, die ihn gerne unterschreiben würden. Mach Flugblätter aus deinem Totenschein, verstreu sie. Wenn im Dorf ein Fremder auftauchte, hockte ich am Fensterbrett und bildete mir sofort ein Urteil über ihn. Jeden Fremden umfloß die Aura des Umheimlichen. Beim ersten Schulausflug in die Landeshauptstadt gingt ihr, du und deine Schulkameraden von der Volksschule, die Klagenfurter Bahnhofstraße hinauf und grüßtet jeden an euch vorbeigehenden Menschen, bis der Lehrer sagte, daß man in der Stadt die fremden Menschen nicht grüßen muß. Du konntest dir nicht vorstellen, daß ein Mensch an einem anderen Menschen vorbeigeht, ohne ihn zu beachten.

Die Tante des Kunstmalers trägt einen Herzschrittmacher in ihrer Brust, sie ist ein paar Jahre älter als ich, während ich noch die Arbeit eines Jungbauern leiste. Mein Herzschrittmacher war Hitler. Seit mehr als dreißig Jahren ist die Arbeit am Bauernhof mein Herzschrittmacher. Da du einen autoritären Vater hattest, konntest du dir paradoxerweise nicht vorstellen, daß du in deinem Leben noch einer anderen Autorität gehorchen mußt, der Autorität beim Bundesheer, die du verweigert hast, und der Autorität des Universitätsdirektors, der einer war, der freiwillig an die Front gegangen ist. Ich war kein feiger Hund! Diese Worte von ihm widerhallen dir seit Jahren im Kopf. Als im Krieg mein bester Kamerad getötet wurde, beugte ich mich über seinen Leichnam und schrie, Ihr Schweine, ihr dreckigen Schweine, Hitler, du Drecksau, du verdammte. Ich küßte seine Wunden, blickte hoch und sah in die Augen meiner erschrockenen Kameraden. Wie ein Blutsauger muß ich wohl ausgesehen haben, als ich meinen Kopf hob, die Lippen vom Herzblut meines Kameraden naß, und verwirrt aufs Schlachtfeld blickte. Ich faßte den Toten am Kragen und schleppte ihn ins Schützenloch. Ich sah die roten Blutflecken in den Schleifspuren im Schnee. Es gab Zeiten, da habe ich Hitler verflucht. Rück mich nicht in ein falsches Licht, sonst stößt du dich selber in die Dunkelheit zurück. Die Flugzeuge flogen Amok, die Panzer rollten Amok, die Hakenkreuzfahnen wehten Amok im Westwind, die Maschinengewehre erigierten im Amok. Ich möchte den Teil der Lust, den wir im Krieg hatten, nicht abstreiten, ich möchte aber auch das Entsetzen davor nicht verschweigen. Wir stapften im Schnee, dem Vaterland zu Ehren, mit einem nationalsozialistischen Lied auf den Lippen, mein Kamerad in den Tod und ich weiter und weiter im Tiefschnee wie über die blühenden Wiesen, bis ich nach Hause kam. Ich habe nie aufgegeben, obwohl ich manchmal nahe daran war, im Krieg wie auch auf dem Bauernhof. Ihr erinnert euch, daß ich einmal in einer mißmutigen Stunde rief, Ich nehme den Strick und gehe in den Heustadel, ich weiß nicht mehr in welchem Zusammenhang, aber diese meine Worte sind mir im Ohr geblieben. Weil ich auch meine Schwächen spürte, versuchte ich nur meine Stärken zu zeigen. Einen Vater sollt ihr doch haben, der allem widerstehen kann, Gott, dem Aberglauben, den Feinden im Dorf. Kitsch, Kitsch, sagte der Pfarrer, als er den großen Grabstein meines Vaters sah. Ich sagte, daß in der Kirche an Hauptaltar und Nebenaltären seine goldenen Kitschengel herumstehen. Kitsch, Kitsch, rufe ich während der Kommunion, bevor er mir den Leib Christi auf die Zunge legt. Manche Dorfleute verstanden es besser als ich, dem Pfarrer in den Arsch zu kriechen, ihm zu sagen, daß ich der Böse bin, Gebete in ihre Reden zu mischen, um ihre Unschuld zu beschwören. Der Michl wollte einmal nach Südafrika, je weiter vom Dorf weg, desto besser, andere gingen in den Tod, je weiter vom Dorf weg, desto besser, die Martha wollte einmal ins Kloster gehen. Die Stoxreiterwaltraud sagte, daß sie nicht so religiös geworden, wenn sie nicht in diesem Dorf unterrichtet hätte, heute besucht sie

Sträflinge, damals schenkte sie dem Aichholzerfriedl *Die Sklavenkarawane* von Karl May. Bei ihr hast du zum erstenmal die Neunte von Ludwig van und die Schicksalssinfonie gehört, stunden- und tagelang warst du bei ihr, du wolltest nicht mehr aus ihrem Zimmer gehen, du hättest am Fußboden auf dem Schafsfell geschlafen, wenn sie dir diesen Platz angeboten hätte. Sie wohnte beim Aichholzer, und es wäre dir lieb gewesen, wenn sie in deinem Elternhaus gewohnt hätte. Oft hast du davon geträumt, daß sie, die Lehrerin, im Zimmer der Pine wohnt und die Pine wieder zurück zum Aichholzer geht, woher sie als Mädchen gekommen ist. Dort hast du unter ihrem Bücherregal hockend den Béla Bartók, den Tschaikowsky und den Mozart gehört, aus diesem Bücherregal nahmst du die Bücher von Wolfgang Borchert, Camus, Saint-Exupéry, den Hemingway und vor allem den Edgar Allan Poe. In dieser kleinen Bauernstube hast du die Literatur und die Musik entdeckt. Du hattest genug Möglichkeiten, mir, dem Elternhaus und den harten Dorfleuten, ihrem Kampf untereinander und dem Kampf mit der Erde zu entfliehen. Als du siebzehn warst, bist du jeden Samstag nach Spittal zum Kunstmaler Georg Rudesch gefahren, er hat dir Kunstunterricht gegeben. Du hast die Bilder von Picasso, van Gogh, Toulouse-Lautrec, Karl Hofer, William Turner kennengelernt, dort hast du zum erstenmal die Bilder von Modigliani und Hieronymus Bosch gesehen. Der Kunstmaler Georg Rudesch hat dich in die Kunstgeschichte eingeführt, wie dich die Stoxreiterwaltraud fünf Jahre vorher in die Literatur eingeführt hatte. Während die anderen Bauernsöhne von Futtertrog zu Futtertrog gingen, hast du dich über die Bilder von Hieronymus Bosch gebeugt.

Einem, der die Sprache mehr liebt als die Menschen, steht außer der Hölle nichts mehr im Wege. Es ist eine in alle Himmelsrichtungen verlaufende Verzweiflung an der Sprache, die mich vierteilt. Es ist besser in einem Gefängnis zu landen, als sich irgendwo zu Hause zu fühlen, denn wenn ich mich wohl fühle, habe ich keine Lust zu schreiben. Wie ich als Kind mit der Sprachlosigkeit gerungen habe, ringe ich heute mit der Sprache. Ich muß mich durch die Sprache neu erschaffen. Wenn ich nicht schreiben kann, hocke ich bei meinen Totenmasken in der dunklen Zimmerecke und will mich töten, hasse alles und jeden, hasse sogar den Menschen, den ich liebe, hoffe, daß er sich umbringt, und habe gleichzeitig Angst um ihn, sage, daß ich ihn nicht lieben kann, denn ich habe die Sprache verloren und hasse alles und jeden und am meisten mich selber. Obwohl ich weiß, daß der Tod siegen wird, lasse ich mir nicht den Mut nehmen, mein ganzes Leben lang gegen ihn zu kämpfen. Es ist ein aussichtsloser, also grandioser Kampf. Ich trete morgens den Kampf mit der Sprache in der Hoffnung an, abends als Sieger das Tastenfeld zu verlassen, aber jedesmal verlasse ich das Tastenfeld als Verlierer. Die Beschäftigung mit dem Tod erhält mich am Leben, und mein Lebenswille ist so groß, daß ich selbst in diejenigen, die mich ausspotten, weil ich mich ständig mit dem Tod beschäftige, verliebt bin. Wenn mich die Sprache in Buchstaben und Wortfetzen zerrissen haben wird, wünsche ich, daß niemand mehr nach mir fragt. Meine größten Feinde sind inzwischen meine eigenen Sätze geworden. Ich streiche sie durch und unterstreiche sie. Ich lösche sie aus und hebe sie hervor. Beten ist ganz gewöhnlicher Wahnsinn, sagt Tolstoi. Schreiben ist ganz gewöhnlicher Wahnsinn. Du brauchst ja nur statt roter

Tinte Menschenblut in die Füllfeder zu füllen, wenn du mit Blut *Jesus Faktor Negativ* schreiben willst.

Menscher ist auch ein Schimpfwort für Menschen. Unsere Magd, die Pine, nannten sie oft die Menscher. Ruf die Menscher zum Essen. Die Menscher steht mit gefalteten Händen am Friedhof vor einem Grab. Warum hat die Menscher der Onga den Hafer nicht gefüttert? Vor nichts habe ich mich mehr geekelt als vor meinen eigenen Namen. Da ist mir noch lieber, man nennt mich den Menscher. Wissen Sie? fragte ich eine wildfremde Frau auf der Straße. Was? Wissen Sie, wie mein afrikanischer Graupapagei heißt? Wie denn? Unmensch, nenne ich ihn. Unmensch! Sie lachte und faßte mich an der Hand, und wir gingen Arm in Arm in die Tierhandlung und kauften Futter. Ich habe mich nach dem aufheulenden Rettungswagen auf der Straße nicht umgesehen, damit ich sagen kann, daß ich der einzige war, der sich nicht nach dem aufheulenden Rettungswagen umgesehen hat. Versteck dein Leben wie die Katze ihren Dreck, heißt ein Sprichwort. Aber ich zeige mein Leben her und verstecke meinen Dreck wie die Katze. Vor ein paar Tagen habe ich in einer Buchhandlung das Tagebuch eines Diebes gestohlen, damit ich in mein Tagebuch schreiben kann, daß ich das Tagebuch eines Diebes gestohlen habe. Der Buchhändler sagte, daß er die Bücher wie Wurstsemmeln verkauft. Verkauft vielleicht der Fleischhauer seine Wurstsemmeln wie Bücher? Ein junger Dichter beobachtete mich auf der Straße. Ich reagierte wie ein Krüppel, der stehenbleibt, um zu verbergen, daß er hinken muß. Einmal wollte ich meine Schreibhand auf die Schiene legen, warten, bis der Zug drüberfährt, und mit dem blutigen Armstumpf winken. Zum sprachfeindlichen Germanisten sagte ich, daß ich von ihm noch ein großes

Plädoyer für eine nonverbale Literatur erwarte. Über Literatur reden ist etwas anderes als schreiben, wie über den Tod schreiben etwas anderes als sterben ist. Aasgeier! Wie schmeckt dir dein eigenes Fleisch und Blut? Haben die Hunde ihre Knochen schon bekommen? Mich haben sogar schon solche ausgelacht, die keine Zähne haben. Verschiedene Wortzusammensetzungen hasse ich wie die Pest, Vater*land, Heimat*liebe; *Vater*land, Heimat*liebe*. Aber auch sprichwörtliche Redensarten wie, Das hasse ich wie die Pest, hasse ich wie die Pest. Außerdem habe ich keinen Grund die Pest zu hassen, ich habe nie darunter gelitten oder mich darüber gefreut. Der Sprachwissenschaftler erzählte, daß ein französischer Soziologe mit einem Stoß Bücher, den er umarmend an seinem Leib hielt, aus seinem Arbeitszimmer in den Tod gesprungen ist. Sofort überlegte ich mir, mit welchen Büchern ich in den Tod springen würde. Ich ging die Bücherreihen meiner Bibliothek ab.

Gehen Sie hundert oder zweihundert Meter weit von mir weg, sagt der Maler Georg Rudesch, ich kann nur malen, wenn ich alleine bin, und ich gehe und blicke mich dann und wann um und sehe, wie er sich inmitten der Landschaft zu drehen beginnt, wie er sein Motiv aussucht, wie er sich allmählich in sich kehrt und ich aus seiner Gegenwart verschwinde. Als der Staudamm im Maltatal errichtet und damit die Hälfte seines Malreviers zerstört wurde, weinte er um seine Landschaft. Kilometerweit spazierten wir am Stausee entlang. Ich sah, wie er seinen Blick melancholisch auf die Wasseroberfläche des Stausees heftete und seine unter dem Wasser liegende Landschaft sah. Seit Jahrzehnten geht er ins Maltatal und malt immer dieselben Hügel, Landstriche, Bäume und Berge. Als mein Vater erfuhr, daß ich Georg Rudesch öfter besuche, sagte er einmal bei Tisch, Er soll dich doch als Sohn adoptieren. Er wußte nicht, daß ich mich dem Maler Georg Rudesch längst näher fühlte als meinem eigenen Vater. Ich stellte mir vor, wenn dieser Kunstmaler meine Mutter geheiratet hätte, wäre ich der Sohn eines Mittelschulprofessors und Malers und nicht der Sohn eines Bauern. Nachdem wir mehr als zehn Jahre lang befreundet waren, fragte ich ihn, ob wir uns nicht duzen könnten. Die Leute, mit denen ich per du bin, mag ich eigentlich gar nicht, sagte der Maler Georg Rudesch.

Die Kurorte Seeboden und Millstatt haben keinen Friedhof, alle Toten aus der Umgebung sind hier in Seebach begraben, erzählte er mir in der Leichenhalle, als wir auf eine eingesargte Frau blickten. Die Kurgäste und die Kranken dürfen nicht auf Friedhöfen spazierengehen. Vor dem Altar stehend sahen wir, wie die Ministranten in der Sakristei ihre Mäntel auszogen und wie der Pfarrer die Geschenke scheu eintretender Bauersfrauen entgegennahm. Jede wollte in seiner Gunst stehen, jede hoffte, daß sie alleine dem Pfarrer den Osterschinken, die Ostereier und das Osterbrot bringt. Die Kirche ist vor wenigen Monaten restauriert worden, erzählte die Kirchendienerin. Diese Fresken sind erst während der Restaurierung zum Vorschein gekommen, man hatte die Mauer, bevor sie neu eingeweißt wurde, abgekratzt, und dabei tauchten diese Fresken auf. Der Maler hielt einen Zwanzigschillingschein bereit, und die Pfarrdienerin erzählte bereitwillig weiter. Sie zeigte uns den Nebenaltar, Ist er nicht schön? Dieses Kruzifix hing früher an der Kirchenmauer, aber wir haben es hereingenommen, es war der Witterung ausgesetzt und hat darunter gelitten. Das Kruzifix ist uralt. Ist es nicht schön? Der Maler und ich nickten, ohne daß wir ihr recht geben wollten. Einmal kniete ich in einer Spittaler Kirche am Speisegitter neben ihm, blickte auf seine Lippenbewegungen und auf seine kindlich gefalteten Hände. Mit Tränen in den Augen sah ich, daß dieser Mensch tatsächlich betet, Gott anruft und mit ihm spricht. Ich lese Ihre Romane einfach nicht, ich könnte Ihre Blasphemien nicht ertragen, aber das ändert nichts an unserer Freundschaft, sagte der Maler Georg Rudesch. Ich habe meinem toten Vater zum Abschied die Hand auf die Brust gelegt, sagte er, und dabei einen eigenartigen Hohlraum gespürt. Ich glaube, daß sie ihm im Krankenhaus das Herz und die Lunge herausgenommen haben, das weiß man ja nicht genau, aber ich habe mich erschrocken, als meine Hand auf seiner Brust einsank. Auf die Totenmaske seines Vaters blickend erinnere ich mich, wie der Maler nach meinen Störversuchen im Staatsbürgerkundeunterricht einmal die Linealkante auf meinen Schädel hämmerte.

Maximilian der Erste, erzählte der Maler Georg Rudesch, hat sich auf dem Totenbett die Zähne ausbrechen lassen. Er hatte genaue Vorschriften für die Prozeduren hinterlassen, die mit seinem Leichnam vorgenommen werden sollten. Seine Leiche wurde weder ausgeweidet noch einbalsamiert. Kopf- und Barthaare wurden ihr geschoren, die Zähne ausgebrochen und auf glühenden Kohlen auf dem Friedhof verbrannt. Danach wurde der Leichnam gegeißelt und schließlich zusammen mit ungelöschtem Kalk in eine dreiteilige Sackhülle gesteckt. Die erste Hülle dieses Sackes war aus grober Leinwand, die zweite aus weißer Seide und die dritte aus Damast. Zuvor wurde der Leichnam noch im Sarg ruhend dem Volk gezeigt.

Als ich ihm erzählte, daß eine große, mit vier rostigen Eisenringen versehene Steinplatte auf der Gruft von Friedrich Hebbel liegt, und ihn fragte, ob vielleicht noch ein paar Knochen vorhanden sind, sagte er, Aber Sie werden die Gruft doch nicht öffnen wollen. Er sagte, daß auf dem Bahnhof in Rosenbach ein Irrer mit einem Wägelchen herumläuft, der dem van Gogh sehr ähnlich sieht. Wir werden hinfahren und ihn ansehen, sagte ich. Er lachte heftig und sagte, Ich kann Ihnen natürlich nicht versprechen, daß er dann wieder auf dem Bahnhof sein wird, aber wir fahren nach Jesenice weiter, das ist mein Geburtsort, dort zeige ich Ihnen die Schule, in der ich war. Mein Geburtshaus ist leider schon abgerissen worden, das tut mir sehr weh.

Auf einem Bild in der Kronenzeitung sah er, wie der Leichnam John Lennons in einen Plastiksack gepackt weggetragen wurde. Zwei Milliarden Schilling hat dieser Mensch, sagte er, und dann wird er in einem schwarzen Plastiksack weggetragen. Er berichtete von einem Doppelselbstmord zweier Jungen aus Spittal, seinem Wohnort. Sie waren von Spittal nach Stuttgart gefahren und hatten auf »einem einsamen Waldweg aus Liebeskummer«, so die Tageszeitung, die tödlichen Auspuffgase ins Innere ihres Wagens geleitet. Als der Maler vom Doppelselbstmord erfuhr, rief er in Klagenfurt an und wollte mir das Ereignis sofort mitteilen, aber ich war zehn Minuten vorher außer Haus gegangen.

Während ich jetzt von der in der letzten Zeit in Kärnten ausgebrochenen Doppelselbstmordepedemie berichten und sagen will, daß sich zwei Brüder, der fünfundzwanzigjährige Arnold K. und der achtzehnjährige Herwig K., Bauernsöhne aus Dragelsberg bei Himmelberg, auf einem Forstweg in einem Auto gemeinsam mit einer »typischen Wildererwaffe«, wie es die Gendarmerie bezeichnete, erschossen haben, drängt sich immer wieder die Vorstellung dazwischen, wie ich meine weiße Gipslebendmaske aufsetze, die Clownlarve mit der roten Nase und den lockigen, blonden Haaren über das Haupt spanne und die beiden Buben durch den Wald trage. Ich trage die Brüder, wie ich Jakob und Robert durchs kruzifixartige Dorf getragen habe und tragen werde, bis mich die beiden Bauernsöhne aus Himmelberg und Jakob und Robert auf ihren Schultern über den lotrechten Balken eines kruzifixartig gebauten Dorfes tragen werden. Während ich sage, daß sich in der Nähe eines Einschichthofes im Gitschtal der dreiundzwanzigjährige Bäckergehilfe Herbert L. und seine fünfzehnjährige Freundin Sabine S. gemeinsam umbrachten, indem sie Auspuffgase einatmeten, sitzen sie im Auto und warten darauf, bis ich mit meiner weißen Lebendmaske und mit einer Clownlarve mit der roten Nase und den lockigen, blonden Haaren vors Auto trete und ihnen die Totenmaske abnehme. »Sie starben wie Romeo und Julia«, schrieb die Volkszeitung. Mit Lebendmaske und Clownlarve stehe ich in Zauchen vor dem Haus eines einundsechzigjährigen Mannes und seiner einundfünfzigjährigen Frau, die sich gemeinsam auf dem Dachboden erhängt haben. Der Mann war Kellner im Villacher Café Europa und hatte dem Maler Georg Rudesch und mir oft Kaffee und Mineralwasser serviert.

Ich habe gehört, daß sich kürzlich in der Steiermark ein Junge nach einem Streit mit seiner Mutter in Anwesenheit seiner kleinen Geschwister erhängt hat. Die Kinder liefen zur Mutter und riefen, Er hat sich aufgehängt, er hat sich aufgehängt. Die Mutter glaubte an einen Scherz und ließ ihn hängen. Erst am nächsten Morgen fand der Bauer den Jungen hängend im Heustadel.

In meiner Studentenzeit habe ich manchmal Aufputschmittel genommen, sagte der Maler. Welche Folgen, fragte ich, hat das für den Körper. Wenn man mit einem Auto ständig mit überhöhter Geschwindigkeit fährt, geht es früher kaputt als ein anderes. So ist es, wenn Sie dieses Präparat einnehmen, sagte er und ging weiter den Pfad im Fichtenwald entlang. Niemals, schworen wir einander, werden wir auch nur einen einzigen Baum umschlagen. Die Totenmaske der Landschaft! sagte der Maler Georg Rudesch, mit seinem Finger auf den Schnee deutend. Ich halte es in Wien nur mit dem Gedanken aus, daß auch Friedrich Hebbel hier jahrelang gelebt hat und auf dem Matzleinsdorfer Friedhof begraben ist, sagte ich zu ihm. So etwas dürfen Sie natürlich nur zu mir sagen, sagte er daraufhin.

Ich suche in der Stadt immer nur das Land, sagte ich, das kleine Fleckchen Erde im nächsten Park. Dort sitze ich abends, wenn es dämmert, und denke daran, wie mein Bruder und ich abends am Ufer der Drau saßen und den Vater nachäfften, schrien, wie er mit uns geschrien hatte, und mit einer Haselnußrute einen Baum schlugen, bis er nach Harz roch. Jetzt habe ich keine andere Möglichkeit, als nachts mit einer Decke in den Park zu gehen und mich für ein paar Stunden, wenn die Verkehrsruhe eingetreten ist, niederzulegen, die Erde, die Gräser und das Unkraut zu streicheln und zu würgen. Als Kind ging ich öfter mit einer Decke in die Auen und legte mich in einem Getreidefeld schlafen. Wenn ich länger in dieser Stadt lebe, beginne ich noch einmal, Erde zu essen. Ich ertrage den Stadtlärm nicht, wie ich damals im Dorf den Lärm der landwirtschaftlichen Maschinen nicht leiden konnte. Es ekelte mich jedesmal an, wenn ein Bauer eine neue Maschine gekauft hatte und wenn sonntags nach der Messe alle Bauern um diese Maschine herumstanden und sie wie eine Statue betrachteten. Hätten sie doch einmal mit solcher Neugierde ein neugeborenes Kind nach der Taufe betrachtet.

Ich werde aufs Land zurückkehren, auf die Berge meiner Kindheitsumgebung, und von dort das Heimattal betrachten, wahrscheinlich werde ich bald danach wieder für ein paar Monate in eine Stadt hineinfliehen und wieder aus der Stadt in die Landschaft flüchten und wieder in die Stadt flüchten und wieder aufs Land flüchten. Ich werde mich wie ein Raubtier jagen. Noch bin ich nicht ausgestorben. Manchmal gehe ich in den Park, um die im Schnee gehenden Krähen zu sehen, um ihre Schreie zu hören, die mich an die Krähenschreie meiner Kindheit erinnern. Als ich in Wien Ausschnitte aus dem Rossifilm *Christus kam nur bis Eboli* sah, habe ich im Fernsehzimmer eines Hotels zu heulen begonnen. Einerseits aus Freude, weil ich die Bauern und die Landschaft wiedersah, aber auch aus Wehmut, an die in die nebelige Landschaft gebundene Melancholie des Kindes, das ich war, denkend.

In Hellas, einem griechischen Lokal in Wien, brachte mir der Ober mit der bloßen Hand ein Stück Brot zum Schafskäse. So eine Frechheit, rief die Frau am Nebentisch, er bringt das Brot mit der bloßen Hand. Ich nahm das Brot, zerbrach es und führte ein Stück an der angebrochenen Stelle zum Mund. Was? Sie essen dieses Brot? Ein versoffenes Mädchen beugte sich über mich und fragte, ob ich ein paar Schilling für sie hätte. Ich gab ihr ein Zehnschillingstück und blickte dabei schamvoll zur Seite. Ich hatte Angst, daß sie sich unterwürfig bedanken wird. Die Frau, die mich heute auf der Straße im Vorbeigehen streifte, entschuldigte sich mehrmals und bat mich tatsächlich um Verzeihung. Danke, sagte ich, ich danke Ihnen, weil Sie mich berührt haben.

Sie hat dem Toten, der sich mit einem Hanfstrick erhängte, die Krawatte geöffnet, bevor sie ihn vom Strick nahm. Die Perlen hat sie in den hohlen Knochen ihres toten Mannes versteckt. Wenn ich sterbe, sagte sie, wird Jesus in mich dringen und mit meinem Fleisch und Blut das ewige Leben erschaffen. Sie, die vor fünfundzwanzig Jahren ein Embryo war, erwartet jetzt ein Baby. Er hat mich um die Freundschaft gebeten, nur damit er um mich herumschwänzeln, meine verwundbaren Stellen suchen und im richtigen Augenblick zuschlagen kann. Die für ein Künstlerleben wichtige Gefängniserfahrung gönne ich ihm nicht. Ich lege keinen Wert darauf, daß er ein Verbrechen begeht, das ihn ins Gefängnis führt. Ich weiß, daß du mich eingeladen hast, damit du mich in Anwesenheit illustrer Gesellschaft hinauswerfen kannst, aber gerade deswegen habe ich die Einladung angenommen. Bei der Statue des Heiligen Vinzenz von Paul, der sich für einen Sträfling auf die Ruderbank setzte, habe ich in einer Wiener Kirche zwei Kerzen angezündet. Die auf einen Haufen zusammengeworfenen Goldzähne der Toten aus den Konzentrationslagern wurden geschmolzen, zu Goldbarren geformt und werden seither im Keller der Wiener Nationalbank aufbewahrt. Ich habe die Totenmasken verbrannt, die Asche in Tablettenröhrchen gefüllt und in die Donau geworfen. Eines Tages werden alle Fische in der Donau Totenmasken tragen. Den Hof des Krankenhausgebäudes überquerend blickte ich durch ein Fenster und sah aufgestapelte weiße Totenpolster. Ich ging schnell weiter, aber nach zehn Schritten machte ich kehrt, um sie näher zu betrachten. Wenn ich sterbe, werden sich alle Tiere dieser Welt in Menschen verwandeln. *Werther* nenne ich meine Pistole. Ich höre mein Herz in einer Eidechsenbrust schlagen. Heute nacht bin

ich nicht schlafen gegangen, weil ich Angst hatte, daß ich nicht mehr aufwache. Jeder Tag könnte mein letzter sein, deshalb muß ich jeden Tag alles schaffen. Wenn ich eine Pflanze werden will, wachse ich einfach aus meinem toten Körper. Nachdem ich einen Pfirsich auseinandergebrochen hatte, dachte ich, auf das Fruchtfleisch blickend, an das Innere meines Kopfes. Ich schloß den halbierten Pfirsich wieder und wickelte einen hautfarbenen Streifen Leukoplast um ihn. Manchmal sehe ich in einem bloßen beschmutzten Kaffeelöffel meinen Feind. Langsam erhebe ich mich vom Stuhl und gehe rückwärts, damit ich ihn beobachten kann, wenn er auf mich aufmerksam wird, aus der Küche. Der Staatsanwalt hebt das auf den Boden flatternde Vierklee im Gerichtssaal auf und legt es in sein Paragraphenbuch zurück. Ich sehe einen vietnamesischen Soldaten mit verzerrtem Gesicht, der ein kleines Paket in der Hand hält, auf dem steht, daß sich in diesem Paket der Leichnam eines Kindes befindet. Bei genauerem Lesen entdeckt der Soldat, daß es sein eigener Sohn ist, den er als Paket verschnürt und zur Beerdigung freigegeben in den Händen hält. Wie Efeublätter sehe ich die gespaltenen Zungen österreichischer Politiker sich um ein Gefängnis ranken. Der Paarlauf zweier Polizisten auf dem zugefrorenen Wörthersee!
Die Tanne ist gestern vor mir niedergekniet, hat ihre Äste gefaltet und mich angebetet. Ich habe eine Hacke genommen und ihr die Äste, die mich angebetet haben, abgeschlagen. Wann werden wir endlich anfangen, die Büsten toter Holzfäller in den Fichtenwäldern aufzustellen. Ein Kind, das Storchenblut trinkt. Heute nacht habe ich im Traum Judas geküßt, der Jesus verraten hat. Daß ein Zwerg einem Riesen nicht gewachsen ist, hätte der biblische David beweisen können. Der Krüppel erzählte

so rauschhaft von der Schönheit seiner Frau, daß ich selber ein Krüppel sein wollte, um eine schöne Frau lieben zu können. Plötzlich deprimiert, weil ich seit einiger Zeit keine Selbstmordgedanken habe. Was hast du mit mir vor, außer, daß du mir die Haare schneiden willst? Mir ist bekannt, daß viele Henker Friseure waren, bevor sie Staatsdiener wurden. Du darfst den Dieben nichts stehlen, Diebe waren Bestohlene, bevor sie zu stehlen begannen. Nicht der Verfolgte leidet unter Verfolgungswahn, sondern diejenigen, die ihn verfolgen. Gestern ist mein Paket mit den Lebkuchenherzen an den berühmten afrikanischen Herzverpflanzer abgegangen. Die Totenmaske Frankensteins. Auf einem Sarg, der zu Grabe getragen wurde, war eine Autonummerntafel montiert. Ich hasse Autofahrer, die glauben, daß sie stärker sind als der Tod. Vier Milliarden Menschen stehen um den Erdball Schlange. Hinter dem letzten Menschen steht das erste Tier und wartet auf mich. Neben den Hufabdrücken eines am Meeresstrand dahingaloppierenden Pferdes fand ich das Skelett eines Seepferdchens. Vor wenigen Tagen sah ich gegen drei Uhr morgens alle Menschen dieser Welt mit einer brennenden Kerze eine Straße lang gehen. Als ich das Licht längst ausgedreht hatte, glaubte ich, daß auf dem Boden und auf der Bettdecke Klapperschlangen herumliegen. Ich zuckte zusammen, aber statt daß ich meinen Körper unter der Decke versteckte, entblößte ich ihn für die Schlangen.
Die Möbel in der Wiener Wohnung warf ich um, Stuhl und Tisch, ich hatte bereits die Hacke in der Hand, um meine Schreibmaschine zu demolieren, den Kasten zu zertrümmern, in dem die Kleider hingen und wo meine Seele als Stecktuch aus dem schönsten Anzug blickte. Alles sah ich in grotesker Verzerrung. Ich wollte die

Hacke weit über meinen Kopf heben, mich auf die Zehenspitzen stellen und sie tief in dieses Manuskript hineinsausen lassen, bis Blut herausrinnt, aber ich lag am Boden und wälzte mich schreiend von der Tür zum Fenster und wieder zurück. Am Vortag war ich mit dem Maler Georg Rudesch durch die Wälder gegangen, kaum kam ich in die Stadt, begann ich in meinem Zimmer zu randalieren.

Schnee fiel, finster war es und wir tasteten uns zwischen den Schneeflocken vorwärts, den Weg, den wir seit dem Sommer des vergangenen Jahres kannten, weiter und weiter. An der Wegbiegung gegenüber dem Heustadel sahen wir, daß dem großen Kruzifix der Körper des Gekreuzigten fehlte. Ich fragte die Frau Thaler, ob man ihn heruntergenommen hat, um ihn vor der Kälte zu schützen. Sie sah mich erstaunt an und gab mir keine Antwort, sondern fluchte vor sich hin, Diese Schweine, jetzt haben sie ihn wieder, wird sich aber die gnädige Frau ärgern. Ist er denn nicht ins Haus genommen worden? Aber nein, sagte sie, er ist gestohlen worden. Wenn ich am leeren Kruzifix vorbeigehe, stelle ich mich hin, strecke die Hände und blicke mit der Erntedankkrone auf dem Kopf in den tiefverschneiten Fichtenwald hinein. Pilatus! Peitsch mich über die schneebedeckten Wiesen und Äcker, schlag mich halbtot, ich will weder ganz am Leben, noch ganz tot sein.

Die Kinder haben fürchterlich geschrien, als sie den erhängten Vater im Badezimmer sahen, erzählte mir der Kaufmann des Dorfes. Seine Frau wollte ihn wachrütteln, sie konnte sich nicht vorstellen, daß er tot war. Er sieht doch gar nicht wie ein Toter aus, soll sie gesagt haben. Sie hockte neben ihm und streichelte seine Hände, bis die Leichenstarre in seinen Körper trat. Als wir im Schneefeld auf einem Schihügel nach dem besten Platz suchten, um den Friedhof und das Geschehen während des Begräbnisses überblicken zu können, sahen wir vor dem Friedhofstor einen Lieferwagen mit lauter blutigen Knochen und Rippen stehen. Nachdem die Kirchenglocken den Toten ausgeläutet hatten, setzte sich der bunte Leichenzug in Bewegung und kam über das Schneefeld an den Friedhof heran. Der Lieferwagen mit den blutigen Rippen und Knochen entfernte sich vom Friedhofstor. Wir sahen die Kleinkinder des Toten, die lässig einen Blumenstrauß tragend hinter dem Sarg hergingen. Wir hörten die Worte des Priesters, die er am offenen Grab auf den Kopf des Selbstmörders zurief, Du sollst nicht töten, weder einen anderen, noch dich selbst.

Auf einem Spiegeltisch steht ein silberner Kerzenständer mit drei Kerzen, die linke und rechte etwas tiefer, wie auf einem Sportsockel, der Sieger in der Mitte, der zweite und dritte links und rechts. Ich beobachte das Schauspiel ihres Kleinerwerdens. Wenn sie klein und plump sind, hänge ich ihnen die verdienten Medaillen um den Kerzenhals. Der schwarze Docht ist das Zeichen ihrer Erschöpfung

Im Flur liegen auf einem großen Holztisch Kompositionen. Ein Rhythmus fehlt mir noch, sagt der Komponist, nur einer. Ich laufe im Ort herum und suche ihn. Die Vögel stören mich. Ich habe in ihrem Gesang Rhythmen entdeckt, die meine Kompositionen nicht ertragen können. Ich rede nicht mit dem Musikprofessor oder mit dem Bürgermeister, ich rede mit dem Knecht vom Nachbarhaus, ich lade ihn ein. Seine kotbehangenen Schuhe tragen Musik in sich. Dem Knecht und mir spielt er eine Mozartsonate vor. Seitlich sitzend beobachte ich den Knecht. Das geht einem in Fleisch und Blut über, sagt der Knecht. Andächtig, fast mit geneigtem Kopf steht der Knecht vor dem Klavier. Seine Augen strahlen vor Traurigkeit. Er wagt nirgendwo Platz zu nehmen. Jeder Stuhl, so glaubt er, ist zu schön für seine beschmutzte Hose.

Nachdem der Maler Georg Rudesch von meinen Gesichtszügen zwölf *Fiktive Totenmasken*, wie wir sie nannten, mit der Kohle aus dem Kachelofen angefertigt hatte, bat ich ihn darum, daß er auch von Jakob und Robert eine fiktive Totenmaske zeichnen möge. Er fragte mich, ob er auf meine Fiktive Totenmaske Lorbeerblätter zeichnen solle. Ich lachte und sagte, Nein, meinte aber, Ja, bitte. Als er vom Schneeberg abreiste, nahm er die Totenmasken mit nach Hause, Ich werde sie fixieren, dann schicke ich sie Ihnen, sagte der Maler Georg Rudesch.

Ich läutete im Prostituiertenhaus an, eine Alte kam heraus, die sofort ihre geöffnete Hand herhielt. Ich wußte, daß ich ihr zehn Schilling Eintrittsgeld geben muß. Gehns rauf, sagte sie, und ich ging die Stiege hinauf, streifte mit einer Hand die rosarot tapezierte Wand und hörte das Aufgehen mehrerer Türen. Kokett standen, noch bevor ich die letzten Stufen überwunden hatte, ein paar Damen auf dem Gang und redeten weiter, als wäre niemand gekommen. Ich nickte einer, die einen blauen Morgenmantel trug, zu und ging schnell in ihr Zimmer. Ich wollte selbst den Huren nicht zeigen, daß ich mit einer Hure schlafen werde. Eine Hure ist im Dorf etwas Schändliches wie ein Schwuler, genauso wie einer, der mönchisch asketisch lebt, alle sind sie dem Spott der Dorfleute ausgeliefert. Wenn sie nur wüßten, daß ich in Frauenkleidern auf den Schneeberg gehe und unter dem Gipfelkreuz stehend auf das Drautal und auf meinen

Heimatort blicke, wenn sie nur wüßten, daß ich als Transvestit durch den Schlachthof gehe und auf Friedhöfen rumsteige, in einer Bar auf dem Klo vor einem jungen Transvestiten knie und seine Strümpfe aus den Knöpfen seines Mieders löse, seine Frauenunterhose runterziehe, meinen Kopf auf seinen Schoß lege und in der Toilettenzelle zu heulen beginne. Sie sollen es wissen. Ich werfe ihnen meine Existenz wie ein Stück Kalbfleisch auf den Tisch.

Während der Pubertätszeit wollte ich mir einmal Arsenik kaufen, da ich hörte, daß magere Tiere mit Arsenik gefüttert und davon dicker werden. Ich wußte aber auch, daß eine Überdosis Arsenik tödlich sein kann. Ich wollte zur Apothekerin gehen und sagen, daß der Vater für ein mageres Tier Arsenik braucht. Oft stand ich vor ihr und ihrer silbernen Apothekerwaage, als ich für die Mutter die Medizin holen mußte, und überlegte mir, ob ich sie nach dem Arsenik fragen soll oder nicht. Später habe ich mir Muskelpräparate, die ich in Pillenform einnahm, aus Deutschland bestellt. In Villach mußte ich aufs Zollamt gehen und eine Unbedenklichkeitsbescheinigung, wie es das Zollamt nannte, vorlegen, aber ich hatte nicht den Mut, einen Arzt danach zu fragen. Sah ich auf der Straße gutgebaute Jungen, blickte ich mich nach ihnen um, bis ich mich in einen Jungen verliebte. Ich schämte mich meines mageren Leibes und ging deshalb jahrelang in kein Freibad. Jahrelang trug ich den roten Ministrantenkittel. Ich wollte diesen roten Ministrantenkittel auch auf dem Feld bei der Heuernte tragen. Ich wollte mit diesem roten Ministrantenkittel die Kirchenblätter von Haus zu Haus tragen. Ich wollte den schwarzen Ministrantenkittel zu meiner Werktagskleidung machen. In der Kirche saß ich als Vorbeter auf der Frauenseite, neben der

Pfarrermarie. Man wird nicht als Homosexueller geboren, sagt Sartre, aber man kann, je nach den Ereignissen und den Reaktionen darauf, ein Homosexueller werden. Alles hängt davon ab, wie man auf das antwortet, was einem von anderen angetan wird. Homosexualität, so Sartre, ist etwas das von einem Kind in einem entscheidenden Moment, einem Moment des Erstickens, entdeckt oder erfunden wird. Meine Eltern haben das Wort Homosexualität nie gehört. Sie wußten nicht, wer ich als Kind war, und sie wissen nicht, wer ich heute bin. Es war schön, von Männern geliebt zu werden, die meine Väter hätten sein können. Läge doch der Samentropfen, aus dem ich wurde, wie ein Tautropfen auf einem japanischen Kirschzweig.

Warum sollte ich nicht zu Boden sinken, wie ich als Kind einmal willig, einmal widerwillig auf die Knie ging, die Füße des Gekreuzigten geküßt habe, und jetzt deine Füße küssen. Sie riechen nicht nach Jesu Blut. Vielleicht riechen sie nach Schweiß, dann nehme ich Jesu Schweißtuch und säubere sie. Einmal wollte ich mir während des Laufes, aus Freude über meine Liebe zu dir, in der Hitze der Bewegungen ein Messer in die Brust stoßen. Während ich mich vor deine Füße werfe, hoffe ich, daß mich im Fallen ein hervorstehender Fußbodennagel ins Herz trifft, für meine Unterwürfigkeit werde ich mit dem Tod bestraft. Ich sah, daß ein Neger das noch zuckende Herz einer getöteten Ziege auf seine herausgestreckte Zunge legte. Warum sollte ich einen toten Menschen, den ich liebe, nicht aufessen. Die Tiere fressen sich untereinander doch auch auf, wenn sie sich auch nicht lieben. Wenn du ein Tier mehr liebst als einen Menschen, dann will und kann ich dir nicht mehr helfen, dann sollst du am Tier sterben. Bist du mir böse, wenn ich dir manchmal den

Tod wünsche? Bewundernd bleibe ich vor dem Pferd, das seinen Kopf im Lauf senkt und hebt, stehen. Sein Rücken ist wie ein schwingendes Wellblech. Erdbrocken fallen von seinen Hufen. Wie verkehrt stehende Federkiele, von denen schwarze Tinte rinnt, stehen die Fichten am Waldrand. In einer unfrequentierten Straße sind wir gegangen, um uns ungesehen umarmen zu können. Neidig bin ich den Mädchen und Jungen, die im Freien auf einer Bank sitzen und sich umarmen, sagte er. Hand in Hand gingen wir in Assisi unter den Olivenbäumen den Feldweg entlang. Der Mann im vorbeifahrenden Auto schlug seine Hand an die Stirn und kicherte über die beiden, aber wir gingen weiter. Der, den ich liebe, hat mir die Lebendmaske abgenommen, ohne ihn würde ich nicht mehr leben, sagte er.

Als ich die rauhe Stimme des Transvestiten hörte, dachte ich an ein rauhes Papier, auf das ich ein Liebesgedicht schreibe. Die Feder kratzt, die Schriftzüge werden dicker, Papierfasern haben sich in der Feder verfangen. Ich fühle wie eine Frau, sagte der Transvestit. Aber wie fühlt eine Frau?

Einmal habe ich einen Strichjungen mit nach Hause in die Tarviserstraße genommen. Er war vollkommen betrunken, so daß ich ihn, während wir im Regen die Straße entlanggingen, stützen mußte. Zu Hause angekommen, fiel er sofort aufs Bett. Während er schon schlief, kleidete ich ihn aus und deckte ihn zu. Da ich nur ein Bett hatte, schlief ich auf dem Fußboden. Aus dem Kasten nahm ich die Schmutzwäsche, um eine bessere Unterlage zu haben. Ich war vollkommen glücklich, auf dem Boden schlafen zu können, während er in meinem Bett lag.

Bevor ich dich an irgendetwas hindere, gehe ich lieber mit bloßen Füßen auf einem Rasierklingenfeld spazieren, sagte er heuchlerisch zu dem Jungen, dessen nackter Leib auf dem kalten Altarstein einer halbzerfallenen Kirche lag. Er preßte meine Lippen fest an seinen Oberschenkel, damit er kein Wort mehr sagen konnte.

Ich blase oder wichse den Schwulen nur eines runter, sagte der Strichjunge, dann verschwinde ich wieder mit ein paar Hundertern. Was soll ich sonst tun. Glaubst du, ich geh arbeiten. So verdien ich mein Geld leichter, wenns auch manchmal ein grausiger Job ist. Kommst mit, fragte ihn eine Prostituierte am Naschmarkt, ich will dich verwöhnen, kommst mit. Dreihundert Schilling und ich verwöhne dich. Ich will nicht verwöhnt werden. Du bist der erste, der nicht verwöhnt werden will, sagte sie höhnisch und drehte sich von mir weg. Mit Michael ging er einmal Arm in Arm aufs Moser-Verdino zu, an dessen Ecke eine Hure stand und sie ansprach. Wir sind schwul, sagte er. Die Hure lachte und sagte, Dann ist o.k.

Der Transvestit zieht sich die Unterhose so aus, wie sie ihm ein anderer, der vor ihm hockt, ausziehen würde, dann glaubt er, daß er nicht mit sich alleine ins Bett gehen muß, er greift mit der linken Hand nach seinem Schwanz und sucht mit der rechten nach dem Stiel der Hacke. Wenn ich nach einem Besuch in der Bar alleine nach Hause gehe, mache ich aus Enttäuschung die quälende Handbewegung, bis mein Bauch feucht und warm ist, sagte er. Aus einem weißen Blatt Papier habe ich eine männliche Gestalt herausgeschnitten und mit schwarzer Tinte ein erotisches Gedicht draufgeschrieben. Rosen habe ich gegen die Liebe gekauft und meinem Feind geschickt, weil Rosen die Liebe verkitschen. Er zählte mir ein paar Namen von Schwulenlokalen auf, Alfies Goldener Spiegel, Tazio, Dorian Gray, Petit Fleur, Kleist-Casino, David Club, George Sand.

Während eines Films von Buñuel, in dem es um eine Prostituierte ging, onanierte ich, weil meine erste Frau eine Hure war. Ich erinnerte mich an die Zeit, wo ich auf der Villacher Bahnhofstoilette saß und die Klopfzeichen der anderen Jungen, der Lehrlinge und Schüler beantwortete, durch die Löcher der Holzwand blickte und jeden Abend einen anderen Jungen sah, der auf der Klomuschel saß, die Beine gespreizt und den Schwanz in der Hand. Die löchrigen Holzwände sind inzwischen durch Eisenwände ausgetauscht worden.

Auf den Zweigen eines Christbaumes, der noch Mitte Jänner im Schaufenster beleuchtet war, hingen die ausgesuchtesten Busenhalter, Damenunterhosen, Nylonstrümpfe und Mieder. Frohe Weihnachten stand auf einem Schild, das an der Christbaumspitze von einem Engel gehalten wurde.

Im Supermarkt frage ich einen neben der Rolltreppe stehenden Verkäufer, wo die Damenabteilung ist. Als ich erkannte, daß es kein Verkäufer, sondern eine Puppe war, die ich angesprochen hatte, wollte ich im ersten Schrekken schreiend aus dem Supermarkt laufen. Nehmen Sie diese Unterhose, sagte die Verkäuferin, die ist ganz entzückend. Hat ihre Freundin dieselbe Größe wie ich? Jedesmal zittere ich, wenn ich ein Damenwäschegeschäft betrete. Wenn ich allzulange in der Wäsche herumkrame, rufe ich entrüstet, Sie soll sich doch selber ihre Kleider aussuchen, ich weiß ja nicht, was sie will.

Gegen seine Blutarmut verschrieb ihm der Arzt Eisentabletten. Nach und nach schluckte er die Hälfte der Tabletten, den Rest ließ er verfaulen. An ihren Flecken sah er, daß diese Eisentabletten tatsächlich rostig wurden. Er legte schon als Kind keinen Wert darauf, gesund zu werden, er wollte blutarm bleiben. Er hatte Angst, daß sein Vater verunglücken könnte. Wer wird mir Angst machen, wer wird mich ausstoßen und züchtigen? Ich brauche die Angst und die Züchtigung. Ohne Angst und Schmerzen kann ich nicht leben.

Er hat ein weißes, wie sie sagten, *blutloses* Gesicht, dafür war sein ältester Bruder braun und rot im Gesicht. Vielleicht, so dachte er manchmal, hat mein Bruder zuviel, was ich zuwenig habe. Ein Pferd im Dorf nennen sie das *Vollblut*. Einen Mestizen nennen sie das *Halbblut*. Mich nennen sie den *Blutarmen*.

Sah er in der Bunten Illustrierten das Bild von einem Ermordeten, blickte er zuerst auf die Blutlache, bevor er das Gesicht des Toten näher betrachtete. Fand er auf der Straße einen Blutflecken, ging er ängstlich davon, als habe er, wie er es öfter nannte, den *leibhaftigen* Tod gesehen.

Bring *Blutorangen* mit nach Hause, flüsterte ich der Mutter zu, wenn sie nach Villach zum Nervenarzt fuhr, Blutorangen, Mutter.

Die Tante des Blutarmen blätterte die Zeitung von hinten auf, um zuerst die Todesanzeigen zu lesen, bevor sie sich über die aktuellen Greueltaten informierte. Schlug er ein Gesundheitsbuch auf, so suchte er als erstes die Beschreibungen unter dem Stichwort *Blut*.

Nachdem er in einem Naturgeschichtebuch las, daß die Schlangen Kaltblüter sind, träumte er oft von ihnen. Er träumte aber selten von Schlangen, die in den Auen und Wäldern seiner Heimat lebten, meistens von Kobras und Brillenschlangen. Manchmal wachte er erschrocken auf, wenn ein Kaltblüter über seinen warmblütigen Leib kroch, manchmal schlief er mit glücklichem Zucken um den Mund weiter und streichelte die Schlange.

Das blutarme Kind band sich zwei dicke Weidenruten, mit denen es gezüchtigt worden war, auf den Rücken und ging, in der Vorstellung, die Soutane des Priesters zu tragen, weihrauchschwenkend den Draufluß entlang, Ich segnete die Fische. Manchmal bat er den zwittrigen Engel seiner Kindheit um Liebe, besonders dann, wenn die Todesangst sein Herz schneller oder langsamer schlagen ließ, beugte er sich über die Brust des Engels, schob die schwarzen Federn zur Seite und suchte mit geschlossenen Augen die Zitzen seiner Brust. Der Mann, der ihn peinigte, warf den Kalbstrick über die Schulter und ging mit flatternder Hose im Wind über den Hof.

Er kaufte sich Anatomiebücher, schnitt die abgebildeten Lungen, Herzen, Leber und Blutbahnen heraus und aß sie auf. Blutsuppe konnte er keine sehen, geschweige denn essen. Wenn er die Wörter Blutsuppe oder Blutwurst hörte, erfaßte ihn Brechreiz. Alle Adern, die er auf seinen Beinen und Armen sah, zeichnete er mit einem roten Filzstift nach.

Schlug ihm der Peiniger seine nach Tierschweiß riechende Hand ins Gesicht, blutete er heftig aus der Nase. Sofort verschmierte er das Blut im Gesicht und lief mit dieser roten Maske aufs Feld hinaus, in die Auen hinunter und machte erst Rast, wenn er am Ufer der Drau angelangt war. Er setzte sich auf einen Stein und blickte stundenlang verloren in die strudeligen Wellen des Flusses.

Eine Phiole mit Menschenblut sah er auf dem Schrank in der Intensivstation, als er zu einer Blutuntersuchung ins Krankenhaus kam. Wie magnetisiert ging sein Körper auf die Blutphiole zu, aber die Krankenschwester versperrte ihm den Weg und deutete mit dem Zeigefinger auf das Schild, Eintritt verboten.

Wenn er jemandem ins Gesicht blickte, der Ringe unter den Augen hatte, erschrak er zuerst und blickte verlegen weg, um ihn mit seinem Blick nicht zu verletzen. Oft sagten sie zu ihm, Du hast schon wieder Ringe unter den Augen, du hast wohl schon wieder onaniert. Als er einmal vor einem nackten Mädchen stand, die ihre Arme um seine nackten Schultern legte, erbrach der Blutarme. Über ihre Brüste und ihren Bauch rann das Erbrochene. Sie aber wandte sich nicht von ihm ab, sondern heftete ihren Mund an seine Lippen. Gerade die Burschen, sagte er, verspotten mich auf der Straße, die sich für bares Geld von mir und anderen Männern im Park den Hosenschlitz öffnen lassen.

Manchmal stellt er sich den Samentropfen vor, der er war, und sieht zu, wie er wächst, so schnell wächst, daß sich innerhalb weniger Minuten aus dem Samentropfen der viermonatige Embryo entwickelt und aus dem Embryo ebenso schnell das entbundene Kind. Wenige Minuten später ist in seiner Vorstellung dieses Kind so groß und so alt wie er selbst. Er legt die eine Hand auf die andere, hebt seinen Kopf und stellt sich wieder sein schnelles Zurückschrumpfen vor. Ist er erschöpft, legt er sich aufs Bett und ruht sich in embryonaler Lage aus.

Die Fischhändlerin packte den Fisch am Schwanz und schlug ihn auf die Kante des Schlachtbrettes. Der Fisch röchelte, öffnete und schloß sein Maul. Noch während das Tier zitterte, schnitt sie ihm den Bauch auf, zog die Eingeweide heraus, wickelte ihn mehrmals in braunes Packpapier und steckte ihn in eine Plastiktüte. Auf der Straße öffnete der Blutarme das Paket und betrachtete den blutigen Fisch zwischen den links und rechts vorbeigehenden Menschen. Manche Leute, die sahen, wie er den toten Fisch betrachtete, blieben stehen und sahen dem Blutarmen verstört ins Gesicht. Er wickelte den Fisch wieder ein, ging weiter und suchte ein Kind, dem er diesen Fisch schenken könnte. Er wollte nur sehen, wie das Fischblut über die Hände der Fischhändlerin rann.

Wenn ich den personifizierten Tod in einem Tier sah, so im Blutegel eher als in der Fledermaus, sagte er. Wenn ich Fleisch esse, bin ich danach todmüde. Ob man im Blutspiegel seinen Tod sehen kann? Oft fuhr er nach Venedig, um an den blutigen Fischständen Trost zu suchen, wie er als Kind auf dem Dorffriedhof Trost gesucht hatte.

Einmal versteckte sich das blutarme Kind hinter dem Grabstein seines Großvaters vor seinem über die Schwelle der Friedhofstür schreitenden Peiniger. Er trug denselben Vornamen wie sein Großvater. Jahrelang ging der Blutarme auf den Friedhof und blickte auf seinen in den Grabstein gemeißelten Namen.

Nicht in die Urne füllte er die Asche seines Freundes, nein, in die Sanduhr füllte er sie. Nachdem Jakob mit der weißen Auferstehungsfahne nicht aus dem Grab gekommen ist, habe ich in der Bibel die Stelle, wo Jesus den Lazarus aufweckt, durchgestrichen und mit Rotstift einige Rufzeichen an den weißen Rand gesetzt.

Gierig las der Blutarme die Erzählungen von Edgar Allan Poe, den Dracula von Bram Stoker, den Frankenstein, Sterben von Arthur Schnitzler, den Tod in Venedig von Thomas Mann. Im Kino sah er am liebsten die Horror-, Vampirfilme und die blutrünstigen Western. Der Blutarme kannte jemanden, der nach einem schweren Verkehrsunfall im Krankenhaus Marquis de Sade las. Ein anderer, ebenfalls schwer verletzter junger Mann las im Nebenbett Vampirromane.

BlutweißBlut, nicht rotweißrot sind die Farben der österreichischen Nationalflagge.

Jeden Tag trug er seine Beobachtungen in ein Tagebuch

ein und sei es nur die Notiz, Heute habe ich wieder nichts gesehen, was ich hier eintragen und später lesen könnte. Ich habe soviel Angst, daß mir nichts anderes übrig bleibt, als anderen Angst zu machen, damit ich wenigstens für Stunden meine Angst loswerden kann. Solange mir nicht ein Arzt das Leben rettet, habe ich keine Lust, auf den Ärztestand zu schimpfen.

Ich habe nur einen Todfeind, sagte er, und das ist der Tod selbst. Auf den Matzleinsdorfer Friedhof bin ich gefahren, wo Friedrich Hebbel begraben ist, und habe mit einer Plastiktüte Erde von seinem Grab mit nach Kärnten genommen. Immer wieder lief mir der Satz »Ehe wir Menschen waren, hörten wir Musik« aus Hebbels Tagebüchern durch den Kopf.

Während er an der Hochschule in der Presseabteilung arbeitete, schnitt er für den Rektor die Berichte über die Hochschule aus den Tageszeitungen, daneben aber schnitt er die Berichte über die Selbstmörder aus, legte sie in eine von Monat zu Monat anschwellende Mappe, bis er einen Karteikasten mit einem Schlagwort- und einem Namenskatalog zu führen begann. Im Schlagwortkatalog führte er alphabetisch die von den Zeitungen genannten Todesursachen, im Namenskatalog die Zu- und Vornamen der Selbstmörder seines Heimatlandes.

Während einer Zugfahrt betrachtete er eine schwangere junge Frau, als sie ihren Bauch streichelte, tief durchatmete, die Hand ihres Mannes an sich zog und sie auf ihren Bauch legte. Der Mann umfaßte den Bauch seiner Frau wie eine Weltkugel, lächelte und legte sein Ohr auf ihren Nabel. Sie kamen, wie er aus einem Gespräch erfuhr, von einem mehrtägigen Osterurlaub aus Venedig. Er stellte sich vor, wie die schwangere Frau in Begleitung ihres Mannes über den mit spiegelnden Wasserlachen belegten Markusplatz schritt. Da sie ein Kleid trug, hat sie beim Ausschreiten ihrer Beine über eine spiegelnde Wasserlache wahrscheinlich ihren schwangeren Bauch von unten sehen können, dachte er, mit zusammengekniffenen Augenlidern aus dem Fenster des fahrenden Zuges blickend.

Wenn er als Kind von einer Krebskrankheit erfuhr, stellte er sich vor, wie im Körper des Kranken tatsächlich ein Bachkrebs gewachsen ist, der ihm aus den Augen blickt. Auf seinen eitrigen Gesichtsausschlag blickend sagte die Pfarrermarie einmal zu ihm, Vielleicht hast du Krebs. Wenn der Kalbstrick auf dem Rücken kleben bleibt, biegt sich das gepeinigte Kind durch, fällt auf die Knie, während der Peiniger noch einmal ausholt, um auf das in Gebetsstellung hockende Kind zu schlagen.

Als Junge habe ich einmal meinen frühen Samen in eine kleine Plastiktüte gefüllt, auf den Holzblock getragen und zerhackt. Wild habe ich mit der Hacke um mich geschlagen und geschrien, Du Bettelstudent, du Jude, du Nutzloser Fresser, du Gespiene Gerste, du Kindermädchen, du Menscher, du Waschweib, du Blutarmer, du Krätzengesicht. Alle Embryos in den Bäuchen der werdenden Dorfmütter haben sich dabei erschreckt und wild um sich geschlagen.

Der Peiniger schlägt das Kind mit einem armgroßen Kruzifix. Das Kind blutet aus den Handwunden des Gekreuzigten. Der Gekreuzigte schreit mit der Stimme des gezüchtigten Kindes, während das Kind lächelnd auf das aus den Nagelwunden rinnende Blut blickt. Die Todesangst hetzte den blutarmen Transvestiten durch die Straßen, bis er, seine Lippen auf die nackte Brust eines Jungen heftend, wieder zur Ruhe kam.

Von seinem Gesicht ließ er mit Gipsbinden Lebendmasken anfertigen, verstärkte den Rand an den Ohren und zog ein Rexgummi durch. Nachts zog er seinen grünen Trainingsanzug an, schnallte sich die weiße Lebendmaske aufs Gesicht und ging durch die Stadt, bis ihm die Polizei den Weg abschnitt. Die männlichen und weiblichen Prostituierten blickten ihn verblüfft an, wenn er am Naschmarkt mit Trainingsanzug und Lebendmaske seine Erkundigungen im Außenseitermilieu machte. Eine vor Belustigung kreischende Hure stampfte mit ihren Stökkelschuhen in den Asphalt.

Während Papst Johannes Paul II. angeschossen wurde, erzählte er mir, ist an meiner linken Gesichtshälfte das Geschwür wieder aufgebrochen. Ich saß im Café Eiles, als ich das Prickeln wahrnahm. Als ich nach Hause kam, betrachtete ich bereits das heraustretende Geschwür.

Eine Käseplatte vorbereitend habe ich, während er die Festkerzen anzündete, das auf den Boden gefallene Stück Käse schnell gegessen, damit nicht er das schmutzige Stück in den Mund nimmt. Sein Mißtrauen gegenüber dem elektrischen Licht, sein Vertrauen zum Kerzenlicht ist mir aufgefallen. Ich kann nicht verstehen, warum in einem Totenzimmer links und rechts von der Bahre statt der Wachskerzen die kerzenförmigen elektrischen Leuchter stehen. Haben sie Angst, daß der Tote Feuer, das erste Element, fängt?

Warum habe ich immer nur den Drang, mich selber zu töten, selten jemand anderen. Vielleicht könnte ich den töten, der mich in meinem Leben am meisten verletzt hat. Ich war es selber, sagte er resigniert, der mich am meisten verletzt hat. Ich habe keine Wahl. Unbehagen, wenn ich daran denke, daß vier Schultern vom Gewicht meines Leichnams nach unten gedrückt werden. Unter vier Milliarden Menschen wird der Tod auf mich aufmerksam und verdreht seinen Kopf. Wenn er auch in El Salvador genug zu tun hat, er hört mein lästiges Schnaufen.

An lebensgefährlichen Manövern habe ich deshalb öfter teilgenommen, erzählte er, weil ich hoffte, daß es mir doch einmal gelingen werde, meinen Selbstmord als Unfall vorzutäuschen, damit man mich nicht in die Kategorie der *Selbstmörder* einreiht und von mir als von einem spricht, der *Hand an sich gelegt* hat.

Manchmal, sagte er, streiche ich die Schaufenster medizinischer Fachhandlungen entlang, bleibe einen Augenblick vor dem Schaufenster, in dem ein Totenkopf liegt, stehen und gehe erschrocken weiter. Nach zehn oder zwanzig Schritten aber besinne ich mich, gehe zurück und bleibe lange vor dem Totenkopf stehen.

Die Bäuerin vom Bergbauernhof erzählte, wie sie als dreizehnjähriges Kind mit einem Pflug hinter einem Ochsengespann hergehen mußte, ihr jetziger Schwager trieb sie und die Ochsen mit einer Peitsche vorwärts. Im Krieg hat dieser Schwager, ein ehemaliger SSler, den Arm verloren, mit dem er die junge Russin schlug. Heute sitzt er abendlich im Gasthaus, seine schwarze Hand liegt neben dem gelben Bier und einer Spielkarte auf dem Tisch. Zwei eingenähte Totenköpfe trug er auf dem Rock seiner Uniform.

Vor Jahren schon hat sie eines ihrer Kinder verloren. Der älteste Sohn war Maurerlehrling und fiel vom Gerüst, brach sich die Beine und drehte seither durch, wenn er Alkohol trank. Sie sagte, daß er eine Gehirnblutung hatte, die sich im Laufe der Jahre ausbreitete und ihn schließlich tötete. Er hätte damals nicht aufs Gerüst steigen dürfen, da er noch Lehrling war und Lehrlinge nicht auf Gerüsten arbeiten dürfen, die mehr als anderthalb Meter hoch sind. Er erhielt den Auftrag, auf ein achtmeterhohes Gerüst zu steigen. Er fiel, stürzte in ein Kellerloch und brach sich beide Beine. Sein Chef kam ins Krankenhaus und sagte, Ich geb dir hundert Schilling, wenn du niemandem sagst, daß du auf ein hohes Gerüst gestiegen bist. Der Junge nahm die hundert Schilling, und als die Krankenschwester die Aufnahme machte, sagte er, daß er von einem niedrigen Gerüst gefallen ist. Aber noch heute, sagte die Bäuerin, weicht mir dieser Lehrherr aus, er hat Schuldgefühle, durch ihn habe ich einen Sohn verloren.

Auf dem Fernsehapparat steht ein Farbbild ihres toten Sohnes neben einem Strauß frischer Schnittblumen. Eine halbabgebrannte Kerze auf einem Schmiedeeisenständer steht daneben. Darüber, an einem Schüsselkorb, hängen drei Lebkuchenherzen und Medaillen von Schimeisterschaften.

Er fragte, warum ihre Söhne nicht auch in russischer Sprache aufgewachsen sind. Sie sagte, daß sie zwar dem ältesten Sohn, der später verunglückt ist, Russisch beigebracht hat, aber man hat es ihr verboten. Im Bergdorf sprachen die Leute ohnehin verächtlich von der Russin. In ihr personifizierte sich der Russenhaß, vor allem der Leute, die vom Krieg wieder ins Bergdorf zurückkehrten.

Gemeinsam standen sie vor dem Grab ihres Sohnes. Ihm fiel auf, daß auf dem Grabstein das gleiche Foto angebracht war. Das eigentliche Grab für ihren Jungen hatte sie auf dem Fernsehapparat errichtet. Während sie abends neben ihren Näharbeiten, neben dem Brotbacken und Butterrühren auf die bläuliche Mattscheibe des Fernsehapparates sieht, blickt sie oft ein paar Zentimeter höher auf das farbige Brustbild ihres toten Sohnes.

Acht Menschen sind in diesem Haus gestorben, sagte sie.

Siebenmal hat am Vorabend der Totenvogel geschrien, nur bei ihrem Sohn nicht, der aber in der Intensivstation eines Salzburger Krankenhauses starb. Ich wollte ihn noch einmal sehen, ich wollte ihm das Sterben erleichtern, aber die Ärzte ließen mich nicht in die Intensivstation, weil alle Patienten nackt drinnenlagen. Auch im Sarg habe ich ihn nicht mehr gesehen, ich weiß nicht einmal genau, wen wir da begraben haben. Jeden Tag bete ich zum Herrgott für meine Kinder.

Wenn der Totenvogel wie ein Kind weint, so kündigt er die Schwangerschaft oder die Geburt eines Kindes an. Als sie einmal am Balkon stand und das Weinen des Totenvogels hörte, tastete sie ihren Bauch ab. Ein paar Tage später ging sie zum Arzt, der ihr die Schwangerschaft bestätigte.

Zwei Kinder hat sie während ihrer Schwangerschaft verloren. Es wären wahrscheinlich Mädchen geworden, aber Mädchen konnte ich keine tragen. Einmal überanstrengte ich mich bei einer Arbeit und spürte dabei ein eigenartiges Platzen in meinem Körper. Dann rann Blut über meine Oberschenkel. Ein anderes Mal streckte ich am Herd stehend meinen Körper durch und spürte dieses Platzen wieder.

Sie erzählte von einer Magd, die bis zur Geburt ihres Kindes ihre Schwangerschaft versteckte, indem sie ihren Leib schnürte. Mit breitgedrücktem Gesicht kam das Kind auf die Welt und lebte, bevor es im Gitterbett starb, sechs Jahre, ohne daß es einmal auf seinen eigenen Beinen stehen konnte.

Ihr erstes Kind brachte sie auf dem Bergbauernhof auf die Welt. Um neun Uhr vormittags hatte sie Preßwehen bekommen, geboren wurde das Kind erst um halb zwei Uhr nachmittags. Um halb zwölf hat der Kopf des

Kindes bereits herausgeschaut. Wieder rann das Blut von mir weg. Die Hebamme hat mit den bloßen Händen das Blut von der Plastikunterlage aus dem Bett geschöpft. Vierzehn Tage lang hatte das Kind einen länglichen Kopf und vereiterte Augen. Ins Krankenhaus wollte ich nicht gehen, aus Angst, daß sie mir das Kind vertauschen.

Hatte sie ihre Betten aufgebettet, setzte sie in die Mitte eine große, mit roten Seidenkleidern eingeschnürte Puppe. Mein Patenkind hat mir diese Puppe geschenkt, sagte sie. Waren ihre Betten unaufgebettet, lag die Puppe auf dem Diwan oder im Gitterbett, das neben ihrem Nachttisch steht.

Ein eingetrocknetes, jahrzehntealtes Vierklee fand er in einem Büchlein mit russischen Schriftzeichen. Mit schwerfälliger Kurrentschrift steht *Warwara Wassiljewna* auf der Rückseite dieses Büchleins.

In der Mitte des Ehebettes im Parterre liegt ein Zierpolster mit einem aufgestickten Reh. »Brot hat Kraft«, steht auf einem umgekippten Mehlsack, der vor der Speisekammertür liegt. Auf einem Bild in der Küche steht, »St. Leonhard, in deine Hand empfehlen wir den Bauernstand. Breit über jedes Tier im Haus schützend deinen Mantel aus.« Und auf einem Lebkuchenherzen, das neben den Schimedaillen über dem Bild ihres toten Sohnes hängt: »Meiner Liebe kleines Zeichen, will ich dir ganz heimlich reichen.« Ein Bronzeteller mit einem eingravierten Auerhahn hängt an der Wand. Die Lupinien im Herrgottswinkel krümmen sich, als assimilierten sie die Schmerzen des Gekreuzigten.

Sie schnitt mit der Schere ein Loch in den Partezettel und steckt ihn auf einen Nagel, auf dem die Partezettel hängen. Sie sagte, daß sie die Partezettel der letzten zehn Jahre gebündelt und aufbewahrt hat. Eine tote Fliege fiel zwischen den Partezetteln aus einem Spinnennetz heraus, als er sie vom Nagel nahm, um sie näher zu betrachten. Auf dem Partezettel einer vierzigjährigen, an Krebs gestorbenen Frau las er: »Tretet her all meine Lieben, nehmet Abschied, weint nicht mehr; Heilung konnt' ich nicht mehr finden, denn mein Leiden war zu schwer.«

Als Warwara Wassiljewna vier Jahre alt war, erkrankte sie im russischen Heimatdorf, das in der Nähe von Tscherkassy, im Gebiet eines jetzigen Stausees lag, an der Ruhr. Das Hascherle wird auch sterben, sagte ein Passant, als er das Kind bleich und abgemagert unter dem Baum sitzen sah. Das Mädchen hatte nur mehr den Wunsch, saure Milch zu trinken, die ihre Mutter von der Nachbarin ausborgte. Der Darm hing mir bereits aus dem Arschloch, Fliegen klebten schon dran und wollten mich bei lebendigem Leib auffressen, aber meine Mutter hat mir mit ihren bloßen Händen den Darm wieder in den Hintern gestopft, mich warm gebadet und gepflegt. Ihren Cousin, der sieben Jahre alt war, steckte sie mit dieser Krankheit an. Der Junge starb daran. Seither war natürlich die Tante böse auf mich.

Als ihre Mutter, Nastasja neun Jahre alt war und mit den anderen Kindern in den Tümpeln des Dnjepr baden wollte, aber auf ihren kleinen Bruder aufpassen mußte, grub sie ihn bis zum Hals in den Sand ein, damit er ihr nicht davonlaufe. Während sie badete, fand ihr Onkel das eingegrabene Kind und brachte es nach Hause.

Wenn wir nichts mehr zu essen hatten, was oft vorkam, gingen wir zum Dnjepr, schlugen ein Loch ins Eis, die Fische kamen heraus, um Sauerstoff zu holen. Wir fingen sie heraus, trugen sie nach Hause und verkauften sie auf dem Markt. Im Frühjahr fanden wir unzählige verendete Fische an den Ufern des Flusses und in den Tümpeln.

Als ihre Mutter drei Nächte lang bei einem jungen Ingenieur, der bei einem Brückeneinsturz tödlich verunglückt war, Wache hielt und sie jemand fragte, ob sie alleine keine Angst vor dem Toten habe, sagte sie, Vor den Toten braucht man sich nicht zu fürchten, nur vor den Lebenden.

Ihre Mutter diente eine Zeitlang als Magd bei einem Bauern, der die Mägde nach monatelanger Knechtschaft ermordet haben soll. Allein durch den Umstand, daß in dieser Zeit ihr Vater starb, blieb sie am Leben, da sie nach der Todesnachricht ins Dorf zurückkehrte. Sei froh, sagte die Tochter des Bauern zu ihr, daß du wieder nach Hause mußt, die anderen Mägde hat er, anstatt sie zu entlohnen, ermordet.

Während der Hungersnot sollen manche Familien ihre Kinder regelrecht aufgefressen haben. In einem Heustadel hatte ihre Mutter, als sie noch ein Kind war, den Kopf eines Kindes gefunden. Sie küßte die kalte Stirn des Kindskopfes, verbarg ihn in ihrer Schürze und lief nach Hause. Drei Tage lang hatte sie unter ihrem Bett den Kopf des ermordeten Kindes verborgen.

Als Warwaras Heimatdorf und unzählige andere Dörfer dem dreihundert Kilometer langen Stausee weichen mußten, wollten alte Leute ihre Hütten nicht mehr verlassen. Mit Baggern wurden sie aus ihren Behausungen getrieben. Manche wurden unter ihrem Dach regelrecht begraben.

Um zwei Uhr nachts haben deutsche Hilfstruppen mit einem Gewehr in Warwaras Rippen gestoßen und das Mädchen aufgeweckt. Mit Kniestrümpfen, von einem Gummiband unter dem Knie festgehalten, ohne Unterhose und Unterkittel, mit einem knielangen Hemd ist sie in den Zug verfrachtet und als »Arbeitstier« nach Kärnten gebracht worden. Statt eines Kittels band sie eine Decke um ihre Hüften, die sie im Zug fand. Mit diesen Kleidern stand sie in Villach mit ihrer Schwester und anderen Russen am Bahnhof und ließ sich fotografieren.

Als sie im April 1943 das erste Mal auf den Bergbauernhof kam, war ihr erster Gedanke, Wie kann hier am Berg ein Mensch überhaupt leben. Als sie mehrere Wochen auf dem Bauernhof gearbeitet hatte, sagte sie zur Bäuerin, Ich ein Jahr hier, dann ich gehn kaputt. Nein, Warwara, du nicht gehn kaputt, sagte die Bäuerin. Und jetzt bin ich schon mehr als dreißig Jahre am Hof, sagte Warwara Wassiljewna.

Bald darauf aber ist diese Bäuerin, ihre zukünftige Schwiegermutter gestorben. Als der damals fünfzehnjährige Bauernjunge von der Alm kam, trat er ins Totenzimmer, faßte die schwarzgekleidete Frau an ihren kalten Zehen an und sagte, Nein, das gibt es nicht, die Mame ist nicht tot. Ihr Sarg wurde auf einen Heuwagen gestellt, vor den ein Pferd gespannt war. Links und rechts vom Pferd gingen Kinder und trugen Kränze mit Hakenkreuzen an den schwarzen Schleifen auf ihren Schultern.

Als sie bereits Magd auf dem Kärntner Bergbauernhof war, las sie *Effi Briest* von Theodor Fontane. Er fand das Buch in einer Lade des Schminktisches. Zweimal, sagte sie, habe ich die Effi Briest gelesen. Im selben Schminktisch fand er auch eine russische Kinderbibel, in der Adam wie eine Tarzanfigur unter schreienden Tieren und Eva wie eine Filmschauspielerin dargestellt war.

Mädchen aus ihrem Heimatdorf, die 1943 der Verschleppung nach Deutschland entgehen wollten, wurden bei Kiew in Häuser gelockt, wo sie regelrecht abgeschlachtet, in einem Gasthaus verwertet und den Gästen als Schnitzel und Gulasch aufgetischt wurden. Fleisch war damals rar wie nichts anderes, jeder war froh, einen Happen Fleisch bekommen zu können.

Während der Kriegszeit wurde ein Pole im kruzifixartig gebauten Paternion öffentlich aufgehängt, weil er eine Kärntnerin geschwängert hatte. Der Frau wurde das Kind abgetrieben. Sämtliche Ausländer mußten zur Abschreckung bei dieser Hinrichtung dabeisein. Warwara Wassiljewna ging nicht zur Hinrichtung.

Im Bergdorf hängte sich eine alte Magd, von vielen verachtet, in dem Augenblick auf, als jemand in ihrem Haus, der ihr wohlgesinnt war, eine Reparatur an einer Wasserleitung vornahm, die vom Nachbarn, der ihr die alte Keusche teuer verkauft hatte und sie billig wieder zurückhaben wollte, mutwillig zerstört worden war. Ihr Enkelkind soll die Magd in der Küche gefunden und durchs Dorf laufend geschrien haben, Die Oma hat sich aufgehängt, die Oma hat sich aufgehängt. Als der neugierige Nachbar das Haus betreten und die Erhängte sehen wollte, trat der Installateur an die Schwelle und sagte, Sie betreten dieses Haus nicht, Sie haben hier überhaupt nichts zu suchen.

Eine Bäuerin ließ ihren ältesten Sohn, den sie verachtete, der aber nach Bauernbrauch den Hof hätte übernehmen sollen, von seinen beiden Brüdern mit einer Hacke erschlagen, damit der geliebte jüngste Sohn den Hof übernehmen konnte. Glaubwürdig konnten sie der Polizei und dem Gericht die Tat als Notwehr schildern. Der Sargzimmerer erzählte, er habe die Bäuerin, als sie selber dahingestorben auf dem Totenbett lag, wie einen Holzklotz in den Sarg geworfen. Er nahm Maß an der Toten, bevor er den Sarg zimmerte. Während die Bäuerin aufgebahrt war, donnerte und blitzte es so heftig, daß

Berg und Tal fast ununterbrochen bläulich erleuchtet
waren. Seither, sagte Warwara Wassiljewna, kann ich
nicht einmal mehr die Hühner mit einer Hacke töten.

Die Frau Kobau war im ersten Stock und gab dem Vater
den Kaffee, ihre Tochter hielt sich in der Küche bei der
Wasserleitung auf, als der Blitz durchs Dach fuhr und die
Mutter im ersten Stock und die Tochter im Parterre
erschlug. Während Mutter und Tochter drei Tage lang
nebeneinander auf den Bahren lagen, blitzte und donnerte es wieder so beängstigend, sagte Warwara Wassiljewna.
Das Gewitter dauerte drei Tage lang an und hörte erst
auf, als die beiden begraben waren.

Von einem Roßknecht erzählte sie, der neben dem
Pferdestall eine unmenschliche Behausung hatte und sich
in seinem Roßknechtzimmer sitzend an der Türklinke
erhängte. Wie kann man sich nur an der Türklinke
aufhängen!, sagte sie, deshalb ist mir wohl dieser Selbstmord nie mehr aus dem Kopf gegangen.

Die Gräfin von Millstatt, die, schon eingesargt, vom
Totengräber noch einmal für sieben Jahre zum Leben
erweckt wurde, als er ihr die goldenen Ringe von den
Fingern nehmen wollte, aber die Ringe derart mit dem
Fleisch verwachsen fand, daß er ihr die Finger abschneiden mußte. Die Gräfin richtete sich im Sarg auf und
betrachtete ihre abgeschnittenen Finger.

Von einer Frau erzählte sie, die scheintot begraben wurde
und im Sarg aufwachte, als das Loch bereits zugeschaufelt
war. Man hörte das Klopfen im Sarg, aber niemand wagte
es vorerst, das Grab noch einmal auszuschaufeln und den
Sarg zu öffnen. Erst Stunden später wurde sie auf Geheiß
des Priesters noch einmal ausgegraben. Die Frau lag tot,
mit ausgerissenen Haaren und abgebissenen Fingernägeln
auf dem Bauch im Sarg.

Nikolai wurde einmal angeschossen, nachdem einer seiner Brüder das Gewehr entladen und die Patronen entfernt, in der Zwischenzeit aber ein anderer Bruder das Gewehr wieder mit Patronen gefüllt hatte, ohne daß es der erste Bruder sah, der spaßhalber das Gewehr auf Nikolai richtete, abdrückte und ihm einen Lungenschuß verpaßte. Vollkommen verzweifelt schrie er, Ich habe meinen Bruder erschossen, ich habe meinen Bruder erschossen. Warwara Wassiljewna, die damals noch Magd auf diesem Hof war, wickelte einen dicken Verband um seinen Bauch. Schwerblutend wurde er auf den Schultern in die nächste Ortschaft hinuntergetragen, wo sie ein Auto fanden, das ihn ins Villacher Krankenhaus brachte.

Ich möchte in keine Aufbahrungshalle kommen, hier im Haus, dort drüben im Zimmer möchte ich aufgebahrt werden, sagte Nikolai. Begraben werden möchte ich im Kuhgarten, nicht auf dem Bergfriedhof. Als Jakow Menschikow sagte, daß er in Venedig begraben werden möchte, sagte Nikolai, Aber stirb mir nicht hier, ich liefere dich nicht nach Venedig.

In Innertaichen bei Arriach, erzählte Nikolai, verkleidete sich ein Pfarrer als Teufel und erschreckte ungläubige Leute, die er beim Sonntagsgottesdienst vermißte. Einer von ihnen zog erschrocken ein Messer und sagte, Bist du der Teufel, bin ich hin, bist du nicht der Teufel, bist du hin, und stach den Priester nieder.

Während der Hungersnot brachte Nikolai mit ein paar Nachbarjungen ein auf der Alm gestohlenes und mit Steinen getötetes Schaf nach Hause. Sein hungriger Vater bestrafte ihn für diesen Diebstahl und befahl ihm, den Teil des Schafsfleisches, den er nach Hause gebracht hatte, im Kuhgarten einzugraben. In dieser Hungersnot bot seinem Vater der Nachbar für einen einzigen Laib

Brot einen Hektar Wald an. Der Bauer gab ihm den Laib Brot und ließ ihm das Waldstück.

Jakow Menschikow fragte Nikolai, ob er schon einmal einen Menschen gesehen habe, der vom Blitz erschlagen wurde. Ein Tier auch nicht? Drei Kälber sind einmal in der Alm unter einem Baum vom Blitz erschlagen worden, sagte er, aber ich habe sie nicht gesehen, meine Brüder und mein Vater haben sie weggeräumt.

Die ganze Nacht bin ich heute Leich gegangen, sagte Nikolai, ich habe geträumt, daß ich in Spittal hinter dem Sarg der Frau Brugger hergegangen bin. Am nächsten Tag wurde tatsächlich die Nachricht vom Tode dieser Frau ins Haus gebracht.

Als er einmal mit seinem Fahrrad im Nachbarhof an einem Felsen vorbeifuhr, rief ein Kind schadenfroh herab, Bei dir zu Hause ist aber jemand gestorben! Er trat schneller in die Pedale und stand, zu Hause angekommen, vor dem Leichnam seines Großvaters.

Daß der Nikolaus diese *Menscher* heiratet . . ., sagte seine Stiefmutter. Hätte ich gewußt, daß die Stiefmutter, die mich terrorisiert hat, ein Kind von einem Russen gehabt hat, hätte ich mich ihr gegenüber anders verhalten, sagte Warwara Wassiljewna.

Der Hund hat mich beschützt, als ich schwanger war. Als aber das Kind auf die Welt kam, wurde der Hund eifersüchtig und hat sich jedesmal verkrochen, wenn ich das Kind auf den Schoß nahm. Ich war glücklich, wenn ich die Kinder hab schlafen sehen, so friedlich wie sie dalagen.

Als sie ihrer Mutter vom Tod ihres ältesten Sohnes berichtete und ein Bild nach Rußland schickte, schrieb die zurück, Der Herrgott braucht schöne Kinder bei sich. Der Bub ist ihr vorausgegangen, er hat vorausgehen müssen, bald darauf ist ja meine Mutter gestorben, sagte Warwara Wassiljewna.

Frau spielen, nicht arbeiten, sagte ihr Schwiegervater, als sie nach einem Blutsturz nach Hause kam und ihr Kind aufhob. Das Blut rann ihr über die Oberschenkel, als sie über die Felder zu einer Frau lief, die ihr Watte und frische Unterwäsche gab. Mit dem Pferd wurde sie ins Bergdorf hinuntergebracht, wo ein Krankenwagen auf sie wartete, der sie nach Villach ins Krankenhaus brachte. Die Ärzte diagnostizierten, daß sie keinen Abortus hatte, sondern daß eine Ader in der Gebärmutter, vermutlich vom schweren Arbeiten, aufgeplatzt war. Eine Frau lag in ihrem Zimmer, der sie eine Stricknadel aus dem Schoß operierten. Als ich soviel Blut verlor, sind mir Läuse auf der Stirn gewachsen. Läuse wachsen beim Menschen, wenn man blutarm ist, sagte sie. Von ihrer jahrzehntelangen schweren Arbeit hat sie inzwischen einen Bruch bekommen.

Ich hatte nie Heimatsehnsucht, aber Sehnsucht nach meiner Mutter. Wir haben miteinander soviel gelitten, daß ich nicht begreifen konnte, daß ich sie nicht mehr sehe. In meinem Heimatdorf habe ich mit den kleinen Schweinen in den Tümpeln des Dnjepr gebadet.

In ihrem Schlafzimmer sah er in der Herrgottswinkelecke das Bild mit dem Engel, der schützend ein Kind über die Brücke begleitet. Als er das Hochzeitsbild betrachtete, sagte sie, Damals war ich nicht fesch, ich war schon aufgezehrt, seelisch und körperlich.

Manchmal sah er neben Warwara Wassiljewna sitzend einen stumpfsinnigen Fernsehfilm, aber nur, um neben ihr sitzen, ihren Schweiß riechen und ihre Hände betrachten zu dürfen. Wenn sie hellauf lachte, lachte er mit.

Selten stehen in den Bauernhäusern die Fernsehapparate

unter dem Herrgottswinkel, meistens im gegenüberliegenden Winkel, damit auch der Gekreuzigte die Katastrophennachrichten sehen und sich schamvoll wegdrehen kann. Der Nachrichtensprecher hat zwei kleine, sich immerzu drehende Weltkügelchen an den Ohrläppchen. Die Regie spielt das Erdbeben in Zeichentrick ein, während der Geologieprofessor erklärend seinen Stab hebt. Ein Politiker sagte, daß man die Selbstmörder am Selbstmord hindern solle, obwohl das makaber klinge.

Als Wassiljewna einen Film über einen Homosexuellen im Fernsehen sah, erzählte sie ihm am nächsten Morgen den Inhalt des Films. Was es alles gibt! sagte sie. Er ist auch arm, wenn er keine Frau haben kann.

Sah er einen Draculafilm mit Bela Lugosi, mußte er in der Nacht dieses sich immer wieder über seinen Körper beugende totenbleiche Gesicht mit den blutunterlaufenen Augen abwehren. Am Morgen sagte er zu Warwara Wassiljewna, daß er die halbe Nacht mit dem Dracula gerungen habe. Sie hielt ein Küchenmesser in der Hand, bog ihren Kopf in den Nacken und lachte, während sich ihre Hand fester an das Messer klammerte.

Der Tod ist modern, und solange es Menschen gibt, wird er modern bleiben, sagte ein Mann in einem Film über den Wiener Zentralfriedhof, den Menschikow mit Wassiljewna sah. Sie saß bereits im Nachthemd mit übereinandergeschlagenen Beinen auf dem Schemel. Ein Kind sagte, Die Großmutter hat mich gelehrt, daß der Tod in mir ist, wenn meine Seele als weiße Taube über das Dach fliegt. Während Warwara Wassiljewna sah, wie sich ein Sargträger vor dem Toten verbeugte, sagte sie, daß sie im Jänner nun doch nicht zur Kur fahren möchte. Ich möchte mein Ende nicht weiter hinauszögern, ich muß Platz für die junge Bäuerin machen.

Er sah, wie ein Stier mit einer Jutesackmaske über dem Kopf in einen Wagen getrieben wurde. Ein junger Mann mit einem Partezettel stand wartend bei seinem Auto und überreichte ihn Warwara Wassiljewna, als der Stier im Wagen stand. Was! Deine Mutter ist gestorben? Warte einen Augenblick. Warwara Wassiljewna ging ins Haus und kam mit einem Zehnschillingstück wieder, das sie dem Partezettelausträger gab.

Warwara Wassiljewna zeigte ihm ein Sterbebüchlein aus dem religiösen Bücherschatz ihrer Stiefmutter. Er las den Text unter der Rubrik Begräbnis bei einem Jüngling. »Pilger sag, wohin dein Wollen, mit dem Stabe in der Hand« ist ein Totenlied, das wir immer zu Weihnachten gesungen haben. Er erinnerte sich dabei an seinen Volksschullehrer, der das Kärntner Volkslied »Valosn, valosn, wia a Stan auf da Stroßn, so valosn bin i« öfter vorsang und die Geige dazu spielte.

Sie preßte den Körper des Huhns zwischen ihre Beine, bog den Kopf zurück und schnitt dem Tier die Kehle durch. Das Blut floß in einen Plastikeimer, das Tier zitterte und zappelte. Sie mußte es mit allen Leibeskräften festhalten. Das sind die Nerven, sagte sie. Während sie in die Küche ging, um warmes Wasser zu holen, bewachte Jakow Menschikow die toten Hühner. Eine Katze hatte einen gelben, im Tod verkrampften Hahnenfuß abgefressen. Hühner kamen heran, erschraken, drehten sich um und begannen heftig zu schreien. An den Beinen schwenkte Pjotr ein blutendes Huhn und wollte es Menschikow an die Brust werfen. Lange betrachtete er die gekrümmten Zehennägel der toten Hühner und dachte an die krummen Fingernägel des Aichholzeropa, blickte sich um, um zu sehen, ob ihn niemand beobachtete, während er seine eigenen Fingernägel betrachtete.

Manchmal ging er zum Holzblock, hob das Beil und zerhackte, wild um sich schlagend, die Sonnenstrahlen. Er schob ein Buch auf dem Tisch in den Schatten, als er sah, daß Sonnenstrahlen drauffielen. Er konnte die »Schönwetterperioden« nicht leiden. Als nach längerer Zeit wieder Regen fiel, streckte er die Hände in die Höhe und rief, Regen, Regen. Er erschrak, als er merkte, daß er die Hände wie zum Gebet geschlossen hatte, während er ein Unwetter beschwor. Nach den schweren Blitz- und Donnerschlägen ging er auf den Balkon und betrachtete im Hellerwerden des Tales sein Heimatdorf. Er hörte die Rufe eines nassen, auf einer Fichte hockenden Kukkucks.

Er beugte sich über den schlafenden Pjotr auf dem Diwan, um seinen Körper riechen und ihn näher betrachten zu können, als Warwara Wassiljewna zur Küchentür hereinkam. Er verharrte in dieser Stellung, da er Angst hatte, daß die Bäuerin, wenn er plötzlich wegginge, seine Hingezogenheit zum Jungen eher bemerken könnte, aber es war umgekehrt, gerade weil er in dieser Stellung verharrte, blieb sie erschrocken an der Tür stehen, aber sie hatte nicht den Mut zu sagen, Laß den Buben in Ruhe. Er ging ins Zimmer Pjotrs, schlug dessen Bettdecke zurück und suchte Spuren des Spermas.

Als er sich im Bad duschte, mied er es, die Tür abzusperren, er hoffte, daß Pjotr einmal eintreten und ihn nackt unter dem Wasserstrahl sehen werde. Warwara Wassiljewna trat ein, blickte sofort schamvoll auf den Boden, sagte Entschuldigung und schloß die Tür.

Wenn er sich mit Pjotr in seinem Zimmer aufhält, tritt sie früher oder später schnell zur Tür herein, nicht zögernd wie sonst, wenn sie weiß, daß der Junge in der Berufsschule, im Stall oder auf dem Feld ist.

Pjotr lag einmal auf dem Diwan, Warwara Wassiljewna saß daneben, erzählte eine Geschichte und spielte mit den nackten Zehen ihres Buben. Einmal hörte er ihn, der unter der plätschernden Dusche stand, spöttisch ein Jesulied summen.

Er bemerkte, daß Warwara Wassiljewna mit den Tieren zärtlicher umging, wenn sie alleine war, als wenn ihr jemand zusah oder bei der Arbeit im Stall half. Sie streichelte die Brüste der schwangeren Sau, spielte mit den Zitzen wie mit ihren eigenen. Als ich den Stall betrat, spürte ich sofort, wie Sie mit den Tieren umgehen, sagte der Tierarzt zu Warwara Wassiljewna und umarmte sie, woanders fliegen die Tiere erschrocken in die Höhe, rasseln mit den Ketten und beginnen zu brüllen, sobald nur ein fremder Mensch den Stall betritt. In derselben Nacht brachte die Sau vierzehn Junge auf die Welt, zwei waren Totgeburten. Er wollte Wassiljewna fragen, wo sie die toten Ferkel begraben habe, aber er hütete sich davor, ihr gegenüber allzuoft die Wörter *Tod* und *Sterben* in den Mund zu nehmen. Ein krankes Ferkel säugte sie mit einer Babyflasche. Vielleicht überlebt es, sagte sie und richtete dem Tier einen Platz in der Holzkiste unter dem wärmenden Herd der Küche ein. Am nächsten Morgen, als sie die Holzkiste herauszog, lag das Ferkel mit offenem Maul auf dem Rücken im Stroh. Einem anderen Ferkel, das keinen After hatte und immer dicker wurde, bis es zu platzen drohte, schnitt sie mit einem desinfizierten Messer ein Loch in sein Hinterteil. Ein paar Tage später trug sie das blaugewordene Ferkel, in einen Jutesack gewickelt, auf den Misthaufen. Ein Kind warf ein Zehnschillingstück in das rosarote Sparschwein.

Die Kuh verdrehte ihren Kopf und blickte auf das flackernde Kerzenlicht, während sie aus der großen

Zinnkanne Milch in eine Schüssel füllte. Mit dem brennenden fünffachen Kerzenleuchter ging Jakow Menschikow ein paar Schritte vor der milchtragenden Warwara Wassiljewna aus dem Stall über den knirschenden, watteweichen Neuschnee.

Während sie gemeinsam auf die Alm zu einem ökumenischen Gottesdienst gingen, fanden sie in einem Graben unweit des Weges einen Haufen blutiger Schweinsknochen und Schweinsrippen. Das Blut tropfte auf die Früchte der Schwarzbeeren. Drei- oder viermal hockte sie im Gebüsch nieder, um zu urinieren. Geh nur weiter, sagte sie währenddessen, geh nur weiter. Enttäuscht drehte sich der katholische Priester wieder um, als während der Kommunion niemand auf seine angebotene, hocherhobene Hostie zuging.

Heute habe ich von einem Pferd geträumt, sagte sie, es hat sich furchtbar im Stroh herumgewälzt. Wenn ich von einem Pferd träume, weiß ich, daß ich schwer krank werde. Dotter ist für dich gesünder als Eiweiß, Dotter bildet die roten *Blutkörperchen*, Eiweiß die weißen. Sie sagte, daß er mehr Milch als Kaffee trinken sollte, denn Milch ist besser für deine Gesichtsblässe, und Kaffee muß sie einkaufen, und Milch holt sie aus dem Stall.

Nach der Arbeit deckt sie ihre Nähmaschine, mit der sie Totenkleider genäht hat, wie einen Leichnam zu. Warwara Wassiljewna erzählte von einem rötlichen Schnee, den man den *Blutschnee* nennt, der einmal hier am Berg gefallen ist. Als sie am Morgen unter einer Holderstaude schwarze Erde hervorkratzte, rief sie zu ihm, der neugierig und fragend auf dem Balkon stand, Für ein krankes Schwein, hinauf.

Manchmal besucht sie ein zahnloser, meistens betrunkener alter Mann, der im Krieg Pilot war und unzählige

Bomben abgeworfen hat. Ich habe so viele Menschen umgebracht, sagt er, während er den Kräuterschnaps trinkt, und hebt seine hilflosen Hände, Ich habe so viele Menschen umgebracht. Immer wieder träume ich von den Bomben in meinem eisernen Vogel und von den vielen zerfetzten Menschen, die auf mein Konto gehen. Ich habe so viele Menschen umgebracht. Er bewohnt ein verpachtetes Wochenendhaus am Berg. Wegen seiner Trunksucht ist er entmündigt worden.

Wie ein Bildhauer kommst du mir vor, sagte Warwara Wassiljewna, als sie sein monatelanges Klopfen auf der elektrischen Schreibmaschine hörte. Als er ihr einmal von den Schwierigkeiten seiner Arbeit erzählte, sagte sie, Ich freue mich, daß auch du Schwierigkeiten hast.

Als Jakow Menschikow in der Zeitung las, daß ein österreichischer Bauer vor dreißig Jahren eine halbverfallene Kirche um dreißigtausend Schilling gekauft und inzwischen restauriert hat und daß demnächst in dieser Kirche die erste Messe gelesen wird, dachte er, In einer Kirche möchte ich wohnen und schreiben, meine Manuskripte auf den Altar legen und nach getaner Arbeit in den Tabernakel geben.

Während sie mit Nikolai im Wald bei Holzfällerarbeiten war und die Feuersirene hörte, dachte sie, daß ihr Haus brennen könnte. Zuallererst habe ich an dein Manuskript gedacht, das Haus und die Gegenstände sind sowieso versichert, sagte Warwara Wassiljewna.

Was du wohl über mich schreiben würdest . . ., fragte ein Mädchen. Ich habe keine Lust zu schreiben, was du über dich nicht lesen möchtest, antwortete er.

Er schnitt sich absichtlich in den Finger, er wollte, daß ihn Wassiljewna bemitleidete. Sie warf die Hände in die Höhe, schrie auf, so daß er sich erschrocken von ihrem

Schrei erst recht tiefer in den Finger schnitt. Sie brachte ihm Schere und Leukoplast.

In der stockdunklen Nacht durch die Felder gehend riß er seinen rechten Oberschenkel an einem rostigen Stacheldraht auf. Wassiljewnas Hand zitterte, als sie am nackten Oberschenkel seine Wunde mit Kräuterschnaps desinfizierte.

Als er das Licht in der Speisekammer aufdrehte, sah er sich plötzlich einer militärischen Reihe gefiederter, mit ihren Köpfen nach unten hängender gelber Hühner gegenübergestellt. Er betrachtete lange das gestockte Blut an ihren tödlichen Halswunden und die zusammengekrallten oder auseinandergespreizten Zehen der Tiere.

Warwara Wassiljewna überprüft meinen Charakter, dachte er, sie legt mir manchmal die frischgewaschenen Strümpfe ihrer Söhne ins Zimmer, aber ich bringe sie ihr jedesmal zurück, ich sage, Diese Strümpfe gehören nicht mir.

Mehrere Male wachte Jakow Menschikow in der Nacht auf und horchte in der Dunkelheit aufrecht im Bett sitzend auf das Knabbern eines Tieres. Zwei Nächte später schnappte im Morgengrauen die Rattenfalle zu, die Warwara Wassiljewna mit einer Speckschwarte unter den Diwan geschoben hatte. Am Morgen trug er den Leichnam der Ratte, den er mit einer Papierserviette am Schwanz hielt, über die Stiege hinunter, auf den Misthaufen. Als er in derselben Nacht davon träumte, daß eine Klapperschlange in seine rechte Hand biß, dachte er daran, daß es die Ratte gewesen sein könnte, die an seinem Handrücken schnüffelte. Wenn du von Schlangen träumst, lebt ein lügnerischer Mensch in deiner Nähe, sagte Warwara Wassiljewna.

Die Zehennägel rot streichen, besonders den einen, der

kaputt ist! Die Fingernägel schwarz und die Lippen blau, das Gesicht weiß und das Haar brünett, die Ohrläppchen rot, das weiße Seidenkleid, den weißen und den schwarzen Nylonstrumpf anziehen, der schwarze ist mein Teufelsfuß. So geht er unzählige Male in seinem Zimmer auf und ab, schiebt den Vorhang einen Spalt zur Seite, blickt auf sein Heimatdorf, während die Zehenspitzen seines linken Fußes über das Schienbein seines rechten, mit schwarzem Nylon eingefaßten Fußes gleiten.

Wenn ihn Warwara Wassiljewna zum Nachtmahl rief, entledigte er sich der Frauenkleider und zog seinen grünen Hausanzug an, nur die weiße, glitzernde Diskonylonstrumpfhose behielt er am Leib.

Manchmal hatte er den Eindruck, daß sich Warwara Wassiljewna vorstellen konnte, wie er die Miete für seine Vollpension aus der Brieftasche Nikolais stahl. Als sie einmal mit der schwarzen Brieftasche, die ihn an die Brieftasche seines Vaters erinnerte, aus dem Schlafzimmer kam und Jakow Menschikow im selben Augenblick über die Stiege ging und lächelte, blickte sie ihn, die Brieftasche fester haltend, böse an. Aufpassen muß ich, damit mich keiner erwischt, wenn ich ihr als Geschenk heimlich Geld in die Brieftasche stecke, dachte er.

Er zog die weiße Feinstrumpfhose über seine Beine, streichelte seine in Nylon eingefaßten Hinterbacken, legte den Kopf in den Nacken und schlüpfte, zuerst den linken und dann den rechten Arm ausstreckend, in den Busenhalter. Mit den Händen verkehrt auf den Rücken greifend schloß er den Busenhalter, zog ein seidenes, weißes Nachthemd über und schnallte die Lebendmaske Pjotrs auf seinen Kopf, die er ein paar Tage vorher unter Aufsicht Warwara Wassiljewnas abgenommen hatte.

Sein Gewehr entladend richtete ein alter Sargzimmerer

den Lauf auf den herankommenden Jakow Menschikow. Er blieb erschrocken stehen und hielt sich sofort die Hände über der Herzgegend an die Brust. Am nächsten Tag erzählte er den Vorfall der Bäuerin, die es wiederum dem alten Jäger erzählte. Hat er es dir also schon erzählt, sagte der Sargzimmerer zu Warwara Wassiljewna. Jakow Menschikow stand, als er diese Worte hörte, vor der Küchentür, drehte sich weg, ging über die Stiege in sein Zimmer und sperrte ab. Ein paar Tage später, während Warwara Wassiljewna wieder die Hälse mehrerer Hühner im Hof durchschnitt und das Blut in einen Plastikeimer tropfen ließ, spazierte der Sargzimmerer vorbei und erzählte, daß die Engelmaierthrese in Kamering fünfzig-jährig an Krebs gestorben und an diesem Nachmittag begraben worden sei. Zu Lebzeiten schon, sagte Menschikow zu Wassiljewna, wollte sie ihren Krebs aus ihrem Körper heraus auf den Rücken ihrer Töchter schlagen. Der Bruder Jakow Menschikows erzählte, daß der Engelmaiersiegfried, ihr zweitältester Sohn, in Fei-stritz in der Aufbahrungshalle den Sarg noch einmal vom Bestatter öffnen ließ, seine Hand auf ihre zum Gebet geschlossenen Hände hielt und sagte, Ist die aber kalt.
Mit schwarzen Nylonstrümpfen auf dem Bett sitzend cremte er seinen Körper mit einer *moisturizing hand and body lotion* unter dem Heiligenbild. Es war ihm, als balsamiere er sich bei lebendigem Leibe ein. Ein paar Tropfen fielen auf den verstärkten oberen Rand des schwarzen Nylonstrumpfes. In einer kosmetischen Wer-bebroschüre zeichnete er folgende Sätze an: »Extrakte der Roßkastanie sorgen für bessere Durchblutung, Men-thol erfrischt, Ginster belebt und wirkt entzündungs-hemmend ... Extrakte aus dem Ackerschachtelhalm tra-gen dazu bei, das Hautgewebe fest und elastisch zu

halten.« Die Wörter *Durchblutung, Ginster und Acker-schachtelhalm* unterstrich der Transvestit Jakow Menschikow mit roter Tinte.

Er betrachtete sein im Verhältnis zu seinem schmalen Leib breites, weibliches Becken und dachte daran, wie ihm seine Mutter, als er ein Kind war, mit der Hand auf den Hintern klopfte und sagte, Was du für einen Arsch hast. Als Kind schon faschte er mit einer Mullbinde seinen Unterleib ein. Er mumifizierte seine Männlichkeit. Er dachte daran, wie er oft in der hölzernen Badewanne sitzend sein Geschlecht unter die Oberschenkel klemmte und seinen kindlichen, unbehaarten Schoß streichelte, einen Spiegel ins Wasser legte und seinen scheidenartigen After betrachtete.

Eine Schar Totenvögel mit rotweißrotem Emblem auf den Brüsten flog auf, als er das östliche Fenster öffnete, an dem die dreizehnjährige Warwara Wassiljewna unzählige Male stand, nach Rußland blickte und nach ihrer Mutter rief. Du übernachtest im selben Zimmer, in dem ich als Magd geschlafen habe, sagte sie.

Durch den Wald gehend stieß er auf nackte Sommerfrischler vor ihrer Almkitschhütte und drehte sich entschuldigend weg, als ein nackter, von Fettringen um den Bauch eingekreister Mann rief, Das ist ein Privatweg, Sie müssen zurückgehen.

Nach dem ersten Schneefall auf der Bergspitze stampfte er mit einem Freund während eines blutigroten Sonnenunterganges zum Gipfelkreuz hinauf. Aus Bewunderung über dieses, wie sie es bezeichneten, »grandiose Schauspiel der Natur« begannen sie in die Hände zu klatschen und hörten erst auf, als ihre Handinnenflächen rot waren und schmerzten.

Monatlich ein- oder zweimal ging er zu Fuß durch die

Wälder ins Tal und fuhr mit dem Zug oder mit dem Omnibus nach Villach. Meistens begleitete ihn ein Hund durch den Wald, der zuerst an seinen Beinen und an seiner Genitalgegend schnüffelte, so daß er ihn mit seiner linken Kniespitze zur Seite stieß. In der Stadt lief er vollkommen irritiert unzählige Straßen ab, kehrte in ein Damenmodengeschäft und in eine Drogerie ein, um einen neuen Büstenhalter, schwarze und weiße Nylonstrümpfe, glitzernde Strumpfhosen und Seidennachthemden, Lippenstift, Fingernägellack und Make-up einzukaufen, ging unzählige Male das Bahnhofsgebäude ab, bis er an einer Ecke einen Strichjungen sah. Wie eine Prostituierte an der Laterne hob er klischeehaft sein Bein und drückte die Fußsohle an die Mauer, als der Transvestit um die Telefonzelle herumging, um sich zu sammeln, Worte zu suchen, mit denen er den Jungen ansprechen wollte. Das war sein Zeichen, dachte er, als er das ausgestellte Bein des Jungen sah. Am Ufer der Drau, im Dickicht, breitete der Junge seine Hände aus, während der Transvestit seinen Rock auszog, vor seine Beine legte, wie vor dem Altar niederkniete und den Knopf am Hosenschlitz des Jungen aus der Öse löste.

Als er im Supermarkt einen schwarzen Büstenhalter suchte und nervös, verfolgt von den Blicken der Verkäuferin, im Verkaufstrog wühlte, stellte er sich vor, wie er geschminkt und mit Frauenkleidern den Supermarkt betritt, zuerst in den Trögen herumwühlt, die Damenstrümpfe und Nachthemden zerreißt, die Büstenhalter, schwarz und weiß, auf die Lampen wirft, zu randalieren beginnt und sich zwischen den entleerten Ständen und aufkreischenden Verkäuferinnen erschießt. Sein blutender Kopf fiele weich auf einen Hügel am Boden liegender Frauenkleider.

Er dachte daran, wie er einmal seinen Schwanz in den Schoß eines Mädchens steckte, dabei an seine Mutter dachte und das Gefühl hatte, als faule ihm sein fleischlicher Auswuchs in ihrer Wunde ab. Verwirrt erhob er sich vom Leib des Mädchens, kleidete sich an, lief durch den Wald, bis er vollkommen erschöpft war, setzte sich auf einen Baumstrunk und rieb sich schadenfreudig die Hände.

In einer Schwulenzeitung, die er in der Stadt kaufte, las er, daß zu Zeiten des historischen Olympia die Knaben um das Sperma der Sieger kämpften. Diese Tatsache, so die Zeitung, ist historisch belegt, durch die »sexuelle Kommunikation« wollten sie sich die Kraft ihres Idols aneignen. Heute scharen sich die Autogrammjäger um die Olympiasieger und Weltmeister.

In einer Wiener Tageszeitung las er, daß ein Mann in Las Vegas, nachdem er von den Chirurgen in eine Frau verwandelt worden war, sechsunddreißig Selbstmordversuche unternommen und auf ihre Bitte wieder zu einem Mann zurückverwandelt wurde. Als Mann wird ihm jetzt wohl der erste Selbstmordversuch gelingen, dachte er.

Am liebsten hätte er den schönen Colliehund, der ihn einmal auf seinen Wanderungen durch den Mischwald ansprang, mit seinen Vordertatzen förmlich umarmte und Kopulationsbewegungen machte, mit einem Messer erstochen, weil ihm dieser Zwischenfall wie eine spöttische Anspielung eines Tieres auf sein schönes und schreckliches Leben vorkam.

Er hatte zwar im zweiten Stock des Bauernhauses einen eigenen Waschraum, aber er ging viel lieber ins Bad, wo sich die Bauernfamilie und der junge Holzknecht, der für drei Wochen einquartiert wurde, entkleideten und wuschen. Die Kleider des Holzknechts lagen im Bad auf dem Fliesenboden. Er schloß die Tür ab, kniete nieder und tastete seine Unterwäsche ab. Wenn niemand mehr in der Küche war, aß er die Speckreste des Holzknechts auf, obwohl er keinen Hunger hatte. Er ging ins Schlafzimmer des Holzknechts, hob die Gitarre vom Bett auf und schlug seine Bettdecke zurück. Er betrachtete die Wölbung an der Unterhose des Holzknechts, wenn er noch einmal aus dem Bad kommend in die Küche ging, um Socken zu holen oder um Gute Nacht zu sagen. Wenn er mir doch seine kotigen Schuhe brächte, damit ich sie putze. Wenn er mir doch seine Socken brächte, damit ich sie wasche. Wenn er mir doch seine Haare brächte, wenn er beim Friseur war, damit ich ein Lesezeichen habe. Ich sehe mir die Nähte seiner Schuhe genau an, ich möchte hineinweinen, damit er geschmeidiger durch den Wald schreiten kann. Manchmal dachte er an den Bauernjungen aus *Lacombe Lucien*, der auf dem Kinoplakat eine Hacke in den Händen hält. Der junge Schauspieler kaufte sich von der Gage ein Motorrad, mit dem er tödlich verunglückte.

Die Augen der Bauernjungen und Bauernmädchen richteten sich auf den in der Bergdorfdiskothek tanzenden Rollstuhlfahrer. Niemand lachte ihn aus, die Leute klatschten nach seiner Vorführung, bildeten einen Kreis um ihn und tanzten mit. Während in seinem Zimmer die Verlierergesichter, die übermalten Totenmasken Arnulf Rainers hängen, hängen in der Bergdorfdiskothek die Siegergesichter der österreichischen Schiolympiasieger, Schiweltmeister und Weltcupsieger herum. Vor dem Gasthaus steht ein riesiger hölzerner Phallus mit der Holzbüste des Schiweltmeisters. Weibliche und männliche Sommerfrischler stellen sich vor der Skulptur auf und lassen sich fotografieren.

Auf dem Balkon trat er auf einen grünen Gummihandschuh, der nur vier Finger hatte. Erschrocken ging er in sein Zimmer, sperrte ab und stellte sich vor, wie seine länger gewordenen Fingernägel an den Fingern der Gummihandschuhe weiterwachsen. Nikolai, von der abendlichen und nächtlichen Fernsehmelancholie vollends ergriffen, hebt in Zeitlupe die Hacke, um einen Holzblock in drei große Scheite aufzuteilen.

Fünfklee, so Warwara Wassiljewna, bringen Unglück. Jedes Jahr habe ich ein paar Fünfklee gefunden, vielleicht habe ich deshalb soviel Unglück in meinem Leben gehabt, erzählte sie, als er sagte, daß er in einem kleinen russischen Büchlein zwei Vierklee gefunden habe. Wohl dreißig Jahre alt sind die beiden Vierklee, sagte sie. Bei einem Vierklee hat sich ein Blatt gelöst, das andere ist noch ganz und liegt zwischen zwei Seiten auf einer Zeichnung, die eine bettlägrige Mutter und ein davor kniendes Kind zeigt. Ich habe nicht geglaubt, daß mir meine Kinder so wenig helfen werden, ich habe mehr erwartet. Meistens hockt sie abends in ihrer Küchenecke – ihre Küchenecke ist dort, wo die Anrichte steht, der Herd, die Haushaltsgeräte, während die Küchenecke des Bauern dort ist, wo der Diwan steht – auf einem Schemel, stopft Strümpfe oder ordnet sie und blickt auf den Fernsehapparat. Er hockte daneben und fragte sie, woran der Karl, der Bruder des Bauern gestorben ist, da er gestern im Nachtkästchen ein kleines rotes Büchlein, einen Taschenkalender, den man bei den Banken am Weltspartag bekommt, gefunden hat, in dem die Aufzeichnungen eines Sterbenden mit zittriger Handschrift stehen, »Hätt euch wol noch / gernä die Hand zum / Abschid gegeben / aber es geht nicht mehr / glaube ich habe ihr / von der Kilinig woll / ein Telegram erhalten /

sie haben gesagt das / Bruder am morgen / kommen wird aber / ich glaube ich werde es nicht mehr erleben / werde schon im Land / der Träume sein / Euer Karl /nix für ungutt ales / Gottes Sache ich / werde es schon Ertragen / für Euch wird es schlimm / einen Tamischen zu / haben. na ja in Gottes / Namen Sie tun ales / das ich ja den Verschtand verliere.« Ja, der Karl, sagte sie, und hatte schon Tränen in den Augen, ist am Kopftumor gestorben, sechsundzwanzig Jahre war er alt. Schon als Schüler hatte er eine Geschwulst am Hinterkopf, aber er hat sich nicht drum gekümmert, bis er einmal unerträgliche Schmerzen bekommen hat, von Krankenhaus zu Krankenhaus gewandert und schließlich in Wien, in einer Klinik, gestorben ist. Ich habe dieses kleine Büchlein absichtlich in den Nachtkasten gelegt, der im Zimmer meines Sohnes stand. Es sollte für ihn eine Warnung sein, er geht zu leichtfertig mit sich um, ißt wenig Warmes, hat ohnehin schon chronische Magenschmerzen, er sollte die letzten Worte seines Onkels lesen.

Auf dem Herd, auf ihrem Altar, über den hochzüngelnden Flammen steht meistens die weiße oder gelbe Milch, je nachdem wie alt sie ist, mit einer dicken Milchhaut auf der Oberfläche wie Eis auf dem Brunnen, Fliegen laufen über diese Haut, die runzelig ist wie das Gesicht einer alten milchtrinkenden Bauersfrau. Ich niese kleine Kindertotenmasken aus meiner Nase. Aus dem Barren fressen die Kühe und Kälber Drei-, Vier- und Fünfklee. Zehn rosarote Sparschweinchen saugen an den Zitzen einer Sau. Ferkel laufen irritiert im Geldinstitut aus und ein und suchen nach den Zitzen ihrer Mütter. Pferde mit Erntedankkronen laufen den Grat der Bergspitze ab, der Wind treibt ihnen Schneesplitter auf den weißen Bauch. Leere blaue Milchpakete der Oberkärntner Molkerei liegen zuhauf neben den Beinen der Kühe im Stall. Ein Ochse mit einem kruzifixartig gebundenen Blumenstrauß auf seinem Haupt geht auf das Berggipfelkreuz zu.

Vor den Türen touristenfeindlicher Bergbauernhäuser hocken die bellenden Hunde. Vor den Türen touristenfeindlicher Bergbauernhäuser warten die farbigen Gartenzwerge, ein ausgestopfter Auerhahn und ein ausgestopfter Fuchs auf ihre Gäste. In der Hofmitte steht ein alter, gitterbettartiger Holzwagen, über und über mit Getreidegarben geschmückt. Die Blutflecken von der Schweineschlachtung werden sofort mit Sägespänen überzuckert, sie dürfen die Sommerfrischler nicht erschrecken. Ihre nackten Füße treten morgens auf den Bettvorleger eines Schafsfells. Der Wecker, der auf dem Nachttisch steht, klingelt nicht, sondern kräht. Die Bäuerin, die zu wenig Milch für ihre zwanzig Sommerfrischler geerntet hat, gießt die blaue Paketmilch der Oberkärntner Molkerei in eine Milchkanne und geht grinsend, die Milchkanne an eine Tischecke stoßend, um Aufmerksamkeit zu erregen, an den Sommergästen vorbei. Die Schreie des Teufels sind stumm, denn der Pfau steht ausgestopft, den Kopf zu den hereinkommenden Gästen verdreht, im Flur des Hauses.

Bei seinem letzten Besuch las er dem Kunstmaler Georg Rudesch und dessen Tante Oscar Wildes Brief *Kinder im Gefängnis und andere Grausamkeiten des Gefängnislebens* vor. Zwei Blutegel setzte man an die Schläfen des sterbenden Oscar Wilde. Eine Frau wollte seinen Leichnam fotografieren, aber der Apparat funktionierte nicht, dann schloß der Leichenbestatter den Sarg.

Der Kunstmaler erzählte von einer Frau, die vor fünf Jahren in der Türkei Urlaub machte und in einem Zelt schlief. Als sie nach Hause kam, bemerkte sie eine immer größer werdende Geschwulst auf der Brust, die aufgeschnitten werden mußte. Aus der Wunde liefen lauter neugeborene Spinnen. In der Nacht legte eine Spinne, ohne daß es die Frau bemerkte, Eier unter ihre Haut. Die Frau kam ins Irrenhaus.

Wenn ich mit dem Omnibus durch Kamering fahre, ziehen mich vor allem Ihr Elternhaus und das alte, unter Denkmalschutz stehende Haus gegenüber Ihrem Elternhaus an. In diesen Häusern sind die Dämonen, sagte er.

Der Maler schenkte Jakow Menschikow einen Bildband, den er in Triest gekauft hatte, in dem das Bild von einem mit Eisenspangen ans Bett gefesselten, nackten Mädchens im *Ospedale Psichiatrico Torino* lag. Lange betrachtete er die Scheide des Mädchens. Ein Priester hob segnend die Hand vor einem tot auf der Ersatzbank eines Fußballfeldes sitzenden Rauschgiftsüchtigen. Dieser Bildband ist wie für Sie gemacht, sagte der Maler Georg Rudesch.

Als ich in der Zeitung auf das Brustbild eines Dichters blickte, dachte ich, der schaut eigentlich wie ein Mörder aus. Aus Rücksicht zu Ihnen wollte ich es zuerst nicht sagen. Wenn ich Sie in meiner Jugend getroffen hätte, wäre ich ein ganz anderer Mensch geworden.

Ein Enkel von dem Mann, der meinem Vater die Totenmaske abgenommen hat, ist jetzt mein Schüler in der Handelsakademie. Bevor ihm der Name des Mannes einfiel, sagte er, Tausend Schilling verlangte der *Totenmaskenmensch* dafür. Ich glaube, es gibt einen Tarif für Totenmasken, sagte der Totenmaskenmensch, Sepp Dobner hieß er. Mit dem Fahrrad ist er gekommen, den Gips für die Totenmaske habe ich selber eingekauft. Eigenartigerweise ist er in der Nähe meines Vaters begraben. Auf dem Villacher Waldfriedhof hat er für ein Grabmal eine Holzplastik mit aufgehängten Kindern geschaffen.

Zweimal war ich während meiner Gerichtsprobezeit bei einer Leichenöffnung, sagte er. Einmal blickte ich in den offenen Brustkorb eines Tagelöhners, der an Herzinfarkt gestorben war. In Graz sah ich die grüne Lunge eines Mannes, der an Tuberkulose gestorben war.

Als ihm Menschikow erzählte, daß im Bergbauernhaus der Fernsehapparat abends immer läuft, sagte er, daß die Mutter eines Professorenkollegen und der Mann einer Professorenkollegin an der Handelsakademie in Villach vor dem Fernsehapparat gestorben sind.

Als er mit dem Maler in einem Kaffeehaus saß, riß er aus einem Magazin die Bilder der Toten aus der Gruft von St. Michael zu Wien. Der Tote mit dem aufgerissenen Mund ist schon halb verwest, das Kruzifix, das auf seiner rechten Brustseite liegt, verwest nicht, sagte Jakow Menschikow.

Unterwegs hebt der Maler oft am Boden liegende Papier- und Zeitungsfetzen auf. Die gefallen mir besonders gut. Oft male ich die besten Bilder auf unterwegs gefundenes Packpapier.

Früher standen Tafeln mit der Aufschrift Eintritt verboten an den Waldrändern. Erst Kreisky hat die Wälder geöffnet. In den verbotenen Wäldern habe ich am liebsten gemalt. Bei seinem letzten Selbstporträt hat Böckl die Nase weiß gelassen. Ich habe gehört, daß bei einem Toten die Nase zuerst weiß wird.

Stellen Sie sich vor, sagte er, drei Hirten wurden in der Hochrindl auf dem Berg *Zu den drei Kreuzen* vom Blitz erschlagen. Der Maler schickte ihm fünfundzwanzig Paar Socken. Die schwarzen Totensocken suchte er heraus, die anderen legte Menschikow wieder in die Schachtel zurück. Einmal habe ich gesehen, erzählte seine Tante, wie in Indien eine Eidechse in einen Freiluftventilator hineingekrochen und zerfetzt worden ist. Ringsum spritzte das Blut.

Er stand auf dem Balkon, als wolle er frische Luft holen, atmete tief durch und betrachtete schnellen Blickes am Wäschestrick die Unterkleider zweier Mädchen, die sich für ein paar Tage auf dem Bauernhof einquartiert hatten. Er wehrte ab, als er einem Mädchen bei einer Schachpartie gegen Pjotr helfen sollte, Du mußt auch die Kraft haben zu verlieren, sagte er. Schäm dich, sagte er, als sie vorgab, keine Todesängste zu haben.

Während des Tages hörte er Hunderte Hahnenschreie, in der Nacht die Schreie schwangerer Katzen und die bis in die frühen Morgenstunden hinein bellenden Nachbarhunde. Hörte er Vogelschreie, ging er zu Warwara Wassiljewna in die Küche und hoffte, daß sie sagen wird, daß es Totenvogelschreie sind.

Hunderte Male spielte er in seinem Zimmer, während er in Frauenkleidern und mit geschminkten Augenlidern und Lippen am Tisch saß und auf sein Heimattal blickte, die Vier Jahreszeiten von Vivaldi, die erste Sinfonie von Ludwig van und den Peer Gynt von Edvard Grieg.

Der Berichterstatter im *Kärntner Bauernkalender* warf einen Blick ins »heutige Warenlager« der Paternioner Kalbstrickseilerei. Wie von einer Lupe vergrößerte, gebündelte Nabelschnüre sehen die zusammengelegten, nach Hanf riechenden Kalbstricke aus, die in Kärntens Dörfer verteilt werden.

Natürlich liegt es jetzt näher, daß ich mich mit einer schwarzen Nylonstrumpfhose an der Türklinke meines Zimmers aufhänge als in der Kirche mit einem Kalbstrick von Jesu Schulter springe. Wenn man von mir spricht, dann von meinem *Leichnam* und nicht von meiner *Leiche*. Leichnam ist das schönere Wort als Leiche.

Von der anderen Seite des gläsernen Sarges, in dem die Gebeine des Heiligen Antonius liegen, blickte er auf die Innenflächen der Hände der Menschen, die den Schrein berührten und ihre Finger küßten.

Am Abend sah er einen Mann mit einem blutenden Hirschkopf am Bürgermeisteramt vorbeigehen. Er fragte den Jäger, was der Fichtenzweig im Maul des Tieres eigentlich für eine Bedeutung habe, Das ist der Respekt des Jägers vor dem Toten, sagte er.

In der Zeitung las er, daß ein Mann erst nach vierzehn Tagen bemerkte, daß der Blitz in seine Hand eingeschlagen hatte, als er während eines Gewitters das Fenster schloß.

Wie ein zweiwöchiges Embryo sieht das Ohropax aus, das er sich jede Nacht in die embryonale Ohrmuschel steckt. Seine Geräuschempfindlichkeit ist so groß, daß ihn selbst sein eigener Atem lange am Einschlafen hindert.

Gegen drei Uhr morgens wacht er jedesmal auf, zündet ein Kerzenlicht an, setzt sich in seinem durchsichtigen Nylonnachthemd aufs Bett. Er trinkt ein Glas bereitgestelltes *Hohes C* und bläst das Kerzenlicht wieder aus.

Gestern träumte ich, daß ich nur mehr ein Buch bin, in dem ich im Bett liegend lese, aber keinen Körper mehr habe, kein Fleisch und kein Blut. Heute träumte ich, daß ich ohne Kopf leben müßte und mit einem spitzen Hals über das Stoppelfeld liefe. Ich fühlte mich aber sehr wohl dabei.

Während Krampus und Nikolaus durchs Dorf zogen, lag eine Tote in der Aufbahrungshalle. Auf dem Partezettel, den ein kleines Mädchen ins Bauernhaus brachte, fiel ihm derselbe Spruch auf, der auf Jakobs Partezettel stand, »Es ist bestimmt in Gottes Rat, daß man vom Liebsten, was man hat, muß scheiden.«

Sah er irgendwo am Bergbauernhof Nägel herumliegen, dachte er an Sargschrauben. Er ging auf den Dorffriedhof und suchte nach den Gräbern junger Verstorbener. Auf Zehenspitzen ging Jakow Menschikow durchs Feld, wenn er daran dachte, daß während seines Spazierganges unzählige Kleintiere unter seinen Fußsohlen sterben mußten.

Seine abgetragenen Sommerschuhe schürte er in den Ofen, betrachtete sie, bis sie verkohlten. Wie glühende, rote Totenschuhe sahen sie aus. Die weiße Strumpfhose tropfte über den glühenden Fichtenprügel.

Vor dem Schlafengehen sah er an der Wand, nahe seines Kopfpolsters eine dicke Spinne, die er in die Ecke trieb und tötete. In der Nacht träumte er von einer Spinne und vom Teufel seiner Kindheit, der ihn in der Dachboden-kammer, wo er nach den Überbleibseln seiner Kindheit herumkramte, verfolgte. Er hechtete über die steile Stiege der Dachbodenkammer, um dem Teufel entgehen zu können, aber immer wieder ging er hinauf, um den Teufel zu reizen und von ihm erschreckt und vertrieben zu werden, Er soll sich davor hüten, mich kennenlernen zu wollen.

Er konnte es nicht ertragen, in die herbstlichen Todes-kämpfe der Insekten am Fensterbrett und an den Fenster-scheiben verwickelt zu werden. Er tötete sie alle, die nicht mehr die Kraft hatten, sich an den glatten Scheiben festzuhalten und immer wieder abrutschten. Totenfreund heißt ein Insekt.

Wenn er den Kopf des Hofhundes streichelte, drückte er manchmal so fest auf seinen Schädel, daß er seinen Totenkopf spüren konnte. Ängstlich blickte ihn der Hund aus seinen immertraurigen Augen an. Fiel der Bäuerin ein Holzknittel aus den Händen, während sie auf

das offene Herdtürl zuging, eilte der Hund hin, faßte das
Holzstück mit seinem Maul und hielt es mit seinem
Schwanz winkend Warwara Wassiljewna hin.

Der Triumph des Todes von Pieter Brueghel lag auf
seinem Schreibtisch. Immer wieder blickte er auf das
Knochengerüst, das die Maske eines Lebenden umge-
schnallt hat, während es eine Wanne mit schweinekopf-
ähnlichen Vasen umstülpt.

Mit gefalteten Händen sah er seinen Leichnam im
sargähnlichen Brunntrog unter einer dünnen Eisschicht
liegen. Ein Kind wischte mit einer schnellen Handbewegung den Firnschnee zur Seite und blickt ins rotbackig
geschminkte Gesicht des Transvestiten.

Es gab kaum eine Nacht, in der er nicht vom Tod
träumte, deshalb dachte er daran, daß es schön wäre, im
Tod jede Nacht vom Leben zu träumen.

Als in einem seiner Träume unzählige todesschwangere
Flugzeuge über das Land flogen, gingen Bauern und
Bäuerinnen Hand in Hand, aufrecht und stolz auf ihren
abgeernteten Feldern in den Tod. Während die Bomben
fielen, trugen die Bäuerinnen Erntedankkronen auf ihren
Häuptern. Als er nach dem Abwurf einer Neutronen-
bombe über seinem Heimattal wußte, daß er nur mehr
vierzehn Tage zu leben habe, dachte er nur mehr daran,
welches lebenswichtige Buch er vor seinem Tod noch
lesen möchte. Er sah den *Fluß ohne Ufer* von Hans
Henny Jahnn vor sich. Die Erde bebte vor Angst.

Sein Kopfpolster war voller schlagender Menschenher-
zen. Gläserne Ameisen liefen über seinen Körper. Er
malte einen Totenkopf auf einen Stein, bevor er ihn über
die Böschung rollte. Rote Spinnweben wickelten sich um
seinen über dem Bett schwebenden, in weiße Seide
gehüllten Leib. Eiszapfenartige, durchsichtige Fichten-

prügel trug er in einem gläsernen Korb auf den brennenden Ofen zu. Neugeborene, schleimfeuchte Hunde liefen aus dem Karner. Aber warum soll der Tote nicht in der Kirche gewaschen und angezogen werden, schrie er, wachte auf, hob sein Haupt und blickte forschend in die Dunkelheit.

Während einer Infektion – vermutlich waren die Euter einer Kuh entzündet, von der er Milch trank – erbrach er sechs- oder siebenmal bloße Magensäure, die er mit Asche überdeckte, als ihn ein schwarz gekleidetes Mädchen aus dem Nachbardorf besuchte. Wie aufgebahrt, gelblich im Gesicht mit eingefallenen Wangen, aber frisiert lag er im Bett, nahm Kamillentee und Kräuterschnaps zu sich, die Warwara Wassiljewna ihm ins Zimmer brachte. Das Mädchen erzählte, daß sie gerade beim Begräbnis ihres sechsundachtzigjährigen Großvaters war. Er hatte sich mit einer kleinen Pistole im Heustadel erschossen. Ihr Bruder und der Bauer trugen den noch röchelnden Mann über die Tennbrücke ins Bauernhaus, wo er starb. Nachdem der Arzt die Todesursache festgestellt und den ausgefüllten Totenschein auf den Tisch gelegt hatte, erschienen die Dorfpolizisten und sagten, daß sie den Leichnam im Heustadel am selben Fleck, wo er sich erschossen hat, hätten liegen lassen müssen. Wo du bist, ist der Tod, dort sind die Selbstmörder, sagte das Mädchen. Mit auseinandergespreizten, angezogenen Beinen hockte das Mädchen auf seinem Bett. Er betrachtete lange ihre schwarzgekleideten Oberschenkel, ihre Unterschenkel und ihre Zehen, deren rotgestrichene Nägel durch das verstärkte Ende der schwarzen Nylonstrumpfhose schimmerten. Als er das Mädchen in einem scherzhaften Ton, um sie nicht zu ängstigen, fragte, ob sie mit ihm auf dem Berg sterben möchte, sagte sie, Ich habe keinen Grund zu sterben. Seine Antwort, Und ich habe keinen Grund zu leben, empfand sie wie einen Reim auf ihren Satz.

Während Wassiljewna eine Sau zum nachbarlichen Eber führte, sagte sie zur Nachbarin, daß sie ihren schmutzigen und kotbehangenen Hofhund, diesen »Saupargl« erschießen lassen möchte. Als Jakow Menschikow und Warwara Wassiljewna mit der Sau durch den Waldweg wieder nach Hause gingen, sagte er, Der Hund wird Ihnen abgehen, erschießen Sie ihn nicht, solange ich hier bin.

Mit einem Messer öffnete er die Körper der Sardinen, die ihm Warwara Wassiljewna zum Nachtmahl bereitgestellt hatte. Ich kann keine Fischwirbelsäulen essen, sagte er, ich muß sie herausnehmen, Aber die Fischwirbelsäulen sind doch das Beste, sagte Wassiljewna und aß sie nacheinander, wie er sie einzeln aus den Fischkörpern löste, auf.

Wenn er, von Warwara Wassiljewna gefragt, ob er zum gemeinsamen Mittagessen kommen wolle, spürte, daß sie eigentlich mit ihrer Familie alleine sein wollte, sagte er, daß er im Augenblick keinen Appetit habe und später kommen werde.

Er träumte, wie er mit seinen Zähnen ein ertrinkendes Kind am Schopf packte und aus dem See zerrte. Er übergab das Kind Warwara Wassiljewna. Vor Freude umarmten sie einander.

Die einzige Gerechtigkeit auf der Welt ist wohl, daß auch die Geldmenschen sterben müssen. Ihre Gesundheit können sie nicht kaufen, sagte Warwara Wassiljewna.

Als sie bei einem Spielfilm im Fernsehen Vogelrufe hörte, rief sie, Das sind Totenvögel, das sind Totenvögel. Als ein Schifahrer aus Maria Pfarr in Salzburg bei einem Abfahrtslauf seinen ersten »Weltcupsieg« landete, blickte sie ihm lange ins Gesicht auf dem Bildschirm und sagte, daß sie vor drei Jahrzehnten ein Jahr lang in diesem Ort in einem Haushalt, an den eine Fleischhauerei angeschlossen war, gearbeitet hatte. Der Fernseher hat gesagt ..., sagt sie öfter, als sei der Fernseher ein Mann, der zu ihr spricht.

Er setzte sich im dunklen Stall auf einem Melkschemel, legte das eine Bein über das andere und betrachtete die hin- und herpendelnden, kotbehangenen Schwänze der Rinder. Die Stalluft ist gut für die Lunge, sagte Warwara Wassiljewna.

Als Nikolai mit einer Hacke den an Pfählen aufgehängten Körper des Schweins am Bauch teilte und die Eingeweide wie Lava herausquollen, hielt Jakow Menschikow ein Papiertaschentuch vor die Nase und trat ein paar Schritte zurück. Er nahm sich vor, vom Schweinskopf eine Totenmaske abzunehmen.

Als er bei der Geburt eines Kalbes zusah, trat er hinter einen Balken, damit niemand sehen konnte, wie ihm die Tränen über die Wangen rollten. Warwara Wassiljewna griff in die Scheide der Kuh und befestigte zwei Hanfstricke an den Fesseln des Tieres. Nikolai und Pjotr zogen an den beiden Stricken, bis die vorderen Beine des Tieres sichtbar wurden, die heraushängende Zunge, der Kopf und schließlich der ganze Körper des Kalbes aus der Scheide der Kuh rutschten. Wassiljewna lachte, als das Tier die Augen aufschlug und verstört den vor ihm knienden Menschikow anstarrte. Das schleim- und blutbedeckte Kalb zitterte am ganzen Körper. Wassiljewna wischte mit einem Jutesack den Körper des Tieres ab und begrüßte das Neugeborene mit kindlichen Koseworten. Während der Bauer zuerst das Blut und den Schleim mit

Sägespänen überdeckte, zu einem Haufen zusammenschaufelte und auf den Misthaufen warf, fütterte Wassiljewna der Kuh zwei große Schnitten Schmalzbrot. In ein paar Stunden muß ich wieder in den Stall gehen, sagte sie, dann wird die Nachgeburt schon da sein, ich muß sie wegräumen, sonst frißt sie die Kuh auf.

Er erfuhr, daß Roberts Vater zehn Jahre lang als Knecht beim Nachbarn und daß Roberts Mutter acht Jahre lang als Magd gearbeitet hatten. Warwara Wassiljewna erzählte, daß Roberts Vater bei sodomitischen Handlungen an einer Stute ertappt worden sei, was großes Gelächter im Bergdorf hervorgerufen haben soll. Bei den Nachbarn, die er mit Wassiljewna aufsuchte, erfuhr er, daß Roberts Bruder Kurt hieß, Bäckerlehrling in Arnoldstein war und daß er sich, während er beim österreichischen Bundesheer diente, in Arnoldstein in einem Wald erhängt hatte. Obwohl Kurt bei seiner Großmutter aufgewachsen ist, soll sie gesagt haben, als die beiden toten Brüder, Kurt ein paar Monate nach Robert, auf der Bahre lagen, Ich möchte die Buben nicht mehr sehen. Zum Begräbnis ist sie auch nicht gegangen. Die Nachbarin erzählte, daß alle zehn Kinder vollkommen verwahrlost aufgewachsen sind und daß alle von der Fürsorge als Arbeitskräfte zu Bauernhöfen geschickt wurden. Die Gräber ihrer beiden Buben pflegt sie aber sehr schön, sagte die Nachbarin. Vielleicht pflegt sie jetzt die Gräber besser, als sie die lebenden Kinder gepflegt hat, sagte Jakow Menschikow. Am offenen Grab Kurts sagte die älteste Schwester, Die nächste werde ich sein. Als die Bäuerin fragte warum, sagte sie, Ich will bei meinen Brüdern sein. Ihr Großvater mütterlicherseits soll jemanden totgeschlagen haben.

Wenn die Natur den Bogen spannte und Blitze verschleuderte, hockten alle auf dem Bauernhof ängstlich unter dem Herrgottswinkel. Warwara Wassiljewna sagte, daß der große Baum, der zwischen dem Stall und dem Haus steht, ihr einziger Blitzableiter ist. Vor einigen Jahren schlug der Blitz in diesen Baum ein und zuckte an der Stallecke die Wasserleitung entlang, als sie die Schweine fütterte.

Er überlegte, ob er seine Schreibmaschine wie einen Leichnam mit der grauen Plastikhülle zudecken sollte. Ich werde kein Abschiedszeichen hinterlassen, dachte er und legte die Plastikhülle wieder in den Kasten zurück.

Er blickte lange auf den gehörnten Totenkopf eines Widders über der Stalltür eines Bauernhofes. Er dachte dabei an den aufgebahrten Hirsch beim Erntedankfest, als es regnete und das Blut des Hirsches über die Bordwand des Heuwagens rann.

Er erinnerte sich an das Plastikknochengerüst, das er einmal beim Kameringer Kirchtag gekauft hatte und das monatelang auf seinem Nachttisch lag. Wenn seine Mutter die Betten richtete, hob sie manchmal dieses *Plastikspielzeug* auf, stöhnte leise und drückte das Polster ihres Kindes glatt.

Hinter der Waldgrenze pflückte er ein paar gefrorene Enziankelche, hob sein »rosenquarzfarbenes« Kleid aus »Sonnenseide« hoch und steckte mehrere Enzianblüten zwischen den verstärkten Rand seines glitzernden Nylonstrumpfes und seinen Oberschenkel.

Als er am waagrechten Querbalken des Gipfelkreuzes die Aufschrift, »Bleib unserer schönen Heimat treu« las, schrie er, Hitler von Nazareth, König der Juden.

Er riß das Gipfelkreuzbuch aus seiner Verankerung, las die großzügigen Unterschriften, die Berg- und Heimatlandsprüche und schrieb »Ich danke Gott für die Fehler in seiner Schöpfung« hinein.

Von Josef Winkler
erschienen im Suhrkamp Verlag

Menschenkind. Roman. 1979. 194 S. Geb. (auch als *suhrkamp taschenbuch* Band 705. 1981)

Der Ackermann aus Kärnten. Roman. 1980. 280 S. Geb.

Muttersprache. Roman. 1982. 385 S. Geb.

Die Verschleppung. Njetotschka Iljaschenko erzählt ihre russische Kindheit. 1984. 284 S. *edition suhrkamp* Band 1177

Alphabetisches Gesamtverzeichnis der suhrkamp taschenbücher